경운재일기
景雲齋日記

예천박물관 국역총서 01

경운재일기
景 雲 齋 日 記

예천박물관 엮음

발간사 1

『경운재일기』는 19세기 예천 용문 지역에 살았던 김회수라는 인물이 자신의 일상을 담담하게 그려낸 일기입니다. 예천박물관에서 처음으로 발간한 일기는 저작자인 김회수의 후손 김종헌 님께서 탈초와 번역을 맡아주셨다는 점에서 그 의미가 남다른 성과물입니다.

김회수는 하루하루의 소소한 일상과 자신의 눈에 담기는 주변의 풍경, 매일매일 변화하는 날씨, 자연재해 등으로 인한 농사에 대한 걱정 등 자신과 그 주변을 둘러싼 사실을 구체적으로 묘사하여 현재의 우리가 당대의 시대상을 손쉽게 엿볼 수 있는 기회를 마련해 주었습니다. 또한 우리 예천 지역에 전해져 내려온 『사시찬요』의 존재와 역사 인물 초간 권문해를 추상하기 위한 지역민의 노력 등이 담겨 있습니다. 이 일기에는 김회수라는 한 인물이 예천에서 어떠한 삶을 영위하였고, 더 나아가 지역사의 한 부분으로 살아온 면면이 기록되어 있습니다.

예천은 『대동운부군옥』, 『해동잡록』, 『동국통지』 등 역사적으로 그 가치를 인정받은 문헌 사료가 저작되었고 이들 문헌은 우리나라를 대표하는 기록유산으로 자리 잡았습니다. 이와같은 거질의 유서류(類書類) 외에도 『저상일월(渚上日月)』을 비롯한 맛질 박씨가 일기는 1834년부터 1950년의 시대를 관통하여 당시의 시대상을 그리고 있습니다.

예천박물관에서 국역총서로 『경운재일기』를 내세운 것은 예천지역에서 생산된 일기 사료의 역사 기록을 축적하여 옛 사람들의 자취를 보다 면밀하게 파악하고자 하였기 때문입니다. 이러한 작업이 하나, 둘 모인다면 예천의 역사를 재구성하는 데 머무르지 않고 우리나라 미시사를 이해하는 자산이 될 것이라 확신합니다.

『경운재일기』의 탈초와 국역을 위하여 노력해 주신 후손 김종헌 님, 그리고 국역서 발간을 위하여 마지막까지 애쓴 예천박물관 직원들의 노고에 감사 인사를 드립니다.

2023년 12월

예천군수　김학동

발간사 2

예천박물관에서 국역총서로『경운재일기』를 발간하게 된 것을 진심으로 축하드립니다.

먼저 이번 국역총서 발간을 준비하신 이재완 예천박물관장님을 비롯한 역자들과 직원 여러분들께 감사드립니다.

또한『경운재일기』의 탈초와 번역을 위해 노력해 주신 김종헌 님께 진심으로 감사의 인사를 전합니다.

이번 총서인『경운재일기』는 19세기 예천 용문 지역에 살았던 김회수라는 인물이 자신의 소소한 일상과 주변의 환경 등을 구체적으로 묘사하여 작성한 일기로, 당시의 시대상을 잘 그리고 있어 현대에 우리들이 그 시대를 쉽게 엿볼 수 있는 기회가 될 것이라 생각합니다.

예천은『대동운부군옥』,『해동잡록』,『동국통지』등 역사적으로 그 가치를 인정받은 다수의 문헌 사료가 저작된 곳입니다. 이 자료들은 우리나라를 대표하는 기록유산으로 자리 잡았습니다.

앞으로도 예천에서 생산된 일기 사료의 역사 기록이 예천의 역사를 재구성하는 것에만 머무르지 않고 우리나라 미시사를 이해할 수 있는 밑거름이 될 수 있기를 기대합니다.

다시 한번 예천박물관 국역총서의 발간을 축하드리며, 앞으로 지역사를 연구하는 분들께 많은 도움이 되길 바랍니다. 감사합니다.

2023년 12월

예천군의회의장 **최병욱**

국역 『경운재일기』를 펴내며

거시적 관점에서 역사를 이야기하고자 한다면 다양한 관찬 사료를 참고하면 될 것입니다. 그렇지만 한 사람의 일생과 그를 둘러싼 소소한 일상을 이야기하고 하고자 한다면 관찬 사료로는 세밀한 면모까지 파악하기 어렵습니다.

그런 의미에서 한 사람이 자신의 일생을 이야기한 일기는 아주 매력적인 사료라 할 수 있습니다. 일기는 누군가에게 보여주기 위한 것이 아니라 자신의 일상을 뒤돌아 보기 위하여 작성한 것이기에 가족에게도 말할 수 없는 마음 깊은 곳의 이야기까지 담겨 있습니다.

1800년대를 살다 간 김회수라는 인물은 우리 예천지역에서 오래도록 세거해 온 인물로 조선시대 영남지역 학풍을 이어온 의성 김씨 남악종택의 후손입니다. 그는 담담하게 자신의 일상을 이야기하며 희로애락의 감정을 감추지 않고 적어 내려갔습니다. 그가 남긴 기록이 일생에 걸쳐 이어지지는 않지만 당대의 시대상을 세밀하게 표현하고 있기에 범범하게 그려진 역사의 줄기 속에 작은 틈을 메울 수 있는 자료로서 그 가치를 높게 평가할 수 있습니다. 그리하여 예천박물관에서는 첫 번째 국역총서 사업으로 『경운재일기』를 선택하였습니다.

역사의 자취는 우리가 앞으로 나아갈 길을 알려 주는 것이며 예천박물관의 노력은 역사의 자취 한 켠을 채우고 메우는 작업이라 생각합니다. 저희가 국역총서를 발간할 수 있도록 노력해 주신 김회수 선생의 후손 김종헌 님, 경북대학교 이규필 교수님, 한국국학진흥원의 정재호 선생님께 깊은 감사를 드립니다. 그리고 국역 『경운재일기』를 읽는 독자들이 우리 지역의 역사를 보다 가깝게 느끼고 이해하길 바랍니다.

2023년 12월

예천박물관장 이재완

🌑 해제

『경운재일기』는 의성 김씨 남악 김복일(金復一, 1541~1591)의 후손 경운재 김회수(金會壽, 1802~1873)가 쓴 친필 일기이다. 김회수의 청년기와 노년기의 일상을 엿볼 수 있는 자료로 모두 2책으로 이루어져 있다. 우선 『거우잡록』이라는 서명이 기재된 것은 김회수가 생부 김홍운(金洪運, 1769~1826)의 상중에 작성하였기 때문에 붙여진 것이다. 『거우잡록(居憂雜錄)』은 1826년 5월을 시작으로 1834년 1월까지의 일기가 수록되어 있다. 조금 더 자세히 들여다보면, 1826년은 5월~12월, 1827년 1월~5월, 1830년 1월, 1834년 1월의 일기이다. 두 번째 일기는 김회수가 노년에 작성한 것으로 3월 5일의 기록으로 시작한다. 본격적으로는 1868년 4월부터 시작하여 연도 미상 2월, 그리고 1868년 4월~12월, 1870년 1월~12월의 내용이다. 김회수의 일기는 시헌력의 이면을 활용하여 작성하였는데 조선시대 일기 자료에서 다수 확인할 수 있는 작성 방식이다.

이 일기는 날짜, 날씨, 기사로 구성되어 있다. 그날의 기사가 없더라도 날씨에 대한 기록은 상세하게 수록하고 있으며, 작성하지 않은 날도 더러 확인된다. 일기의 작성자인 김회수는 양반으로서 관직에 나아가지 않고 향촌에 거주한 인물이다. 『경운재일기』의 주된 내용은 농사를 짓는 일상, 자신의 집을 방문한 손님에 관한 이야기, 금전 거래 등이다. 이 책을 읽는 독자는 김회수라는 인물이 살아가는 방식과 당시의 생활상을 알 수 있으며, 그가 살아온 삶이 현재의 우리와 크게 다르지 않다는 것을 확인할 수 있다. 김회수는 누군가의 부고를 듣거나 딱한 형편을 알게 되면 서글픈 감정을 허심탄회하게 서술하고 있다. 심부름꾼이 물건을 구입하였을 때는 물목과 금액을 자세하게 기록해

놓아 당시의 시장 가격이 어떠하였는가를 짐작할 수 있으며, 담배, 콩, 보리 등 당시 예천 지역에서 재배되던 작물을 알 수 있다. 또한 용문사 스님과 교류하던 모습을 통하여 예천 지역에 오랫동안 자리 잡고 있던 사찰이 지역사회와 어떤 관계를 맺어 왔는가를 확인할 수 있다.

일기에는 간혹 남악 종택에 전해져 내려온 『사시찬요』의 문구를 기재한 것을 볼 수 있다. 남악 종택에 전래된 『사시찬요』는 현재 국가지정문화재로 지정되어 그 가치를 인정받은 책이다. 일기에 언급된 기록을 통하여 가전된 자료라는 것이 다시 한번 확인된다. 그리고 인근에 거주했던 초간 권문해의 증직·시호 등에 관련한 내용을 확인할 수 있는데, 이러한 내용은 역사적 기록과 비교해 본다면 보다 구체적인 내용을 확인할 수 있을 것이다.

김회수라는 인물이 서술한 1800년대의 일상은 우리가 알지 못했던 역사의 깊은 내면을 이야기하고 있다.

일러두기

1. 이 책은 경운재 김회수가 생부의 상중에 쓴 일기인 『거우잡록』 2책과 말년에 쓴 『경운재일기』 필사본을 저본으로 하여 탈초·번역하였다.
2. 번역은 한글 전용을 원칙으로 하되 한자 표기가 필요한 경우 한자를 병기하고 상세한 내용은 각주를 달아서 설명하였다.
3. 일기의 날짜는 원문에 새로운 달[月]이 시작할 때에만 '1월', '2월'과 같이 작성되어 있지만, 번역문에서는 일자에 따른 월 표기를 하였다.
4. 원문 가운데 일기 내용과 관계없이 잘 알려진 시문(詩文), 문장(文章) 등을 기재한 경우 수록하지 않았다.
5. 원문 가운데 일기 내용과 관계없이 작성된 부기(付記)의 경우 작성 위치를 나타내는 '안쪽', '안쪽 상단' 등의 표출어(表出語)를 기재한 후 탈초·번역하였다.
6. 원문이 결락되거나 판독이 어려운 경우 '■', '■■', '■…■' 등의 방식으로 표시하였다.

목차

『경운재일기』

국역

1826년

병술년

거우잡록[1] 병술년(1826년, 25세) 5월 시작.

5월 1일. 임오. 망종. 맑음.

어제 하평의 큰 논과 항감 논 1마지기, 집 앞 논 3마지기를 심었다. 일꾼이 21명이므로 큰집[2]에서 소작하던 남은 논 1마지기를 심으려고 하였다. 그러나 물이 없어서 심지 못해 아쉽다. 형수님과 아내, 그리고 백동의 누이가 수심리 재궁에 간 것은 유천[3]의 백동 황 부인이 일찍이 누이동생과 만나기로 약속했기 때문이며 백동의 황 부인은 누이동생의 시어머니이기 때문이다. 온종일 이야기 나누다가 방촌[4]의 조 사돈댁에 가서 시장기를 면했다고 한다.

5월 2일. 아침에 맑다가 저녁에 비가 내림.

뽕나무껍질을 조금 마련했다. 붓 장수 남 생원이 와서 이야기 나누었다. 시간이 지나 붓값 4전 6푼을 바로 내주었다. 1전 3푼은 백동의 누이가 유천 부인에게 받은 돈이다. 먹 1장을 샀다.

5월 3일. 아침에 비가 오다가 정오에 맑음.

복천의 정 어른이 와서 조문하고 그길로 함께 이야기하였다. 시간이 지나 작별한 뒤에 새막으로 돌아갔다. 담배를 조금 심었다. 최옥가가 말을 끌고 갔다. 이는 적성장터 때문이다. 말편잣값 2전을 가지고 왔다.

---

1. 거우잡록: 김회수(1802~1873, 자 인수, 호 경운재)가 생가 아버지 김홍운(1769~1826, 자 여극, 호 해일당)의 상중에 쓴 일기.
2. 큰집: 필자인 김회수는 종가의 둘째 아들로 출계하였는데 생가의 형님이 요절하면서 자식이 없자 김회수의 장남이 생가의 양자로 갔다.
3. 유천: 예천군(醴泉郡) 유천면(柳川面)을 가리킨다.
4. 방촌: 예천군(醴泉郡) 용문면(龍門面) 방송리(芳松里)를 가리킨다.

천하를 다스리는 것은 여러 가지이다. 흉년엔 흑색 붉은색이 상이 되어 무 종류는 칠팔일
이면 죽는다. 신자일을 얻어 황룡이 천하를 다스리면 풍년이 들어서 보리가 90일 동안 크
게 잘 자란다. 반드시 신자일에 흑룡이 물을 다스려야 천하의 고하가 길해질 것이다.

5월 4일. 맑음.

몹시 찌는 듯한 더위가 견디기 어렵다. 방촌의 족조부 군익 씨가 오셨으니, 바로 성묘
하러 온 것이다. 복상동의 큰 밭을 가꿀 적에 개남 내외가 들어와 일을 했다. 야당의 막
내 상주가 찾아왔다.

5월 5일. 흐렸다가 맑음.

방촌의 족조부 화언 씨가 와서 조문하고 만났을 때 빌린 돈 5푼을 주었다. 야당……족
대부께서 오셨다. 막내 상주가 곧장 환곡⁵을 나누어 주었다. 처남 익수가 찾아왔다.

5월 6일. 흐리고 비가 내림.

큰집에서 나무를 판 값 잔돈 2전 중 4푼은 주인이 없어서 값을 쳐서 도실 가리의 이생
에게 1전 6푼을 주되 돌이네 인편에게 받아 오도록 하였다. 큰집 월답을 조금 심었다.
큰집에서 바가지를 살 때 빌린 돈 3푼을 억녀에게 주었다. 또 억녀에게 성대의 품삯을
갚게 하였다.

---

5. 환곡: 예전에 각 고을에서 흉년이나 춘궁기에 빈민에게 곡식을 대여하고 추수기에 이를 환수하는 제도나 그 곡식을 이르던
   말이다.

5월 7일. 흐리고 비가 내림.

큰집 월답 조금을 심었다. 석립의 조밭을 김매다가 반송 월탄의 이생을 만났다.

5월 8일. 흐리고 비가 내림.

인이를 시켜 품팔이를 사게 하였다. 귀선이 허락했으나 석연찮은 기색이다. 장사에 쓸 사기그릇값 6푼, 수젓값 5푼을 새막의 최상렬에게 주었다. 방촌의 족조부 군익 씨가 오셨다. 이는 성묘를 하고 하회로 가려고 계획한 것이다. 그러므로 말을 빌리는 것을 언급하시어 궁핍한 집안의 사정이 하는 일마다 곤란하여 어렵겠다고 여러 차례 말하였으나 결과가 어떻게 될지 알 수 없다. 초저녁에 인이 녀석을 불러 부탁한 일에 대해서는 다시 이러한 생각이 없다고 분부하였다.

> **안쪽 상단**

초하루 아침에 사방에 누른 기운이 있으면 곡식이 모두 잘 익고, 푸른 기운이 있으면 황충이 생기고, 붉은 기운이 있으면 가뭄이 들고, 검은 기운이 있으면 수해가 있으며, 바람이 없이 그늘지고 온화하면 농사가 10배나 풍년이 든다.[6] 매년 2월 7일에 비가 오면 세상 모두 풍년이라 한다.

---

6. 초하루……든다: 해당 내용은 『사시찬요(四時纂要)』 권1에 보인다. 이 책은 중국 당나라 말기인 996년에 한악(韓鄂)이 편찬한 농업 서적으로, 춘하추동(春夏秋冬) 사계절을 12달로 나누고 월별의 농법과 금기 사항, 가축 사육법 등을 수록해 놓은 책이다. 농업과 생활, 농수산물 가공, 가축의 질병, 의약 위생, 상업 경영, 농기구의 수리와 보관법 등이 주된 내용이다. 『사시찬요』는 조선 초기 농정(農政)과 현실 문제를 해결하고자 국가적 차원에서 적극 도입해 세종 때 『농사직설(農事直設)』이 편찬되기 전까지 우리나라 농업 경영에 참고한 대표적 서적이다.

안쪽

신사 2월 6일에 상국이 돈 2냥을 귀삼이 가지고 가니, 오는 가을이나 동짓달 그믐을 기한으로 하였다. 경진 12월 6일에 상국의 돈 5전을 대원 어머니가 가져갔다.

5월 9일. 흐리고 비가 내림.

아침에 인이 등을 시켜 월답 둑을 막게 하였다. 오후에 비가 갰다. 백동 귀호 형님의 부음을 듣고 나도 모르게 통곡하고 슬퍼하였다. 어버이상을 겪은 후론 집안이 싹 쓸린 듯 1전도 마련하지 못하여 부의를 할 길이 없다. 가난의 한스러움이 이 지경에 이르니 더욱 새롭다. 야당에서 버선 한 켤레를 보냈다. 서당 논을 다 심었다. 조카 경이가 그저께부터 인사불성이 되어 고통스러워하는데 초점(말라리아)인 듯하다. 형수님이 걱정 속에 애를 태우는 모습이 실로 평소의 마음으로 대하기가 어려우니 어찌할까. 흰 옹기값 7푼을 사기 장수에게 주었다. 익이가 새 밭으로 돌아갔다.

5월 10일.

아침에 일어나 문을 열어보니 빗발이 문득 삼대 같았다. 혼자 궁색한 집에 앉아있으니 심사가 더욱 안정되지 못했다. 이것이 무슨 운명이란 말인가? 다만 스스로 한탄할 뿐이다. 억녀 내외가 개남의 품삯을 갚았다. 담배를 조금 심었다. 용문동 도짓돈[7] 1냥 2전을 가져왔다.

안쪽

옛 복결값 8전 5푼을 변 백동댁에게 전했다.

---

7. 도짓돈: 남의 논밭을 빌려 부친 대가로 해마다 내는 돈이다.

5월 11일. 맑음.

누이동생이 누에고치 3말을 1냥 5전을 받고 팔았고 3전 8푼을 빌려 콩 7도를 2전 8푼에 샀다.

큰집의 백미 11도는 7전 7푼, 콩 4도는 2전이니 이는 바로 용문동 도짓돈이다. 백지 1전 2푼, 짚신 2푼, 자반 생선 2푼, 북어 1전 1푼으로 오늘 사용한 것이 1냥 5전 2푼이다. 용산의 벗 권상필 씨가 찾아와서 묵었다. 이 사람은 바로 형님의 동서다.

5월 12일. 아침 맑음.

벗 권상필이 돌아가고 인이가 회화나무 아래 밭을 김매다가 비를 만나 그만두었다. 권군이 돌아간 지 얼마 안 되어 비바람이 크게 일어났으니 아마 중도에 비를 만났을 것 같은데 끝까지 마음에 걸렸다. 저녁이 되어서야 개었기 때문에 들에 나가서 보니 목화와 보리가 모두 쓰러져 애석하다. 순복과 해윤이 처음 글을 지었다. 시냇물이 넘쳐 풍년을 짐작할 수 있으나 시대가 시끄러워 몹시 이상하다.

5월 13일. 맑음.

인이 등이 밭을 김매고 담배밭을 김매며 망태기를 엮었다.

안쪽 상단

초하루에 비가 오면 벼농사가 잘 안되어 곡식이 귀하고, 초하룻날이 경칩이면 황충이 생기고 초하루가 춘분이면 농사에 흉년이 든다. 춘분날은 그늘이 져 해가 보이지 않아야 좋다. 해가 뜰 즈음 정동에 푸른 구름기가 있으면 보리농사가 잘 된다.[8]

---

8. 초하루에……된다: 해당 내용은 「사시찬요」 권2에 보인다.

안쪽 속

정가 2냥, 소금값 1냥을 매호댁이 돈을 빌려 씀.

매호댁 돈 5냥을 고돌다가 가져가 편전함.

5월 14일. 맑음.

야당에 가서 저곡[9] 화장[10]의 권 어른을 만났다. 또 죽림의 종가 주인 숙여 씨를 만나 대화를 나누었다. 떠날 때 돌아가는 도중에 진여 씨를 만났다. 복상동 목화밭을 김맸다. 야당의 아우가 찾아왔다.

5월 15일. 맑음.

또 복상동 목화밭을 김맸다. 저곡의 권 어른이 찾아왔다. 사기 상인에게 베 1필을 값 1냥 6전 5푼에 샀다.

5월 16일. 구름 끼어 흐리고 가끔 가랑비가 내림.

인이를 시켜 백동에 보냈다. 이는 여름옷을 전해주려 한 것이다. 이른바 명절에 다만 명태 6마리와 소주 1병뿐이라 가난의 한스러움이 갈수록 더욱 심하다. 외삼촌에게 편지를 쓰고 부의금 5전을 보냈다. 담배 50묶음을 값 1전 1푼에 사고 백동 행차 노잣돈으로 4푼을 주었다. 막 수확한 겉보리를 개남을 시켜 타작하게 했다고 한다.

5월 17일. 하지. 맑음.

지도실[11]에 가서 성묘한 후에 무덤가 잡초를 제거하였다. 지도실 마을에 들어가 동촌댁

---

9. 저곡: 예천군(醴泉郡) 용문면(龍門面) 저곡리(渚谷里)를 가리킨다. 현재의 법정 지명은 제곡리이다.

10. 화장: 문경시(聞慶市) 산북면(山北面) 내화리(內化里)에 있는 지명이다.

11. 지도실: 예천군(醴泉郡) 용문면(龍門面) 사부리(沙夫里)에 있는 지명이다.

에서 요기를 하고 평창 김생을 만나 참봉공 무덤가 묵은 밭을 개간하는 일을 언급하였
다. 그래서 동촌 일가 할머니와 의논하였으나 어렵다고 말하니 몹시 서글프다. 용문에
가서 큰스님을 만났다. 뽕 껍질로 종이 만드는 일을 말하니, 기꺼이 허락했다. 길에서
시곡에 사는 역노 녀석을 만났다. 집 재목을 내다 판 값은 가을을 기다리는 것 외엔 길
이 없다 한다. 인이가 돌아오는 날에 해가 저문 뒤 집에 돌아가 보니 인이가 벌써 돌아
왔다. 백동 소식을 들어보니 대개 평안하다 한다. 외삼촌의 편지와 매부의 소식 황정한
과 황주한을 보니 ……

안쪽
매호댁 돈 1냥을 용주가 가져갔다.

5월 18일. 흐리고 가끔 가랑비가 내림.

인이가 노정의 피로로 일어나지 못한다고 하는데 이 농사철에 몹시 근심스럽다. 항감
의 보리를 벴다. 저녁이 되어 비가 갰다.

5월 19일. 맑음.

또 항감 논보리를 벴다. 순룡이 분단과 성금이와 함께 들어와 복역했다. 이튿날 모내기
를 하려 하는데 어찌 될지 모르겠다. 금당실의 지평 변 어른이 오셨다. 오후에 흐리다
가 비가 퍼부었다.

5월 20일. 맑음.

항감의 논과 벼 4마지기와 길 넘어 아래 논 2마지기를 심었다. 일꾼이 7명이므로 다 심
지는 못했다. 고사리를 2푼에 샀다.

5월 21일. 맑음.

일찍 월답 논은 다 심었다. 인이가 큰집 석립 논을 갈았다. 거간녀가 개남의 품삯을 갚았다. 꽁치 3마리 값 3푼, 또 조기 3푼, 명태 3푼, 미역 3푼 5리를 사서 총 1전 3푼 5리이다.

5월 22일. 맑음.

큰집 모내기 일이 대부분 뜻 같지 않아 이것이 고민이다. 일꾼이 15명이지만 양식이 모자란 것에 구애되어 아침과 저녁을 먹일 수 없다. 저절로 늦게 모이고 또 물이 말라서 종일 그저 쉬고 있다. 인이 녀석이 아침에 큰집 논을 갈았다. 전편에 들어보니 복천 저의 상전이 벼를 다 심지 못하고 아침밥을 먹이지 못한다고 한다. 실제로 가을에 농한기를 당한 것도 아닌데 일이 몹시 옹색하니 어찌해야 할까? 논보리와 항감의 보리를 거두었으나 다 3바리가 안 되는데 복상동은 3바리라 한다. 귀선을 시켜 채마밭을 가꾸게 하였다. 이튿날은 장모님 기일이라 순룡을 시켜 백미 여러 되와 자반과 포를 가지고 신용에 보내게 했다.

> **안쪽 상단**
>
> 초하루에 바람이 불고 비가 오면 백성에게 질병이 많고, 초하루가 곡우이면 벼락과 천둥이 많고 혹은 가뭄이 들기도 한다. 3일에 하늘이 흐리거나 비가 오면 누에가 잘 된다.[12]

> **안쪽 속**
>
> 매호댁 돈 2냥을 귀삼이 가지고 갔다.

---

12. 초하루……된다: 해당 내용은 「사시찬요」 권2에 보인다.

결복값 2냥을 귀삼이가 풍헌께 전하게 했다. 임세담이 2냥을 빌려 갔다.

매호댁 결복값 2냥을 귀삼이 가져갔다.

매호댁 돈 1냥을 임후읍 씨가 가져가고 아직 1전은 받지 못했다.

매호댁 돈 2냥을 황이채가 가져갔다.

5월 23일. 맑음.

아침에 들에 나가보니 밭두둑이 갈라지고 째져 나무와 곡식이 모두 말랐다. 신의 어미가 저의 보리를 베는 일로 내려왔다 가고, 복천이 어제부터 더위를 먹어 발작을 일으켜 괴로움을 부르짖었다. …… 큰집 작은집이 끝내 또 이 때문에 더욱 괴로워하니 매우 안타깝다. 마희천의 김 생원이 찾아왔다. 그길로 산담을 말하여 집 뒤 목화밭을 보고는 거처에 알맞다고 하였다. 야당의 막내 상주가 찾아왔다.

5월 24일. 맑음. 아침에 흐리다가 정오에 맑음.

인이가 돌아왔고 야당 막내 상주는 돌아갔다. 아내와 용문이가 새막에 가서 직령을 재단하고자 하였다. 하전의 보리를 거두어 입에 붙였다. 새막의 변 사진 어른께서 몸소 직령을 갖고 아내와 함께 오시니 아주 감사했다. 그런데 한밤중에 돌아가셔서 몹시 불안하였다.

> **안쪽 속**

결복값 2전 7푼을 주고, 귀삼이 복결값 3전 2푼을 받다. 매호댁 복결값 5전 7푼을 귀삼이가 가져갔다.

서면 결복값 1냥 1전 2푼을 귀남에게 당동면 풍헌께 전하게 하고, 1냥 2전을 빌려 썼다.

5월 25일. 맑음.

아침 후에 방촌에 가서 일가의 상에 조문하고자 했다. 그런데 항감에 가다가 행상을 만나 그길로 조문하고 돌아왔다. 의중 씨 박성관과 관상감 이 생원이 와서 조문하고 돌아갔다. 명여 씨가 찾아왔다. 그길로 정담을 나누고 요기 후에 돌아갔다. 오후에는 바람이 크게 불었다. 가뭄 끝에 날씨가 또 이와 같으니 몹시 두렵다. 인이가 용국이를 고용했다. 명여 씨가 전하길, 4월 보름날 월식이면 천하가 크게 풍년이 든다고 했는데 올해 이날 월식이라 하니, 듣고 매우 괴이쩍고 의아하였다. 그러므로 이 말을 기록하여 장래에 남기고자 한다.

5월 26일. 흐리고 비 내림.

꽁치 2두름을 값 2전 6푼에 사서 1두름은 논매기하는 곳에 차려주고 1두름은 고산[13]에 보내고자 하였다. 누룩 2장은 억녀를 시켜 팔고자 하였으나 매장 1전 2푼 외에 이방과 형방이 준 것이기 때문에 팔지 못했다고 한다. 토기 항아리를 1푼에 샀다. 인이가 순득이를 고용했다.

5월 27일. 흐렸다가 맑음.

시냇물이 불어나서 급히 말라가는 벼를 살릴 순 있으나 아직 이앙은 안 될 듯하다. 억녀가 어제저녁부터 배가 아파 앓아누웠다고 한다. 원래 체질이 약한 데다가 또 보름이 지나 염려가 없을 수 없다. 어젯밤 꿈을 꿨다. 역마를 타고 시위를 하는 범절이 관행 같았는데 갑자기 말에서 떨어졌다. 그러자 이 역마가 지나가며 내 손을 물었다. 겁이 나서 방에 들어가 문을 닫은 채 살피고 나서야 이윽고 한바탕의 꿈인 것을 깨달았다. 깨

---

13. 고산: 예천군(醴泉郡) 풍양면(豐壤面) 고산리(高山里)를 가리킨다.

어나 생각해 보니 비록 꿈속의 일이라도 상중인 사람이 역마를 타는 것은 좋다고 생각한다. 나도 모르게 놀랐기 때문에 이를 기록하여 장래의 일과 비교해 볼 것이다. 인이가 횟손을 고용했다.

안쪽 상단

초하루에 바람이 동쪽에서 불어오면 팥이 잘되고, 남쪽에서 불어오면 기장이 잘되고, 아침부터 밤중까지 불면 오곡이 크게 풍년이 든다. 경진일과 신사일에 큰비가 오면 병충해가 크게 일고, 작은 비가 오면 크게 가뭄이 든다. 3일에 비가 조금 오면 가뭄이 들고, 8일에 약간 비가 오는 것은 괜찮지만 만약 큰비가 세차게 오면 높은 데나 낮은 데나 모두 가련하다.[14]

안쪽 속

결복값 1냥 6전을 귀삼을 시켜 풍헌 처소에 전하게 했다.

5월 28일. 맑음.

올벼 논을 김맸다. 일꾼 8인이 종일토록 다 김을 매서 술값 3전과 누룩 2장을 서로 반씩 주었다.

5월 29일. 맑은 뒤 흐리고 비가 내림.

6월 1일. 맑음.

아침에 순복이 고산에 갔다. 신당[15]의 이형을 찾아갔으나 만나지 못하였다. 요기만 하고

---

14. 초하루에……가련하다: 해당 내용은 『사시찬요』 권3에 보인다.

15. 신당: 예천군(醴泉郡) 호명면(虎鳴面) 내신리(內新里)에 있는 마을이다.

돌아가다가 재궁 고개를 채 넘지 못하고 비가 억수로 내려 시내와 개울이 범람했다. 이 윽고 비가 개지 않기 때문에 비를 무릅쓰고 들어오니 주인이 의관을 갖추고 기다렸다. 누님이 나와 보고서 손을 잡고 흐느껴 우는데 심사가 더더욱 망극했다.

6월 2일. 밤중에 비가 내림.

시냇물이 불어 넘친다. 아침 후에 맑게 개어 높은 곳을 올라 물을 바라보니 건널 수가 없었다. 그러므로 그 후에 바로 출발해 남매 안후가 나누어지니 자연히 슬프고 흔들리 는 형세가, 진실로 마땅한 것이나. 외로운 나머지 통탄함을 면치 못하겠구나! 저물녘에 집에 오니, 비록 잠시 다른 걱정은 방치하고, 가정사를 보니 심히 황량해서 눈물을 닦 고 볼 수 없구나! 끝에 상주가 일전 초하루 아침에 합당히 와서 참석할 길인데, 연유를 타고, 들리는 바로는 마음이 절로 부끄럽고 의아하다. 인한이 복천에 갔다 한다.

안쪽

매호댁 돈 1냥을 개남이 빌려 가 받았다.

6월 3일.

처음에 비가 내릴 듯했다. 오후부터 초저녁까지 많이 내려서 여울 소리가 크게 났다. 인이가 저녁에 돌아갔다.

6월 4일. 소서. 흐리고 비가 내림.

인이가 성대의 품삯을 갚았다.

6월 5일. 맑음.

큰집 월답에 김매기를 하였다. 귀삼이 녀석이 아침에 김매고 식후에 용삼의 논을 김매야 하는데 오지 않았다. 마음이 몹시 석연치 않았다. 아내와 익이가 왔다.

6월 6일. 맑음.

인이를 시켜 시장에 가서 누룩 3개를 판 값 4전 2푼 내에 북어 10마리를 1전 2푼, 되를 2푼, 담배를 1전 2푼, 지난번 꽁칫값 1전 3푼을 사니 잔돈이 2푼이었다. 익이가 길을 돌아갈 적에 오후에 비가 쏟아졌다.

6월 7일. 맑음.

보리를 타작해서 환곡으로 바칠 생각이다. 금당실의 벗 변중로를 보았다. 상황을 물었는데 안부를 들을 수 없었다.

안쪽 상단

초하루에 바람이 동풍이 반나절을 불어오면 농사가 풍년이 들고, 상진일[16]과 상사일[17]에 비가 오면 황충이 빗줄기를 따라 내려와 벼를 먹어버린다. 이런 증험은 신통하다.[18]

안쪽

돈 5냥을 황 병득이 받아서 월리로 가져가고, 3냥은 매호댁 돈이다.

---

16. 상진일: 그 달의 첫 번째 진일(辰日)을 가리킨다.
17. 상사일: 그 달의 첫 번째 사일(巳日)을 가리킨다.
18. 초하루에……신통하다: 해당 내용은 「사시찬요」 권3에 보인다.

6월 8일. 맑음.

분단이 어제 도망갔기 때문에 형수님이 아침 전에 사적으로 월금이와 떠났다. 그러므로 뒤를 따라 서면에 갔다. 임 사돈어른을 뵙고, 요기한 뒤 신전에 가서 장인을 뵈었다. 야당 족형이 왔다. 아우가 또 왔다.

6월 9일. 맑음.

아우가 갑자기 떠났다.

6월 10일. 초복. 맑음.

논매기 일꾼 12명이 함께 큰집 논을 다 김매었다. 장인과 익이가 함께 쉬었다.

6월 11일. 맑음.

장인이 돌아가셨다. 삼을 찌는데, 삼이 4묶음뿐이었기 때문에 주인과 노복이 균등히 나누었다. 억녀의 계집종이 복천에 갔다. 고명손의 도지 보리 4말을 가져왔다.

6월 12일. 맑음.

인노가 또 복천에 갔다. 보리 환곡 2말을 판상과 성대를 시켜 수송하게 하였다. 보리 환곡 받아먹은 것 중 1말이 추가되었는데 매우 괴이쩍다. 보리 환곡이 본래 10말 2되 3홉인데 나머지는 촌놈 성옥이가 분납했기 때문에 8말 3홉이 적당하다. 그러나 다만 2말만 마련하여 보냈으니 그 나머지는 직동의 임백손에게 부탁하여 돈으로 대체하고자 한다. 어찌해야 할지 모르겠다. 보내왔다.

6월 13일. 맑음.

인노가 늦저녁에 돌아왔다. 환곡은 성대가 결국 형상을 보지 못하여 무엇으로 구별하여 처리할지 모르겠다. 새벽에 지진이 나고 오후에 또 지진이 났으니 몹시 괴이쩍은 일이다.

6월 14일. 흐리고 맑음.

임백손이 환곡의 일로 왔고 또 그 일의 정황을 물었다. 매 말에 1전 6푼씩 8말 3홉이다. 영수증을 준 이후로 몹시 생색을 냈으나 성대에게 준 2말 보리를 마땅히 거두어 바치게 했는데 많이 지연될 듯하니 고통스러운 일이다. 위 보리값은 합 1냥 3전이니 동전 또한 주지 못해서 저 스스로 빌렸다고 한다. 참으로 쉬운 일이 아니다.

안쪽 상단

6월의 바람과 비에 관한 점은 4월과 동일하다. 6월에는 흙을 일구지 말아야 한다. 이달에 월식이 있으면 가뭄이 든다.[19]

안쪽

돈 2냥을 황이채가 월 이자로 가져갔다. 8월 6일 받음.
매호댁 돈 1냥을 개남이 가져갔다.

6월 15일. 맑음.

이른 아침에 막내 상주가 왔다. 도실에 가서 성묘한 뒤에 마을에 들러 동촌을 지나 요

---

19. 6월의……든다: 해당 내용은 『사시찬요』 권3에 보인다.

기한 후에 윗마을에 가니, 문경 엄위정이 호군공 묘소 아래에서 구덩이를 끌고 있었다. 산직이 후읍 씨에게 물을 부어서 파게 하였다. 돌아가는 길에 야당에 가다가 죽림 권중익 어른을 길에서 뵙고 문중 돈 1냥을 주었다. 보리 환곡 값 일로 와서 환자[20]를 바치되 성대에게 값 3전 6푼을 더 보태어 납부하게 하였다. 오후에 천둥이 쳤다. 농사 이야기에 오후에 천둥이 치면 서리가 물러간다고 하였다.

6월 16일. 맑음.

인노가 성대의 품삯을 갚았다. 오후에 직동에 가서 보리 환자 대신에 마련한 돈 8전 6푼을 백손에게 주었다. 4전 4푼이 남아 마음이 매우 편치 않았다. 그런데 윗사람이 흔쾌히 더디나 빠르나 상관없다고 하는데, 그 속내가 어떠한지는 모르겠다. 금단에게 빌린 돈 5전을 월금에게 주었다.

6월 17일. 맑음.

보리를 타작했다. 막내 상주가 돌아갔다.

6월 18일. 맑음.

하전 갈보리 8말, 항감논 보리 마른 것 30말, 하전 보리 6말뿐이다.

6월 19일. 맑음. 대서.

방촌의 족조부 군익 씨가 찾아오셨다. 인노가 순득이를 고용했다.

---

20. 환자: 각 고을의 사창(社倉)에서 백성들에게 꾸어 주고 가을에 이자를 붙여 받아들이는 곡식을 말한다.

6월 20일. 중복. 흐리고 비 내림.

가뭄 끝에 비가 쏟아졌다. 온갖 사물이 빛이 나니 기뻤다. 인노가 성옥이 녀석의 품삯을 갚았다.

6월 21일.

아침에 맑았기 때문에 순용을 고산에 보냈다. 오후에 비가 쏟아져 염려됐다. 인노가 시장에 가서 누룩 2장을 팔아 2전 8푼을 받고, 고박을 1전, 담배를 4푼, 자반을 5푼, 나머지를 9푼에 사게 하였다.

6월 22일.

논을 김매었다. 일꾼 4인이 큰집 논도 함께 김매었다.

6월 23일. 맑음.

콩밭을 김매었다. 야당의 화장 족친 누이가 절박한 일을 살피러 오시어 저녁에 인득이를 불러들여서 전후의 일을 백 가지로 진술했으나 결국 거행하여 이를 따를 수 없었다.

6월 24일. 맑음.

이른 아침에 임백손이 이잣돈 10냥을 가지고 왔다. 장차 보리를 사고자 했으나 끝내 어찌 될지 모르겠다. 전 사기 장수에게 시가 1냥 6전 5푼을 주었다. 야당의 화장 숙모와 막내 상주가 돌아갔다. 환곡값 잔돈 4전 4푼을 임백손에게 주었다.

7월 입추일에 바람이 곤방에서 불어오면 농사에 풍년이 들고, 태방에서 불어오면 가을 비가 잦고, 이방에서 불어오면 가물고, 건방에서 불어오면 큰비가 오고 갑자기 추워져 곡식을 손상시킨다.[21] 입추가 6월에 있으면 절기가 3일 늦어지고 7월에 있으면 절기가 앞으로 돌아온다.

6월 25일. 맑음.

인노를 시켜 산양 장터에 가서 보리를 살 생각이었으나 가격이 너무 높아 사지 않고 돌아갔다. 조기 1전을 5푼에, 사기를 1푼, 콩 4되를 1전 8푼, 수박을 4푼, 요기를 4푼, 무씨를 3전 2푼, 늘어진 엿 2푼을 샀다. 합 7전 5푼을 썼다. 큰집에 시장 보는 돈을 빌리고 큰집 비단 20자를 써서 1냥 2푼을 받고 팔았다.

6월 26일. 맑음.

용문동 순봉이 도지 보리 10말을 가지고 큰집에 와서 납부했다. 인노를 시켜 금당실 시장에 가서 보리 82근을 값 3냥 2전 1푼에 사게 했다. 또 무씨 1 종자를 값 8푼을 샀다. 또 후 시장에서 수금하기 위해 1전 2푼을 복천의 정 어른에게 주며 이르기를, 큰집 봄보리 5말 5되와 석립 전 보리 4말을 귀삼이에게 처분하고 또 박상동 논보리 4말을 후읍 씨에게 처분하며 그 이상은 아울러 풍일이에게 반씩 나누고 용삼이에게 나누어 사라고 하였다.

---

21. 7월……손상시킨다: 해당 내용은 「사시찬요」 권4에 보인다.

6월 27일. 맑음.

할아버지 제삿날이다. 추모하는 감정이 그치지 않았다. 횟손이 도지 보리 4말을 와서 바쳤다. 명손이 가을보리 2도를 상납하여 순용이 가져갔다. 또 한몫은 성내가 다음에 가져갔으니 가을 10월까지 2전 5푼에 살 수 있다.

6월 28일. 맑음.

무를 경작했다. 순득이가 보리 4말을 도지세로 와서 바쳤다. 또 메밀을 경작했다. 순득이에게 종자 1되를 샀다.

6월 29일. 맑음.

용삼이 가을보리 4말 8되를 도지세로 바쳤다. 식후에 지도실에 가서 성묘한 뒤 안 마을에 들려 동촌과 시곡이 같이 있었기 때문에 쑥풀을 넘치도록 얻어 돌아와 개남과 나누니 4말이라 한다.

6월 30일. 흐리고 비가 내림.

가뭄 끝에 비가 거침없이 갑자기 쏟아지니, 만물이 생기가 나서 내 마음이 흡족하다. 막내 아이가 찾아왔다.

7월 1일. 맑음.

박상동의 목화밭을 김맸다. 인노를 시켜 금당실 시장에 가서 가을보리 170도(근)를 사게 했는데 값 4냥 4전 5푼 중에 인노의 돈 1전이 들어있고 아직 3전 4푼은 주지 않았다고 하며 술값은 1푼이라 하였다. 타작하여 말로 양을 헤아리니, 22말이다. 초저녁 비가 쏟아져 시냇가가 범람했다.

7월 2일. 맑음.

바람 불어 날씨가 서늘하다. 지도실 동촌 어른께서 방문하셨다. 복천 정 씨 어른이 또 오시어 큰집 도지 보리 4말을 가지고 왔다. 마희천의 김생이 말을 빌리는 일로 왔다. 초저녁에 비가 왔다.

7월 3일. 맑음.

마흘아에서 말을 빌리려 김 생원이 갔다. 회화나무 아래 밭과 석립 밭을 갈았다.

7월 4일. 맑음.

서늘한 바람이 불어와 잠깐 가을 느낌이 있었다. 방촌에 가서 여러 모인 어른들과 반나절 놀다가 돌아오니 지도실의 상주 이효술이 방문했다. 인노가 풀 2바리를 실었다.

7월 5일. 맑음.

야당의 막내 상주가 찾아왔는데 큰집의 도지 보리를 실어 왔다. 순복을 시켜 개방에 가서 보리 종자 6되를 바꾸게 하였다. 나무와 돌이 흔들리도록 지진이 남에서 북쪽을 향했다. 심히 괴이쩍은 일이다. 이날이 바로 입추일이다.

7월 6일.

인노를 시켜 금당실 시장에 가서 누룩 12개를 판 1냥 8전 2푼 중 3전, 하복값으로 11전 2푼, 시장에서 빌린 돈 11냥 4전 3푼 중 전 시장에서 주지 못한 보리값 3전 4푼, 16전 7

푼으로 보리를 사고 4전 2푼이 있다. 인노에게 본래 돈 6전 9푼을 받지 못하였다. 보리를 산 것이 모두 합 1냥 3전 6푼이고 보리는 34되다. 초저녁 전에 비가 쏟아졌다.

안쪽 상단

초하루에 음산하고 비가 오면 크게 풍년이 들고, 초하루와 그믐에 큰바람이 불면 봄에는 가뭄이 들고 여름에는 비가 잦다. 이달 이하는 내년을 점치는 것이다.[22]

7월 7일. 맑음.

몹시 찌는 듯하다. 물방아 공사를 시작했다.

7월 8일.

비가 쏟아져 시내가 크게 불어났다. 목수가 와서 물방아 공사를 하는데, 하늘이 비를 퍼부어 뜻처럼 큰 못에서는 쓸 수 없다 한다. 억이로 어제 제 어미가 설사 증세가 있는 연고로 용산에 가게 했는데 비로소 돌아와 보았다.

7월 9일. 큰비가 내림.

아침 전에 인노 등과 함께 남산에 가서 나무통과 앉을 모탕을 벨 뜻으로 한 그루 소나무를 베려 하는데 마음에 몹시 벌목하기 아까웠으나 또한 이는 생각을 잘해서 마음먹고 벌목해야 하니 어찌할지 모르겠다. 아침 후에 낮이 되어서는 용거에 크게 쏟아부어 사방이 푸른색으로 넘치어 자못 몹시 놀라웠다. 그리고 동네 뒤 시내 상류가 무너져 빈소로 흘러들어 황당하여 어떻게 해야 할지 몰랐다. 혼백 신위와 제사상을 둘 곳을 몰라

---

22. 초하루에……것이다: 해당 내용은 『사시찬요』 권4에 보인다.

사사로이 상방에 모셔두었다. 사정이 절박하여 참으로 거론할 수 없으나 자못 극심하다. 가묘를 보니 형세 상 어쩔 수 없었다. 나도 모르게 길함을 당한 것이다. 오후에 비가 개었다. 옛터 앞 논 …….

안쪽 상단

추분일에 바람이 건방이나 손방에서 불어오면 다음 해에 큰바람이 불고, 감방에서 불어오면 겨울이 몹시 춥다.[23]

7월 10일. 말복.

맑고 비 온 뒤에 나가보니 모두 빛깔이 변하였다. 방촌의 군익 씨가 방문하셨다. 인노가 옛막 긴 둑을 막았다. 막내 상주가 왔다. 상을 겪은 후로 형제가 상봉하는 것에 이리도 기쁨과 즐거움이 나도 모르게 무궁하였다. 방촌 상주의 상주를 우연히 아래 논둑 위에서 만났다.

7월 11일. 맑음.

구동 신기 아재가 신기에서 방문하였다. 직동의 임백손이 와서 저의 보리 5말을 찾아갔다. 풋보리 2되 1홉을 귀삼이 아내에게 값 8푼에 샀다. 누룩값 1전 5푼을 용국에게 받았다.

7월 12일. 서늘한 바람이 붐.

풍헌 임기정이 둑방의 부정을 조사하는 일로 보러 왔다. 그 처음 기록한 문서를 살펴서

---

23. 추분일에……춥다: 해당 내용은 「사시찬요」 권4에 보인다.

보니 짐의 이름은 하나도 기록을 볼 수 없었다. 이에 그 궤사를 조사해 보니 다만 1마지기만 넣어서 갔을 뿐이었다. 순득에게 메밀값 3푼을 주었고 또 용삼에게 콩값 4푼과 빌린 돈 1푼을 주었으며 물방아 공사를 끝내고 목수에게 품삯 7전을 주었다.

7월 13일. 흐리고 서늘함.

아침 전에 참외 2푼어치를 샀다. 아내가 숙질을 보기 위해 신전[24]에 갔다. 이 장마의 끝에 와서 자못 몹시 난관일 터인데 인정이 본래 그러한 것이다. 그러나 막아서 못 하게 하면 마음에 매우 온당치 못할 것이다. 지도실에 갔다가 성묘하고 돌아오니 방촌 자천 족조부께서 방문했다. 분단과 그 어미는 못 보았다. 조기 2푼어치를 샀다. 익이가 갔다.

> **안쪽 상단**

초하루에 바람이 불고 비가 오면 여름에 홍수가 진다.[25]

7월 14일. 비가 내림.

물방아를 맞추는 일 때문에 월평의 채목을 베었으나 아직 값을 정하지 않았다. 행상 세 1냥을 순복을 시켜 황이채에게 전하게 하였다. 빈궁한 집의 모든 일이 갑자기 더욱 고통을 받아 지금도 지연하고 있으니 부끄러움을 견딜 수 없다. 막내 아이가 모임이 있어 왔다가 어제 방촌에 갔다. 금당실의 권 의원이 약값을 재촉한다고 하니 심정이 더욱 망극하다. 비록 몸이 가루가 될지라도 어버이가 드시는 약값을 어찌 지연할 수 있겠는가? 망극한 가운데 그길로 깜박 잊어버렸으나 다만 다른 일 때문에 그런 것은 아니다.

---

24. 신전: 예천군(醴泉郡) 지보면(知保面) 어신리(漁薪里)에 있는 지명이다.
25. 초하루에……진다: 해당 내용은 『사시찬요』 권4에 보인다.

7월 15일. 비가 내림.

순득이 담배 여섯 묶음을 빌렸다. 오후에 비가 그쳤다. 막내 상주가 돌아갔다. 물방아는 돈 3푼을 더 거두어 도로 닦는 데 주었다. 보리 1되와 돈 2푼을 순용에게 별도로 주었다.

7월 16일. 맑음.

배추씨를 1전에 사고, 향부자를 베었다. 아내와 익이가 돌아왔다. 후읍 씨 처소에 누룩 값 1전을 받아야 하기 때문인데 다만 8푼만 받았다고 한다. 익이가 간 후에 위 녀석에게 물어보니 모두 상납했다 하는데 말투가 온당치 못하여 몹시 의아하다. 위돈 8푼은 익이가 장차 내일 백일장에 참여하러 갈 돈이긴 하나 많지 않다.

7월 17일. 맑음.

산 갈보리를 모두 찧었기 때문에 세 4도를 임자 용삼에게 주었다.

7월 18일. 맑음.

사한을 시켜 말을 끌고 적성장터에 가 산마골[26] 7표를 사서 바치게 했다.

7월 19일. 맑음.

도로를 닦았다. 방촌의 군익 씨가 와서 보고 요기 후 돌아갔다. 고산의 이종형이 오셔서 초저녁에 누룩 2동을 보냈다.

---

26. 산마골: 돌삼의 껍질을 벗겨 낸 겨릅대를 말한다.

7월 20일. 맑음.

망정의 할아버지께서 왔다가 돌아가셨다. 계를 닦는 일 때문이다. 방촌 보촌 일가 어른의 형제 치우와 방지 박씨 어른이 오셨다. 13의 이자로, 3냥을 오는 정월 20일을 기한으로 대출하여 약값을 보냈다. 금당실 권돈윤의 집으로 떠났다.

7월 21일. 맑음. 처서. 천둥에 찌는 듯했으나 비는 내리지 않음.

좌반 한 마리를 3푼, 백지 5장을 3푼, 성냥을 5푼에 샀다. 해 질 무렵이 되어 동풍이 비를 몰고 억수로 퍼부으니 시내가 범람했다. 농사 이야기에 처서에 비가 오면 백곡이 낟알을 이룰 수 없다고 하니 몹시 놀랍다.

7월 22일. 비 내림.

동풍이 가늘게 불어 아주 서늘하다. 귀삼이가 소고기를 1전 2푼어치 샀다.

7월 23일. 아침에 흐리고 낮에 맑음.

고산의 매형이 돌아가고 버들밭[27]의 처제가 찾아왔다.

> #### 안쪽 상단
>
> 초하루에 바람이 불고 비가 오면 여름에 홍수가 지고, 그믐에 비가 오면 보리가 잘 된다. 입동에 바람이 서북쪽에서 불어오면 이듬해에 오곡이 잘 익고, 동남쪽에서 불어오면 여름에 가뭄이 든다.[28]

---

27. 버들밭: 원문은 류전(柳田)으로 현재의 하금곡동이다.
28. 초하루에……든다: 해당 내용은 『사시찬요』 권5에 보인다.

7월 24일. 아침에 흐리고 낮에 맑음.

담배를 6줌 남짓 땄다. 귀삼 콩 2도를 샀는데 값은 치르지 못했다.

7월 25일.

닭이 처음 울 무렵 비가 쏟아져 시내가 범람하여 도자기와 솥을 잃었으니 안타깝다. 오후에 누룩 17개를 만들었다. 초저녁부터 밤새도록 비가 내렸다. 전후로 딴 담배가 겨우 8줌이다.

7월 26일. 흐리고 비 내림.

땔감이 모자라나 다시 대체할 새로운 나무가 없어 아침 밥할 길이 없으니 어찌할까? 아침 전에 누룩 6개를 만들고 인노가 개남과 8개를 만들었다 한다. 아침 전에 들어와 봤을 때 닭장을 만들라 분부했는데 이행하지 않고 누룩을 만들었다고 하니 완악한 습관이 점점 생겨 마음에 몹시 가상하다. 아내가 어제저녁 노비 일에 엄령을 세우지 못하고 말투에 법칙이 없으니 이상한 일도 아닌 듯하다. 부인의 소견으로 널리 생각하여 이룰 수 있는 바가 아니기 때문에 좋은 말을 했을 때 듣지 않았다면 게으른 기운이 더욱 심한 것이다.

7월 27일. 흐리고 비가 내림.

순복을 시켜 닭을 잡았으니 이는 처제를 위해서이다. 아침 후에 맑았다. 기가 갑자기 아파서 약을 구했다.

7월 28일. 맑음.

류전의 처제가 돌아가기 때문에 짚신과 붓 한 자루를 샀다. 막내 상주가 찾아왔다.

…… 와서 물값 5전을 주기를 다그쳤다. 둘째 누이의 치마를 가져갔다.

7월 29일. 아침에 구름 끼고 흐림.

군익 씨가 찾아왔다. 사기그릇 6좌를 7푼에 샀다.

8월 1일. 경술. 흐리고 비가 옴.

조전[29]을 지내고, 야당에서 마련하여 주어서 아주 망극하다. 조기 3마리를 값 5푼에 샀다. 익이가 찾아오고, 막내 상주는 돌아갔다.

8월 2일. 흐림.

해를 볼 수 없으나 감내해야 한다.

8월 3일. 흐려서 해를 볼 수 없음. 낮에 맑다가 저녁에 흐리고 비가 내림.

후읍 씨 딸이 누룩 잔돈 2푼을 와서 상납하였다. 큰집 삼베 20자 값 보리 25되를 인노에게 받았다.

8월 4일.

아침 전부터 비가 크게 퍼붓다가 연이어 흙비가 땔나무에 쏟아져서 몹시 곤란해졌으니 이것이 한스럽다. 저녁 후에 크게 퍼부었다. 또 서풍이 크게 불었다.

---

29. 조전: 장사(葬事)에 앞서 이른 아침마다 영전(靈前)에 지내는 제사의 의식을 말한다.

8월 5일. 흐리고 비 내림.

조금도 갤 기미가 없어 나를 늦게 한다. 시목실의 일손이 올 가을보리 5말과 봄보리 3말을 상납했다. 또 솔가지 1바리도 바치었다. 귀삼 몫 10도를 값 4전에 샀다. 시장 가치는 흡사 3푼 5리인 듯한데 이같이 내려 주었으니 몹시 관대하다.

안쪽 상단

초하루에 바람이 불면 보리가 잘 되고, 그믐날에 바람이 불고 비가 오면 봄에 가뭄이 들며, 이달 안에 무지개가 서면 대두가 잘 된다. 동짓날 밤중에 천기가 맑으면 만물이 성숙하지 못하고 바람이 많으며, 찬바람이 자방에서 불어오면 농사가 풍년이 들고, 서북 사이에서 불어오면 벼가 상하게 되고, 유방에서 불어오면 가을에 비가 많이 내리고, 서남 사이에서 불어오면 여름에 가뭄이 많이 든다.[30]

8월 6일. 흐리고 구름 낌.

인노를 시켜 선조 무덤을 벌초하도록 하고 저대로 보호하라 하였다. 명태 1마리를 값 2푼에 샀다.

8월 7일. 맑음.

지도실에 가서 성묘한 후에 칡 껍질 짚신을 2푼에 샀다. 산지기가 두천에 사는 윤순득이라 일컫는 녀석이 산소 나무 18그루를 베었다고 알렸다. 마음이 매우 아프다. 막내 상주가 또 왔다. 문촌댁에서 요기를 하고 산에 올라가 살펴보니 과연 말한 대로였다. 아우와 묘소에 애도를 표하고 여막에 돌아왔으니 아직 달리 걱정은 없다. 복천의 벗 정

---

30. 초하루에……든다: 해당 내용은 『사시찬요』 권5에 보인다.

겸선 형과 일가 조부 진여 씨가 온다고 한다.

8월 8일. 맑음.

낮에 산에 올라서 주변을 유람하였다. 용국이 용삼에게 담배를 사고 나무 한 그루를 베어 내려오니, 몹시 애통하다. 하지의 용삼이 10개를 용국이 놈에게 분부했다.

8월 9일. 맑음.

야당에 가서 이야기했다. 반식경에 저곡의 사돈어른을 뵙고 돌아왔다.

8월 10일. 맑음.

시도실에 갔다가 다시 지도실로 돌아왔다.

안쪽 상단

옛날 공공 씨에게 형편없는 자식이 있었는데 동짓날 죽어 역귀가 되었고 붉은 팥죽을 두려워하였다.[31] 때문에 이 입구에 붉은 팥죽을 칠했다.

8월 11일. 아침에 흐렸다가 낮에 맑음.

인노가 안동에 가서 조기 6마리를 1전 3푼에 명태를 9푼에 백미 2도를 1전 5푼에 샀다. 백미와 조기 3마리, 명태 4마리는 큰집이 흥정하였다. 하복값 잔돈 일로 5전을 인노에게 주었다. 다음날은 5대 조모의 기일이다. 막내 상주가 왔다.

---

31. 옛날……두려워하였다: 해당 내용은 『형초세시기(荊楚歲時記)』에 보인다.

8월 12일. 맑음.

연간 환곡 1말 5도를 나누었다. 막내 상주가 돌아갔다. 담배 7줌을 땄다.

8월 13일. 흐렸다가 맑음.

방촌 군익 씨가 오셨다. 반송의 신 어른이 찾아오셨다. 익이가 찾아왔다.

8월 14일. 맑음.

막내 상주가 왔다.

8월 15일.

가을 보름달이 비가 내리는 것 같다. 방촌 상감의 상주가 찾아왔다.

8월 16일. 비 내림.

개노를 시켜 북어 한 마리를 값 2푼에 사게 하였다. 인노가 늦저녁에 돌아왔다.

8월 17일. 흐리고 비 내림.

잡종 감 5첩을 가지고 4전에 샀다. 막내 상주가 돌아갔다.

안쪽 상단

초하루에 바람이 불고 비가 오면 봄에 가뭄이 든다.[32]

---

32. 초하루에……든다: 해당 내용은 「사시찬요」 권5에 보인다.

8월 18일.

증조할아버지 기일이다. 쌀 1되 5작을 빌려서 제사를 지내는데, 상심스럽고 고민됨이 심하다. 민망하고 한탄스러우며 또한 화가 난다. 바람이 잠깐 불었다가 멈추었다. 달을 볼 수 있었다. 금당실의 벗 변씨가 찾아왔다.

8월 19일. 아침에 맑음.

담배 2줌 남짓 땄다. 인노를 시켜 나무 두 바리를 베고 소나무로 9그루를 이루게 하였다. 바람이 불었다.

8월 20일. 맑고 바람이 많이 붊.

방촌의 여러 어른이 찾아오셨다. 신전 인척 누님이 찾아왔다가 요기 후 돌아갔다. 향부자 한 낱을 주어서 다만 안팎의 방과 큰집 안방 온돌에 두었다.

8월 21일. 맑음.

인노가 시장에 갔다. 개노를 시켜 시목곡에 가게 했다. 올벼와 보리가 떨어진 것을 재촉하게 된 소치가 가소롭고 또 민망하다. 인노를 시켜 조기 한 마리를 4푼에 명태 두 마리를 3푼에 사게 하였다. 또 억비에게 2전을 주었다. 그의 출산을 돕기 위해서이다.

8월 22일. 맑음.

담장을 쌓았다. 어른들도 붙어 협력했지만 마치지 못했다. 백동 외숙께서 오셨다. 동이 다른 끝에 외삼촌과 생질이 만나 감격과 슬픔을 견딜 수 없었다. 또 부모를 여읜 끝에 더욱 망극함이 지극하다. 듣자니 백동과 두곡 여러 곳 소식이 대개 평안하다 한다. 아무도 못 가기 때문에 술을 3푼에 샀다.

안쪽

상국 돈 5전을 대원 모친이 가지고 갔다.

결복세값 1냥 4전을 개남으로 하여금 임 기정 처소에 전하게 하였다.

매호댁 돈 5냥을 돌분이가 가지고 전했다.

8월 23일. 맑음.

막내 상주가 일찍 왔다. 군위의 일가 아재가 오셨다. 요기하고 되돌아갔다. 내일은 아침은 바로 백씨의 기일이다. 잔명이 저절로 잇달아 생겨나서 몹시 견디기 어렵다. 시목골 올벼 20말을 나누었다.

8월 24일. 맑음.

외숙께서 화곡으로 가시니 작별할 때 슬픔과 서운함이 더욱 과연 어떻겠는가? 망정의 조부께서 오시어 큰집의 호두와 우유를 접하였다.

8월 25일. 맑음.

삼씨를 거두고 밤을 땄다. 지도실 동촌 할머니가 오셨다. 말 세와 소금 1말을 옥손 처소에서 받았다.

8월 26일. 맑음.

개노를 시켜 조기 1마리를 3푼에 명태를 2푼에 담뱃갑을 3푼에 사서 합 8푼을 사용하였다. 대추를 땄는데 너무 익지 않았다.

8월 27일.

아침 후에 소나기가 갑자기 내렸다. 먼지나 적실 정도였고 즉시 개었다. 목화를 개노에게 분담하였다. 또 복상밭으로 옮겼다.

8월 28일. 맑음.

아침 전에 억비가 아이를 낳았다. 몸조리를 도왔다.

8월 29일.

지도실에 가서 성묘한 후에 안 마을에 들려 꿀 한 그릇을 값 8전에 샀다. 아직 주지 못했다.

> **안쪽**

그믐날 매호댁이 돈 5냥을 종필이가 가지고 갔다.
신사 정월 8일 돈 4냥을 명손이 가지고 갔다.

9월 1일. 기묘.

억비가 낳은 아이가 3일이 되지 않았기 때문에 조전을 올리지 못했다. 더욱 망극하다. 막내 상주가 아침 전에 찾아왔다. 조전 떡을 갖고 왔다. 오후에 돌아갔다. 익이도 곧장 신전으로 향해 가니 쓸쓸함이 더욱 심하다.

9월 2일. 흐려서 해를 볼 수 없음.

담배를 3줌 땄다. 조세 1석을 후읍 씨 녀석에게 나누었다. 밤이 되어 지금 비가 온다.

9월 3일. 비가 갬.

송분리를 답사하고 율리[33]의 사돈어른과 신전의 인척 누이를 뵙고 익이와 함께 바로 돌아왔다.

9월 4일. 맑음.

고산에 가 안부를 물으니 대체로 평안하고 남매 상봉에 절로 고달프고 걱정이 되어 그리움이 더욱 배가 됐다.

9월 5일. 맑음.

식후에 위곡에 가서 장인어른을 뵀다. 또 고산을 지나 요기하고 날이 저물어 돌아와 잤다.

9월 6일. 맑음.

인노를 시켜 월답의 조생종 벼를 베게 하였다. 용문동 순년이 도지 조세 5석을 큰집에 와서 납부했는데 1말이 차지 않았기 때문에 찾아서 상납 때에 모두 준다고 하였다. 생각이 떠올랐을 때 답사를 위해 수심에 가는 사이에 주간의 김 생원과 삼재종 형제가 찾아왔는데 뵙지 못하여 슬픈 감정을 견딜 수 없다. 명한을 시켜 북어 12마리를 값 2전에 사게 하고 1전은 주고, 1전은 남아있고, 또 조기 1마리를 값 2푼에 샀다. 오후에 동

---

33. 율리: 예천군(醴泉郡) 지보면(知保面) 어신리(漁薪里)에 있는 지명이다.

풍이 크게 불었다. 인노를 시켜 애당초 식량 마련을 위해 처음 집 앞 벼를 베도록 했는데 너무 익지 않았다.

9월 7일. 맑음.

인노를 시켜 읍내 시장에 가서 큰집 무명을 팔고자 했다. 목화를 사기 위해서다. 아내와 아이들이 박상동 목화를 땄다. 솜으로 타기 위해서 3푼 돈을 인노에게 주었다. 큰집 무명을 1냥 7전을 받고 목화 19근을 샀다고 한다. 그러므로 달아보니 12근 반이다.

9월 8일. 맑음.

인노가 저녁에 돌아와 알현했다.

9월 9일. 맑고 바람이 서늘함.

형수님과 아내와 여러 누이가 양가의 명절 제사를 지낸 후에 성묘를 위해 지도실에 갔다. 막내 상주가 오지 않는다. 지척이 천 리가 아닌데 무슨 까닭인지 알 수 없어 울적함이 배가 됐다.

9월 10일. 맑음.

벼를 수확했다. 일꾼 7인이 다 베지 못했다. 빙군(장인)이 신당에서 어쩌다 배앓이를 만나 난간에 봉착했다 하니 황망함을 견딜 수 없다.

9월 11일. 맑다가 흐림. 바람과 가랑비가 내림.

9월 12일. 맑음.

빙군이 가시어 작별을 맞아 뒤이어 계속 보기 어려우니 서글프다. 내일 아침은 바로 증조부 기일이다. 막내 상주가 찾아왔다.

9월 13일. 맑음.

벼를 수확했다. 일꾼 7인. 항감 논 조생종 벼 7바리. 옛터의 앞 논 19바리이다.

9월 14일. 맑음.

인노가 개남의 품삯을 갚았다. 막내 상주가 돌아갔다.

9월 15일. 맑음.

방촌 상주의 상주가 산소 일로 아침 전에 찾아와서 소나무 두 그루 빌리기를 청하기에 허락하였다. 근암 형님이 오셨다. 화겸의 권 어른과 장 석로를 산 위에서 보았다. 노복들이 찰벼를 베었다.

9월 16일. 맑음.

백미 5되를 값 2전에 팔고 키를 1전 1푼, 소금을 3푼에 사니 7푼이 남았다. 큰집 쌀 1되를 팔고 소금을 4푼에 샀다. 억비에게 목화 14근을 1냥에 주고 북엇값 잔돈 1전을 명손에게 갚게 하였다.

9월 17일. 맑음.

인노가 순용과 억비와 함께 큰집 월답 벼를 베고 석립 조 3바리를 거두었다. 송곡의 6

촌 형제가 왔다.

9월 18일. 맑음.

순득이 녀석과 함께 항감 논의 보리와 심은 벼를 베었다. 금당실의 권이문 형이 찾아왔다.

9월 19일. 맑음.

인노와 귀삼이 녀석이 큰집 석립 논의 벼를 베고 저녁에 큰집 월답의 벼를 수확했다. 개남이가 읍부에서 저녁에 돌아와서 소장의 제음을 보이니 황가가 잡혀 들어간 일이었다. 식후에 지도실 산지기 임가 녀석이 와서 알현하며 이르기를, 선산의 백호[34] 200보 안에 누군지 모르는 사람이 암장을 했다고 하니, 마음이 몹시 당황스러워 어떻게 해야 할지 모르겠다. 가을 농사에 골몰하여 들어가 볼 수 없어 하는 것을 더욱 망극하게 한다.

9월 20일. 흐리고 구름 낌.

노들이 항감 논의 벼를 거두어 탈곡하니 7바리다. 회화나무 아래 조 4바리를 거두었다. 막내 상주가 도실에서 찾아와 이르기를, 남이 암장한 곳이 어버이의 묘소에 크게 방해가 되어 저곡 박 생원의 산에 잘라 두었다 하고 추수 일 때문에 돌아갔다.

9월 21일. 바람 불고 비 내림.

노들이 월답의 벼를 거두었다. 해가 저물 때 도실(지도실)에 들어가 성묘하고 남이 암

---

34. 백호: 풍수지리(風水地理)에서 묘지의 주산(主山)으로부터 오른쪽으로 뻗어나간 산줄기를 말한다. 가장 안쪽의 줄기를 내백호(內白虎), 가장 바깥쪽의 줄기를 외백호(外白虎)라고 한다.

장한 곳을 살펴보니, 과연 근래에 전한 바와 같았다.

9월 22일. 구름 꼈다가 맑음.

인노가 큰집 베를 사는 일로 읍내 시장에 갔다. 베를 1냥 7전 5푼에 팔고 목화 18근을 값 1냥 5전에 소금을 3푼에 샀다. 본집에서 마련해 주었다. 막내 누이가 가락지를 8푼, 옥색을 1푼에 샀다.

안쪽 상단

매년 정월에 바람이 초순 전 갑자 방향에서 불어오면 크게 풍년이 들고, 병자 방향에서 불어오면 가뭄이 들고, 무자 방향에서 들어오면 황충이 생기고, 경자 방향에서 불어오면 어지럽고, 임자 방향에서 불어오면 물이 많다.[35]

9월 23일. 맑음.

아침 전에 옥손이 영■가 떠나는 일로 말편자 2 보자기를 와서 바쳤다. 큰집 석립 논에서 7바리를 거두었다. 또 길 넘어 아래 논을 거두어 추수를 마쳤다.

9월 24일. 상강. 맑음.

찰벼 2섬 10말을 타작했다. 10말은 큰집에 드렸다. 감을 땄는데 한 접이다.

9월 25일. 맑음.

집 앞 논 나머지 조곡을 타작하였다. 송전의 원태가 콩 도조 7말을 와서 상납했다. 벼 5

---

35. 매년……많다: 해당 내용은 『사시찬요』 권1에 보인다.

섬 5말을 타작했다.

9월 26일. 맑음.

소금을 4푼에 백지를 5푼에 큰집 소금을 3푼에 샀다. 큰집에 베 판 돈 1전 1푼을 빌려 닥나무 삶는 데 썼다. 새터 변 사진 어른이 오셨다.

9월 27일. 맑음.

마구간을 덮었다. 콩 4말을 타작했다. 목화를 수확했으나 다 거두지 못했다.

9월 28일. 맑음.

인노를 백동에 보냈다. 중도에 황 서방을 만나서 돌아가는데 황 서방은 나곡에 들렸다고 한다. 콩을 타작하니 7말이다. 애초 심은 것이 2도 5푼인데 소출이 이와 같으니 농사의 이윤은 면하게 됐다. 인노가 중도에 황 서방을 만나고 돌아왔다.

9월 29일. 맑음.

인노가 이엉 덮개를 엮어 물레방앗간을 덮었다. 백지 5장을 근암댁에서 빌려, 백동에 편지를 썼다. 황 서방이 늦저녁에 근동에 왔다가 작별한 뒤에 나도 모르게 한차례 나자 빠졌다.

안쪽

이의 결복세값 2전1푼을 중대가 가지고 갔다.
약값 1냥을 정씨 하인 이 맹대가 가지고 갔다.

9월 30일. 맑음.

백동에 처자를 보냈다. 노자는 3푼이다. 인노를 오천 장터에 보내 누룩을 팔려 했는데 헛되이 돌아왔다. 그리고 고산의 소식을 들어보니 누이께서 혼미하다 하고 증세가 곤궁하다 하니, 나도 모르게 애태웠다. 좌반 6푼, 명태 2푼.

10월 1일. 맑음.

날씨가 아주 따뜻하다. 겨울날 따뜻하여 기분이 좋았다. 인노에게 누룩 8장을 값 1냥 4푼에 사게 하고 소금 6되를 4전 3푼에 짚신을 3푼에 백지를 1전 1푼에 사게 하였다.

10월 2일. 맑음.

용문에 갔다. 종이 만드는 일 때문이다. 뽕나무껍질을 주고 돌아왔다. 종이는 …… 오후에 야당에 갔다가 황 서방과 함께 다시 왔다. 명손이 도지 콩 7말을 상납하고 영리에서 만든 옷과 목화 13근, 참깨 1말을 가지고 와서 상납하였다.

10월 3일. 맑음.

후읍 씨에게 조 12말과 팥 7도를 나누었다. 무 1바리를 값 4전 8푼에 샀다. 세어보니 한 바리가 거의 12개다.

10월 4일. 아침에 맑았다가 오후에 흐림.

진삼이 도지세 5섬을 상납했다. 황 서방이 아침 후에 체증으로 곤궁에 처하여 몹시 걱정됐다.

10월 5일. 흐리고 비 내림.

용임이 찰벼 도지세 5말을 와서 바쳤다.

안쪽

결복세 값 5전을 귀삼이를 시켜 신 구담댁에 전하게 했다.

10월 6일. 흐리고 해가 보이지 않음.

큰집 도조 일꾼 4인이 타작에 말로 헤아리니 15섬이고, 도지세 2섬을 가지고 왔고, 이영으로 덮었다. 지도실 월봉암 무사 값(무사하기를 비는 축원 비용인 듯) 4전 4푼을 백운당 정백원이라는 녀석에게 주었다. 막내 상주가 돌아갔다. 백동의 김돌 누님이 왔다.

10월 7일. 맑고 추움.

야당에 가서 노닐다가 점심 먹고 돌아왔다. 두곡 막내 고모부가 찾아왔다. 황 서방에게서 각처가 모두 평안한 것을 알았으니, 위로가 되고 다행스럽다. 황 서방은 오늘 왔다가 아직 돌아가지 않는데 괴이쩍은 일이다. 큰집의 이영 덮개 10개를 엮었다.

10월 8일. 맑음.

개노를 시켜 백동에 서신을 10일 기한으로 전하게 하였다. 인노가 빈 가마니를 만들었다. 귀삼이가 큰댁 이영 덮개 5개를 엮어 인노와 함께 큰댁을 덮었다. 홧손이 도지 콩 7말을 가지고 왔다.

10월 9일. 입동. 맑음.

두곡 막내 고모부가 돌아갔다. 반송의 이월탄댁 도지세 4섬을 받았고 후읍 씨 도지세 1
섬도 받았다.

10월 10일. 맑음.

벼를 타작했다. 일꾼 11명이다. 말로 세어보니 25섬이다. 뜰에서 이엉 덮개 27개를 엮
었다.

10월 11일. 맑음.

신원 논 도지 1섬 8말을 받았다. 등차의 조세 2섬을 가져왔다. 10말은 제동(못골) 제사
를 위해 큰댁에 드렸고, 20말은 지도실 제사를 위해 받아두었다. 지붕을 덮었다.

안쪽

짐값 5전을 귀삼이에게 장복손 처소에 전하게 했다.

짐값 2냥을 변 백동댁에 전했다.

묵은 짐값 5전을 퇴동 임구댁이 가지고 갔다.

짐값 5전을 율현 신전댁이 가지고 갔다.

짐값 2전 1푼을 매호댁을 주었다.

10월 12일. 맑다가 흐리고 구름 낌. 오후에 가랑비가 내리다가 이내 퍼부음.

10월 13일. 구름 끼고 흐림.

지도실의 김생이 큰댁 벼 1섬 4말을 와서 받쳤다. 고산 누이가 도지세 4말 5도를 받아

두었다. 바로 후읍 씨 아내가 상납한 것이다.

10월 14일. 맑았다가 흐림.

본면의 서기가 와서 조사하였다. 고산 이 서방이 말을 빌리고자 찾아왔다. 임 생원의 조세 2섬 12말을 나누었다.

10월 15일. 맑음.

야당에 가서 반나절이 되어서 돌아왔다. 이형이 돌아갔다.

10월 16일.

아침에 흐리고 비가 왔기 때문에 황 서방이 돌아가고자 했으나 돌아갈 수 없었다. 계를 하기 위해 방촌의 명여 씨가 찾아오셨다.

10월 17일. 맑음.

황 서방이 새벽녘에 돌아갔다. 인노와 읍내 시장에 가서 녹각 11냥, 소고기와 북어 1냥 3전 5푼, 해합 1전 1푼, 연 1전 1푼, 요기 1전 8푼을 샀다. 그리고 큰댁 무명을 두 필에 3냥으로 팔고 다 끌어 사용하려 했는데 마음이 스스로 편안하지 못했다. 또 ■■ 은 3전 8푼이다. 그런데 명탯값은 주지 못했다.

10월 18일. 맑음.

서에서 소를 다 나누어 갔다. 용국의 도지세 6섬을 받았다. 순노가 왔으나 주지 못했다.

10월 19일. 아침에 흐림.

오늘 용문동 제사를 지내려 했는데 날씨가 몹시 걱정스럽다. 옛말 새터 노가 찾아왔다.

안쪽

빚진 돈 6전을 돌몽을 시켜 임기정 처소에 전하게 했다.

10월 20일. 맑다가 서늘한 바람이 세차게 불어 몹시 추움.

큰댁에서 제동의 제사를 마련했다. …… 남전동 묘사를 지내고 오니 지도실의 조생이 큰집 벼 2섬 6말을 나누어 와서 기다렸다. 복천 정 생원이 큰집 도지 3섬, 밭도지 찰벼 3말, 조 4말을 가지고 왔다. 류전의 상주 남이 찾아와서 돈을 꾸어달라 청하였다. 집안 일로 평소에 돈이 축난 것을 잘 알아서 몹시 괴로웠다.

10월 21일. 맑음.

지도실 묘사를 지냈다. 야당의 근선 형님은 사적 제사 일로 거행하지 못하였다.

10월 22일. 맑음.

범골 제사를 지내고 백석 신성노와 구동 아재 승천과 함께 성묘하니 산소 뒤 십여 보 땅에 …… 지도실 마을에 내려오니, 마을에 왔다가 우연히 화재를 만났다고 들었다. 산소에서 내려오자 바로 근선 형님을 만나니, 군위에 가는 일로 기촌에서 돌아왔다고 한다. 우곡은 모두가 평안하고 수곡 고모의 근황은 또 심하다 한다. 앉아서 외부 소식에 염려가 그치지 않고 공경 …… 마음 같을 수 없다. 몸을 빼내어 문안드릴 방법이 없으니 몹시 민망하다. 사성(남악) 선조 묘갈 일을 언급하는 사이 4파 여러 족친이 40 꿰미를 송금한다고 하였고 더 생각하고 이루어 체계를 구성할 생각이라 하였다.

안쪽

문중 돈 1냥을 편전을 받아 군위댁에 전했다.

결복값 3전 2푼을 변 백동댁에게 전했다.

매호댁 돈 원금이자 도합 7냥을 고돌몽이 가지고 가고, 문중 돈 1냥을 치명에서 받았다. 문중 돈 1냥을 군위댁에 전하고, 결복값 9전을 변 백동댁에게 전했다.

10월 23일. 흐리고 구름.

신사의 황덕삼이 소를 끌고 환자 값 1냥 3전의 잔돈 1전 6푼을 전했다. 구동 일가 아재가 돌아왔다. 신성노가 고림[36]의 묘사를 지냈다. 나 홀로 봉우리에 가서 백씨 묘사에 미치어 외로운 감정이 더욱 배가 된다. 직동의 임근분이 와서 큰집 조 8말 …… 고점손 몫 주봉 도조 2섬 3말을 받았다. 저녁 후 비가 온 끝에 시원히 가뭄과 먼지 산을 적셨다. 지금 개노 몫은 9말, 3마지기 밭, 9말 콩이다. 이것이 농사의 이익인가? 하하.

10월 24일. 맑다가 바람 불고 구름 낌.

곡동의 묘사를 지냈다. 인노를 시켜 울타리를 막게 했다.

10월 25일. 맑고 바람 붊.

신성노와 함께 물한리에 갔다. 저녁이 되어서야 산지기 집에 와서 제사를 치르기에 어렵게 됐다. 큰집 벼 24말을 나누어 1냥 4전 5푼의 돈을 마련했다.

---

36. 고림: 예천군(醴泉郡) 유천면(柳川面) 고림리(高林里)를 가리킨다.

10월 26일. 바람 불고 추움.

눈이 내린 길을 지났기 때문에 잠시 들어가 요기하였다. 편안하지 않은 경험이었다. 노들이 쌀 6말을 찧었는데 백미 19되이다. 재보니 너무 부실했다. 탄식할 만하다.

10월 27일. 맑음.

인노를 시켜 읍내 장터에 가서 백미 32도를 가지고 가게 했다. 시장에 가서 저자되를 써보니 겨우 29도 5홉이라 한다. 5홉은 시장세로 주고, 1도에 4푼으로 샀기 때문에 쌀을 1냥 3전에, 또 갈 때 준 돈 9전 9푼을 아울러 합한 것이 2냥 2전 9푼이다. 그리고 큰댁 목화 22근을 1냥 7전에 드리고 명태값 4전에 잔돈 1전 7푼이고 요기 2푼이라 한다. 쌀 근량이 저대로 너무 차지 않아서 진실로 탄식할 만하다. 순노를 고산에 보냈다. 이는 고산 신행길에 말을 빌리려는 것이다. 매형 백씨께 서찰을 썼다.

안쪽

결복값 3전 1푼을 율현 황전댁에 전했다.
매호댁 결복값 5전 8푼을 신 구담댁에게 주었다.

10월 28일. 맑다가 추움.

인노를 시켜 뒷간을 수리하고, 큰집 문을 바르게 했다. 순노가 돌아와 고산 소식을 들으니 누이가 탈난 것이 지금도 쾌차하지 못했다 하니 걱정이나 제반사는 평안하다 한다.

10월 29일. 맑음.

조전 일 때문에 개노를 시켜 좌반과 명태, 성냥을 사게 하고 돈 5푼을 주었다. 인노가 저네 상전의 울타리가 없어 만드는 작업 때문에 산에 간다고 하였다. 익이가 돌아가고자 하니 나도 모르게 섭섭하였다.

11월 1일. 무인.

고산 이형이 고모에게 쓴 편지를 보았다. 인노를 시켜 백미 21도를 값 9전 4푼에 사게하고 대추 5전 5푼 내에 백지 4장에 2푼, 소금 6푼, 북어 3푼, 조기 1전 3푼, 옥색 1푼, 일명 참기름 1푼을 맡겼으며 9전 5푼을 뭇값과 말 비용으로 주고 잔돈 2전을 옥노에게 받았다. 소고깃값 1냥을 조열에게 받았다. 금당실 벗 권이문이 전달할 일로 방문하였다. 소고깃값 1전, 백미값 9전 4푼, 대추값 5전 5푼 합 2냥 4전 9푼 내에 2냥 2전 1푼을 쓰고 남은 2전 8푼 내에 1전 5푼을 연 ■■에게 주고 개노돈 3푼을 주었으며 산마값 7푼을 양천댁에 전했다.

안쪽

매호댁 결복값 4전을 개남이가 장 복손 처소에 전하게 했다.

11월 2일. 맑음.

인노를 시켜 처음 남산 솔잎을 거두게 하였다. 큰집 순노가 후읍 씨, 춘노와 함께 거두러 간다고 하였다. 그런데 공교롭게 독감에 걸리어 두통과 현기증이 발작하였기 때문에 앓아 누었다. 방촌의 일가 치실이 말을 빌리는 일로 찾아왔다. 비축한 도지세를 처음 먹었다. 1섬 중에 4말은 말렸다. 남산 솔잎 5짐을 거두었다.

11월 3일. 맑다가 바람 불고 추움.

문 닫힌 가난한 집에서 온갖 감정이 도는 가운데 실로 견디기 어려운 바를 속으로 스스로 한탄하니 어디에 기대겠는가? 인노가 복천의 초행 일로 떠났다. 아침 전에 함께 식사 후에 또 하인 두 명을 말하였다. 개노가 제사를 위해 나머지 조세 5말을 와서 바쳤다.

11월 4일. 맑음.

노인 발급 값 2전 5푼을 주었는데 7푼을 채우지 못했기 때문에 양천댁 돈 7푼을 빌려서 주었다. 방촌의 치실에게 말을 빌렸는데 말이 쇠약한 듯하니 염려된다.

11월 5일. 맑음.

인노가 순용노와 함께 용국이를 데리고 남산 솔잎 4짐을 거두었다. 개노를 시켜 대손의 벼 2섬을 나누어 봉하고 두게 하였다.

11월 6일. 맑음.

용동 류만손의 큰댁 도지 콩 8말과 조 8말 중 2말이 부족하기 때문에 이후에 남은 도지세 1말을 납부하기로 하였다. 오후에 눈보라가 몹시 불어 두려울 만했다. 막내 상주가 찾아왔다. 말린 벼가 1섬 10말이다. 인노를 시켜 환곡 쌀 10말을 장만하게 하였다.

> **안쪽**

매호댁 정당한 값 1냥이 우리 집에 있다.
문중 돈 1냥을 치명 처소에서, 군위댁에서 전해 받았다.

11월 7일. 눈보라가 몹시 붐.

막내 상주가 돌아갔다. 추위에 떠는 증세로 밤새도록 심하게 앓아 괴로운 일이었다. 큰집이 복천에서 온 벼 1섬을 인노에게 빌려주어 신사 장리 구실 1섬을 갚게 했다.

11월 8일. 바람 불고 맑음.

11월 9일. 맑다가 비는 오지 않지만 흐리고 쌀쌀함.

순노를 데리고 율현의 유서당에 갔다. 앞에서 익이를 보고 신전에 들어가니 버들밭 벗 권씨가 찾아왔다. 율현에 가서 정촌 임씨 어른을 찾아뵙고 사돈집에 가니 여전히 평안하였다. 이윽고 무이실 임씨 어른이 찾아오셨고 서당 동계 논보리를 방매하는 것에 말이 미치자 가까이에서 일 처리하여 공급하라 하였다. 그 논을 보고자 한다 하여 함께 가서 보았다. 돌아오는 길에 또 인척 아재 집에 들어가니 영리에서 자초 임씨 어른이 찾아왔다. 또 밭을 파는 일을 말씀하니 형편을 보고 도모하자 하셨다. 저녁에 집으로 돌아왔다. 아침 전 환곡 쌀, 콩, 대동미를 다 변별하여 보냈는데 대동미는 돈으로 대신하여 손수 판 조세가 7말 5도이다. 두 제사에 3냥을 지급하였다. 저윤의 무라는 녀석이 벼 찧는 일을 마치고 1냥 2전 3푼을 가져왔다 한다. 말이 절뚝거려 수송하지 못하니, 손수 수송하는 괴로움에 한탄이 나온다. 오늘이 바로 대설이다.

11월 10일. 맑고 추움.

오후에 야당에 가서 정담을 나누다가 한참 있다 돌아왔다.

11월 11일. 맑음.

지도실에 가서 성묘한 뒤 안 마을에 들어가 요기하고 돌아왔다. 소금을 1전 2푼에 샀다.

안쪽

2냥을 개남이가 가지고 갔다.

11월 12일. 맑음.

항감 논벼와 월답을 타작했다. 일꾼 5인과 개노가 들어와 부역하였다. 대동미 대전 5전 5푼을 귀삼이에게 주었다. 용문의 절에서 빌려 간 돈 13냥을 와서 납부하였다. 벼를 타작하였다. 월답과 항감이 총 9섬인데 말로 헤아려 보니 11섬 즈음 될 듯하다.

11월 13일. 맑음.

야당에 가는데 반쯤 가고 있을 때 순노가 와서 손님이 왔다고 아뢰기 때문에 돌아오니 율현 임형이 논을 파는 일로 찾아온 것이었다. 구계의 신사형 어른을 뵈었다. 인노와 순노가 반나절 어치 조를 베었다.

11월 14일. 맑음.

인노가 순노와 임 생원과 함께 조를 타작하니 70말이 나왔다. 임형이 돌아갔다. 용문사[37] 주지승이 다시 종이 1권을 떠서 보냈는데 닥나뭇값은 보내지 않아 몹시 괴이쩍은 일이다. 지도실과 시목실에서 전빈할 생각으로 떡 한 유기(고리짝)를 가지고 왔으니 정성을 갖춘 것이 가상하다. 막내 상주가 왔다.

11월 15일. 맑음.

시목실과 함께 용문사에 가면서 성묘하고 절에 가니 정익 스님은 있지 않고 시영 스님

---

37. 용문사: 예천군(醴泉郡) 용문면(龍門面) 내지리(內地里)에 있는 절이다. 870년에 창건되었다.

을 보았다. 처음에는 몹시 거만하였는데 끝에는 서너 일 사이에 상납하겠다는 뜻으로
아뢰었다. 저녁에 돌아왔다. 인노가 용산에서 또 돌아왔다. 용문사에 가서 정인 스님을
불러 보고 기만함을 몹시 꾸짖고 그길로 창호지 한 묶음을 상납할 것을 분부하니 흔쾌
히 승낙하였다. 그런데 날씨가 매우 급박하여 시목실을 시켜 받아 오라 하고 돌아왔다.

11월 16일. 아침에 흐리다가 낮에 맑음.

아침 전에 닥종이 값을 와서 바쳤다. 노들이 차조를 터니 7말이었다. 구동의 신기 아재
가 와서 보고 돌아갔다. 오후에 방촌에 가서 명주 16자를 값 10냥 5전에 사서 붉은색
명주로 염색하고자 하는 뜻이 있었기 때문에 3자는 명여 씨에게 검은색으로 염색해 달
라고 부탁하였다. 값은 아직 치르지 못했다.

11월 17일. 맑고 바람이 붐.

개노를 백동에 보낼 적에 여비 3푼을 주었다. 돈 4냥을 종심에게 빌렸다. 벼 2섬을 말
렸다.

11월 18일. 맑음.

벼를 말렸다. 목화 8근을 억비에게 주었다. 구계의 신상형이 찾아왔고 반송의 이생도
왔으며 금당실 노첨 상주 종형제도 찾아왔다. 막내 상주는 저녁에 왔다. 말발굽을 걸고
자 한다. 용문사 시영 스님이 돈 26냥을 와서 납부하고 또 20냥을 가지고 가고 문중에
서 빌린 돈 3냥도 가져갔다.

11월 19일. 아침에 비가 오다가 낮에 맑음.

신전의 익이가 찾아왔다. 정오에 개노가 비로소 돌아와 백동과 입곡 소식이 대개 평안

한 것을 알았다. 인노를 시켜 벼 2섬을 찧게 하였다. 익이와 명이가 왔다.

11월 20일. 맑음.

말린 벼를 말로 헤아려 보니 2섬 4말이다.

11월 21일. 맑음.

말린 벼를 말로 헤아려 보니 2섬 5말이다. 울타리 나무 1바리를 신전에 보내었다. 익이가 돌아갔다.

11월 22일. 맑음.

인노를 읍내 시장에 보냈다. 큰집 무명을 사기 위해서다. 콩 양식값 5전을 양천댁에게 주고, 순득이 도지 콩 8말을 와서 바치었다. 큰집 무명을 2냥 9전에 받고 소금 3전, 나막신 4푼, 본집 소금 3전, 명태 2전 1푼, 백지 5푼, 가락지 8푼, 옥색 1푼, 북어 7마리를 사서 큰집에 값 1전을 드렸다. 새터에 가서 종일 놀다가 돌아왔다. 말린 벼를 헤아려 보니 2섬 3말 5도였다.

11월 23일. 맑음.

아침 전에 반송의 월탄 이씨가 논을 팔려는 듯 집을 구했다. 식후에 명주값 1냥 5전을 보내 순복을 시켜 방촌 노촌댁에게 전달하게 했다. 신전에 가서 종일 있다가 왔다. 내일은 바로 동지이다. 당연히 아우가 찾아와야 하는데 오지 않으니 몹시 괴이쩍은 일이다.

11월 24일. 동지.

막내 상주가 아침에 왔다. 노가 조전에 참여하지 않고 집안 명절 제사를 지냈다. 춘돌이에게 목홧값 2냥 6전 5푼을 주었다. 아침에 눈이 오다가 낮에 갰다. 막내 상주가 돌아갔다. 야당 일가 필량이 말을 빌릴 의향으로 왔으나 말이 절뚝거리기 때문에 빌려주지 못했다.

11월 25일. 맑음.

품삯 벼 3말을 순복에게 주고 돈 14냥을 빌려서 왔다.

11월 26일. 흐리고 비가 내리지 않음.

막내 상주가 찾아왔다. 오후에 야당에 가서 묵고 밤에 내려오는데 싸라기눈이 내렸다.

11월 27일. 맑고 바람 불며 눈 내림.

지도실에 가서 묵었다.

11월 28일. 맑고 바람이 붊.

식후에 이순손을 불러서 산 아래 밭을 사기 위해 분부하였는데 그의 말 중에 28금을 받고자 한다고 하니 마음이 몹시 원통했기 때문에 사지 않고 헤어졌다. 시목실 김 생원에게 가는데 시목실에 가다가 길에서 방촌 율현 어른을 만나 목곡에 가서 묵었다. 한 종놈을 보고 밭을 팔고자 하니 형편을 보고 도모하겠다 한다.

11월 29일. 맑고 바람이 붊.

돌아오다가 길에서 우연히 사언 어른을 만나고 돌아왔다.

11월 30일. 맑음.

황 종백이 빌려 간 돈 8냥을 가지고 왔다. 10냥은 14냥을 빼서 깎아준 것이다. 천주사의 걸공 스님이 와서 구걸했기 때문에 조곡 1말을 주었다.

12월 1일. 무신.

임씨 어른 주신에게 억노값 잔돈 10냥을 노좌리[38] 김생가 윤택에게 전해달라 하였다. 사촌 김씨 어른 맹옥께서 찾아왔다. 개노를 시켜 청어 3마리를 3푼에, 북어 2마리를 5푼에, 큰집 제수를 사게 하였다.

12월 2일. 맑고 추움.

벼 쌀 4말 5되를 찧고, 조곡 1섬을 말렸다.

12월 3일. 맑고 바람 불며 추움.

또 벼를 펴 널었다.

12월 4일. 맑음.

돈 5냥을 고명손에게 주었다. 붓 2자루를 값 3푼에 샀다. 내일은 바로 본생 조모의 환갑날이다. 야당의 막내 상주가 참석하지 못하여 슬프고 그리운 마음이 몹시 망극하다.

> **안쪽**
> 범들 이생이 돈 1냥을 월이로 가져간 것을 12월 4일에 받았다.

---

38. 노좌리: 영주시(榮州市) 봉현면(鳳峴面) 노좌리(魯佐里)를 가리킨다.

12월 5일 맑고 따뜻함.

제사를 지낸 후에 야당에 갔다. 부현에 오자마자 막내 아이도 왔다. 중도에 회포를 풀고 야당에 가니 6촌 형님께서 …… 가시지 않은 슬픔이 심하다 하였다. 남악 선조 묘갈의 뜻으로 문중과 4파에 부탁하고 …… 하였다. 정무귀 어른을 뵙고 또 인척 권인환 형을 뵈었다. 저녁에 돌아오니 막내 상주가 …… 하였다.

12월 6일. 맑음.

문중 돈 15냥을 임백손에게 주었다. 복천의 이사목 형이 방문하였다. 용산의 이씨 어른, 이씨 형이 와서 조문하였다.

12월 7일. 맑고 바람 불며 추움.

방촌의 일가 자천 어른이 찾아왔다. 빚진 돈 7냥을 지급하였다. 순복을 시켜 생꿀값 8전을 지도실과 시목실에 전하게 하였다. 오후에 고산 길을 지나 시장에 돌아가 연을 1전에, 북어를 2전에 사게 하고 12마리 중 7마리는 고산에 전하고, 5마리는 위곡 장인 계신 곳에 전하게 하였다. 소지한 집 재목값 3냥은 고산에 전하였다. 날마다 노가 가지고 오는데 일이 몹시 지연된다. 스스로 그만두었으니 무슨 까닭으로 전하겠는가? 날이 저물어 고산에 오니 매부의 백씨인 화숙이 감기 증상으로 피곤하고 사돈어른은 외출하여 마을에 계시지 않다는 것을 들었다. 시집 누이가 각기 이별 후 만남에 슬픈 회포를 감수하기 어려울 뿐이다. 억누르려고 해도 인정이 본디 그러함을 어찌하겠는가?

안쪽

최봉선이 돈 4냥을 가지고 갔다.

마돌몽이 돈 1냥을 가지고 갔다.

12월 8일. 맑고 따뜻함.

식후에 말을 두고 위곡에 가서 송정에 앉았다. 순복을 보내어 장인어른을 청하여 뵈니 모쪼록 평안하셨다. 아내 별세 후 만나서 말하기 어려운 회포가 절로 깊었다. 장인과 사위가 같은 감정이라 과연 헤아릴 길이 없었다. 박 노인이 탁주 한 사발을 마시는 것을 보았다. 노쇠한 몸이나 끄는 사람은 평소에 우매하게 살아온 사람이었다. 문득 이러한 생각을 깨우친 나머지 마음속으로 깨닫고 무안해졌다. 정담을 나누고 얼마 뒤 그곳에 돌아오니 사돈은 벌써 돌아갔다. 마침 손자가 돌아왔는데 단지 사돈이 억지로 붙잡아서 일뿐만 아니라, 온갖 어려움이 덧붙었기 때문에 묵었다. 순복이 건강이 좋지 않아 고통스러워하는데 타지에서 이렇게 심하니 걱정이다. 마을 안 여러 벗이 모두 와서 노닐며 옛이야기를 하다가 밤이 되자 끝났다.

12월 9일. 소한.

아침에 일어나서 먹구름이 사방을 막은 것을 보니 걱정이 절로 배가 됐다. 식후에 눈이 내려 눈을 무릅쓰고 돌아오려 하였는데 주인이 만류하였다. 돌아갈 적에 사돈께서 누이 혼사에 관한 말씀을 하였다. 한송과 석포에 혼처가 있는데 어찌해야 할지 모르겠다고 하며, 가까운 데부터 말해주어 살펴보라 하셨다. 돌아가는 길에 양천에 들리니 주인이 집을 편안하고 화목하게 돕고자 말해 주었는데 의리상 감히 그럴 수 없어서 사양하였다. 평소에 생각한 괴로운 일이다. 어렵고 곤란했기 때문에 멀리서 탄식한 것이며 가슴 아픈 것이다. 인노가 그의 상전 집 재목 일로 적성에 들어간다고 하였다. 떠날 때 처음 떠나게 했지만 미치지 못하였다. 인노가 ……을 사서 24냥으로 결정한 값 …… 어쩐지 모르겠다.

12월 10일. 맑고 바람 불며 추움.

익이가 찾아와서 신전의 안부를 들을 수 있었다.

12월 11일. 맑고 바람 불고 추움.

막내 아이가 돌아갔다. 백지값 6전을 주고 노의 값은 빚 12냥 6전을 대신 써서 문중에서 빌려서 주었다. 익이의 손이 금당실에 갔다.

12월 12일. 맑음.

수심논의 결복값 3전을 귀삼에게 주었다. 익이가 돌아갔다. 신전에서 제사에 쓸 돗자리 한 립을 짰다. 지도실 산지기 후읍 씨가 돈을 빌릴 의향으로 왔지만, 돈이 없었기 때문에 주지 못했다. 탄식할 만하다.

12월 13일. 맑음.

문중의 논 6마지기를 지도실에서 값 75냥에 샀다. 우리 집에서 돈 11냥을 임백손에게 빌리고 또 곗돈 5냥 6전 6푼을 개남에게 찾아 주었다. 20냥은 벌써 야당에서 가지고 왔다. 망정의 조부가 찾아오셨다가 오늘 돌아갔다. 근암 형님이 또 찾아오셨다가 돌아갔다. 인노가 돌아왔다.

12월 14일. 맑음.

아침 전에 치규 어른과 정성희 씨를 가서 뵈었다. 인노를 시켜 큰집 논 ■■을 샀다. 복천에 가서 돈 2전을 인노에게 주어서 흥정하기 위해 또 1전 2푼을 주었다. 식후에 새터에 가서 변일성과 변노첨을 뵙고 물실의 류흠구 씨가 오시어 조문하고 가셨기 때문에 뵙지 못했다. 이 어른이 또 새터에 오시어 뵀는데 나도 모르게 부끄럽고 무안하였다. 인노가 조기 3마리를 사고 값이 8푼이라 하였다. 4푼을 남겨 왔다. 해진 후에 눈이 내리어 땅을 덮었다.

🔲 **안쪽**

개남이가 돈 1냥을 월 이자로 가져간 것을 받았다.

12월 15일. 눈보라가 크게 불었다.

수침계를 했다. 막내 상주가 추운데 돌아가니 몹시 염려됐다. 무실에 답장을 써서 흠부 씨에게 부치었다. 부침의 근심이 없이 전할 수 있을까? 염려가 된다.

12월 16일. 눈보라가 침.

인노를 시켜 금당실 시장에 가서 흥정하기 위하여 돈 2전 1푼을 주고 또 인노에게 1전을 주었다. 흥정할 돈 2전 1푼 내에서 북어에 4푼, 조기에 3푼, 소금에 5푼, 성냥에 1푼을 써서 합 1전 3푼이다. 남은 7푼으로 나막신을 샀는데 인노에게 주고 아직 받지 못했다.

12월 17일. 맑고 추움.

성대를 시켜 당동에 가 계답 14냥을 받게 하고 10냥이 남았다.

12월 18일. 맑음.

순복을 시켜 방립을 지도실에 전하게 하였다. 시목곡이 찾아왔다. 본동 권도지가 찾아왔다. 개노를 시켜 당동에 가서 논값 7냥을 받아 오게 했다. 개남이 또 5냥 3전 4푼을 미납하였다. 돈 2냥을 명손이 빌려 갔다.

12월 19일. 아침에 맑다가 낮에 흐림.

시목곡이 돌아갔다. 나는 야당에 가서 돈 10냥을 가져가고 5냥은 망정댁에 갚았으며 빚진 돈 5냥을 문중에 주고 박경목과 숙여 씨를 뵈었다. 밤에 눈이 왔다.

12월 20일. 눈 내리고 추움.

인노가 매상동에 가서 빚진 돈 5냥 6전을 귀삼에게 받았다. 눈 속 산으로 둘러싸인 집의 모든 일이 갈수록 어려워지고 있으니 절로 탄식 되나 어찌하겠는가? 또한 다만 스스로 한탄할 뿐이다. 순득이 돈 13냥 8전을 갚았다. 공교롭게 목에 종기가 생겼기 때문에 생 무즙에 귀볼지를 씹어 부쳤다. 삼눈에는 톨연을 두어 개 씹으면 낫다 하더라.

12월 21일. 맑고 추움.

소근지를 시켜 소금을 3푼에 사게 하였다. 익이가 찾아왔다. 목 종기와 두통 때문에 종일 누워 있어도 피곤하다.

12월 22일. 맑음.

지도실에 가서 성묘하고 왔다. 만촌의 족조부께서 율현 나무를 주지 않았다. 가신 뒤에 가져간 돈 8냥을 이 때문에 학계로 옮겨 기록하였다.

12월 23일. 맑음.

학계 돈 1냥을 명손이 가져갔다. 검포댁 돈 7냥을 갚고 3냥을 빌리어 보촌댁 결복값 3

냥 5전을 갚으니 4전 2푼이 남아있다. 날이 저물어 돌아오니 용절 … 혀에 갑자기 생겼기 때문에 인노가 데리고 가서 용산에서 함께했다 한다. 한밤중에 익이가 읽고 담화할 적에 양산 권도사가 강할 때 경구시를 듣고 이르길, "영남 가난한 선비가 매서운 바람 두려워, 한나라를 묻는데 주나라를 답하니 강설이 불통이구나. 오늘 종군은 나의 죄 때문이고, 평소 유한은 양웅에 있다네. 바람 날리는 소리 듣고 낙엽이 떨고, 가을 산 달이 뭇별에 둘러싸이겠구나."하니, 북극시가 나도 모르게 기특하고 절묘하여 이를 기록한다.

12월 24일. 맑음. 대한 날이다.

날씨가 아주 따뜻하여 나도 모르게 겨울의 따스함을 느꼈다. 또 익이의 열녀시를 들으니, "위엄은 눈서리와 같고 절개는 산 같아, 가지 못하는 것도 어렵고 가는 것도 어렵네. 금강에 고개를 돌려 보니 강물이 푸르러 몸이 편안한 곳 마음도 편하네."이 열녀는 이에 평안도 사람이다. 〈7월〉 시를 이앙할 때 잘 외웠기 때문에 관찰사 아들이 객지에서 지나가다가 갑자기 그 음성이 아주 낭랑한 것을 듣고 그 용모가 얌전한 것을 보고서 대번에 첩을 삼고자 하였기 때문에 열녀가 이 시를 짓고 금강에서 죽었다 한다. 또 듣건대, "시냇가 돌은 천년의 뼈인데, 망울 틔운 꽃이 2월을 다투네."하였다. 율현의 벗 임씨와 구동 신당 아재가 찾아왔다. 관모를 값 3전에 샀다.

12월 25일. 맑음.

벗 임씨는 돌아가고 신당 아재는 반송으로 갔다. 마희천 김생이 빚을 독촉하는 일로 방문하였다가 요기 후에 돌아갔다.

12월 26일. 맑음.

구동의 신당 아재가 돌아갔고 익이도 돌아갔다. 4엽 짚신을 사서 아내를 주고 또 옥색

해진 옷을 꿰매어 주었다. 개남을 시켜 소금을 4푼에, 옥색을 4푼에 사게 하였다. 검포 댁에서 빌린 돈 3냥을 갚았다. 월금이가 와서 고하길, …… 오후에 서면의 임생이 와서 묵었다. 영리에게 산 밭을 흥정하기 위해서이다.

12월 27일. 구름 끼고 흐림.

아침 전에 문서를 완성하였다. 매맷값은 6냥이다. 인노를 시켜 읍내 시장에 가서 2냥 6 푼 돈을 가지고 가게 하고 또 저의 고용세 돈 2냥 4전을 주었으며 본동 호계 권생 결복 값 2냥을 보내었다. 식후에 복천에 가 성응 씨를 만나 빚진 돈에 관한 일을 언급하니 준비하지 못했다 하였다. 돌아가는 길에 심제인 변노첨의 아들을 길가에서 만나보고 집에 돌아왔는데 야당 족숙 사연을 보지 못해 몹시 한탄할 만하다. 또 막내 상주가 찾 아와서 권 동촌댁이 빚진 돈에 관한 일을 말했는데, 갚지 못해 나도 모르게 가난의 한 스러움을 느낀다. 또 요기도 못 하고 돌아가니 더욱 섭섭함을 면치 못하였다.

12월 28일. 맑고 추움.

인노가 돌아오고, 북어 3전 5푼, 청어 5전 2푼, 소금 6전 5푼, 김 1전 1푼, 생강 2푼, 빗 8푼, 미역 1전, 짚신 7푼, 흰 명주 1전 1푼, 옥색 2푼, 소용 합이 2냥 3푼 내에 큰집 소금 3전, 김 6푼, 북어 9마리 1전 9푼, 생강 1푼, 빗 4푼이다. 복천 정씨 어른이 논 사는 것 때문에 오서서 잤다.

12월 29일. 맑고 바람 불며 추움.

정씨 어른이 돌아갔다. 인노를 시켜 신기에 가서 큰집 복천 논을 값 40냥에 팔게 하고 그 값을 받아 오게 하였다. 개노를 시켜 보천댁 결복값 잔돈 4전 2푼을 전하였다. 소고기를 1전 3푼에 샀다. 문중 돈 20냥을 임백이 의례 14를 가지고 갔다. 방촌 군익이 찾아왔다.

안쪽

매호댁 돈 2냥을 개남이 가지고 갔다.

1827년

정해년

정해년(1827년, 26세)

1월 1일 정축. 바람 불고 추움.
차례를 지낸 후에 지도실에 가서 성묘하고 저녁에 돌아왔다.

1월 2일. 맑음.
큰댁 기제사를 지냈다. 야당 근암 형님이 오셨다. 조문객이 4, 5인이 찾아왔다. 계수 씨가 오셨다가 오후가 되자 백동 누이와 돌아갔다.

1월 3일. 맑고 따뜻함.
식후에 망정 조부가 오셨고 방촌의 일가가 와서 조문하였다. 부조로 술 1동이를 용삼에게 주었다. 오후에 큰바람이 일었다. 구동에 갔는데 새터의 누님이 찾아왔다.

1월 4일. 맑고 바람 불며 추움.
버들밭 권씨 벗과 8촌 형제가 찾아왔다. 낮에 장인어른이 또 오셨다.

1월 5일. 맑음.
구동 신기 아재 형제가 돌아갔다. 신전의 인척 아재가 오셨다. 인노를 시켜 복천에 보내 명일 시장 흥정차 동 2전 7엽을 주었다.

1월 6일. 맑음.
장인어른이 익수와 함께 돌아갔다. 방촌의 맹휴 씨가 오셨다. 한번 해가 바뀐 후로 마음에 절로 처량한 느낌이 나는데 장인이 또 말하길, "돌아가 우두커니 여막을 지킨다." 하시니 눈물이 절로 흘렸다. 아, 탄식한들 어찌하겠는가? 인가에 화복이 무상한데 뒷날 혹 번성할 시기가 있을까? 백동 누님이 야당에서 돌아오고 막내 상주도 찾아왔다. 오후에 금당실 변일성 씨가 찾아왔다. 을해년에 도망간 노 복이가 찾아왔다.

1월 7일.

어제 초저녁부터 눈이 쏟아져 아침에 일어나보니 눈이 사방의 산을 뒤덮었고 또 큰바람이 일어 몹시 추웠다. 막내 상주가 하룻밤 묵었다. 금당실 권씨 벗이 와서 조문했다.

1월 8일. 맑고 바람 불며 춥다가 오후엔 흐리고 참.

방촌 종인이 찾아왔다. 지도실 시목실이 또 와서 머물러 잤다.

1월 9일. 입춘.

시목실과 함께 시목실에 가서 치오와 여익을 보고 돌아왔다. 날씨가 몹시 추웠다.

1월 10일. 맑고 추움.

인노 품삯 돈 2냥을 지급하였다. 환곡의 모든 초고를 보았다. 금당실 변씨 벗과 종형제가 와서 조문했다.

1월 11일. 아침에 흐리다가 낮에 눈 내림.

노를 백동에 보냈다. 날씨가 이와 같아서 탈 없이 도착할 수 있을까 모르겠다. 백동에 연말 선물로 돈 1전 5푼을 보냈고 노잣돈 4엽을 주었다. 청어를 사기 위해 2전 1푼을 주었다. 중로와 노첨 씨가 돌아갔다. 방촌 진여 씨가 와서 조문하였다. 오후에 눈이 크게 쏟아졌다. 상주 함녕 사람 풍수가 김씨라는 자가 와서 묵었다.

안쪽

결복값 5전을 개남을 시켜 신 구담댁에 전하게 했다.

짐값 5전을 장 지손에게 내려 주었다.

짐값 4전을 율현 장전댁에게 내려 주었다.

1월 12일. 맑고 바람 불며 추움.

풍수가 묵다가 이 터를 보고 이르기를, "지금 거주하는 땅은 길지라 할 수 있으나 부족한 것은 문이다. 만약 서남방으로 문을 내면 자손과 가업이 크게 번창할 것이다." 하였다. 외청은 집 뒤가 길지라고 하였다.

1월 13일. 맑고 추움.

풍수가와 옛 묘소를 감정하니 박상동 어버이 묘소와 남산의 조부는 반드시 재앙이 있을 것이라 하고 남산의 증조부 묘소는 지금 세상의 명산이라 하였다. 그래서 자손이 멀리 이어져 반드시 대소과가 나올 것이라 하였다. 집 뒤 조모 산소와 6대조 산소 역시 또한 온당하다 한다. 함창 문경 아재가 찾아왔다.

1월 14일. 맑음.

문경 아재가 묵었다. 풍수가는 돌아갔다. 오후에 막내 상주가 찾아왔다. 수곡 류 생원 흠부 편에서 무실 고모부 서찰을 보고 안부를 알아 기뻤다.

1월 15일. 맑음.

종조부의 제삿날이다. 제사를 지낸 후에 종문 아재와 함께 지도실에 갔다가 야당으로 돌아왔다.

옥룡자문답편(玉龍子問答篇)[1]

나머지는 모두 이와 같다. 일가 아재가 금당실에 갔다. 그리고 4종 형님이 마침 오한 증상으로 편찮으셨다. 인노가 저녁이 되어 돌아와서 백동과 두곡 소식을 들었다. 모두 평안하다.

1월 16일. 맑음.

환곡 조세 4말 5도, 보리 4말을 나누었다. 지도실과 시목실이 찾아왔다. 시목실 전답 7 마지기 값 25냥에 팔았다. 그중 5냥은 받지 못하였다. 막내 상주가 찾아왔다. 돈 2냥을 빌렸다. 백석 신성 아재가 찾아왔다.

1월 17일. 맑음.

신성 아재는 돌아갔다. 식후에 고산에 갔다 돌아오니 방촌 명여 씨가 왔었다고 한다.

1월 18일. 흐려서 해를 볼 수 없음.

신당동 이용행 형이 와서 조문하였다. 저녁 후 비가 왔다.

1월 19일. 바람 불다가 눈 내림.

이형과 함께 신전에 갔다. 이형과 함께 돈 2냥을 거두어 합 4냥을 인척 아재 집에 부쳤

---

1. 옥룡자문답편(玉龍子問答篇): 도참서인 『경고(鏡古)』에 수록된 글로 여기에서는 원문만을 수록하였다.

다. 이는 처가를 부양할 계획이었다. 돌아가는 길에 방촌에 가서 담화하고 왔다.

1월 20일. 맑음.

귀삼을 시켜 겟돈 3냥 9전과 문서를 보내고 돈 1냥을 귀삼에게 빌려주었다. 저녁 후에 와서 헌납하였다.

1월 21일. 맑고 바람 붐.

명한을 시켜 북어 6마리, 청어 8마리 값 2전에 사게 하였다. 복천에 가서 돈 8냥 4전을 받아서 오니 율현의 벗 임세현이 찾아왔고 또 들으니 구계의 신사형이 찾아왔다고 하는데 만나지 못했다.

1월 22일. 바람 불고 추움.

부조로 박성옥에게 북어 4마리를 주었다. 순노를 두곡에 보내 장차 둘째 누이를 찾아서 명주를 자주색으로 물들일 계획이다. 백미 1말을 보냈다고 한다.

1월 23일. 맑고 바람 붐.

인노와 복이를 시켜 집 앞 논을 덮은 모래와 자갈을 걷어내게 하였다. 방촌 일가 조부 군익 씨와 춘양[2]의 권재용이 와서 조문하였다. 오후에 순노가 돌아와서 두곡 소식과 백동 소식을 알 수 있었다. 대개 평안하다 한다. 막내 상주가 찾아왔다.

---

2. 춘양: 봉화군(奉化郡) 춘양면(春陽面)을 가리킨다.

1월 24일. 맑음.

증조모 제삿날이다. 반사를 지냈다. 막내 상주가 문중 논값 잔돈 5냥을 가지고 갔다. 근암 형님이 또 오셨다. 금당실 벗 변중로가 누이 혼사 일로 왔다.

1월 25일. 맑음.

방촌의 명여와 회지가 왔다. 곗돈 4냥 2전 4푼을 가지고 갔다. 또 학계 돈 4냥을 최 상인을 위해 가지고 갔다.

1월 26일. 맑음.

돈 1냥을 개노가 가지고 갔다. 지도실에 가서 성묘 후에 이효술 상주를 조문하고 왔다.

1월 27일. 맑음.

술 한 동이를 돌몽에게 부조하였다. 인노를 시켜 돈 3냥 1전과 백미 16되를 가지고 읍내 시장에 가서 목화 3냥 4전 5푼, 청어 1급에 1전 4푼, 소금 3전, 북어 1전 3푼, 무 7푼, 백지 1전, 미역 5푼, 김 5푼, 옥색 2푼, 요기 2푼을 사고 사용한 합이 4냥 3전 5푼이다. 그중에 큰집이 기도할 때에 흥정한 것이 2전이다. 식후에 야당에 가서 안부를 여쭌 뒤에 금당실 변 지평댁에 가서 간지[3] 2장을 얻었다. 또 소산의 혼처를 물으니, 신랑의 범절이 흡족하다고 한다. 돌아오는 길에 야당에 들어가 화중 씨를 뵈었다.

1월 28일. 맑음.

아침 전에 혼인날을 가리니 4월 4일이 좋겠다고 하였기 때문에 이날을 쓰기로 했다.

---

3. 간지: 편지지로 쓰기 좋은 종이를 말한다.

인노가 어제 시장에서 빌린 돈 5전 3푼을 주었다. 마희천에서 돌아오니 순복이가 배움을 받았기 때문에 적삼을 와서 헌납하였다. 그 녀석도 또한 아버지에게 배웠는데 돌아가신 후로 나에게 와서 배운 것이다. 그가 이러한 의례를 행하니 눈물을 참지 못하였다. 오후에 고산 누이가 왔다. 이 명상이 와서 조문하였다. 막내 상주가 또 왔다. 저녁이 되자 백동 매형의 백씨가 와서 조문하였다. 매부의 편지를 보고 대개 안부가 평안한 것을 알았다.

안쪽

매호댁 돈 5냥을 월변 이자로 돌몽이 가지고 갔다.

매호댁이 돈 4냥을 10에 4이자로 이채가 가지고 간 내에 이잣돈 1냥 6전을 받았다.

이채가 가지고 간 돈 4냥이 원금 이자돈 5냥 6전 내에 5냥은 기묘 12월 3일에 받고, 6전은 있다.

1월 29일. 맑다가 낮에 흐리고 바람 붐.

아침 후에 백동 조문객이 돌아갔다. 개노를 소산에 보냈다. 이는 둘째 누이 예단 심부름 때문이다. 낮이 되자 복천 이대응 상인이 와서 조문하였다.

1월 30일. 맑음.

큰집과 작은집이 기도를 했다 한다. 성대를 시켜 말발굽을 걸게 했다.

2월 1일. 정미. 흐려서 해를 볼 수 없다.

조문객이 없었다. 삭전을 지낸 뒤에 조전을 행하기 위해 막내 상주가 돌아갔다.

2월 2일. 빛나고 오후에 눈비가 섞여 내림.

인노가 저의 상전 집 마을 일로 용문에 갔다 한다. 마련한 환곡의 매매는 장부에 상세하게 있다. 인노가 돌아왔다.

2월 3일. 눈이 갬.

아침에 일어나 문을 열어보니 눈이 내려 한 자 남짓한 소나무와 뽕나무가 꺾여 있었다. 반송 손동 이생이 말편자 1보자기를 사러 왔는데 값은 주지 않았다. 인노가 어떠한 증상도 없이 괴롭다 한다. 큰일이 당장 앞인데 부리는 한 역꾼이 또 곤궁하다 하니 걱정이다. 섬상 고몽한이 치안하고 집에 돌아가 성책했다 한다. 개노가 빌려 간 1냥 돈을 상납했다.

> **안쪽**

결복값 1냥을 임 중태가 가지고 갔다.

2월 4일. 맑음.

복천의 이익주 씨가 집을 빌리러 마을에 왔기 때문에 남산 소나무 3그루 구목을 주었다. 적이 가볍게 눈물만 흘린 것이 아니라 또한 아버지의 정신이 소나무에 있었는데, 감히 스스로 남에게 빌려주었으니 몹시 불민하다. 인노 등에게 구애되어 부득이 허락해 주었으나 내심 안타깝다. 오후에 신기에 가서 심제 중인 변노첨을 조문하고, 율리의 ■인을 보고 집에 돌아오니 인노가 하평 밭 2두락을 갈았다. 내일은 곧 종조모님 기일이다. 복노를 시켜 북어 2마리, 청어 3마리 값 1전에 사게 했다. 아침 전에 반송 월탄 이생원이 말을 빌려 갔다. 개노를 시켜 환곡미 3말을 받아 오게 하였다. 조세 11말은 받아 주인에게 두었다고 한다.

2월 5일. 잠깐 흐렸다가 잠깐 맑음.

종들을 시켜 집 앞 논에 모래를 개간하게 하니 물을 대어 모래를 띄웠다. 순복을 시켜 지도실 동촌댁 8되, 포목 1필을 값 1냥 8전에 사고 또 작년 돈 이자 합 2냥과 함께 합 4냥 6전을 값으로 정하길 청했다 한다. 김동촌이 흰콩 1말을 부조했다 하니 아주 감사하다. ■■위곡의 변 상인에게 백미 4되를 부조하였다고 한다.

> **안쪽**
>
> 매호댁이 결복값 1냥을 임 중태가 가져갔다.
>
> 서함 복값 6전을 보냈다 하고, 아낙 결복값 7전 4푼, 매호댁 결복값 7전 3푼을 합하니, 1냥 4전을 7일에 임중태가 가지고 갔다.

2월 6일. 맑음.

인노가 저의 상전 집 노역 일로 부역한다고 한다. 아침 전에 호수가 와서 추궁하기 때문에 결복세 값 1냥을 주었다. 큰집에 간 자명이 결복값 1냥을 호수 임기정에게 전하니, 곧 중태의 결복이다. 명한을 시켜 청어 한 꾸러미를 사기 위해 7푼을 주고 참기름 1전 2푼에 사서 주었다. 바로 큰댁의 흥정이다. 신전의 혼주가 왔다. 기제사 때문이라 한다. 그러므로 아직 들어가 제사를 올리지 못했다 한다. 막내 아이가 찾아왔다.

2월 7일. 맑음.

막내 상주가 다리 부분 종기 때문에 개고기 회를 발랐는데도 곤란해 보이니 몹시 걱정

된다. 솔가지 한 바리를 야당에 보냈다. 개노를 시켜 칡과 매실을 채취하게 하였다. 인노가 밭을 갈았다. 서면 사돈집이 참깨 3되, 붉은팥 8되, 녹두 1도를 부조했다고 한다. 오후에 눈비가 섞여 내렸다. 농사 이야기에 이때 비가 오지 않으면 여섯 풍년이라 하기 때문에 이를 기록하여서 입증한다고 한다.

2월 8일. 맑음.

아침 전에 환곡미 2말 중에 1말을 보인 박성옥에게 주었다. 익이가 왔다. 인노가 밭을 갈았다.

2월 9일. 맑음. 경칩. 3월의 절기다.

인노가 퇴비를 실었다. 막내 상주가 돌아갔고 익이는 돌아왔다. 다듬이 방망이 2개와 폐반 4립을 유천 시장에서 신전으로 보냈다.

2월 10일. 맑음.

인노를 오천[4] 시장에 보내 모시와 밀 종자를 사고자 돈 6냥 4전 7푼을 썼고 또 백동 누이가 유기를 사기 위해 3전을 가져갔다. 복노를 시켜 퇴비를 운반하게 했다. 방촌 경여 씨가 와서 학곗돈 4냥을 가지고 갔다. 어인 배 노미에게 지급하기 위해서라 한다. 인노가 모시를 샀다고 한다. 값이 4냥이라 한다. 보리 종자 1도 5홉을 값 9전 7푼에 샀다. 인노가 쓴다고 한다. 들건대 나동 묘지기 집에 천연두가 기승이라고 하니 대상이 멀지 않았는데 이러한 사달이 있어 염려된다.

---

4. 오천: 예천군(醴泉郡) 호명면(虎鳴面)에 있는 지명이다.

2월 11일. 맑음.

개노를 시켜 보리 종자를 사기 위해 7전 8푼을 주었다. 보리를 갈았다. 복노가 들러 일하였다. 또 후읍 씨가 일을 도왔다. 막내 상주가 왔다. 박상동과 하전에 종자 15되를 뿌렸다.

2월 12일. 아침에 흐림. 반은 흐리고 반은 맑음.

인노에게 읍내 시장에 가서 제물을 사기 위해 돈 3냥 5전 3푼을 가지고 가게 하였다. 제물 3냥 2전 9푼 내에서 소금 1말에 2전 4푼, 큰집이 흥정한 키 1전 2푼, 밀 종자 12되에 7전 2푼이니 사용한 합이 4냥 1푼이다. 그런데 인노가 7푼을 빌려 썼다고 한다. 남겨 온 돈이 1전 1푼이다. 머리와 발은 15일에 가져오기로 기약하였는데 아직 오지 않았다.

2월 13일. 맑음.

아침 전에 인노를 시켜 송아지를 끌고 가게 하였다. 복생을 위해 신원에 사는 자에게 주었다. 동생이라는 이름의 녀석이 5전을 더 보태어 주었다. 박상동 논에 밀 9되를 갈았다. 막내 상주가 성묘를 위해 본소에서 홀로 여막을 지켰다. 심사가 불안하여 전원 거리를 배회하였다. 봄기운이 바야흐로 화창하고 물색이 전과 달라 눈물이 나는 소재가 아닌 것이 없는데 고산 누이와 함께 정담을 나누다가 마치니 끝없는 이 회포가 더욱 배가 됐다. 막내 상주가 왔다.

2월 14일. 맑다가 오후에 바람이 붐.

막내 제수가 와서 곡하였다. 야당 막내 상주 집에서 유과를 만들어 마련해 주었다. 몹시 생색이 났다. 그러나 이 가난이 몹시 가여웠다. 생수동의 박 노인이 와서 조문하셨다.

2월 15일. 흐려서 해를 볼 수 없음.

나부들 억돌이라 이름한 자가 정육 및 머리와 다리를 팔려고 왔다. 이 농한기에 참으로 쉬운 일이 아니다. 인노 등을 시켜 3명이서 지도실의 솔가지를 실어 오게 하였다.

2월 16일. 흐려서 해를 보지 못하고 저녁 후에 가랑비가 내림.

개노를 시켜 좌반 2마리를 값 1전 4푼에, 조포 5푼, 백지 1전, 무 3푼, 소금 6푼에 사게 했다.

2월 17일. 흐리고 맑지 않음.

조문객이 다 돌아갔다.

안쪽

결복값 7전을 윤삼을 시켜 임중태 처소에 전하게 하였다.
결복값 1냥을 임중태가 가지고 갔다.
주봉계 돈 2냥을 돌몽이 가지고 갔다.

2월 18일. 맑음.

봄철 첫 갑오일 오후에 눈비가 섞여 내렸다. 이날 비가 오면 천 리의 땅에 흉년이 든다고 한다. 사시에 동궁이 즉위했다고 한다.[5] 백동 매형이 야당 습실댁에 묵었다. 아몽이 『통감』 5권을 빌려 갔다고 고하였다.

---

5. 동궁이 즉위했다고 한다: 동궁은 순조(純祖)의 세자인 효명세자(孝明世子)를 말한다. 효명세자는 순조 12년(1812)에 왕세자에 책봉되고, 1827년부터 대리청정하여 형옥을 삼가고 민정에 힘썼으나 4년 만에 죽었다. 후에 익종(翼宗)으로 추존되었다.

2월 19일. 맑음.

산양[6]의 외사촌 형이 풍기[7]에서 또 오셨다.

2월 20일. 맑음.

산양의 외사촌 형 숙질이 돌아갔다. 식사 후 지도실에 가서 성묘한 후에 동촌댁에 들어가 돈 10냥 4전을 가지고 왔다. 전후로 간여한 것이 15냥이다.

2월 21일.

동촌 김이 돈 5냥을 은협정 양억돌이 놈에게 주었다. 청어와 김, 소금을 값 1전에 샀다. 물값 주지 않은 돈 1전을 주고 또 칡 베 39자를 주고 야당으로 돌아왔다. 방촌 조 사돈 얼자의 말을 빌려 왔다. 4월 초하루에 신행할 계획이다.

2월 22일. 맑음.

노들을 시켜 항감 논보리를 경작하게 하였다. 가을에 파종한 6도 중에서 서너 도쯤 남았다. 또 개노가 보리 씨 4되를 샀다. 백동 황 서방이 돌아갔다. 노자 1전을 주었다. 복노를 보내었다. 가마를 들리고자 한 것이다. 둘째 상주가 구계에 가서 이정언을 뵙고 농삼정을 빌렸다. 신사형 씨를 뵈었다. 또 말하길, 옷 만드는 일을 허락한다고 하였다. 황 서방이 『선부문선』 1권을 빌려서 갔다.

---

6. 산양: 문경시(聞慶市) 산양면(山陽面)을 가리킨다.
7. 풍기: 영주시(榮州市) 풍기읍(豐基邑)을 가리킨다.

2월 23일. 바람 불고 맑음.

인노와 귀삼이 놈을 시켜 큰집 논을 갈게 하였다. 순득이에게 보리씨 2되 5홉 값 1전 5 푼과 복결값 5전을 받았다. 또 수침계 누룩값 1전을 개노에게 주었다.

2월 24일. 맑음. 춘분. 2월 중.

아침 전에 백손이 임박하게 와서 마희천 밭값 13냥, 복결값 8전을 주었다. 또 그자의 복결값 1냥 7전 6푼을 내려놓고 11냥 4전 4푼 중에 5냥을 또 빌려 쓰고 5냥을 가지고 갔다. 담배씨를 부었다.

2월 25일. 흐리고 바람 붊.

가지씨를 부었다. 온 조정이 하례했다 한다.

2월 26일. 맑음. 오후에 큰바람이 붊.

북어 5마리를 황종심에게 부조하였다. 흥정하기 위해 돈 1냥 4전을 인노를 시켜 시장에 보내 청어 7푼, 북어 9푼, 연 1전, 게 9푼, 소금 1전, 밤 6푼, 빗과 척분 5푼에 사게 했다.

2월 27일. 맑음. 오후에 대풍이 잃.

도실 김 동촌이 와서 수침계 이잣돈 4전을 가지고 왔다. 장 상인도 함께 와서 요기한 후에 돌아갔다. 복비가 와서 저의 어린 근복이가 천연두를 겪고 혼미한 것을 보았기 때 문에 돈 3엽을 주었고 정조 1말을 안에서 주었다 한다. 순노를 신전에 보내 폐반 2립을 찾아오게 하였다. 누룩 20개를 직동 임백손이 결정한 값 5냥 4전에 가지고 갔다. 그런 데 4전은 미납하였다. 백손에게 그저께 빌린 돈 5냥을 누룩값으로 쳤다.

2월 28일. 오후에 흐리고 비 한 보지락.

말을 빌리는 일로 유천에 갔다가 헛되이 돌아오니 막내 상주가 종들과 함께 소금 9말 5되를 값 2냥 9전 2푼에 샀다 한다. 저녁이 되자 야당 막내 상주의 소후모[8]가 비를 무릅쓰고 오시니 아주 감사하다.

2월 29일. 맑다가 반쯤 흐리고 바람 붊. 날씨가 몹시 이상함.

어제 빌린 돈 1냥을 명손에게 주고 1냥 9전을 개노에게 주었다. 또 소금을 사기 위해 1냥을 명손에게 주었다.

3월 1일. 병자. 맑고 따뜻함.

백동 누이가 시집갈 적에 하인이 7명이기 때문에 노자를 1냥 2전을 주었다. 상객은 야당 8촌 형님께서 맡았다.

3월 2일. 맑음.

어머니 제사를 지내고 막내 상주와 소후모가 돌아갔다. 우두커니 여막에 앉아있으니 마음을 가눌 수 없다. 노들이 저녁이 되자 돌아와 무탈한 근황을 알 수 있어 위로되고 다행이다.

3월 3일. 맑음.

큰집 장 담는 소금 4말을 값 1냥 2전 8푼에 샀다. 인노가 논을 갈았다. 지도실 이효술 상주, 김생 상주가 와서 조문하고 복천 심제인 이성응 씨가 와서 조문하였다.

---

8. 소후모: 후사로 들어간 집의 양어머니를 말한다.

3월 4일. 맑음.

인노와 귀삼을 시켜 큰집 보리논을 갈게 하였다. 익이가 금당실에서 왔다. 후집의 초권을 변중노에게 찾아왔다고 하였다.

3월 5일. 맑음. 대풍이 잃.

보리와 큰댁 논보리를 갈았다. 보리씨 11되를 개노에게 사서 얻은 값을 소근이에게 썼다.

3월 6일. 맑고 낮에 바람.

인노를 시켜 목화밭을 갈게 하였다. 순노가 환자를 받기 위해 읍내에 갔다. 좌반과 포를 샀는데 천을 막을 때 좌반은 3전 3푼을 주었다. 복결값 1냥 5전을 지급하고 수촌 기정이 주었다. 막내 상주가 왔다.

3월 7일. 맑고 낮에 바람이 붐.

천연두 때문에 조촐하게 제사를 지냈다. 사시에 아내가 해산하였는데 사내를 낳아 기뻤다. 아침 전에 인노를 시켜 해산미역 7묶음을 값 4전 9푼에 사게 하였다. 금당실 변노첨 씨와 신기 종인이 와서 조문했다.

3월 8일. 맑음.

고용인 두 사람을 사서 땔나무를 하였다. 인노를 시켜서 황창운에게 용역을 쓰게 했다.

3월 9일. 맑고 오후에 바람이 붐.

고용인을 시켜 논을 갈게 하였다. 인노와 고용인이 땔감을 하였다.

안쪽

보리 환곡 20을 환납할 때, 15도 4홉을 납부하려고 귀삼이 가지고 갔다.

3월 10일. 흐려서 해를 보지 못함.

천 방둑을 만들었다. 일꾼 20명이다. 옛터 앞 논을 막았다. 점심에 백미 2말, 보리 5되, 쌀술 25도로 요기하였다.

3월 11일. 흐려서 해를 보지 못하다가 아침 후에 쾌청함.

개한을 시켜 청어 1꾸러미에 2전 2푼, 미역 1전 4푼에 사게 하였다. 방촌 일가 도영 씨가 왔다. 인노와 고용인 2인을 시켜 하평 논두렁을 막게 하였다. 명노가 말편자 한 보자기를 사서 왔다.

3월 12일. 맑음.

아침 전에 삼을 갈았다. 돌몽을 시켜 청어 1전 1푼, 백분 1푼, 성냥 1푼에 사도록 지급하였다. 고용인을 시켜 늦손의 품삯을 갚게 하였다.

3월 13일. 흐려서 해를 보지 못했고 저녁에 비가 쏟아져 한보삽에 이르다.

월답 모래를 치웠다.

3월 14일. 흐리고 비가 오지 않음.

개노를 시켜 청어 1지를 사는 데 1전 1푼을 지급하였다.

환곡 보리 7도를 받아 왔다.

3월 15일. 맑음.

집앞 논 모래를 치웠다. 일꾼 20명이다. 아침 전에 남대락 목화 12근 값 1냥 5푼에 사고 값을 지급했다.

3월 16일. 맑음.

야당에 가서 요기하고 왔다. ■■■ 종자 3푼, 큰댁이 흥정한 옥색 2푼을 사고 돌아오는 길에 직동에 가니 백손이 돈에 관한 일을 말하였다. 고용세 20말을 억돌이 놈에게 주었다.

3월 17일. 흐려서 해를 보지 못함.

큰집의 다 갈지 못한 삼밭을 갈았다. 아침 전에 인노 등 3명의 동생이 돈 3냥을 가지고 와서 기쁘다. 붓 2자루를 값 2전에 샀다. 채원을 시켜 큰집 논을 갈게 하였다.

3월 19일. 흐리고 안개로 사방이 막힘.

고용인을 시켜 중정에게 품삯을 갚게 했다. 목화값 1냥 5푼을 개악지에게 주었다. 인노가 논을 갈았다. 말편자를 걸었다.

안쪽

개방 죽암댁이 돈 1냥을 월이금으로 내어 쓰기에 주었다.

3월 20일. 아침에 흐리다가 저녁에 비 내림.

개노를 시켜 아침 전에 큰집 복천 뇌복값 1냥을 갚으라고 정 저곡댁에 전하였다. 직동 임백손이 10에 4이자로 10냥을 가지고 왔다. 양천댁 빌린 돈 4전을 갚았다. 사기그릇 값 1전 3푼을 주었다. 식후에 지도실에 가서 성묘하고 안 마을에 들러 요기하고 왔다. 익이가 금당실에서 왔다.

3월 21일. 흐림.

아침 전에 황 입손이 왔기 때문에 복결값 2냥을 그의 형 황종심에게 전하였다. 인노가 일문전을 빌려 갔다. 순복을 시켜 석갈황 1푼, 백분 1푼을 사게 했다. 북어 4푼, 청어 셋을 큰집에서 홍정하였다. 또 물값 1냥을 염색하는 어미에게 주었다. 저녁이 되자 오고 있는 막내 상주가 아직 도착하지 않았다.

3월 22일. 맑음.

증조모 제사를 조촐하게 지냈다. 인노를 시켜 읍내 시장에 가게 하였다. 목화를 사기 위해 3냥을 주었다. 마희천 양용국이 아침 전에 왔기 때문에 6전을 주었다. 2전 7푼이 남았다고 한다. 식후 시장에 가서 인노가 무명 1필을 값 1냥 7전 5푼에, 17척 5촌은 7전에 샀다. 나머지 5전 5푼 내에 8푼은 그가 사용했다 한다. 인산에 가서 염색한 베를 찾아왔다.

3월 23일. 맑음. 저녁이 되자 비가 내림.

개노를 시켜 집 앞 논둑을 막게 하였다.

3월 24일. 흐려서 맑지 않음.

벼 11말을 뿌렸다. 복노가 들어와 일했다.

3월 25일. 반쯤 흐리고 반쯤 맑음.

노의 자식이 8세에 죽었다. 몹시 애통하다.

3월 26일. 맑음. 곡우. 3월 중이다.

인노와 함께 금당실 시장에 가서 큰집 누룩 4장을 값 1냥 1전 6푼에 팔았다. 그리고 결복값 7푼을 회계 권 생원에게 주었다. 또 배추씨 5푼, 짚신 3푼, 미역 7푼, 참깨 1전 2푼, 낫단연 2푼을 샀으니 사용한 합이 2전 9푼이다. 아우를 보고 방촌에 갔다가 오니 고산 이형이 왔다.

3월 27일. 맑음.

아우가 백동에 갔다. 매형과 사돈어른께 편지를 썼다. 신기가 조문하러 와서 종일 놀았다.

3월 28일. 맑음.

죽림 권 씨 어른이 와서 놀았다.

3월 29일. 맑음.

도실에 가서 성묘하고 안 마을에 들러서 찹쌀 사는 것을 시목실에 부탁하고 돌아왔다. 직동을 지날 때 임백손을 보고서 월 이자 돈 4냥을 가지고 왔다. 야당 아우의 소후모가 오셨다. 혼사 때문이다. 아주 감사했다.

3월 30일. 흐려서 해를 볼 수 없음.

인노와 함께 산양 시장에 가서 마른 청어 8두릅을 값 1냥 1전에, 북어 1마리당 4전을 20마리 값 1냥 4전 2푼에, 대구 1마리를 3전에, 오초석 6전, 분 1전, 옥색 2푼, 생강 1푼, 침방 1전, 문어 1조를 1전 3푼, 김 1전 4푼, 미역 5푼에 샀다. 고종 형님을 시장 변두리에서 뵈었다.

4월 1일. 병오.

인노를 시켜 백미 27되를 시장에 보냈다. 베를 8전 9푼에 팔고 그중에 산 꿩 1전 8푼, 간청어 1전, 조기 7마리에 2전 7푼, 콩 3전 3푼, 옥색 2푼이고 개노가 돈 2냥을 썼다고 한다.

4월 2일. 맑다가 오후에 비가 조금 내림.

복노를 시켜 찹쌀 3말을 팔았다. 값이 7전 5푼이라 한다. 인노를 시켜 소머리를 값 1냥 4전, 연 5전 2푼, 유기 1전 8푼, 감이 1전, 토란 2묶음 5푼, 병 2좌 1전 5푼에 사게 하였다.

4월 3일. 맑음.

황종심이 북어 5마리. 군위댁 북어 6마리. 개노 간청어 10마리. 명손 북어 5마리. 최조 렬 북어 5마리. 임중태 술 한 동이. 고돌몽 술 한 동이. 박성옥 술 한 동이. 한억돌 북어 6마리. 양천댁 북어 6마리.

4월 4일. 맑다가 저녁이 되자 흐리고 비는 오지 않음.

오후에 큰 손님이 문에 들어왔고 방촌의 여러 일가 4, 5명이 와서 모였다. 야당에서 천연두에 경계로 상통할 수 없어 한스럽다.

4월 5일. 맑음.

큰 손님이 돌아가고 새터의 변노첨이 왔다. 아우의 어머님(출계모)이 아무런 증세 없이 앓아누워 괴로워하니 몹시 걱정된다.

4월 6일. 맑음.

손님을 전송하고 신당 아재와 함께 남산에 올라가서 멀리 바라보니 감상에 젖지 않을 수 없었다. 새랄에 가서 변 하상 어른을 뵙고 감 심기를 부탁하였다. 저녁이 되자 아우가 와서 전하길, 무실 누이가 기쁨과 걱정이 교착한다고 한다. 작년과 금년 액운이 몹시 모자라니 그 고통을 어찌하겠는가?

4월 7일. 맑음.

새랄의 변씨 어른과 금당실 실로 어른이 왔다. 감 10그루를 부쳤다. 야당 막내 아이가 그 모친과 함께 돌아갔다. 고산의 이천상 씨가 와서 조문하였는데 천연두 기운 때문에 들어와 곡할 수 없었다.

4월 8일. 맑음.

목면화 6마지기를 갈았다.

4월 9일. 맑음.

방촌 율현의 어른이 찾아왔다. 마삯으로 1말의 소금을 방촌 일가에게 받았다.

4월 10일. 맑고 오후에 바람이 읾.

인노가 옛터 앞 논을 갈았다.

4월 11일. 맑음. 입하. 4월 절기.

북어 2마리, 미역 1조, 짚신 하나를 1전 4푼에 샀다. 복노를 시켜 큰댁 못자리를 하게 했다.

4월 12일. 맑음.

인노가 논을 갈았다.

4월 13일. 맑다가 아침 전에 조금 비 내리고 오후에 우박 떨어짐.

4월 14일. 비가 갬.

저녁이 되자 방촌의 일가 유현 씨가 와서 묵었는데 말을 빌리고자 하여 빌려 주었다. 백손이 값 잔돈 4전을 와서 냈다.

4월 15일. 맑음.

인노가 개노에게 품을 샀다. 금당실의 권여관 씨가 말을 빌리고자 방문했다. 망정 이씨 어른 두 사람이 왔으나 천연두를 꺼리기 때문에 들어와 곡하진 않았다.

4월 16일. 맑음.

마희천 결복값 2전 7푼을 갚았다. 백미 7되와 돈 3전을 시장에 보냈다. 담배 1줌 1전 1푼, 북어 1전, 미역 8푼, 말린 청어 1전 4푼, 삿갓 1전 2푼이다.

4월 17일. 종일 흐리고 비 내림.

4월 18일. 흐리고 비 내림.

4월 19일. 아침에 흐리다가 낮에 맑음.

막내 아우가 왔다. 용문에 지금 피부병이 퍼졌다.

4월 20일. 맑음.

아래 논둑을 막는데 순득이가 들어와 일했다. 사기그릇값 1전 1푼을 갚아 1전이 남았다. 용삼이 3전 3냥을 내어서 주었는데 인노가 1냥을 가지고 갔다.

4월 21일. 맑음.

인노가 시장에 가서 조기 2마리를 값 3푼에 샀고 돈 3푼은 잃어버렸다고 한다. 도실의 찹쌀 값 7전 5푼을 야당에서 갚았다. 장인과 인척 아재께 가서 술잔을 나누고 바로 돌아갔다.

4월 22일. 맑음.

풀을 베었다. 월초부터 허기 …… 방촌의 일가 목안 씨가 온 뒤에 성대가 표시를 묻은 곳에 남이 암장했기 때문이라고 한다.

4월 23일. 맑음.

암장한 일을 불러서 따지니 자기 아버지를 매장하였다고 한다.

4월 24일. 맑음.

논과 살미를 갈았다. 새터에 가서 노첨을 보고 왔다.

4월 25일. 맑음.

만생종 볍씨 3말을 뿌렸다.

4월 26일. 아침에 흐림.

인노를 시켜 시장에 가서 다시마를 5푼, 간청어를 3푼, 소금을 3푼에 샀다. 사용한 합 1전 1푼 가운데 4푼은 인노의 돈이다.

4월 27일. 맑음.

노들이 밭을 김매는 가운데 다행히 맑고 경사스러운 날을 택했다.

4월 28일. 맑음.

4월 29일. 맑음.

기아가 오후부터 피곤한 게 천연두 증상 같다. 막내 아이가 오후에 왔다가 돌아갔다.

4월 30일. 맑음.

기아가 종일 아파 울부짖었다. 젖먹이가 몹시 곤란한 듯하다. 순득이 결복값 1전을 와서 냈다.

5월 1일. 병자.

인노를 시켜 시장에 가서 북어 10마리에 1전 8푼, 다시마 5조에 2전, 김 1첩에 4푼, 간청어 5푼, 도층 5푼에 사고 쓴 합이 5전 2푼이다.

5월 2일. 맑음. 새벽에 비가 조금 내림.

5월 3일. 맑음.

막내 아우가 왔다. 하인들이 밭을 김맸다.

> **안쪽**

짐값 8전을 귀삼을 시켜 중태 처소에 전하게 했다.
짐값 2전을 용삼을 시켜 중태 처소에 전하게 하였다.
이사가 가지고 간 돈 원금 이자 합이 5냥 6전내에서 1냥 6전은 받고, 본전은 있다.

5월 4일. 맑음.

노들이 나가서 논에 흙을 쓸었다고 한다.

5월 5일. 맑음.

5월 6일. 새벽에 비가 내림.

뒷밭에 담배를 심었다. 금당실 변효선 어른이 뽕을 얻기 위해 왔다.

5월 7일. 맑음.

인노를 시켜 10에 3이자로 돈 10냥을 새터 미호댁에게 내어 주었다. 가죽신 값 9전을 변 노촌댁에게 갚았다.

5월 8일. 맑음.

막내 아이가 왔다.

5월 9일. 맑음.

5월 10일. 맑음.

막내 아이가 와서 인사하였다.

5월 11일. 맑음.

인노가 시장에 가서 북어 6마리를 1전, 김 2첩을 7푼에 사고 물값 1냥 5전을 지급했다고 한다. 방촌에 가서 집을 택일하여 청하니, 19일이다.

5월 12일. 맑음.

5월 13일. 맑음.

5월 14일. 맑음.

5월 15일. 맑다가 오후에 비가 내려 색이 짙어졌다.

5월 16일. 맑음.

금당실 시장에 가서 권 방촌댁 말편자값 2전을 전했다.

5월 17일. 맑음.

큰집 고치 6말을 3냥 5푼에 판 가운데 북어 3전 5푼, 김과 미역 1전 5푼, 백지 1전, 청어 1전, 복천에 가서 복결값 2전 2푼, 고산 누님 베를 1냥 9전 4푼에 팔았다. 명주와 마포 25척을 2냥 5전, 27척을 2냥 3전 4푼, 모시포 8척을 1냥 8푼에 사고, 점심 요기가 6푼이다.

5월 18일. 맑음.

5월 19일. 아침에 맑다가 오후에 흐리고 비 내림.

큰집에서 천연두 신을 전송하였다. 추모하는 감정이 날마다 나도 모르게 몹시 일었다. 푸닥거리 비용으로 1냥 3전 6푼을 지급하였다. 야당 족대부와 막내 아이가 왔다.

5월 20일. 아침에 흐리고 낮에 맑음.

뒷밭에 담배를 심다가 날이 개어서 다 심지 못했다. 오후에 막내 아이가 조모를 모시고 돌아갔다. 오후에 순노가 죽었다는 소식을 듣고 나도 모르게 애통해하였다.

5월 21일. 맑음.

항감 논, 옛터 앞 논에 모내기를 하였다. 일꾼 15명이다.

5월 22일. 맑음.

억비가 순득의 품삯을 갚았다. 인노가 집 앞 논을 심었다. 밤비가 조금 왔을 뿐이었다.

막내 아이가 가지고 온 값이 3전 5푼이라 한다. 개노를 시켜 야당 천연두 의원에게 약을 구하였다. 용■에게 맡겼다.

5월 23일. 쾌청함.

집 앞 논에 심었다.

5월 24일. 맑음.

5월 25일. 맑음.

5월 26일. 맑음.

5월 27일. 맑음.

아침 전에 인노를 시켜 금당실 시장에 가서 북어 10마리, 미역 3조를 값 3전 6푼에 사게 하였다.

5월 28일. 아침에 흐리고 낮에 비 내림.

시냇물이 가득 넘쳤다. 담배를 조금 심었다.

1830년

경인년

경인년(1830년, 29세)

1월 1일. 신묘.

날씨가 따뜻하여 봄의 따스한 기운을 느꼈다. 모두 제사를 지내고 지도실에 가서 성묘하고 돌아왔다.

1월 2일. 맑고 따뜻함.

야당에 갔다가 방촌을 들렀다.

1월 3일. 눈바람이 붐.

1월 4일. 맑고 바람 불다가 저녁 후에 눈이 내림.

1월 5일. 맑다가 크게 바람 불어 추움.

1월 6일. 맑고 따뜻함.

금당실에 가서 세초 인사를 하고 저녁 무렵 집에 돌아왔다.

1월 7일. 흐리고 눈이 한 자 남짓 옴.

어리의 상주 권화겸 씨가 오셨다가 바로 돌아갔다.

1월 8일. 맑다가 바람 불어 추움.

인노를 보내 사곡에 가서 혼인날을 택하였다. 오는 29일이다.

1월 9일. 흐리고 눈이 펑펑 내림.

관노 삼룡의 아들을 보려 했는데 보지 못하였다.

1월 10일. 맑고 따뜻함.

저녁에 죽림 방주를 만나니 막내 아우가 계속 아프다고 한다. 놀란 감정을 가눌 수 없다.

1월 11일. 맑음. 입춘.

아침 전에 야당의 아이가 와서 막내 아우의 병의 증상이 근래 예사롭지 않으니 날마다 약을 더 복용 한다고 하였다.

1월 12일. 구름 끼고 음산함,

필묵을 샀다.

1월 13일. 맑고 추움.

1월 14일. 맑고 추움.

지도실에 갔다가 야당을 들리고 돌아왔다.

1월 15일. 맑고 추움.

샛터에 가서 오후에 왔다. 내당의 일을 시작하였다. 인노를 금당실에 보낸 것은 초행을 보내야 하기 때문이다.

1월 16일. 맑음.

도실에서 야당을 들리고 돌아왔다.

1월 17일.

노를 읍내 시장에 보내어 혼인에 쓸 도구와 목화를 1냥 5전에 샀다.

1월 18일. 맑음.

새터로 돌아갔다. 야당 족형과 장인이 찾아왔다.

1월 19일. 흐리다가 밤중에 눈비가 뒤섞여 내림.

1월 20일. 흐리고 종일 눈 내림.

1월 21일. 맑고 추움.

저녁 뒤에 가신에게 빌었다.

1월 22일. 맑음.

인노가 돌아와서 소산의 소식을 들었다.

1월 23일. 맑고 따뜻하다.

저녁이 되자 변일성 어른이 오셨다.

1834년

갑오년

갑오년(1834년, 33세)

1월 1일. 정묘. 맑음.
정월 아침 제사를 생선과 과일로 지내고 야당에 가서 종일 있다가 돌아왔다.

1월 2일. 맑음.
승문동 사돈어른 부고.

1월 3일. 맑음.
산양에 가서 사촌 형수가 세상을 떠난 것을 알았다.

1월 4일. 맑음.
두곡 고모부께서 저녁 무렵 오셨다고 한다.

1월 5일. 맑음.
저녁 무렵 집에 돌아오니, 두곡 고모부와 신원 권 상주가 빚을 받으러 집에 머물렀다.

1월 6일. 맑음.
신원에 갔다가 저녁이 되자 돌아왔다.

1월 7일. 맑음.

1월 8일. 맑음.

조촐하게 제사를 지내고 아침 전에 임백손이 빚 때문에 와서 만났기 때문에 밥을 먹였다. 지나는 손님이 와서 묵고 미산으로 돌아갔다.

1월 9일. 맑음.

마음이 몹시 답답하여 귀래곡에서 새랄을 들러 집에 돌아왔다. 인노를 시켜 조열을 부르게 했다.

1868년

무진년

무진년(1868년, 67세)

■■ 3월 5일.

권 송당의 위판을 초간에 묻었다. …….

■■ 3월 10일.

정간공 위판을 고평에 묻었다고 한다. …….

■■ 3월 15일.

인산서원[1] 여러 선생의 위판을 본 서원 사당 뒤편에 묻었다.

2월 24일.

사빈서원[2] 여섯 선생 선조의 위판을 묻었다. 몹시 통곡했다. 도연서원[3]과 임호서원[4] 두

---

1. 인산서원: 예천군(醴泉郡) 용문면(龍門面) 하금곡리(下金谷里)에 있던 서원이다. 1727년(영조3)에 지방 유림의 공의로 권맹손(權孟孫), 이문좌(李文佐), 권오기(權五紀), 이광윤(李光胤), 김경언(金慶言), 권용(權墉)의 학문과 덕행을 추모하기 위해 창건하여 위패를 모셨다. 선현배향과 지방교육의 일익을 담당하여 오던 중 1868년(고종 6) 흥선대원군의 서원철폐령으로 훼철된 뒤 복원하지 못하였다.
2. 사빈서원: 안동시(安東市) 임하면(臨河面) 사의리(思義里) 있는 서원이다. 1681년(숙종7)에 지방 유림의 공의로 김진(金璡)의 학문과 덕행을 추모하기 위해 창건하여 위패를 모셨다. 1681년 김진의 아들인 김극일(金克一), 김수일(金守一), 김명일(金明一), 김성일(金誠一), 김복일(金復一)을 추가로 배향하였다. 1868년에 흥선대원군의 서원철폐령으로 훼철되었다가 1908년에 복원되었다.
3. 도연서원: 안동시 길안면(吉安面) 구수리(九水里)에 있던 서원이다. 표은(瓢隱) 김시온(金是榲) 등을 배향하였다.
4. 임호서원: 상주시(尙州市) 공검면(恭儉面) 역곡리(力谷里)에 있는 서원이다. 1693년(숙종19)에 지방 유림의 공의로 표연말(表沿沫), 홍귀달(洪貴達), 채수(蔡壽), 권달수(權達手), 채무일(蔡無逸)의 학문과 덕행을 추모하기 위해 창건하여 위패를 모셨다. 선현 배향과 지방 교육의 일익을 담당하여 오던 중 1868년에 흥선대원군의 서원철폐령으로 훼철되었다가 1979년에 복원되었다.

서원에 위판을 보내 묻어 두었다 한다. 율현 생질의 만상주가 왔다. 이는 풍수가를 맞이하기 위해서이다.

4월 1일.

6두락 벼 묘판에 물 대었다. 도평 소년 숙질이 왔는데 이는 별실의 부모 상고 때문이다. 우용이 품을 교환했다. 막내 아이가 문암에 갔다. 저의 재혼 때문이다. 손자가 처음으로 문자를 지었다. 막내 아이를 시켜 위판 매장할 돈 10냥을 야당에 보냈다.

4월 2일. 갬.

논을 갈았다. 미흘[5]의 김 서방이 왔다. 막내 아이가 문암에서 댁으로 와서 대체로 평안함을 알았다. 풍산댁에 편지를 전했다. 오후에 뒷골 돌을 치웠다. 영천의 아낙아이가 언문 편지를 썼다. 저녁이 되어 볍씨 6말을 뿌렸다.

4월 3일. 맑음.

상사[6]를 지낸 후에 도평의 두 손님과 영천의 손님이 돌아갔다. 남산 아래 논둑을 막았다. 버들밭 아이와 한 하인이 낮에 후곡의 돌을 치웠다. 간례 변 상주인 복여가 와서 나눈 환곡미 되를 주었다. 야당의 상주 권암수와 복천의 석안이 왔는데 한 가지도 들을 수 없어서 몹시 경악했다.

---

5. 미흘: 예천군(醴泉郡) 보문면(普門面) 미호리(眉湖里)에 있는 지명이다.
6. 상사: 소상(小祥)을 가리킨다. 『의례(儀禮)』〈사우례(士虞禮)〉에 "1년이 지나 소상을 지내면서 '이 상사를 올립니다.'라고 하고, 다시 1년이 지나 대상을 지내면서 '이 상사(祥事)를 올립니다.'라고 한다.[期而小祥, 曰薦此常事. 又期而大祥, 曰薦此祥事.]" 라고 하였다.

4월 4일. 맑음.

뒷골 돌을 뽑았다. 오후에 남산 아래 논둑을 막았다. 충복이 와서 보았다. 문암 생질을 기다렸으나 마침내 오지 않아 괴이쩍다. 동촌에서 일을 도와주었다.

4월 5일. 흐리고 비옴.

개방에 가서 버들밭 혼인 말을 들었다. 문암 생질이 와서 풍산 소식을 들었다. 이 사돈과 이 서방의 답서를 보았다.

4월 6일. 맑음.

남산 머릿논을 써레질하였다. 중평리에 가서 김군중을 방문하여 술 한잔을 하면서 말이 모산의 혼례 이야기에 미치어 일어나 전송하였다. 오후에 고래동 논을 갈았다.

4월 7일. 맑음.

풀베기를 시작했다. 초평 김 군이 오후에 읍내에서 와서 묵었다. 주봉초 3짐을 잃었다.

4월 8일. 흐리고 비.

오전에 중평의 손님이 요기 후에 돌아갔다. 막걸리 마신값 잔돈 4푼에 3푼을 보태어 주어 합 7푼이다. ■천 아이가 소먹이를 주고 지팡이 짚으며 앞산에 갔는데 봄기운이 눈에 가득하여 일찍 사방에 색이 짙으니 과연 풍년의 조짐이다. 중평의 손님이 11일에 다시 온다는 뜻을 거듭하니 어떨지 모르겠다.

4월 9일. 맑음.

4월 10일. 소만. 아침 전에 흐리고 구름 낌.

하억이 전날 품삯 2전을 갚았다. 오후에 천둥 번개가 동쪽에서 들리었다. 옛터 앞 논을 갈았다.

4월 11일. 맑음.

옛터 앞 논 한참을 갈았다. 오후에 중평의 김씨 손님이 혼사 일로 왔는데 아직 결정하지 못했다고 한다. 일이 이루어질 수 없을 듯하다. 저녁 후에 돌아가면서 며칠 뒤 다시 오기로 기약했다.

4월 12일. 맑음.

풀을 베었다.

4월 13일. 구름과 가랑비가 간혹 뿌렸다.

야당의 권경진이 왔다.

4월 14일. 맑음.

콩밭에 김을 맸다. 류전과 장득·안성이 일했다. 소는 논을 갈기 위해서 도평이 몰고 갔다. 작은 보습을 값 1냥 1전 5푼에 바꿨다. 산 사람은 금동 박 생원이라고 한다.

4월 15일. 맑음.

아침 전에 문생을 보내 호미 3자루를 담금질하였는데 값이 6푼이라 한다. 식후에 자고 난 뒤 마희천에 가서 한모를 방문하고 금당실 변 생을 보았다. 낮에 일가 집에서 점심

을 하고 최만범을 보았다. 대략 한 씨 집 낭자가 당한 일로 솜이 불탔다는 말은 걱정할
만했다. 오후에 집에 돌아오니 막내 아이가 금동에 갔다 한다. 문생이 풀을 베었다. 저
녁 후에 문생이 제집으로 갔다.

4월 16일. 맑음.

조밭을 김맸다. 일꾼 5명이다. 류전 아이 명득이 함께하였다. 일억과 우용이 같이 했다.
우용은 소를 바꾼다고 한다. 금당실 권 노인이 글 때문에 불유암에서 찾아왔다. 몇 마
디하고 돌아갔다. 오록의 김석휴 형, 이경회 형, 신양오 형, 박홍석 형이 찾아왔다. 이는
사곡을 조문하는 행차 때문이다.

4월 17일. 맑음.

막내 아이가 관부에 가서 결복값 2냥 4전을 주고 나간 모든 수를 살폈는데 곧 30짐을
더 내었다. 통탄할 만하다. 문생이 용안의 품삯을 갚았다.

4월 18일. 밤에 비가 조금 내렸다.

4월 19일. 맑음.

문생이 하평 버드나무에서 떨어져 아침저녁을 먹지 못하니 걱정이다.

4월 20일. 맑음.

7언시 전집을 직동 임경술이 빌려 갔다. 마희천 김씨 벗과 심생이 방문했다.

4월 21일. 구름 끼고 흐림.

명득이 아낙 2일 품과 일억이 아낙 1일 품을 합쳐 3전 5푼을 지급하였다. 품을 바꾸기 위해 일억이 소를 몰고 갔다.

4월 22일. 밤에 비가 오다가 아침에 갬.

시냇물이 다 넘쳐 밭둑이 많이 무너졌다. 문생에게 3전을 빌렸다.

4월 23일. 갬.

일억이 논을 갈았다. 소 품을 빌린 돈 1냥을 받았다. 우곡이 땔나무 했고 류전은 풀을 베었다.

4월 24일. 맑음.

목화밭을 김매었다. 도생 아낙과 명득 아낙, 일억 아낙과 우용 아낙이다. 영천은 대신 일하고 일억은 풀을 베었다. 저녁 무렵 직동에서 임종석을 보았다. 빚 이야기가 나왔으니 이는 막내 아이 재혼하는 일을 위해서인데 그놈 스스로 떨어졌다고 하고, 원래 재물 일은 간섭하지 않기로 했다 해 놓고 여러 이웃에게 술을 빌려서 바쳤다. 다시 가게에 가서 굴염을 1전에 사 왔다. 회언집 고용을 보고 문생을 찾았으나 대체로 막막하다. 새벽에 사동 변 군이 류전의 손자며느리에게 침을 놓았다 한다. 서로 어긋나게 되어서 한탄할 만하다.

4월 25일. 구름이 낌.

들으니 류전의 손자며느리가 밤새도록 땀이 나고 온기가 회복됐다 하니 효험이 있는 듯하나 몸조리가 부실하여 걱정이다. 저녁 늦게 문생이 굴염 값 1전을 주었다. 황지대와 일억이 식후에 와서 일했다.

4월 26일. 맑음.

버들밭에서 한나절 일하였다. 두아 형제가 장원례[7]를 치뤘다. 1전 5푼 1냥을 맹선에게 빌리고 8푼을 우금댁에게 빌렸다. 류전이 침의 효과가 멀리 있는 듯하다. 과연 멀리서 변 군이 또 침을 놓았다. 류전 권이 망건을 빌리기 위해 찾아왔다.

4월 27일. 맑다가 소나기가 닥침.

영천 아이와 류전 아이가 읍내에 가서 결복 수가 더 나온 것을 관부에 올렸다. 환급받기 위해서 관부에 올린 문서에 처분을 받았다. 호비 김성중에게 부치었다. 일억을 시켜 누룩 한 장을 4전 8푼에 사고 담배를 1전 5푼에 샀다. 오전에 새랄에 갔다가 돌아왔다. 변 상주가 이에 박홍래를 만났다.

4월 28일. 맑음.

목화밭을 김매었다. 일억 · 류전 아이가 일했다. 도평 김씨 벗이 와서 사돈집 안부를 들었다. 저녁 후에 문생이 저 집에 갔다. 이는 아내가 그 우환을 말미암았기 때문이다.

4월 29일. 맑음.

아침 전에 문생이 와서 그 아내의 병 상태를 말해 주었다. 전염병인 듯하니 몹시 염려스럽다. 혼사 경영 …… 도평의 손님이 돌아갔다. 내간이 바빠서 하루아침도 안 되어

---

7. 장원례: 글방에서 글이나 글씨에 으뜸이 된 사람이 한턱을 내는 일을 말한다.

왔는데 아침에 땔감을 보내니 한탄스럽다. 문생이 일하고 춘옥이 벼를 심었다. 품을 바꾼 것이다. 변 군이 약속하길 오후에 와서 병든 손부의 증세를 살피겠다 해놓고 저녁 무렵에도 오지 않으니 행여 아침 전에 준 것을 하나하나 생각해 보면 그러한 것이 아닌가? 몹시 괴이쩍다. 종가 아이가 26일부터 두통과 복통과 현기증이 있지 않은데도 일어나지 못한다고 한다. 이처럼 험악한 해에 염려가 줄어들지 않는다. 그저께 그길로 도평의 손님이 말하길, 전해 듣건대 금당실 정문석·우석 형제가 모두 운명한 지가 4·5일 사이라 하니 듣고 몹시 가련하였다. 천둥 치고 비가 내려 황류가 흘러 김매던 담배밭이 아래 거리가 되었다. 비 온 뒤에 담배를 조금 심었다.

5월 1일.

막내 아이가 명득의 아낙을 데리고 해압에 조생종 벼를 심었다. 읍내 사람이 본면의 서기원이라 칭하면서 찾아왔다. 이는 결복 수를 보태는 연고로 관청에 소장을 올리는 것이다. 이상 녀석이 와서 작성하고 인하여 만들어 갔다. 돈 6전을 문생이 빌려 갔다. 전후로 빌려 간 것이 합쳐서 1냥이다. 미역 1조 값 8푼에 샀다. 본래 갖고 간 돈 1전에 2푼만 남았다. 류전 사돈집 사람이 돌아갔다.

5월 2일. 흐리고 비.

오후에 바람이 불고 시냇가에 크게 쏟아부어 ■ 논둑이 많이 무너졌다.

5월 3일. 개고 서풍이 읾.

하평 논을 갈아엎었다. 류전이 풀을 베었다, 전날 부조한 새랄 동면댁 북어값 1전 2푼을 갚았다. 우금댁 8푼에 있어서는 지난번 빌린 돈을 이관한 4푼이다. 섶, 누에, 담배, 5

푼을 주었다.

5월 4일. 맑음.

아래 논을 모내기했다. 일꾼 12명이다. 일억 2, 명득 2, 우용 2이다. 용안, 도평, 류전 3
인은 고용했다. 도가는 춘옥이 품을 받고 영천은 일을 도와주었다. 문생은 발을 다쳤
다. 낮에 쌀 2말을 먹었다고 한다.

5월 5일. 단오. 맑음.

5월 6일. 맑음.

막곡 시장에 가서 신 1전 8푼, 갓끈 1전 5푼에 샀다. 야당에 들어가 권암수 발인에 곡하
고 돌아왔다.

5월 7일. 구름 끼고 흐림.

큰집에서 빌린 돈 1냥을 받았다. 노은[8]에 가서 ■■ 어른 대상에 조문했다. 비가 조금
내렸다.

5월 8일. 갬.

오후에 박치홍과 함께 늦저녁에 집에 갈 때 새랄에 이르러 각자 떠났다. 우곡 돈 1냥을
받았고 영천이 빌려 갔다.

---

8. 노은: 문경시(聞慶市) 동로면(東魯面) 노은리(魯隱里)이다.

5월 9일. 맑음.

가슴과 등이 갑자기 당겨 종일 누워 있었다. 문생이 텃논에 벼를 심었다. 그저께 산 신을 잃어버려서 정 서방이 신을 벗어 나를 주었다. 비록 한심하다고 몹시 꾸짖었으나, 너무 편하지 않다. 전날 빌려 간 담배 열 하나를 받았고 도평에게는 아직 받지 못했다.

5월 10일. 맑음.

문생이 용안의 품삯을 갚았다. 담배밭을 김맸다. …… 15묶음, 도평집에서 온 값 7푼.

5월 11일. 맑음.

밭을 김맸다. 도가와 일억 2명, 명득 아낙, 류전이 맹선에게 빌려준 돈 1냥을 받아 백지 1묶음을 값 1전 1푼에 샀다.

5월 12일. 맑았다가 저녁이 되자 가랑비가 내림.

돈 4푼을 흥정하기 위해 일억에게 주었으나 사지 못하고 와서 4푼이 남아있다. 일억이 담배밭을 김맸고 문생은 논을 갈아엎었다.

5월 13일. 흐림.

문생이 논을 갈았다. 직동에 가서 짚신 3켤레를 값 8푼에 샀다. 저녁이 되자 소나기가 조금 내렸다.

5월 14일. 맑음.

개방에 가서 노은댁에서 회전을 하고 날이 다 해서 돌아왔다. 막내 아이는 벼를 심고 문생은 가서 일하고 돌아왔다. 노촌 사돈이 전염병 기운 12일째에 세상을 떠나셨다고 하고 부의와 심부름꾼을 보냈다 하며 그사이 매우 서글퍼 장차 상을 나가서 피한다고 하니 몹시 통곡했다.

5월 15일. 맑음.

조밭을 김맸다. 일억 두 명과 영천이 호미질을 도왔다. 사창[9]에 가서 만나 보았다. …….

5월 16일. 맑음.

초평 논보리를 베고 금당실에 가서 시냇가에서 탐여 씨를 만났다. 서당 구역을 들으니 그 저께 지나온 구계를 거쳤다. 이경원 노인을 보았다. 자리에 따라 예를 나누었다. 상객은 김군남이다. 요기 후 돌아와 하평의 논보리를 펴 널었다. 삼엽주를 도평 인편에 샀다.

5월 17일. 보슬비 내림.

하평의 보리논을 갈았다.

5월 18일. 흐림.

아침 전에 직동의 임호범 이하 서너 명이 짚신 10켤레를 가지고 왔다. 값은 2전이라 한다. 아직 주지 않았다. 집 앞 보리를 베고 갈았다.

---

9. 사창: 조선 시대 각 지방 군현의 촌락에 설치된 곡물 대여 기관으로서, 향촌 자체의 민간에 의해 설립된 빈민 구호기관의 성격을 지녔다. 사창의 유래는 중국 한나라 선제(宣帝) 때 대사농(大司農) 경수창(耿壽昌)이 변방 고을에 창고를 짓고 곡식을 저장해 곡가를 조절한 상평창(常平倉)을 비롯해, 수나라 문제(文帝) 때의 장손평(張孫平)이 각 지방의 사(社)에 사창을 세워 기근에 대비한 의창과 남송의 주희(朱熹)가 실시한 사창법에 기원을 두고 있다.

5월 19일. 맑고 동풍이 종일 붐.

월답을 조금 심었다. 도평이 일하고 영천도 와서 일하였다. 초저녁에 집 앞 수침에 …… 보지 못하였으니 고가 놈이 한 짓이 몹시 통탄할 만하다.

5월 20일. 흐리고 비내림.

하평 논보리를 거두었다. 비를 무릅쓰고 집 앞 논에 모내기하였다. 밤이 되자 처음 황토물이 흘렀다.

5월 21일. 오후에 갬.

류전댁 논에 심었다.

5월 22일. 맑음.

논을 막았다. 류전과 우용이 왔다. 우인이 1전을 품삯으로 주었다. 1냥을 맹선에게 빌렸다. 품을 사기 위해서이다. 1냥 5전을 임호범에게 보냈다.

5월 23일. 맑음.

일꾼 10명과 직동 도평이 일을 도왔다. 4두락 논을 심었다.

5월 24일. 구름 끼고 흐림.

벼를 심었다. 일억의 아낙, 우용의 아낙 합 3명이다. 동네에서 거둔 5푼 가운데 4푼은 봉화 사고[10] 수리 명목이고 1푼은 사창 경비라 한다. 풍산 율리 마을 남 사돈 은중 씨가

---

10. 봉화 사고: 『조선왕조실록』을 보관하던 다섯 사고 가운데 봉화 태백산(太白山)에 위치한 사고를 가리킨다.

22일 별세하셨다 한다. 그리고 부고 심부름이 왔다 하는데 보지 못했으나 애석함을 견딜 수 없다. 또 이 집 형편이 몹시 평온하지 못한 데다가 변고가 생각지 못하게 나와 장사를 지내는 것이 두서가 없을 듯하니 더욱 몹시 안타깝다.

5월 25일. 밤중부터 비가 내리고 동풍이 크게 불고 황토물이 흐름.
논을 갈았다.

5월 26일. 맑음.
벼를 심었다. 일꾼 18명, 도가 2명, 아침 전에 2전 5푼, 춘옥 3명에 4전 5푼, 우용 3명에 4전 5 푼, 팔억 2명에 3전, 영신 2명에 3전, 도평 · 류전 · 용안 · 영천은 일을 도왔고 문생 · 일억의 아낙 · 명득의 아낙은 1전 5푼이다. 큰집 작은집에 함께 심었기 때문에 일억의 아낙 · 용안 · 도평 · 류전 4인과 영천이 거듭 일하였으니 본집에서 일한 자는 13명이다.

5월 27일.
일억 · 류전 · 문생 · 영천이 모판을 함께 심었다.

5월 28일. 구름 끼고 흐림.
두 형제가 향교 백일장에 가니 노자 비용은 2푼이다. 1전 5푼과 장지 반절은 태동 손님에게 주었다. 영천이 빌려 간 1냥, 도평이 빌려 간 돈 6전 2푼을 받았다. 아침 전에 영천댁 모판을 심었다. 모내기 고용에 도가 · 팔억 · 우용에게 합 1냥을 주었다.

5월 29일. 맑음.
보리를 베었다. 도평이 문생을 대신하고 명득 · 일억의 아낙이다. 손자가 정오가 지나도 돌아가지 않았다. 많은 사람이 백일장에 가서 …… 5푼을 취하였다. 일억은 사러 왔고 문생은 오지 않았다. 명득을 일 시킨 것이 전후 7일인데 고용세가 7전 5푼이어서 저의 처소에 살게 했다.

6월 1일. 맑음.

박상동 갈보리를 거두었다. 류전 아이가 문생을 대신하여 명득과 우인을 데리고 일했다. 오후에 두 형제가 읍내에서 무사히 돌아왔으니 다행이다. 풍산 이 서방을 보았다. 들자니 아이가 나온 것에 있어서는 그 아버지가 오랜 병환으로 괴로워했기 때문에 앞으로는 그러지 않을 것이라 했다. 고풍 시제에 부자묘당 중수시에 "관자 5·6인과 동자 7·8인으로 무우대에 바람 쐬고 읊으며 돌아오겠다."하고, 시부에 "무성에서 거문고 노래가 다른 고을 많은 선비에게 들린다."하였다. 기성회에 쓰는 비용이 배나 많고 또 시제가 누설되었기 때문에 곤경이 자못 많고 형편없어졌으니 이사이에 다만 …… 자의 불민함이 있을 뿐만 아니라, 유자의 기상이 모두 이와 같아서 되겠는가? 사이에 지극히 몸을 신중히 하였다. 저녁이 되자 소나기가 조금 내렸다.

6월 2일. 구름 흐리고, 자못 우기가 있다.

도평에게 돈 6전 1푼을 빌려 춘옥 3명 이앙 세로 4전 5푼을 주었다. 춘석·영신 2명 세로 준 3전에 있어서는 1전 4푼이 부족하다. 두의 농사를 기울여 수를 갖추어 주었다. 문생이 식전에 돌아와서 고래동 밭과 박상동을 갈고 날마다 콩 1되를 내어 일을 시키기 위해 주었다. 도가의 아낙이 눈병으로 7~8일 전부터 몹시 가려워한다. 부기가 생겨 눈꺼풀이 맞닿고 찌르는 증세로 눈동자를 어둡게 하니 나을 듯하다가 바람이 닿으면 찌르듯 아프다. 손자 아이가 피곤해서 편지를 쓰지 못했는데 정휴[11]의 편지가 왔다고 한다.

---

11. 정휴: 김규진(金奎鎭, 1824~1887)의 자이다. 본관은 의성(義城), 호는 문원(文源)이다. 오교(午橋) 김상운(金商運)의 손자이다.

6월 3일. 아침에는 구름 끼고 흐리다가 포시에 쾌청함.

문생이 춘옥의 논을 김맸다. 품을 바꿨다. 소로 영천댁 조밭을 갈았다. 정제된 쌀 2되는 값을 결정하지 못했는데 맹선[12]이 가져갔다. 껍질 타작한 보리 떨어진 종자 1되를 1냥에 주었다. 또 돈 8푼은 남은 돈이다. 앞에 나간 콩 5되를 맹선이 가지고 갔으니 비록 가격은 정하지 않았으나 정미 2되와 콩 5되를 바로 주었다.

6월 4일. 구름 끼고 흐림.

여러 논이 모두 말라 매우 절박함을 볼 수 있었다. 콩밭을 가는 데 류전·일억 2명이 일을 도왔다. 오후에 큰비로 밭을 다 갈지 못하였다. 저녁이 되자 시냇물이 크게 불었다. 두통이 너무 심해 자리에 종일 누웠다.

6월 5일.

문을 열고 보니 습한 구름이 사방에 날아 쾌청할지를 모르겠다. 뒷골 논을 김매고 들깨 모종을 조금 심었다. 오후에는 쾌청한 듯하다가 흐리고 쾌청했다.

6월 6일. 가랑비가 연이어 내림.

도평이 경작한 논을 김매었다. 일꾼은 5인이라고 했다. 우곡 돈 1냥 5전을 빌려 붓값 1냥 1전 4푼을 하씨 붓 상인에게 주었다. 바로 3월 전에 산 것이다. 붓 상인이 묵었다.

6월 7일. 비 내림.

문생이 뒷집 춘간의 품삯을 갚았다.

---

12. 맹선: 김진호(金鎭浩, 1839~1900)의 자이다.

6월 8일. 비가 갬.

논을 맸다. 일꾼 9인이니 도평 · 동촌은 전 품이고 명득 · 춘석도 전 품이며 도가는 콩을 주었고 우인 · 일억 · 용안 · 문생은 담배 5푼, 좌반은 1전 6푼으로 합이 2전 1푼이다.

6월 9일. 맑음.

문생이 우인 품삯을 갚았다. 덕봉 · 도생이 찾아뵈었다 한다. 마을에 거주하는 도생의 백씨이다. 담배를 건조하였다. 한 멍석은 반건조하였다. 유동의 경숙[13]의 조씨 사위가 찾아왔다.

6월 10일. 맑음. 초복. 날씨가 화창함.

근래 백일장 소요 경비가 3전 6푼에 와서는 독촉이 몹시 급하기 때문에 도평 돈 2전 4 푼을 빌려 3전 6푼을 마련해서 태동 손님에게 주었다. 문생이 조밭을 갈았다.

6월 11일. 구름 흐림.

조밭을 가꾸었다. 일꾼이 5명이니 류전 · 문생 · 일억의 아낙 · 우용의 아낙 2명이다. 오후에 소나기와 천둥소리 나고 황류가 골골이 흘러 밭매기를 멈추고 한참을 김매지 못했다.

6월 12일. 구름 흐림.

조밭 김매기는 7명이 했으니 류전 · 명득 2명 · 일억 2명 · 문생 · 도가의 아낙이다. 오 전에 고래동을 다 맸다. 비가 종일 뿌렸댔다.

---

13. 경숙: 김윤수(金允壽, 1824~1874)의 자이다.

6월 13일. 아침에 구름 오후에 갬.

문생이 목화밭 성긴 곳에 팥을 심고 야동에서 소를 먹이었다. 작은 논의 올벼를 보니 색깔이 푸른 것이 연고가 있는 듯 …… 정산서원[14] 심부름꾼이 고목을 가지고 와서 보니 대개 본 서원 상황을 관청에 여쭙는 것이었다. 본향의 모임 일자가 14일로 정해졌고 정휴가 도청을 담당하였으니 이놈이 우리 집에 잘못 왔기 때문에 담당 소임 집으로 보내 조치하였다.

6월 14일. 가랑비가 오다 그치고 동풍이 사람을 쏨.

문생이 용안의 품삯을 갚았다. 정휴가 본향의 모임 일로 정산서원에 갔다고 한다.

6월 15일. 구름 끼고 흐림. 유두.

문생이 집 앞 논매기를 하였다.

6월 16일. 쾌청.

문생이 뒷집 춘간의 품삯을 갚았다.

6월 17일. 비 내림.

문생이 품을 바꾸었다. 춘옥이 저녁 후에 저 집에 갔다. 태동 손님이 죽림에서 돌아와서 내앞 상고를 전하니 깜짝 놀랐다.

---

14. 정산서원: 예천군(醴泉郡) 예천읍(醴泉邑) 생천리(生川里)에 있던 서원이다. 1612년(광해군4)에 지방 유림의 공의로 이황(李滉)의 학문과 덕행을 추모하기 위해 창건하여 위패를 모셨다. 1615년에 조목(趙穆)을 추가로 배향하였다. 선현배향과 지방교육의 일익을 담당하여 오던 중 1868년(고종6)에 흥선대원군의 서원철폐령으로 훼철된 뒤 복원하지 못하였다.

6월 18일.

아침 전부터 비가 쏟아붓듯이 내려 앞내가 다 넘쳤다. 문생이 늦게야 돌아왔다. 영천댁이 논을 매었다. 일꾼 6인이니 품삯이 1냥 3전이라 한다. 정휴가 어제 돌아왔다 한다. 만나서 향회 소식은 듣지 못했다.

6월 19일.

산은 어둡고 구름은 습해 갤 기운이 있는 듯했다. 풍산 부고 심부름이 왔다. 남양 홍씨 부인이 산후로 금년 15일 해시에 별세했는데 부고 심부름이 장맛비에 막혀 저곡에 서 머무르다 왔다 한다. 수로가 막혀 화근이 된 것이다. 큰집이 논을 매었다. 일꾼이 4인이니 문생은 품을 바꾸었다. 마희천에 가서 월 이자 돈 일을 언급하고 또 담배를 사지 못하고 돌아왔다.

6월 20일. 아침에 흐리고 낮에 갬.

문생이 석립 논에 비료를 뿌렸다. 반나절 뒤에 부고 심부름꾼이 집을 옮긴 날이 오래되었기 때문에 조급히 돌아간다고 하였다. 오천을 에둘러 배를 타고 간다고 하였다. 맹선이 돈 5푼을 빌려서 부고 심부름꾼이 돌아가는 여비로 주었다. 논을 매고자 하나 양식과 반찬이 모자란 것에 구애되어 실행하지 못하였다. 농사일이 날로 급한데 형편에 구애되어 차례를 미루니 괴이쩍을 만하다.

6월 21일. 쾌청.

논을 매었다. 일꾼이 12인이니 영신·도생·우용·우인·춘옥·춘석·도평·용안·팔옥 아들·명득·일억·문생이다. 산골 집 뒤 1마지기가 남았다. 유동 조 군이 돌아갔다.

6월 22일. 비바람.

낮에 크게 쏟아부어 시냇물이 크게 불었다. 막내(1836~1912, 周鎭)가 식전에 마희천 심유신 집에 가서 월 이자 돈 2냥을 가지고 와서 일억 품삯 6전과 명득 품삯 4전을 주었다.

6월 23일. 쾌청.

삼을 찌는데, 다만 3묶음인데 잘 익었다.

6월 24일. 맑음.

문생이 늦게 일어났기 때문에 일어난 발단은 다툼이다. 곧 문생이 어제쯤이라 하면서 말하길, 이웃이 부끄러워하는 것은 어째서인가? 동막에서 왔다 하였다. 담배를 베었다. 전에 2줌 31속을 찌고 합 5줌 3속이다.

6월 25일. 맑음.

조밭을 경작하였다. 류전이 일을 도왔다. 문생은 처가 갑자기 병들어서 오후에 집에 갔다.

6월 26일. 구름 흐림.

조밭을 경작했다. 류전·우인이 일하였다. 조기 2마리에 1전 2푼, 북어 6푼, 미역 3푼, 정미 5되를 1냥 2전 5푼, 소금 2전 5푼, 술값 1푼에 샀다. 문생은 오지 않았다. 3전을 영천이 빌려 갔다.

6월 27일. 흐리고 바람.

4전을 영천이 빌려 갔다. 목화밭을 김매었다. 일꾼 4인이니 일억의 아낙·명득의 아낙·우용의 아낙·도가의 아낙이다. 문생은 오지 않았다. 초 저물에 태촌 손님을 인하여 전해 들자니 금당실 박호군이 수심 재궁에 와서 산다고 한다.

6월 28일. 닭이 울 때부터 비가 한낮이 되어 쾌청.

늦게야 문생이 와서 마구를 청소하고 메밀밭에 재를 옮기며 무를 조금 갈았다.

6월 29일. 북녘에 어두운 구름에 김이 공중에 떠있다.

목화밭을 김매었다. 류전·문생 2인이다. 오후에 마희천에 가서 월 이자 3냥을 얻어 가져오니 22일 가져온 2냥 8푼을 합한 합 5냥을 매달 초하루 5푼씩 나누는 조건으로 우용이 품삯 5전과 도가 품삯 3전을 주었다.

6월 30일. 입추. 쾌청.

목화밭을 3인이 김매었으니 류전·명득의 아낙·문생이다. 영신 품삯은 1전 5푼, 춘옥 1전 5푼, 팔옥 1전 5푼이다. 영신을 시켜 춘옥·팔옥·춘간에게 주었다. 큰집 콩 키 7섬 값 이후에 뒷산 솔값 1냥을 옮겨서 갚고 위 항목에서 6일 빌린 1냥 5전 내에서 1냥은 갚고 삼을 찔 때 소나무값 3전을 빼면 2전은 갚지 않고 또 담배값 2푼은 위 항목에 남아있다. 2일에 도평 돈 6전 1푼을 빌렸다. 10일에 2전 4푼 가운데 빌린 것 합 8전 5푼을 갚았다.

7월 1일. 맑음.

문생이 밭을 갈았다.

7월 2일. 맑음.

문생이 콩밭을 다 갈았다. 막내 아이가 결복 수 날짜 일로 읍내 부서에 갔으나 김성중은 보지 못하고 저물 무렵 왔다. 맹선에게 배당된 돈은 콩값 5되에 값 7전과 정미 3되에 7전 5푼인데 7전은 돌려주고 1전 2푼을 아울러 1냥 5전 7푼 가운데 1냥을 빌려 온 돈으로 5전 7푼을 옮겨 갚았다. 작성된 책자 명단 아래 결복값 1냥을 호수인 김성중에게 옮겨 주었다고 하였다. 4전 5푼을 마땅히 지급하기 위해 우곡에게 나머지 2전 2푼을 갚아서 주었다. 막내 아이가 미호 근처 사람을 만나보고 사돈집 일의 상황이 자세하지 않다고 하니 몹시 염려할 만하다.

7월 3일. 맑음.

아침 전 직동 임호범이 찾아왔다. 복결값 3전 6푼, 짚신값 2전, 벼 심기 품 작은 돈을 1전 8푼으로 바꾸고 3번 행하여 합 7전 4푼으로 처리하여 주었다. 문생이 보리타작하였다. 뒷집 돈 3푼을 빌렸다.

7월 4일. 맑음.

갈보리를 타작하였다. 일억이 와서 일하였다. 붓 상인 차씨 성이라 이름하는 이가 왔다고 하면서 장단에 산다고 한다. 정휴와 경숙이 개방에 갔다 한다. 오후에 들에 가니, 가뭄기가 잠깐 생겨 석립 논이 다 마르고 막내 아이가 다시 논을 김매었으니 일꾼 2인이라 한다.

7월 5일.

닭이 울 무렵 비가 쏟아붓듯 내려 황류가 흐르니 농민을 크게 위로하지만 늦어 갈수록 여러 계절이 더욱 거리가 멀어진다. 땔감 나무가 모두 젖어서 이 역시 걱정스러운 일이다. 이따금 보릿짚을 태웠다.

7월 6일. 비.

낫 두 자루를 담금질하고 공가 3푼을 제고곡댁에게 돈을 빌렸다. 내일이 바로 초정이기 때문에 막내 며느리(강릉 김씨) 연제사를 치러야 하니 마음에 생각나고 또 일상의 일이 삼추와 같다. 1마리 생선도 갖추지 못해 마음이 더욱 몹시 막막하다.

7월 7일. 정축. 낮에 맑음.

막내 며느리 연사를 지냈다. 날씨가 쾌청하고 들풀이 더욱 푸르니 풍년의 기운이 있을 듯하다. 문생이 식후에 풀 3짐을 베고 침승을 항아리에 넣었다.

7월 8일. 밤에 비 오고, 아침에 갬.

문생이 늦게 와서 풀 두 짐을 베었다.

7월 9일.

밤에 적은 비가 조금 내렸다. 식후에 쾌청하여 논보리 조금 남은 것을 타작했다.

7월 10일. 구름이 아직 있는데도 비는 오지 않음.

갈보리 타작을 마쳤다.

7월 11일. 새벽부터 많은 비가 내려 시내가 넘쳐남.

새터 이성근이 소를 몰고 일하러 왔다.

7월 12일. 아침 전부터 종일 비 내림.

7월 13일. 아침에 구름이 꼈다가 오후에 쾌청함.

보리 2멍석을 씻었으나 건조하지 못하였고 담배밭 김매기도 다하지 못했다.

7월 14일. 아침에 쾌청하다가 낮에 종일 비 내림.

버들밭 권 도촌 손님이 방문하였다. 화장에 가는 행차이다. 그런데 비 때문에 하룻밤 묵었다.

7월 15일. 새벽부터 비가 쏟아붓듯 내린다.

도촌의 손님이 오후에 화장으로 향하였다. 콩 4되를 류전에게 주고 6전을 품삯으로 대신 갚았는데 품삯과 우장값 6전은 아직 주지 못했다.

7월 16일. 처서.

담금질한 낫 2자루 값 3푼을 아직 주지 못했다. 늦게서야 쾌청했다.

7월 17일. 맑음.

갈보리를 씻어 말리는데 30말은 다 건조 시켰고 나머지는 건조하지 못했기 때문에 무게를 재지 못했다. 강릉에 사는 주생이 요기를 위해 왔다가 오후에 떠났다. 영천이 읍내 시장에 갔다가 돌아와서 미호 소식을 전해 들었다. 나쁜 병이 전염되어 노인이 바야흐로 나가서 피한다고 하였다. 영천 돈 5푼을 빌려 배추씨를 샀다.

7월 18일. 맑음.

갈보리를 다 말리니 56말에 종자를 비치하고, 7말에 보리 반을 찧고, 반송을 가는데 신례를 지나서 신례를 돌아선즉 여주에 사는 박생이라는 자가 와서 자는데 감여술과 관상을 안다고 한다. 막내 아이가 갈보리를 타작하고, 밤에 소나기가 내렸다, 방촌의 일가인 사현이가 와서 보고, 사곡 이 석기의 집 신랑감을 말했다.

7월 19일. 맑음.

무이실[15] 석보 노인 인척 형이 오셨다. 안경을 가지고 왔는데 품질은 쓸만하고 가격은 1냥 5전이었다. 갑자기 당한 일이라 수중에 아무것도 없어 값을 내지 못하여 21일을 기한으로 하고 오후에 방촌으로 돌아갔다. 박 과객은 오전에 돌아갔다. 문생이 저녁에 제집에 갔다. 아침 풀을 아직 베지 못했다.

7월 20일. 맑음.

이놈이 집 앞에 수침을 만들고 일억은 품삯 돈을 재촉하는데 빌릴 길이 없다고 핑계대고 갚지 않았다. 문생과 도평이 늦게 조밭을 갈고 막내는 보리를 씻었다.

7월 21일. 맑음.

수침일로 중평 장풍에 갔다. 다듬이를 따라 보리를 쌓아두면 찧을 수 없어 오직 은행나무 고침에 틈이 있어야 한다. 아침저녁 간에 잘 찧을 수 없는 것이 한이다. 정귀적을 불러 일하러 한번 오라고 말하였다.

---

15. 무이실: 예천군(醴泉郡) 용궁면(龍宮面) 무이리(武夷里)를 말한다.

7월 22일. 맑음.

콩 9되를 일억을 시켜 읍내 시장에 보내 1냥 3전을 받았다. 영천이 명득 품삯 2전 · 도가 품삯 5푼을 주었다. 아침에 뒷집 3푼, 콩값 1냥 3전을 일억 고용으로 주었다.

7월 23일. 비.

문생이 어제 자기 집에 갔다가 아침 전에 왔다. 유동 조사길이 처음 왔다 한다.

7월 24일.

보리를 찧었다. 중평 곽가의 수침이 수침계를 결성했으나 일을 못했기 때문에 1냥 3전을 도왔다. 조사길이 오고 정휴를 죽림에서 향회[16] 일로 보았다.

7월 25일. 맑음.

수침에 찧어 주는 세 3되는 시장되로 6되가 쓰이는데 47말에 지나지 않으니 세가 이처럼 너무 지나치다.

7월 26일. 맑음.

식후부터 도평 보리 10말과 영천 보리 15말을 찧었다.

7월 27일. 맑음.

아침 전에 막내 아이가 타작한 보리 찧기를 마치고 왔다. 금당실 박호군이 사곡에서 진여와 김양길과 함께 오후에 각각 돌아오겠다고 청하였다. 박호군 나이가 약 80세에 전

---

16. 향회: 고을 일을 논의하기 위한 향인(鄕人)들의 모임을 말한다.

염병이라 하였기 때문에 수심 재사에 나와 산지 혹 여러 달인데, 전염병에 다시 걸리어 바야흐로 본가 재실에 잇닿으니 손동과 사곡에도 갈 수 없어서 각자가 가마에 매고 간다고 한다. 용안·우인을 시켜 신례 부인에게 가게 하였다. 동쪽으로 처음 가면 우금·제고곡·맹선 모친과 함께 천덕에 가서 목욕하라 했는데 급하게 요란스레 떠나 못하게 되었으니, 또한 변고이니 손을 쓸 수가 없다. 나쁜 일이 백 가지로 생기어 한 가지도 생각하지 못하였다. 또한 이곳은 집과 30리 거리이니 마지막에 어떻게 될지 모르겠다. 해가 서산에 떨어지니 심사가 쓸쓸하여 우두커니 남산만 본다. 흰옷 입은 사람 수가 4줄로 산 위에 앉았었는데 아이를 보내 찾게 하였다. 곧 며느리가 돌아왔다. 또 자주 얼을수록 기쁨을 무어라 표현할지 모르겠다. 문생은 종일 누워서 일어나지 않았다. 사창 서까래를 고친다는 회문[17]을 보았다.

7월 28일. 맑음.

막내 아이 재취하는 일로 승간에 가서 김향진을 보았다. 당사자가 비록 일면식이 있기는 하나 다시 이야기 주고받지 않겠다고 하였다. 만약 조언하는 도가 있으면 진실로 부족하지 않을 것이라 하였다. 그러나 이는 사람을 대하는 참람한 담론이다. 일이 몹시 낭패다.

7월 29일. 맑음.

내가 저 처가에 갔다. 은중을 곡하기 위해서다. 풍산으로 돌아간다고 했기 때문에 정휴에게 서찰을 빌렸다. 여장이 사창 수리일로 창고에서 만나 보았다. 아침 전에 무이실이 인척이 오셨다. 이는 안경값 때문이다.

---

17. 회문: 여러 사람이 차례로 돌려 가면서 보도록 쓴 문서를 말한다. 회장(會章)이라고도 한다.

8월 1일. 일출 때 일광이 붉은 명주 같음.

오후에 풍산 답서를 보니 대개 평안하다는 것을 알았다. 영천·도평이 제방의 온돌을 고쳤다. 종일 흐리고 해를 보지 못했다. 풍산에 서찰을 부치길, "수개월의 장마로 편지가 반년 동안 막혔습니다. 비록 근심 속에 살았지만 한결같은 마음으로 늘 그리워했습니다. 이 사이 어른의 동복이 문전에 와서 문안 편지를 받으니 아주 감사해 마지않았습니다. 따라서 삼가 서늘한 가을에 형제분 건강이 편찮은 데 없고 자제분도 모시는 중에 잘 지내며 손자 형제도 돈독하고 건강하게 잘 지내는 것을 알았으니 축하합니다. 저는 보내주신 정성을 감당하지 못하겠습니다. 사하생인 저는 지극한 재앙의 혹심함을 겪고 갑자기 맏며느리의 참변을 만나 혼자된 운명이 갈수록 기구해지니 일이 근심하고 탄식한들 어찌합니까? 더구나 상을 객지에서 보내고 아직 반구도 못 하였습니다. 또한 젖먹이가 밤낮으로 울고 있으니 실로 바라보기 난감한 처지입니다. 운구는 한 달 사이에 있고 백 리 먼 길에서 영위할 방법이 없습니다. 또 한 자리의 묘를 쓸 곳도 얻지 못하였습니다. 재물은 없고 사람도 적으니 계획을 세우기 어렵습니다. 나머지는 곧 이내 마음속이 안개가 낀 것 같아 더 쓰지 않습니다. 삼가 바랍니다."라고 썼다.

8월 2일. 흐리고 비가 오다가 낮에 갬.

8월 3일. 맑음.

문암 김 매형이 산양에서 찾아왔다. 늙은 누이가 살림을 가까스로 살아간다고 들으니 기쁘고 다행이었다. 율현 임 상인이 찾아왔다. 경숙이 풍읍에 갔다.

8월 4일. 맑음.

율현 임 매형이 찾아왔다. 문암 김형이 오후에 생광으로 가서 묻기를 부탁하였고 미동 누이 혼사를 위해서 계집종을 방매하는 일을 언급하였다. 우곡은 내동에서 돌아왔다. 풍산의 상황을 대략 들었다.

8월 5일. 맑음.

임형이 머무르고, 덕곡이 왔다.

8월 6일. 가랑비가 내림.

늦은 후에 임형이 돌아가고, 저녁 후에 문생은 자기 집에 가고, 제고곡이 대구댁을 거느려 봉양한다고 한다.

8월 7일. 맑음.

새랄 변 상인이 송아지를 몰고 갔다. 무이실 이석보 인척 형이 와서 남산 풀을 값이 3전에 판다고 한다. 문생이 종일 오지 않았다. 정휴가 그저 2일에 저절로 마른 감 가지를 꺾다가 제고곡 집에서 떨어져 이가 부러졌다 하니 걱정이다.

8월 8일. 맑음.

문생이 아침 전에 와서 남산 선산의 풀을 베고, 1냥 5전을 황 시대 천총에게 빌려서, 안경 값 1냥 5전을 갚고, 이형은 돌아가고, 동송[18]의 장씨 벗이 뒷골 소먹이는 곳에 찾아왔다.

8월 9일. 맑음.

아이들이 문생을 데리고 선산의 풀을 제거하고, 직동 임경술이 전에 빌려 간 전집을 가

18. 동송: 예천군(醴泉郡) 개포면(開浦面) 동송리(冬松里)이다.

지고 와서 또 고조할배가 손수 쓰신 후집 1권을 빌려 가고, 방촌 맹휴가 와서 봤다.

8월 10일. 흐리고 비 내림.

도평을 시켜 오천 시장에 가게 하고자 하였는데 아침을 먹인 뒤에 비가 종일 내려서 하지 못했다. 석항 박가 산지기가 찾아왔다. 전에 보지 못한 사람이었지만 찾아와 주어 그 마음이 기특했다. 만류해도 듣지 않으니 마희천 처가에 간다고 한다. 외처 산소는 보태준 것이 없는데도 성심으로 벌초하니 고맙고 부끄러움이 절로 깊었다. 경숙이 니전[19]에서 돌아왔다. …….

8월 11일. 맑음.

문생이 아침 전부터 문밖 방에 온돌을 덮었다.

8월 12일. 맑음.

도평 아이를 시켜 읍내 시장에 가서 농사 소를 팔고자 하였다. 비록 값을 40을 불렀지만 적당한 자가 없었다. 밤이 깊어서 집에 왔다. 노자가 9푼으로 2푼은 갈 때 준 것이고 5푼은 경숙이 빌려 간 돈 2푼을 받아서 주었다.

8월 13일. 맑음.

중평에 사는 황가 놈이 말하길, 이른 홍시 6그루를 사는 데 값이 3냥 돈으로 책정하여 1냥을 직접 받고 보낸다고 하였다. 말이 막내 아이에게 미쳤는데 가격이 지나치게 적다며 사기를 당한 것이 분명하다고 하니 듣고 몹시 분하고 원망스러웠다. 그러나 이미

---

19. 니전: 예천군(醴泉郡) 감천면(甘泉面) 천향리(泉香里)에 있는 지명이다.

허락한 뒤에 다시 말을 섞고 결코 늙은 것이 아니기 때문에 묵묵히 주었다. 마음은 절실히 원망스러웠다. 근래에 매사 낭패를 당하는 경우가 많으니 범사를 떠나 절로 헛되고 일을 접촉하면 낭패를 당하니 걱정이다.

8월 14일. 늦저녁 가랑비가 내림.

문생이 무밭을 김맸는데 마치지 못하였다. 감값 2냥을 받았다. 선동에 사는 박군이 찾아와서 한나절 이야기하다가 오후에 비를 무릅쓰고 돌아갔다. 문생이 저녁 후에 제집에 갔다. 저물 무렵 영천 아이·집 아이·도평 아이가 갔다. 문암 매형이 도끼 등 뒤에 상처를 입었다 한다. 몹시 놀랍고 염려스럽다.

8월 15일. 아침에 비가 내림.

류전 아이의 품삯 6전을 갚고 제고곡댁의 돈 3푼을 갚았으며 2푼을 도평 아이에게 주었다. 읍내 시장 노자의 잔돈이다. 맹선의 외상값을 옮겨 주고 남은 돈 4전 3푼에 5푼을 주었다. 빌려 온 돈 합 4전 8푼을 갚았다. 담금질 비 4푼을 문생을 시켜 전했다.

8월 16일. 맑음.

아침 안개로 사방이 막히고 찌는 기운은 봄과 같으며 늦도록 서풍이 천천히 불어 가을 기운이 상쾌하게 일었다. 누룩 50개를 만들었다. 영천 18개, 도평 15개라 한다. 북어·조기 2전 5푼, 미투리 1전 3푼. 삼씨를 채취하고 담배를 베었다.

8월 17일. 맑고 서늘한 바람이 서쪽에서 불어옴.

막내 아이가 짚신을 만들어 왔다. 며느리가 어제 오후부터 팥잎을 땄다. 어제저녁 도평이 새랄에서 와서 전하길, 금당실 박씨 1명이 저고면[20]에서 활쏘기를 연습하는 사람 19명에게 곤욕을 당했다 한다. 민습이 이처럼 어긋난 것이 통탄할 만하다. 막내 아이가 율현에서 와서 전하기를 전날에 이러이러한 일로 이달 내에 상통하기로 했다 한다.

8월 18일. 추분. 맑음.

조촐하게 제사를 지냈다. 황입대에게 빌려 온 돈 1냥을 동월이 보고 주었다. 막내 아이가 니전에 가서 하룻밤 잔 후에 돌아가서 미호의 상황을 탐색한 후 돌아온다고 한다.

8월 19일. 맑음.

묶은 팥잎 3속을 면 책임자에게 나누어 주고, 유생이 태학에 들어가기를 원하는 이는, 전령이 호구마다 1냥 2푼 돈을 배정하고 기한은 20일로 급박하게 독촉한다고 한다.

8월 20일. 맑다가 흐림.

아침 전에 팥잎 1속을 묶었다. 큰집 손자 아이가 용안을 데리고 풍산을 갔다. 사하생 은중이 장지로 들어가는 것이 21일 미시에 있기 때문이다. 궁핍한 살림에 모든 일이 갈수록 막히어 몇 마리 어물도 보낼 수 없으니 슬픔이 더욱 배가 된다. 사창 수리에 거둔 합 6푼을 임명득에게 주었다.

8월 21일. 맑음.

아침 전에 작은 잡팥을 거두었다. 신토점 한 사내가 말하길, 소를 한 열흘 먹여서 드리겠다 하니 괴이쩍다. 오후에 막내 아이가 니전에서 미호 · 저곡 · 야당을 지나와서 가을

---

20. 저고면: 예천군(醴泉郡) 용문면(龍門面) 성현리(成峴里)에 있는 지명이다.

농사에 대하여 전하길, 니전에는 이삭이 나지 않았고 곧게 서기만 했으니 이곳과 다를 것이 없고 도평·미호는 황색이 들을 덮어 비록 여물지 않았어도 작년의 흉년은 면했다면서 기뻐하였다. 백동 황씨 매형은 양식을 사기 위해 니전에 왔다 갔다고 한다. 니전 여아가 흰 명주 도포를 만들었다고 한다. 이는 수의 때문이니 상례 후에 아직 마치지 못했다. 한 손으로 짜서 자못 몹시 어렵고 힘들다고 들으니 이어지는 가련함을 견딜 수 없다.

8월 22일. 아침에 흐렸다가 갬.

막내 아이가 문생을 데리고 읍내 시장에 가서 늙은 소를 팔고자 하였지만 팔지 못하고 저녁에 집에 돌아왔다. 소금 5푼, 쑥 8푼, 요기 1전 3푼을 쓴 합이 2전 6푼이고 가지고 간 4전 3푼 가운데 1전 7푼이 남았다. 니전 사위 박 상인이 왔다. 이는 멀리서 경숙이 좋은 터를 구했기 때문이다. 우곡이 신■에서 …….

8월 23일. 맑음.

문생이 비료를 뒤섞고 오후에 돌아와 말하길, 풍산의 이 사돈을 보았다 한다. …….

8월 24일. 맑음.

간략히 제사를 지냈다. 돈을 들인 것이 많게 70여 금이 된다고 한다. 사위 박 상인이 돌아갔다. 문생·류전·일억이 담뱃잎을 거두었다. 무이실 이 노인 인척 형이 찾아왔다. 이는 함께 풍산에 가자 한 것이다. 사창을 수리하였다. 일꾼이 없어 빠졌다. 오후에 막내 아이가 중평에 가서 갓을 찾아서 왔다. 공정 값은 3전 5푼이니 22일 시장에서 쓰고 남은 1전 7푼, 일억이 빌린 돈 1전 8푼 합이 3전 5푼이다.

8월 25일. 맑음.

제고곡댁에게 돈 5푼을 빌려서 마희천 양 정갑에게 주고 그 배추씨를 주었다. 문생 · 류전 · 일억이 남산 지엽을 벌채하였다. 정휴가 정산서원에 갔다 하는데 아마 향례가 28일에 있기 때문일 것이다. 막내 아이가 용궁 시장에 갔다. 며느리가 세상을 떠난 날이 29일에 있는데 제수를 마련할 길이 없기 때문이다. 오천 시장에 가니 쌀값 3전 8푼이라 한다.

8월 26일. 맑음.

문생이 수평에 가서 감곳이 1짐을 베어서 저녁 무렵 왔다. 지도실 성당곡이 왔다가 오후에 돌아갔다.

8월 27일. 맑음.

막내 아이가 문생을 데리고 두 마리 소를 몰아서 읍내 시장에 갔다. 큰 소는 36~37냥이고 작은 소는 16~17냥 외에는 다시 값을 부르지 않겠다고 하였다. 저녁에 돌아왔다. 요기는 6푼이라 한다.

8월 28일. 맑음.

미호 사위가 왔다. 막내며느리 상사 때문이다. 보리값이 1전 8푼에 이른다고 한다.

8월 29일. 맑음.

오후 4시 전후에 막내며느리 상사를 지내었다. 미호 김 서방이 돌아갔다.

9월 1일. 맑음.

막내며느리 삭망전을 지내었다. 문생이 어제 제집에 가서 저녁 후에 남산 소나무를 베어 왔다. 경숙이 곰실에 갔다가 돌아올 때 니전을 들렀다 한다. 수석의 논에 물을 대었다.

9월 2일. 맑음.

솔값 8냥 6전을 황점석에게 받았다. 문생이 감곶이를 베기 위해 산골짜기로 갔다. 소세와 소금 3되를 우용 처소에게 받았다. 문암 생질이 찾아왔다.

9월 3일. 맑음.

문암 생질이 소를 몰고 간 것은 마구간이 비어 풀을 밟기 위해서이다. 10월을 기한으로 소를 끌고 가기로 했다.

9월 4일. 맑음.

방촌에 가는데 반송리를 들렀다. 몽노 · 주노 두 노인을 만나지 못하였다. 방한촌에 와서 진여와 주노를 보고 반나절을 이야기하다가 요기 후에 곳집 터에 가서 이상갑 로장을 보고 생광동[21]을 지나 박상홍을 보고서 집에 돌아오니 문생이 칡 한 짐을 거두어서 저녁에 왔다.

9월 5일. 맑음.

처음으로 뒷골 조생종 감 한줄기를 땄는데 거둔 것이 불과 5~6개이다. 호두와 누른 밤을 털었는데 한 말에 차지 않았다. 감 시렁을 설치했다.

---

21. 생광동: 예천군(醴泉郡) 용문면(龍門面) 덕신리(德新里)에 있는 지명이다.

9월 6일. 구름 흐림.

전날 읍내 갈 때 빌린 3푼을 우금댁에 주고 1전 8푼은 갓 수선으로 일억에게 빌린 것이기 때문에 영천이 찾아갔다. 사창을 수리할 때 결석하여 1전을 한 달 비용으로 주었다. 본면의 서원이 답사할 적에 전혀 재해를 파악하지 않았다. 막내 아이가 율리에 가서 밤을 틈타 집에 돌아왔다. 전날에 이러이러해서 여전히 적막하고 심사에 유쾌한 뜻이 없으며 소평 임형을 전송하였다 한다. 두와 위가 감 11접 6곶이를 땄고 문생은 재를 운반하였다. 우곡을 시켜 망건과 편지를 이 장인에게 전했다.

9월 7일. 맑음.

문생이 비료를 운반하였다. 유동 조사길이 한밤중에 온다고 한다. 내일은 바로 풍산 홍씨 부인 전례라 하는데 수중에 아무것도 없는 때를 만나서 심부름꾼을 보낼 수 없어 정리상 보고 듣는 것이 모두 개탄스럽다.

9월 8일. 맑음.

식전에 조사길이 돌아가는 것을 보았다. 대구를 향하여 금동을 들릴 적에 6전 1푼을 주었다. 영천 석수침의 수입이다. 문생이 하평 콩을 꺾었다.

9월 9일. 맑음.

대대로 명절 제사이다. 새 곡식이 막 익었는데 큰집은 새 곡식을 부칠 길이 없고 제수를 마련할 길이 없다고 한다. 신명의 이치와 사람의 마음이 몹시 서운하고 슬프니 감정이 더욱 깊다. 문생이 콩을 꺾었다.

9월 10일. 맑음.

집 앞 작은 잡감 30접을 땄다. 두와 일이가 땄고 오후에 두가 복통이 있었다. 바람을 맞은 탓으로 의심되니 걱정이다. 권이문·경약 두 노인을 집 앞에서 만났으니 사곡 행차 때문인 듯하다. 큰댁은 갈보리를 갈고 고내동 조를 베었다.

9월 11일. 맑음.

문생이 저녁에 자기 집에 갔다. 뒷골 벼를 베었으며 콩밭을 갈았다.

9월 12일. 맑음.

콩밭을 갈고 집 앞 감을 땄다. 도평이 위■를 데리고 6접을 …… 들으니 사리에게 11접을 주었다. 명득의 아낙이 감 50. 일억의 아낙이 10개.

9월 13일. 맑음.

갈보리 12되를 갈았다. 도평·류전·문생이 함께 일하여 …… 마쳤다.

9월 14일. 맑음.

그저께 딴 감을 달기를 마치었다. 전날 딴 작은 찰감 56곳이를 따서 매달았다. 오후에 성전 원납전 기한을 어긴 일로 각 동에 패를 내었다. 동송리를 가서 몽노를 보고 돈을 관아에 내달라 부탁하고 한밤중에 집에 이르니 금당실의 박문원[22]이 새랄에서 방문하

---

22. 박문원: 문원은 박주종(朴周鍾, 1813~1887)의 자이다. 본관은 함양(咸陽), 호는 산천(山泉)이다. 퇴계의 학문을 근간으로 박손경(朴孫慶)과 박기녕(朴箕寧)으로 이어지는 가학의 전통을 이어받아 더욱 발전시켰다. 과거에 급제하지는 못했으나 고향에서 강학 활동에 힘썼다. 저서로 『동국통지(東國通志)』, 『향약집설(鄕約集說)』, 『면학유감(勉學類鑑)』, 『수양만설(修攘謾設)』 등이 있다.

였고 여주 사는 엄 씨가 와서 저녁 후에 신태범 집에 갔다.

9월 15일. 새벽에 비가 마당에 가득하더니 닭이 운 뒤에 그침.

막내 아이가 보리를 갈았다. 문생이 품을 샀다. 우용이 뒷집에서 문원에게 아침을 먹였다. 문원의 소매 속에 안동 군수가 권초간[23] 선생의 증직·시호·불천위를 청한 3가지 일로 감영에 보고한 초고문이 있었기 때문에 한번 보기를 청했다. 문원이 돌아갔다.

9월 16일. 구름 끼고 흐림.

옛터 앞 논의 벼를 벴다. 일꾼 6인은 도평·류전·용안·동촌·수우·인용이다. 오후에 큰비를 무릅쓰고 벼를 폈다. 경숙을 시켜 들은 것 가운데 동송댁에게 주는 태학 원납전은 4냥 8푼이고 우리 집에 바치는 것은 1냥 2푼이라고 전하게 하였다. 정휴가 개포[24]에서 돌아와 풍산 소식을 전했다.

9월 17일. 쾌청하고 큰바람이 붐.

새벽에 마당 주변의 감을 잃었다. 인심이 더욱 야박해져 간다. 문생이 매물과 조를 베었다. 감곶이 180개가 큰집에서 왔다.

9월 18일. 반쯤 흐리고 맑음.

류전과 문생이 박상동 조를 벴다. 비바람이 휘날리고 한기가 이내 생겨났다. 막내 아이

---

23. 권초간: 권문해(權文海, 1534~1591)의 호이다. 본관은 예천(醴泉). 자는 호원(灝元)이다. 이황(李滉)의 문하에서 수학했으며 유성룡(柳成龍), 김성일(金誠一) 등과 교유하였다. 1560년(명종15) 문과에 급제하여 정언, 대구 부사(大丘副使), 좌부승지 등을 역임하였다. 저서로 『대동운부군옥(大東韻府群玉)』과 『초간집(草澗集)』이 있다.
24. 개포: 예천군(醴泉郡) 개포면(開浦面)이다.

가 율현에 갔다. 이내 전에 개요를 안 바이다. 두가 찰감 11접 5관을 땄다. 막내 아이가 돌아와서 23일을 목표로 다시 알려 준다고 하였다.

9월 19일. 바람 불고 추움.
류전이 감 25접 7관을 따고 문생이 남산머리논 쓰러진 벼를 베었다.

9월 20일. 맑음.
맏며느리가 그저께부터 오한으로 두통과 복통으로 싸매어 음식을 전부 물리치고 크게 아프다가 이제 겨우 문을 나서는데 어지러움이 크게 일어나 걸을 수 없으니 걱정이다.

9월 21일. 맑음.
금당실 시장에 가서 북어 2마리, 미역 3단, 담배쌈지 4전, 사기값 4푼, 감곶이 2전 5푼, 가는 빗 5푼, 짚신 7푼에 샀다. 들으니 방촌 사현 일가 맏아들이 초시 응시에 제 11등에 합격했다 하니 훌륭하다. 시제는 "성균관에 오는 학생들을 권면하여 바른 학문을 숭상하고 이단을 물리친다."이다. 영천의 박우상 동생이 급제했다 하니 이 사람은 니전 사위 일가라 한다.

9월 22일. 맑음.
일억의 전날 품삯 2전을 주었다. 목화 8근을 3냥 8전에 사고 잔돈 1전 8푼은 경숙에게 있다. 문생이 도평의 품삯을 갚았다.

9월 23일. 맑음.
막내 생일인데 짝을 잃은 자의 기색이 더욱 외롭고 쓸쓸하다. 일억이 감 37접 4관을 땄다. 막내 아이가 보수한 망건을 찾았다. 값 3전이라 한다. 감 따는 세 1전 5푼을 일억을 주고 흥정한 잔돈 1전 8푼을 받았다. 뒷집에 소를 한나절 빌려주어 뒷집 전날 품삯을 갚았다. 문생이 용안의 품을 갚았다.

9월 24일. 맑음.

니전 노가 와서 전하길 전례날이 이달 28일이라 하고 오후에 돌아갔다.

9월 25일. 어제 초저녁부터 새벽까지 비가 조금 내림.

일억이 식후에 서리맞은 감 30접을 땄다. 막내 아이가 벼를 벴다. 5인.

9월 26일. 맑고 따뜻한 기운이 봄날 같음.

막내 아이가 율현에 가서 전날 말하던 것을 탐색하고자 했다. 일억·우용이 감을 땄다. 반송 덕명 집에서 전례를 했다. 문생이 어제저녁에 갔다.

9월 27일. 맑음.

일억·우용이 집 앞 감 60여 접을 땄다. 권종서 노인이 찾아왔다. 이따금 청송리 행차에 거듭 전날 가산을 탐색한다고 한다. …… 사동 김경숙 맏아들이 경시[25]에 합격했다 한다.

9월 28일. 맑음.

낱알을 맺지 못한 벼를 벴다. 일꾼 6인. 일억·우인이 품을 샀다. 두 형제는 감곶이를 거두는데 벌써 두루 변화한 것이 기특하고 예쁘다. 이날은 바로 니전 사돈 부인의 제전

---

25. 경시: 각종 과거 시험의 초시(初試) 중에 한성부(漢城府)에서 실시하던 시험으로, 한성시(漢城試)라고도 한다.

날인데 말을 타고 가기 몹시 어려워 직접 갈 수 없고 추수 일이 바빠 하인을 보냈다. 마음 같지 않으니 어찌 사돈 간의 도리라 할 수 있겠는가? 섭섭하고 송구한 감정을 공연히 아울러 말할 수 있을까?

9월 29일. 맑음.

일억을 시켜 감곶이를 베게 했다. 값은 3전이다.

9월 30일. 맑음.

일억을 시켜 감을 따게 하고 지도실 새목이 와서 감을 땄다.

10월 1일. 구름 끼고 흐림.

낟알 맺지 못한 벼를 거두었다. 일억이 …… 품 4일에 6전, 감곶이 값 3전. 벼를 거두었다. 일억이 ……. 2푼이 부족하나 도평을 주었다. 묘소 앞에서 다례를 행했다. 본면 고 …….

10월 2일. 맑음.

어제 딴 서리 감 37접 6관과 류전과 문생이 딴 것을 비교하였다. 도평이 송아지를 7냥 2전에 팔았다. 4냥은 월 이자로 저가 쓰고 5푼은 점심이다.

10월 3일. 맑음.

문생이 목화를 수확하고 금당실 박문원이 아이를 보내 감을 구하기에 50개를 주었다.

10월 4일. 맑음.

망건을 보수한 값 3전을 맹선을 시켜 이운지에게 전하게 하였다. 문생이 목화밭을 갈

왔다. …… 말린 감 52접 가운데 수조홍 33접 …….

10월 5일. 맑음.

갈보리를 갈았다. 목화밭 류 …… 작은 찰감 19접.

안쪽

『통감』8권을 고평 정 상인 덕암댁이 빌려 간 것을 찾아왔다.

10월 6일. 맑음.

류전과 문생이 늦벼를 거두고 감을 땄다. …… 한 노인이 찾아왔다.

10월 7일. 바람 불고 비가 옴.

문생이 벼를 타작하고 찰감 25접을 만들었다.

10월 8일. 맑음.

문생이 콩을 타작하고 감접을 만들었다.

10월 9일. 눈보라가 휘날림.

감 20접을 만든 가운데 작은 것이 섞인 8접이다.

10월 10일. 바람 불고 추움.

14접을 만들었다. 낙서가 한밤중에 왔다.

10월 11일. 맑음.

찰벼를 타작하고 곶감 19접을 만들었다. 덕동과 조용이 왔다 한다. 막내 아이가 지도실에 가서 묘사 일을 의논했다.

10월 12일. 맑음.

두 형제가 짚신 1전 4푼을 욱금에게 전하였다. 낙서가 돌아갔다.

10월 13일. 맑음.

이엉 덮개 10개를 엮었다. 감을 딴 이틀 치 비용 3전을 우용에게 주었다.

10월 14일. 맑음.

문생이 무덤을 소제하기 위해 제집에 갔다. 방앗간을 고쳤다. 도평·류전이 일했다. 초저녁에 정휴가 작년 고통받은 것이 또 도졌다고 한다.

10월 15일. 맑음.

2말 콩을 류전 아이에게 나누어 주었다. 찰감 13접과 잡감 7접을 만들었다. 합 20접이다.

10월 16일. 새벽에 적은 비가 내림.

식전에 막내 아이가 직동에 갔다. 바로 제수를 위해 빚을 내는 일 때문이다. 방촌 사현이 서찰을 구하려고 왔다. 혼사 이야기는 이루어지지 않았다. 잡감 16접을 만들었다.

10월 17일. 바람 불고 추움.

옛터 앞 논벼를 타작했다. 류전·도평·문생 3인. 늦도록 타작하여 오전에 작업을 마치었다. 찰감 17접을 만들었다. 신 군이 왔다. 이사를 12일에 하였는데 승령을 넘어 백동·니전·저곡을 지나 야당에서 자고 왔다 한다. 추수 일은 다 똑같고 봄 사이에 왼손에 종기 때문에 가을 동안 오래 고통이라 한다.

10월 18일. 맑음.

사창 회문에 거두어 봉납하는 것을 절반으로 한다고 왕래하며 들었다. …… 찰감 32접을 만든 가운데 작은 잡감 …… 아우가 도와서 완성했다. 문생이 …….

10월 19일. 맑음.

문생이 조를 잘랐다. 찰감 38접·서리곶감 2접·잡곶감 1접을 접으로 만드니 합 41접이다. 아우가 도와서 완성했다.

10월 20일. 맑음.

아우가 율현에 갔다. 문생은 조를 타작하였다. 풍산 사돈 부인 류 씨가 19일 진시에 세상을 떠났다. 부고 심부름꾼이 오전에 여기에 왔다가 돌아갔다. …….

10월 21일. 맑음.

벼를 타작했다. 류전·문생이 일억에게 품삯 1전을 주고 또 전에 채우지 못한 2푼을 합한 1전 2푼을 주었다. 백지를 사기 위해 1전 5푼을 막내 아이에게 주었다. 잡감 1접을 접으로 만들고 도평이 소를 끌고 도평에 갔다가 미호를 들린다고 한다.

10월 22일. 맑음.

막내 아이가 읍내 시장에 가서 방어 1마리를 1냥 2푼에 샀다. …… 저물녘에 읍내를 옮기어 밤이 깊어서야 집으로 돌아가면서 소 한 마리를 몰았다. …….

10월 23일. 맑음.

지도실 새목이 왔다. 문생이 콩을 타작하였다. 서리감 14곳이를 접을 만들었다.

10월 24일. 맑음.

둔지방리 · 제동(못골)에서 전작제를 지냈는데 주손 형제가 연고 없이 참여하지 않았으니 두렵다. 일억에게 풍산 돈 1냥과 찰감 1접을 보내었다. 내간에서 밀가루와 박말이며 건채를 보냈다. 서리감 11접을 접으로 만들었다.

10월 25일. 맑음.

지도실 전작사를 지내었다. 주손이 치통으로 참석하지 못하였다. 판공 · 지도실 · 새목댁 · 일억이 아침 전에 왔다고 한다. 읍내에서 묵었다. 저녁 식사에 4푼을 썼다 한다. 서리감 6접을 접하였다. 이성근이 먹이던 송아지를 도평이 먹인다고 한다.

10월 26일. 맑음.

곡내 묘사를 지내었다. 서리감 10접을 접으로 만들었다.

10월 27일. 맑음.

유동 조사길이 와서 보았다. 서리감 15접을 만들었다. 집 뒤 잡감 10접을 읍내 시장에 보내 1냥 2전 5푼을 받고 4푼은 빚을 샀으며 4전은 일억이 빌려 갔다. 아우가 화장에서 왔다.

10월 28일. 새벽부터 눈비가 섞여서 내림.

서릿감 18접을 접 마치었다. 집 쌀을 찧어 감과 비교해 보니 총합 318접이다. 풍산에보낼 때 맹선에게 빌린 것을 갚았다. ■장이 춥고 떨려서 누웠다. …….

10월 29일. 종일 구름과 안개 낌.

…… 며칠 전에 빌려 간 …… 돈 4푼 …… 세 1전과 저녁값 4푼을 제외한 2전 6푼을 받았다. 처음 메주콩을 삶았다.

11월 1일. 흐리고 음산함.

사창 환곡미 9두, 모 6전 6푼을 냈다. 2전 2푼은 도평이 대신 냈다. 모 1전 8푼은 영천이 빌려 가서 냈다. 모는 두 집에게 당연히 4전을 받아야 한다.

11월 2일. 맑음.

아우가 저곡에 가서 막내 재혼사를 말하려 하였다. 은풍 김 본촌댁이 보고 말하기를 망정에 김해 김씨 낭자가 있다고 한다. 도평이 읍내 시장에 갈 때 가지고 간 감 30접 가운데 4접을 판 4전 4푼을 받은 가운데 석류 2전 1푼이고 요기는 주지 못했다.

11월 3일. 맑음.

돈 2전 6푼을 류전이 가지고 갔다. 좌반 북어 2마리, 담배 3건 값 1전 6푼. 아우가 저곡에서 돌아오니 영위한 일이 무엇인지 모르겠다.

11월 4일. 맑고 바람 불며 추움.

큰집 손자가 용안을 데리고 남박골 선산을 소제하고, 물한리에 갔다. 이엉을 엮는데 류전이 도왔다.

11월 5일. 바람 불고 추움.

고조위에게 반사를 지냈다. 대설.

11월 6일. 맑음.

울타리를 막는데 류전이 일했다. 바람 불고 추움.

11월 7일. 맑음.

곶감 16접을 2냥 3전 7푼에 판 것 가운데 두 사람 요기가 1전 7푼, 춘옥에게 거둔 결렴[26] 5전 4푼.

11월 8일. 맑고 추움.

문생이 떠났다. 저고곡댁 아이가 이엉지붕을 엮었다. 류전이 2전 5푼을 가지고 갔다. 저번 2전 6푼을 아울러 5전 1푼이다.

11월 9일. 맑음.

---

26. 결렴: 토지에서 결(結)을 단위로 거두는 결세(結稅)에 덧붙여 각종 명목으로 돈이나 곡식 및 현물로 세금을 거두는 것을 말한다.

11월 10일. 맑음.

지붕을 덮었다. 류전과 저고곡 아이가 함께 일했다.

11월 11일. 맑음.

류전이 덮개를 엮어 삽작문 지붕을 덮었다. 영천 아이가 미호에서 돌아가다가 노인을 만나고 돌아왔다. 이것으로 한해를 마칠 수 있지 않을까? 다행이다.

11월 12일. 맑고 따뜻함.

감기 때문에 피곤해 누웠다.

11월 13일. 맑음.

수조홍 감 3접을 팔아서 3전을 받았다. 북어 2마리를 사는 값이 6푼이다. 영천 사하생이 와서 안부를 알 수 있었다. 저녁 무렵 작은 찰곶감·수조홍감·잡감 합 50접을 판 값이 6냥이다.

11월 14일. 맑고 따뜻함.

우곡과 순성 아이를 시켜 돌목에 가서 5대 조모 영월 신씨 묘소와 외 5대조 산소에 성묘하게 하였다. 곶감 1접을 산지기 박가에게 보냈다. 미호 손님이 돌아갔다. 찰감 1접을 보내고 우인의 품삯 1전을 주었다. 아우가 밤이 늦은 뒤에 돌아간다고 말하였다. 늙은이 행색이 자못 몹시 가난하고 군색하여 와서 2전을 주었으니, 더욱 섭섭하다. 금당실 박노촌이 방문했다.

11월 15일. 맑음.

미투리를 1전 5푼에 사고 5푼을 막내 아이가 빌려 갔다. 우곡이 노은에서 돌아왔다. 빌려 온 잔돈 1전 8푼을 갚았다. 철용이 묵은 품을 갚았다. 감곶이 값 1전을 함께 도가에게 주었다.

11월 16일. 맑고 따뜻함.

찰감 잡감 합 10접을 팔아서 1냥 3전을 받았다. 찰감 1접을 맹선이 가져가고 사현을 만났다.

11월 17일. 맑음.

결복값 3냥과 결렴 3냥을 도평을 시켜 김성중에게 전하게 하였다. 소금 1되를 2전 7푼이다. 2전 7푼을 소금을 사기 위해 도평이 빌려 갔다.

11월 18일. 맑음.

생광어 1띠에 1전 5푼, 북어 3푼이다. 풍산 하인이 와서 소식을 알았고 또 사돈 부인 제전날이 이달 29일이라 하는데 나아가 안부를 묻을 길이 없으니 몹시 소원하다.

11월 19일. 구름 끼고 음산함.

둘째 아이(김상진, 1827~1866)의 제사를 지냈다. 풍산 하인을 보내었다. 요기를 위해 5푼. 찰감 1접을 1전 8푼에 팔고 키를 1전 8푼에 샀다. 어제 풍산에서 온 닭 1마리 무……

11월 20일. 맑음.

도평 부인을 시켜 버선을 깁게 하였고 물고기 몇 마리를 1전에 일억에게 샀다. …… 주었다. 2일 아침 전이다. 품으로 장갑철이 왔다.

11월 21일. 맑음.

결복수 일로 읍부에 갔으나 서원을 만나지 못하고 김성중이는 명한이를 보고 결복값 1냥 2전을 서원에게 방잉조 1냥과 깃기 거래를 맡기고 늦저녁에 집으로 돌아가 사창 옆에 갔다가 떡 5푼어치를 사고 와서 신 노인을 뵈었다. 성중 문밖 길가를 지나가다가 겨우 안부를 통하고 다시 만나기를 기약하였다. 중도에 고평 소년 2인을 만났는데 한 사람은 시숙의 맏아들이고 한 사람은 계술의 둘째 아들이다. 떠날 때 방촌 일가를 만났는데 바로 석문정댁 소년이다.

11월 22일. 맑음.

여행의 노곤함 때문에 종일 베개에 기대어 있었다. 고용인을 시켜 마구간을 청소하게 했다.

11월 23일. 맑음.

우곡이 율리에 갔다. 바로 덕승의 상제 일 때문이다. 경유 노인이 다인의 혼설을 전했다.

11월 24일. 맑음.

수심 재궁에 가서 참석 봉행했다. 전매한 찰감 일동접을 고춘옥 · 일억에게 값 16냥에 팔았다. 낫 1자루를 값 3전 5푼에 사고 마희천 심천복이 와서 소마를 바쳤다.

11월 25일. 구름 끼고 음산함.

감값 16냥을 받았다. 막내 아이가 금당실에 갔다 한다.

11월 26일.

1전을 저고곡 댁이 빌리고, 막내 아이가 천리에 갔으니 곧 저의 속현일 때문이다. 용두 정 손씨 술모 집 낭자가 있다 하니, 어찌 될지 알 수 없고, 내달 8일을 전후로 약속하고, 다시 통지할 뜻을 서로 약속했다 한다. 고용세 6냥을 장 갑철을 주고, 돈 1전을 저고곡 댁이 빌려 갔다.

11월 27일. 맑고 바람 불며 추움.

막내 아이가 미호에 갔다가 읍내를 들려 결복값을 주기 위해 돈 5전을 빌려 갔다. 심단 명의로 아직 주지 못했기 때문에 1전을 함께 주었다.

11월 28일. 눈보라가 붐.

겨우 풍산 발인제가 있을 뿐만 아니라 산길의 행색이 몹시 가난하고 군색하여 …… 그러나 거두는 여가에 1전 6푼을 거두었다고 한다.

11월 29일. 밤에 눈이 내려 추움.

1전 1푼을 도평이 빌려 갔다. 호적 주■를 베끼고 환곡전 6푼을 경숙에게 결렴위로 주었다. 10냥 1전 5푼이 왔다.

11월 30일. 맑고 따뜻함.

막내 아이가 미호 수연에 참석하고 돌아와서 별녀의 해산과 백동 소식·니전 상황·

조정 소식 · 영남서원 재건을 들을 수 있었다. 안동 · 임천 · 예천의 도정 · 풍기 욱양을 일일이 열거하다가 나머지는 아이가 거론하지 못했다. 호상에 모인 손님이 200인에 이르고 묵은 손님이 100명쯤이라 한다.

12월 1일. 맑고 구름 끼며 음산함.

아이들을 시켜 결렴을 받기 위해 보냈다.

12월 2일. 맑음.

계군이 야당에서 와서 백동 · 니전 소식을 전했다.

12월 3일. 맑음.

경숙이 결렴 5전을 내었다.

12월 4일. 바람 불고 추움.

아우와 함께 소저곡에 가는데, 야당을 지나 요기한 후에, 문경 약성과 함께 굳게 추위를 무릅쓰고 이르니, 얼음길의 행색이 자못 몹시 군색하여 찬 기운이 뼈에 스며든다.

12월 5일. 바람 불고 추움.

식후에 봉산서원 별소 문부를 대강 상고하니, 해가 오래되어 각집에 소통을 받들지 못하는 즈음, 논 곳집을 살 때 가격을 합하면 490여 냥에, 조석 비용이 4냥 남짓하다. 오후에 각자가 돌아가니, 모인 9명이 각각 5전으로 세의를 행하고 새로 고유하는 비용 1냥을 가지고 왔다.

12월 6일. 맑고 추움.

막내 아이가 결렴을 거두기 위해 저고곡에서 받았다. 허노가 망건 보수 값 잔돈 1전을 주었다. 전후 합 4전이다.

12월 7일. 바람 불고 추움.

막내 아이가 지도실에 가서 작도를 빌려 쑥을 잘라 소를 먹이기 위해 ……

12월 8일. 맑고 따뜻함.

아우가 본가로 돌아왔다.

12월 9일. 맑음.

류전에게 결렴 2전 8푼을 받았다. 풍헌 임창업에게 2냥을 주고 자문을 받았다. 저고곡을 가는데 반송을 지나다가 송서 뇌중을 만났다. 곳집터에서 호현 복천을 향해 …… 오면례에 문상하고 저녁에 집에 돌아오니 류전 도촌의 손님이 와서 사돈댁의 상황을 들었다. …….

12월 10일. 맑음.

막내 아이가 율현에 갔다.

12월 11일. 바람 불고 추움.

호적 인정 1전 6푼을 주고 3푼이 부족하여 경숙에게 빌리었다. 도촌의 손님이 갔다.

12월 12일. 춥고 바람 붊.

사창 면 모임에 가서 사창 수임 진여 씨와 정정숙·구담 몇 사람을 보고 요기한 후에 저녁에 집에 돌아오니 호적을 냈다고 한다. 가운 변 상인을 방문했다.

12월 13일. 맑음.

새랄 변 풍산이 와서 이야기했다.

12월 14일. 맑고 따뜻함.

마희천 심유신에게 지난 6월 22일에 2냥과 29일에 3냥 합 5냥을 대출했는데 매월 4푼이 이자이니 이자와 원금 합 6냥을 갚았다. 표문을 찾았다.

12월 15일. 눈 내리고 추움.

저녁 후에 낙서가 왔다. 류전이 새랄 점석의 집을 값 3냥 7전에 사서 갔다.

12월 16일. 바람 불고 추움. 월식이라 한다.

12월 17일. 맑다가 눈보라가 붊.

낙서가 돌아갔다. 이는 은성의 혼례 이야기와 사실의 강학하는 일로 온 것이다. 류전이 새랄에서 집 두 칸을 사서 헐어 온 값이 2냥 5전이다. 근암길에서 우두천의 손님이 와서 보았다. 도평이 어린아이가 구토한다고 하기 때문에 급히 초간에 가서 약을 구해 왔다. 금당실 박채가 저녁에 왔다. 막내 아이가 담뱃대 1전 6푼, 미투리 1전 4푼, 청어 7푼, 먹 2개 4푼, 요기 8푼에 샀다. 합 4전 9푼이다.

12월 18일. 맑음.

도평이 5푼을 빌려 갔다. 황유통이 만득이 명의로 결렴 1전을 내어 주고 농을 빌려 갔다. 양보가 돌아갔다. 맹선이 1냥 9전 8푼을 빌려 갔다. 류전 손부가 해산하니 아주 기쁘고 아주 기특한 일이다. 막내 아이가 사동에 가서 맹선이 빌려 간 돈을 환수해 오고 소금 5푼 결렴 1전 2푼을 받아 중평·도평이 썼다.

12월 19일. 맑고 눈이 날림.

막내 아이가 니전에 가서 여아의 한글 서찰을 썼다. 1냥 돈과 1접 감을 부조하고 중평 아이 결렴 1전 2푼을 받아서 가지고 갔다. 선동 임씨 손님이 와서 보았다. 어린아이가 토한 것을 진술하니 배 1개를 그 가운데 뚫어서 생젖을 담아서 그 구멍을 막고 황토와 숯을 발라서 먹이면 아주 좋다 한다.

12월 20일. 맑음.

동네 사람과 통을 만드니 동네 안에 결복수가 6결 70여 부이다. 며느리가 방앗간에서 손을 다쳤고 또 얼굴을 깨어 인사를 살피지 못하며 크게 아팠다. 냉수 안에 감나무 벌레 똥을 담갔는데, 아픈 게 낫는 것은 고사하고 뼈가 부러졌는지 여부도 모른다. 또 연말에 의복 얇은 자가 견딜 수 없을 것이다. 이러한 즈음 생각건대 오직 도평 집 젖먹이가 조금 나은 듯하다.

12월 21일. 한밤중에 눈이 나부끼고 바람이 불어 찬 기운이 매우 세참.

닭이 운 뒤에 손녀를 시켜 밥을 짓게 하고 도평을 불러서 다사를 지내는데 신주는 모시지 않았으니 어찌 제사를 지내기를 도모할 수 있겠는가?

12월 22일. 맑고 추움.

어제보다 오히려 더 춥다. 막내 아이가 돌아와 니전 소식을 전하고 또 갑비를 전했다. 영천댁 조 2전과 호수로 거두는 결렴 4푼을 경숙에게 내고 또 전번에 빌린 3푼을 주었다. 품삯 7전을 갑철에게 주었다.

12월 23일. 맑음.

12월 24일. 맑고 따뜻함.

막내 아이가 사동에 가서 변 군을 보고자 했으나 만나지 못하고 길을 지남에 계음 3전 1푼을 정연득과 심대손에게 받았다. 직동 임지범이 병을 얻어 7일에 죽었다 한다.

12월 25일. 맑음.

막내 아이가 사동에 갔으나 또 변 군을 만나지 못하였다. 방촌 문장인 진여 씨가 오셨다. 이는 통을 편제하는 것을 상고하는 것 때문이다. 정휴가 돌아와 노사에서 묵고 왔다 한다. 자신이 경영하는 바는 정초에 낙서가 오기 때문이라 한다.

12월 26일. 맑고 따뜻하다.

막내 아이가 변생을 만나기 위해 사동에 갔다.

12월 27일.

변생이 저녁 무렵 와서 묵었다. 소금 1되 2전 9푼, 청어 15마리 2전 4푼, 북어 2마리 6푼, 김 3푼, 소고기 1전 5푼 합 7전 7푼 가운데 결렴이 1전 9푼인데 8푼은 도평이 냈다.

12월 28일. 맑음.

아래 …… 감 1접 …… 우곡을 시켜 찰감 1접을 팔기 위해 주었으나 팔지 못하고 왔다.
광이 값 1냥 2전 5푼을 주고, 황입대 품삯 …… 합 4전 5푼을 장갑철에게 주었다.

12월 29일. 맑고 바람이 붐.

새벽에 눈이 ……을 덮었다. 명득이에게 몇 마리 물고기를 1전에 샀는데 아직 주지 못
했다.

1870년

경오년

경오년(1870년, 69세)

1월 1일. 정묘. 일식. 맑고 화창하고 쾌청한 기운이 사방을 에워쌌다.

조전을 지냈다.

1월 2일. 맑음.

방촌 개포 당숙께서 …… 새랄 변옥여가 찾아왔다. 막내 아이가 지도실을 가서 성묘를 하는데 박용이 소를 산소의 곁에 묶어놓아 계체석을 밟아 무너뜨려서 엄하게 꾸짖고 그를 시켜 쓸고 닦게 했다고 한다. 앞서 다섯 조카가 와서 보았다.

1월 3일. 식후에 비가 내림.

마을 사내가 와서 전하길, 노 사동 국사가 말하길 5곡이 모두 익어 마을 여염이 목화 싹을 갖추어 내려온다고 한다. 삼인 남 생질이 좌반을 가지고 와서 소식을 들을 수 있었다.

1월 4일. 맑음.

아내의 기제사를 지냈다. 새랄 변 복여 및 가운 맏아들이 와서 보고, 남 생질이 버선이 헤진 것을 보고 소매에서 내어, 저의 버선을 주었다.

1월 5일. 입춘. 진시에 구름 끼고 흐림.

남 생질이 돌아갔다.

1월 6일. 먼지가 젖을 만큼 비가 내림.

풍기 동사에 사는 김 본촌이 찾아와서 머물러 자고, 고용한 사내는 종일 고단하여 누웠다.

1월 7일. 비와 눈이 내림.

…… 두통 때문에 새랄에 갔다 한다.

1월 8일.

고조모의 제사를 지냈다. 눈이 몇 자 내렸다. 상 아이들이 전하는 말에 안동의 관노와 사령의 변고와 풍산 서리의 변고가 과연 그렇다면 전례에 듣지 못한 지극한 변고이다.

1월 9일. 맑음.

갑철은 오지 않았다. 죽림 권 여장이 와서 보았다.

1월 10일. 맑음.

막내 아이가 직동에 갔다. 삼강 정 사돈 부자와 그 생질 이생이 방문했다.

1월 11일. 맑음.

삼강 손님은 머무르고, 정휴가 금당실에서 돌아와 전하길, 금당실 박 노인■■의 병이 매우 심하다고 한다. 이날은 축일로 늦은 시각에 조금 바람기가 있어 오후에 역시 바람 불고 추웠다. 농사 이야기에 축일에 바람 불지 않으면 길하다고 한다. 석록이 청어 1띠를 냈다.

1월 12일. 구름 끼고 흐림.

삼강 손님 3분이 돌아갔다. 뒷집에서 돈 3전을 빌려서 ……에게 주었다. 기도하는 값으로 1전 2푼 주었다. 세전에 두부를 만들기 위해 3푼을 영천이 가지고 갔다.

1월 13일.

아침에 일어나 보니 눈이 몇 자이다. 마을의 신에게 제사를 지내면서 2푼을 더 거두었는데, 도평이 냈다고 한다.

1월 14일. 맑고 구름 기운이 있다.

1월 15일. 반쯤 맑다가 흐림.

시장 상인이 감을 보니 서리 감에 푸른 이끼가 생긴 것이다. 막내 아이가 방촌에 가서 진여 씨와 사현을 보고 왔다.

1월 16일. 맑고 추움.

세전에 두부를 만드는 값 1전 2푼을 갑철을 시켜 광용에게 전하게 하였다. 도평 소년이 왔다. 상경하다가 지나가는 길이라 한다.

1월 17일. 맑음.

무이실 3종 인척 이씨 형제가 찾아왔다. 사동의 감 상인이 왔다. 도평이 읍내 시장에 가서 백목을 팔아 4냥 4전을 받았다 한다. 새랄 변 상주 가운이 왔다.

1월 18일. 맑음.

무이실 노인 중분이 류전과 함께 노은을 향했고 이 씨는 방촌을 향했다.

1월 19일. 맑고 오후에 눈이 날림.

시장 상인이 오고, 류전이 와서 노은 소식을 전하고, 상주 장천 사는 김 과객 2인이 와서 소박한 식사를 했다.

1월 20일. 맑고 따뜻함. 우수.

마흘에서 작두를 빌려 집에 가서 쑥대를 자르고 향부자 하나를 짰다. 사동 이가 놈이 찰감 68접과 서리감 72접을 정한 값 46냥에 사서 흥정하여 1접을 허락하고 떠났다. 25일에 주기로 기약하고 아울러 가지고 갔다 한다. 면 사내가 와서 결을 거두기를 촉구했다.

1월 21일. 맑음.

신당의 이지후가 저녁에 왔다 한다. 말린 조세가 20말이다.

1월 22일. 맑음.

운숙이 명단 아래 7전 5푼을 거두어 주고 이 손이 받아서 돌아갔다.

1월 23일. 맑음.

야당에 가서 경숙 집에서 요기하고 왔다. 문암의 김 생질이 왔다.

1월 24일.

병을 살핀 지 4일째다. 새랄에 가서 저녁에 왔다. 김 생질이 돌아갔다. 마희천에 가서 혼사에 이르러 …….

1월 27일.

…… 4전 4푼. 암탉 1마리 2전 2푼, 소금 1되 3전 5푼, 돈 2냥을 바치었다. 수급하기 위해 풍헌 임창업에게 주었다. 1냥은 도평이 빌려 갔다.

1월 28일. 맑음.

큰집 돈 3푼을 갚았다. 마희천 한씨 노객이 와서 보았다.

1월 29일. 구름 끼고 추움.

막내를 시켜서 사동에 가서 감값을 찾게 하고 도평을 시켜 괭이 빌린 1냥 2전 5푼을 황유통에게 전하게 하였다. 고용세 7냥을 찾은 다음 갑철에게 가서 결복값 2전을 고초복에게 받았다. 매호 외종질 조병추가 지나다가 방문했다. 이는 오록 누이 집 지나는 길이기 때문이다. 그의 자는 치선이라 한다. 몽노 일가가 찾아왔다. 안동 마평에 사는 붓 장수가 와서 습자 4자루, 초필 5자루, 진먹 10개를 값 1냥 4전에 샀다. 경숙이 상주 읍에서 돌아왔다 한다. 황점명을 불러서 갑철의 돈을 부탁하여 옮겨 전했다.

1월 30일. 아침에 구름 끼고 정오에 쾌청함.

갑철이 와서 더욱 자세한 말하길, 앞으로 과연 전날의 악습이 없을지를 알 수 없으나 그러나 대신 보내는 것도 몹시 괴로운 일이기 때문에 우선 머물러 둔 것이라 한다. 매호 인척 종질이 왔다가 다시 산양을 향하면서 가을 사이에 다시 대면하기로 기약했다.

2월 1일. 맑음.

소전을 받아 2전 2푼을 고춘옥에게 바꾸었다. 빈섬 값 4푼을 춘옥에게 주고 금당실 시장에 가서 미투리를 2전 1푼에 샀다. 야당에서 방촌 · 생광 · 사동 · 반송을 지나서 오니 재를 뒤집었다.

2월 2일. 맑음.

갑철이 원산에 가서 돈 5전을 우곡에게 빌렸다. 화협에 가서 원터에서 임 치중을 방문하니 병으로 누워 있었다. 요기 후에 출행하니 바람이 의관에 나부끼고 찬 기후에 몹시 괴로웠다. 화장에 도착하니 박 상사 성장도 또한 숙환으로 늘 피곤하다 하고 현촌 채씨 손님도 와서 머물렀다. 안부를 물은 뒤에 소야 혼례 이야기를 언급하니 비록 계의 친목으로 서로 따라서 이웃 마을이 모든 안부를 간섭하지 않으나 가운데에서 상통한다고 말하니 일이 몹시 서먹한 것이다. 미역 4푼, 김 2푼, 류전이 이틀 일했다.

2월 3일. 맑음.

식후에 산수정 주인을 조문하고 김성칙 노인을 방문하니 노인의 행색이 몹시 과단 있게 말했다. 박 상사와 김 노인을 옥계 가에서 전송하고 보름 사이에 다시 만나길 기약하니 어찌 될지는 알 수 없다. 소화 고개를 넘어 사동을 지나 미호 김성택을 만나고 이가 놈을 들려서 보고 감값 5냥을 독촉하니 또 오는 6일로 기약했다. 마희천 심천봉 집에서 쉬어 술을 먹은 뒤 집에 오니 해가 벌써 졌다.

2월 4일. 맑음.

돈 2냥을 황우용이 빌려 가고 5냥은 고춘옥이 3월을 기한으로 해서 월 이자로 가지고

갔다. 빗 6푼, 괭이 공전 5푼, 작두 5전, 낫 2자루 4푼, 칼 2푼을 사서 합 7전 1푼이고 1
냥을 제거한 외에 남은 2전 9푼 가운데 1전 7푼은 영천이 빌려 갔으며 공전 괭이 5푼,
낫 2푼을 합한 2전 4푼, 큰집 4푼, 뒷집 2푼.

2월 5일. 맑음.

종조모 제삿날인데 행사 여부는 알 수 없다. 어제부터 재를 운반하고 이보다 앞서 류전
이 이틀을 일하였다. 우곡이 풍산에서 돌아와서 평안하다는 소식을 들을 수 있었다.

2월 6일. 식후에 눈이 내리고 저녁까지 크게 바람이 붐.

재를 운반하였다. 갑철이가 새랄에 간다고 하고 작두를 걸었다 한다.

2월 7일. 맑음.

막내 아이가 읍내 시장에 간다고 한다. 청송에 사는 권생 2인이 왔다. 고림 참판공 산
소의 어린 소나무 일을 이야기하였다. 재를 운반했다.

2월 8일. 맑음.

밭을 갈고자 했으나 얼음이 아직 녹지 않았다. 재를 운반하였다. 막내 아이가 류전 손자
와 함께 버들밭에 갔다. 이는 윤장 상인의 상사에 문상하고 다시 고성 혼사를 탐문하려는
것이다. 청송 권생 2인이 뒷집에 묵고 와서 고림의 경계와 솔값을 확정하는 일을 말했다.

2월 9일. 맑음.

박상동 밭을 가는 데 도평이 일했다. 막내 아이가 오후에 와서 이르기를 일본군이 인천

에 주둔했다 한다. 청주의 백동이 와서 묵었다.

2월 10일. 맑음.

돈 1냥을 용안의 겨울옷 값으로 영천이 예채[1]로 가져갔다. 우용이 빌려 간 돈 2냥을 가져갔다. 백동은 식후에 떠났다. 소저곡 의흥공의 주손이라고 하는 소년이 한 노를 데리고 상주 정동에서 왔다고 하는데 기운이 없었기 때문에 죽 2사발을 먹이고 이 손님을 보냈다고 한다. 봉산서원[2]에서 제촌[3]과 매당[4] 두 선생의 위판을 철향하고 야옹정[5]에 사당을 세워 세덕사로 만들기로 했는데, 보리 추수 후에 사당을 세우기로 했다고 한다. 초저녁에 막내 아이가 전하길, 본 읍 사또가 아비 같은 어진 정사를 한다고 한다. 낙서 (1835~1892, 용수의 자, 갈천공 주손)가 고림의 치송 일로 관청에 소장을 제출하니 권씨 양반을 심문하라는 뜻으로 데김을 내었고 해당 면 주인에게 송부하였다 한다.

---

1. 예채: 의례적으로 수고비 조로 주는 돈을 말한다.

2. 봉산서원: 의성군(義城郡) 다인면(多仁面)과 예천군(醴泉郡)이 접하는 지역에 있던 서원이다. 1634년(인조12)에 지방 유림의 공의로 권오복(權五福), 권맹손(權孟孫), 권장(權橧), 문관(文瓘), 김복일(金復一), 권문해(權文海), 권욱(權旭) 등 권씨 일가의 학문과 덕행을 추모하기 위해 창건하여 위패를 모셨다. 1868년(고종6)에 흥선대원군의 서원철폐령으로 훼철된 뒤 복원하지 못하였다.

3. 제촌: 권장(權橧, 1489~1529)의 호이다. 본관은 안동(安東), 자는 제보(濟甫)이다. 1519년(중종14) 문과에 급제하였다. 현량(賢良)으로 추천되어 홍문관 박사(弘文館博士)가 되었으며, 검열(檢閱)을 역임하는 등 신진사류로 촉망을 받았다. 기묘명현(己卯名賢)의 한 사람으로, 기묘사화가 일어나자 대사헌 이항(李沆), 대사간 이빈(李蘋) 등의 탄핵을 받았다.

4. 매당: 권욱(權旭, 1556~1612)의 호이다. 본관은 안동(安東), 자는 경초(景初)이다. 조부는 야옹(野翁) 권의(權檥)이고, 부친 권심언(權審言)의 4남 중 차남으로 태어났다. 형 권시(權時)와 동생 권담(權曇), 권진(權晉)이 있다. 학봉(鶴峰) 김성일(金誠一)의 문하에서 수학하면서 「심경(心經)」과 주자서(朱子書) 등에 대해 깊이 연구하였다. 1590년(선조23) 증광시 진사 3등 9위에 합격하였으나, 1592년 임진왜란이 일어나자 문경(聞慶)에서 의병을 일으켜 왜군 방어에 힘썼다.

5. 야옹정 예천군 용문면(龍門面) 제곡리(諸谷里)에 있는 정자이다. 조선 중종 때 학자인 야옹 권의(權檥, 1475~1558) 선생이 벼슬을 그만 두고 고향에 내려와 향약을 제정하고 향촌 교화에 힘쓴 덕을 기리기 위해 그의 아들 권심언이 1566년(명종 21)에 지었다.

2월 11일. 아침에 구름 기운이 있음.

늦보리 이삭 11되를 담갔다. 막내 아이가 감값을 찾으러 사동에 갔으나 헛되게 돌아왔다. 영천·도평·용안이 일을 도왔다.

2월 12일. 맑음.

어제저녁에 갑철이가 새랄에 가니 이곳에 방문한 권석락이 와서 치송의 일을 말하였다. 우곡을 보내 가서 살피고 3냥 3전을 받았다 한다. 도평이 남산 밭을 갈고 갑철이 오후에 밭 갈기를 도왔다. 어떤 과객이 살아가는 길로 대변하고 읍내로 갔다.

2월 13일. 새벽부터 눈이 내림.

용안을 불러 작은 쟁기를 만들어 왔다. 낙서가 어제저녁에 돌아왔다 하면서 지금 도형을 만들었다 한다. 이날은 바로 율현 임 생질의 소상 날이다. 막내 아이를 보내어 곡하고 아이들이 동요를 전하기를 "서울에 어찌 술이 없으리오마는 오래된 누룩은 어찌할까? 정금베나거듯 신도쥬하여보세."라고 하였다.

2월 14일. 맑고 추움.

돈 1냥을 경숙이 고립 도척 비용으로 빌려 갔다. 막내 아이가 율현에서 돌아와 단막 아전 도본을 이야기하고 저물녘에 돌아갔다.

2월 15일. 맑음.

막내 아이가 화장에 가고 낙서는 읍부에 가서 권씨와 함께 과거를 떨어진 것을 변론하였다. 야당에 가서 성강·이문·경약 노인을 만나지 못하고 문웅·경청을 보았다. 낮에 경청의 집에서 감식하고 다시 진여 씨를 보고 한나절 이야기를 나누다가 저녁이 되자 돌아오려는데 정 상사 겸미를 방촌 고개에서 만나 노은 소식을 들었으며 박홍우 병상태를 보았다. 방촌 사현이 와서 묵었다가 집으로 돌아갔다.

2월 16일. 맑음.

하평 논을 갈았다. 사현이 돌아갔다. 경숙이 낙서를 데리고 읍내에 갔으니 이는 억울함을 호소하기 위해서다. 보리 씨 6되를 뿌리는 데 영천·도평·용안이 일했고 오후에 도평이 보리를 갈았다. 조씨 손님이 뒷집에 오고 저녁이 되자 경숙이 집에 돌아갔다. 억울함을 올려 소장 판결받기를 청하였으니 이치상 어찌 그렇겠는가? 종손 권규환이 경솔히 대하는 뜻이 정히 소장 올린 백성이라는 자가 소송하거나 이치를 따르는 도인가? 낙서를 시켜 바로 유점촌에 가게 했다고 한다. 소장을 짓는 것은 진여 씨가 손수 썼다.

2월 17일.

닭이 운 뒤에 큰집에 가서 다사에 참배하는데 흉년에 구애되어 헛되이 보내는 것에 지나지 않으니 정사가 더욱 망극하다. 영천이 보리논을 갈고 경숙이 읍내에 갔다. 어제 노 석모·소모가 안동에서 왔다. 식량을 구하기 위해서다.

2월 18일. 맑고 추움.

야당에 가서 봉산서원 창고지기 안득 집에 모여 죽림 저곡 노인을 만나 보았다. 이 상주가 류전 서외면 유생을 통해 왔다. 봉산서원 뒷산과 수헌[6] 신위의 제기·논밭이라 하

---

6. 수헌: 권오복(權五福, 1467~1498)의 호이다. 본관은 예천(醴泉), 자는 향지(嚮之), 시호는 충경(忠敬)이다. 예천 출신으로 김종직

니 듣고 몹시 놀랐다. 바야흐로 관청에 소장을 올리기를 결정하고 또 개포에 가서 모인 사내들을 안정시키고 오후에 각각 집으로 돌아갔다. 경숙이 한밤중에 돌아왔다고 한다. 소송 당사자들이기 우선 합의하여 결정했기 때문에 변론하지 않고 왔다.

2월 19일. 맑음.

하인을 시켜 아침 전에 마구를 청소하게 하였다. 3세(대동ㆍ전세ㆍ호포)를 납부하지 못했기 때문에 주인에게 패를 내서 오게 하였다고 한다. 하답의 땅으로 보고 오후에 읍내 아전 권가가 수결 5전 4푼을 받아서 갔다. 풍헌은 황외방이다.

안쪽 큰 글자

백송대이『동의보감』13권을 빌려 갔다.

2월 20일. 구름 끼고 흐림.

아침 전에 영천이 사동에 가서 감값 잔돈 5냥을 받고 소금 1되를 값이 4전 5푼에 샀다. 우용이 좌기 결복값을 옮기어 사창 환곡미 9말을 받았다. 전날 빌려 온 돈 1전, 땔감 6속을 1전 2푼, 합 2전 2푼을 류전에게 주었다.

2월 21일. 맑음.

영천이 니전에 갔고 아침 전에 도평이 중평에 갔다. 수결 2전 3푼을 받기 위해서이다. 연이어 기한을 어겼기 때문이다. 작은 도끼를 가지고 왔다. 도평이 도평ㆍ미호에 갔다.

(金宗直)의 문인이다. 1486년(성종17) 문과에 급제하여 봉교, 수찬, 교리 등을 역임하였다. 무오사화가 일어나자 향리에서 잡혀 올라와 같은 문하의 김일손(金馹孫), 권경유(權景裕) 등과 함께 처형되었다. 문집으로『수헌집(睡軒集)』이 있다.

2월 22일. 맑음.

고영갑을 시켜 결전과 전세·관가 모두 8냥 5전 9푼을 관부에 보내게 하였다. 맹선이 좌대 복결값 1냥을 수령했다. 어제 류전이 소를 부렸다. 낙서·경숙이 과거에 낙방하고 한밤중에 왔다. 분하고 원통했다.

2월 23일. 맑음.

영갑이 자문[7]을 가지고 와서 보았다. 낙서가 돌아갔다가 저녁이 되자 다시 왔다고 한다. 저녁 후 뒷간에 가다가 앞 섬돌에서 떨어져 팔다리가 모두 아프다.

2월 24일. 맑음.

돌목 산지기가 와서 보았다. 전날 빌려 간 돈 1냥을 경숙이 가지고 왔다. 막내 아이가 니전을 다녀오고 다시 미호로 갔으며 유리 권씨 집에 규절이 있기 때문에 그 노인을 뵙고 먼저 그 장남을 보내 발설을 전적으로 부탁하여 5일 전에 상통하기를 기약했다한다. 생면주 도포와 흰 버선을 딸아이가 만들어 보내어 오니 과연 쓰임을 헤아린 것이다. 몸소 모든 일을 담당하며 이 두 건을 이루어 심히 어려웠을 듯하니 자못 애처롭고가련하다. 초저녁에 백운당에 사는 최운길이라는 이름의 사내가 와서 묵었다.

2월 25일. 비가 올 듯한 날씨임.

아침 전에 운길이 갔다. 소를 동촌이 한나절을 빌려 갔다. 새랄 황주삼이 와서 보았다. 방촌 족인 사현이 지나다가 보고 도평이 낮에 돌아와 추상을 위해서이다. 배추 종자 1전을 가지고 왔다.

---

7. 자문: 관아에서 조세 따위를 받아들이고 발급하는 영수증을 말한다.

2월 26일. 구름 낌.

돈 4냥을 춘옥이 빌려 갔다. 경숙이 복결 서넛을 내기 위해 1냥을 맡기고 함창으로 갔다. 남산 나뭇가지 잎을 거두었다. 용안·도평 둘이 일했다. 좌반을 사기 위해 1전을 류전에게 주었다. 돈 2냥을 영갑이 월 이자로 가지고 간 가운데 저의 좌대 복결 5전을 수령하였다.

2월 27일. 맑음.

차례를 지냈다. 경숙 복세값 조목 1냥을 우용이 빌려 가고 한가한 날로 기약하였다. 돈 2냥 8전 1푼을 흥정하기 위해 막내 아이를 읍내 시장에 보내었다. 도생이 복결값 3전 6푼을 가져오고 용안이 일하였다. 큰 삽 1냥 2전, 장부 2전, 시박 2전 4푼, 간 1전 8푼, 모두 1냥 7전 2푼, 대어·북어 2전 3푼, 대추·밤 6푼, 백지 1푼, 노자 1전 2푼, 합 4전 2푼, 갈퀴 4푼, 영천이 사사로이 빌려 사용하였다. 대어를 빌려 고유에 쓴다.

2월 28일. 흐리고 비내림.

지난번 빌려 간 돈 4냥을 춘옥이 가져왔다. 낮에는 개었다가 가랑비가 내린다. 갑철이 하평 목화밭을 다 갈지 못했는데 초저녁 풍물을 보니 전날보다 나은 듯했다.

2월 29일. 구름이고 서늘한 바람이 분다.

오전에 목화밭 갈기를 마치고 오후에 옛터 논을 갈았다. 정휴가 그저께 안동에서 와서 말하길, 떠날 때 기산을 경유하여 구미를 지나서 내앞·지례에 오니 대개 평안하나 곳곳에 굶주림과 흉년이 몹시 심해 껍질을 벗겨 소나무를 먹어 금지하거나 막지 못하는데 다행히 성문에 들어가니 진휼 중이라 6~7 관동을 얻었다 하니 이 또한 다행이다.

그 아내가 본가에 갔다 한다. 이는 살길을 구하는 방도를 생각한 것이니 어찌해야 하는가? 돌아오는 길에 다시 풍산 소식을 탐문 하니 윗마을은 몹시 한란하고 사돈집 근처는 편안하나 춘궁기가 더욱 심하다 한다.

2월 30일. 구름이고 눈이 날린다.

다례를 지내었다. 우용이 빌려 간 1냥을 와서 납부하였다. 뒷집이 결복 조를 납부하고 해 질 무렵 하평 논을 조금 갈았다. 정오부터 밤까지 비가 조금 내렸다.

3월 1일. 정묘일.

아침에 일어나 보니 별빛이 밝고 맑다. 포시(오후 3~5시 사이)에 고유하고 임시로 사당에 받들었다. 말린 물고기 · 북어 · 대추 · 밤 2전 9푼, 유미과와 함께 누룩 5전, 곶감 5푼, 모두 8전 4푼, 또 여비 1전 2푼, 백지 1푼을 봉산서원 별소부터 차례로 내어 쓰고 자손 관자 17인이 왔다. 11월 15일에 각 인원이 준비한 1냥으로 운영하고 마련하는 데 힘쓰고자 약조하였다. 좌반 8푼, 시장에 가서 장부를 1전에 사고 도가가 차례를 당해 새랄에 유통한 장부를 1전 5푼에 샀다. 뒷집이 받은 복결값 5전을 다시 유통하였다.

3월 2일. 구름 끼고 음산하다.

차례를 지냈다. 명득을 시켜 뒷집 결복 돈 1냥을 보내었다. 심단 명의로 2냥 2푼을 명득에게 함께 보내었다. 큰집 소유 복결값 4냥 9푼을 받았다. 류전이 석립 논을 갈았다. 삼씨를 사기 위해 8전 4푼을 도평에게 주었다. 읍내 시장에 가서 일곱 주발을 값 1냥 1전 4푼에 사고 파종하기 위해 갑철이 저의 본가로 갔다.

3월 3일. 비가 내림.

어제 사 온 삼씨 여덟 주발을 헤아려 보니 주발마다 정한 값이 1전 5푼이니 1냥 2전과 함께 요기 값이 8푼이고 4전 5푼은 집에서 썼다. 1전 5푼은 영천, 1전 5푼은 류전, 그 나머지 우곡과 도평이 나누어 사용한 것은 3전 9푼, 도평을 살피기 위해 사용한 돈이 8전 4푼이기 때문이다.

3월 4일. 구름 끼고 흐림.

류전이 심은 솔가지를 거두고 아전 이가가 산성 장대를 1전을 찾아서 춘옥을 불러서 1전을 빌려서 보냈다. 오후에 마당가 울타리를 막았다.

3월 5일. 맑음.

갑철이 아침 전에 와서 집 앞 논을 갈게 하고 반송리에 가니 몽노가 둑을 막기 위해 돌고개 하구에 가다가 황광중 주막을 지나 차를 마시고 목이 말라 술 한 사발을 찾아 마셨으며 돌고개에 오니 몽노 형제가 함께 있었다. 소감을 진술하니 타처에서 말하기를 모두 쓸쓸하고 일을 나누어 함께할 수 없다는 것이다. 무료해서 야당에 가니 무이실 석보 이씨 척형 부자가 『대동운부군옥』[8] 인출 때문에 온 지가 벌써 며칠째다. 죽림 권씨 노소가 많이 모였고 진여 씨도 또한 왔으며 정휴는 먼저 와 있었다. 그 동정을 살펴보니 아직 전에 절실했던 것을 소장으로 올리지도 못하고 이내 분명하게 말하지 않았기 때문에 오후에 말없이 진여와 함께 물러나 직동을 들려서 오는데 비를 만나서 임학용

---

8. 『대동운부군옥』: 권문해(權文海, 1534~1591)가 편찬한 일종의 백과전서로, 목판본 20권 20책이다. 원나라 음시부(陰時夫) 가 중국의 역사 기록을 수록하여 엮은 지은 『운부군옥』의 체제를 바탕으로, 우리나라의 문헌 중 단군 시대로부터 편찬 당시 까지 지리, 역사, 인물, 문학, 식물, 동물 등을 총망라하여 운별(韻別)로 분류해 놓았다.

집에서 비를 피했다. 진흙을 밟아 간신히 돌아오니 갑철이 일한 것이 부실하다. 정휴는 도평에 갔다.

3월 6일. 한식. 어제저녁 비가 멎고 밤에 바람 불어 날씨가 쾌청하고 시원하며 추움.

막내 아이가 전하길, 큰형수님 설사 증세가 가볍지 않다고 하니 몹시 안타깝다. 어제 들으니, 저곡의 여석 집에 화재로 고통이 심하다 한다. 큰 삽 공전 1전을 김가 자식에게 주었다. 마씨를 파종하고 박 칠곡 목이 집으로 돌아갔으며 마희천을 잠시 방문했다.

3월 7일. 맑음.

큰형수님 설사 증세가 더욱 심하고 향과 차를 올리는 예를 행하는데 심사가 망극하다. 또 담통 때문에 누워서 반나절을 보냈다. 갑철이가 남산 논을 갈았다.

3월 8일. 맑음.

논둑을 수리하였다. 영천과 도평이 일을 도왔다. 우곡이 종자를 구하는 일로 노은에 갔다. 초간에 권 소년이 찾아왔는데 그의 자는 치일이다. 낮이 되자 비가 먼지를 적실 만큼 내렸다. 우곡이 돌아왔다 한다. 노인이 복천에 와서 정 서방을 보고 5냥 돈을 부탁했다 한다.

3월 9일. 구름이고 음산하다.

갑철이 영천의 논을 갈았다. 박상동 큰형수가 병이 더하고 낫지 않는다. 어제 성당동이 놀인재를 가져오고 정휴가 도평에서 돌아와서 소식을 간략히 전했다.

3월 10일. 맑음.

갑철이 성평 논을 갈았다. 막내 아이가 홀아비로 사니 고통을 형언할 수 없고 가장 감당할 수 없는 것이다. 몸을 가릴 시간이 없으니 절박하여 자기 집을 구매하기 위해 돈 3냥 9전을 가지고 산양 시장에 갔다. 달포 전에 다인면 유생이 헐값에 수헌위 제기와 서원 뒷산록을 팔았다고 한다. 지금은 또 여러 하인을 팔고 세전과 본원에 딸린 전답을 다 팔았다. 각자 나누어 갔기 때문에 수산 이 상주의 서찰이 버들밭 권 상관 집에 왔다. 다시 각 가사가 몹시 경악스러움을 보여주었다. 바야흐로 관청에 소장을 올리기 위해 세 문중 각 인원을 정하여 보냈기 때문에 사람을 보냈다. 정휴가 야당을 경유하여 가고 정문을 지은 것은 저곡 권 노인 인하 씨라고 한다. 미호 노가 와서 소식을 전하고 또 김 시엽과 막내 아이의 서찰을 올리어 펴서 보니 저번 느릅나무에서 말한 것도 또한 실상이 없는바 곳곳마다 낭패를 당했으니 어찌 오래 끌겠는가? 더욱 말할 수 없다. 벗 이현문이 고림 마을에서 사동을 지나서 찾아와 요기 후에 구계로 향했다. 마희천 심천봉이 와서 보았다. 막내는 하나도 성취가 없이 한밤중에 왔다. 요기 5푼.

3월 11일. 구름 끼고 비를 뿌리다가 갬.

두의 생일인데 물고기 한 마리도 차리지 못했으니 정감이 절로 서운하다. 고춘옥이 2월 4일 가지고 간 돈 5냥과 함께 2전 5푼 이자를 와서 냈다. 이는 막내 집에서 갑철이가 일했기 때문이다. 율현 임 상주가 방문하였다. 큰형수 문병을 위해서다. 노은 정 서방이 와서 보았다. 소식을 물으니 상촌 허씨 집에 전염병 기운이 크게 번져 죽은 자가 있다 한다. ■■ 늙은이가 정성을 다한 효력인 것이다. 그 …… 이것은 낭비하여 절약하는 뜻이 없고 거둘 수 있는 물에 있어서는 ■■원 밑에 서원 중에 도와 쓰는 길로 여긴 것이 불과 수년이니 저 두 …… 어찌 양심에 부끄럽지 않겠는가? 과연 조금이라도 의리를 높이는 마음이 있었다면, 어찌 감히 소유하겠는가? 토지도 오히려 감히 팔지 못하는데 더구나 산이겠으며 또 더구나 제기이겠는가? 삼가 바라건대 통촉하여 이것을 경계한 후에 장차 용맹한 차관을 선발하여 일을 주관한 2인을 잡아드려 방탕 문란함을 엄히 다스리고 그 엄중함이 이 당과 부엌에 숙직하는 사내며 옛 창고지기 용춘이라는 이름의 사내를 모두 잡아 자세히 심문하고 엄중히 처리한다면 이 당과 서원은 본디 대지와 산림 전토 · 제기를 판 바 …… 많은 선비의 바람을 위로하여 천만다행이다. 막내는 이번에도 헛되이 돌아왔고 박 서방 상주와 함께 왔다. 자반 3푼, 요기 1전 2푼이라 한다.

3월 13일. 맑음.

갑철이가 일어나지 않아 일억을 시켜 모판을 가는 것과 목화밭을 갈아엎는 것을 하게 했다. 솥박을 5푼에 사고, 갓을 6전에 사고, 갓 장사는 채씨 양반이다. 갑철이 일어났다.

3월 14일. 구름 끼고 흐림.

박 상주 사위가 서방이 돌아가는데 밝은 해의 기운이 붉은 듯하여 그를 만류하였으나 되지 않았다. 출발한 지 얼마 안 되어 비가 내리고 정오가 되자 쏟아붓는 듯하니 어디에 머무는지 알 수 없고 노자로 다만 6전을 주었을 뿐이다.

3월 15일. 가랑비가 오다가 말다가 하며 오후에 갬.

수심에 가고자 바로 나왔는데 비를 만나 돌아오니 간곡 박■년이 와서 말하길, 저번에 읍내에서 다시 율현 수연 장소를 갔다가 오면서 지나가다 들어온 게 전날이라고 하였다. 마음과 같지 않은 것을 보고 떠나갔다. 저녁이 되자 죽림이 증시를 청한 일이 이루어진 것을 들었다.

3월 16일. 맑음.

죽림에 가서 초간공이 가선대부 이조참판 겸 경연 참찬관 춘추관 수찬관 홍문관 수찬관 도총부 부총관에 증시되고 아울러 불천위의 은전을 하례하니 바로 초 4일이었다. 대신에는 김대근 양좌동 도승지 이능■이다. 죽림 종가에서 야당을 향하니 주노 이문이 …… 을 얻어 보고 금당실이기 때문에 금■을 향했으나 만나지 못하고 돌아왔다. 야당을 향하여 술을 1전에 사서 함께 …… 와서 벗 홍씨의 병 상태를 보고 가운 상주를 찾았으나 만나지 못하고 집에 갔다. …… 얼굴 부종을 백비탕[9]으로 씻고 약을 발랐다 한다. 밤이 되어 가려움증이 이내 제거되었다 한다.

3월 17일. 구름 끼고 음산함.

아침에 가서 익이의 경과를 물으니 별다른 효험이 없고 처음처럼 밤에 운다고 한다. 별도로 ■■와 다른 일을 갚았다. 3푼을 명득에게 주고 영천·도평 마구간 소를 부려서 읍내 시장에 보내니 소는 …… 15민이기 때문에 팔지 않고 소금 1되 값 4전 5푼, 백분 5푼, 농사 삿갓 2전 2푼, 쓴합이 7전 2푼, ■■ 6전은 값이 ■■ 합이 1냥 3전 2푼, 3번의 요기가 2전 3푼을 모두 빼고 영천이 가져간 5냥 9전 가운데 명단에 남겨진 것은 4냥 3전 5푼이다.

3월 18일. 흐림.

논둑을 수리하고 목화밭에 흙을 넣었다. 용안·동촌·영천·도평·류전이 …… 아침 저녁.

---

9. 백비탕: 아무것도 넣지 않고 끓인 맹물, 즉 팔팔 끓인 약수를 말한다.

3월 19일. 맑음.

콩 4되를 파종하였다. 류전과 갑철이 일했다. 오후에 간간이 목화를 심었다.

3월 23일.[10] 맑음.

돈 1전 4푼을 빌림. 도가·석록이 못에서 모판 풀을 캐었다. 새랄 장 사내가 와서 보고 훗날에는 이런 무례함이 없도록 간절히 경계하였기 때문에 그길로 낫을 주고 손자 아이들이 어제부터 미나리를 주변 우물 앞에 옮기었다. 전의 일이 결국 묘하게 정리된 것을 보니 몹시 가소롭다. 그저께 정휴가 봉산에 가기 위해 일찍 야당에 갔다. 낮이 되자 복여 집에 가보니 다만 재만 남은 다 탄 쑥이 있는 빈소엔 그림자도 없기 때문에 그 아우 집에 갔는데 형제가 관을 쓰고 나와 보았다. 다만 말없이 갔다가 돌아왔다. 오후에 삼인 부고 심부름꾼이 와서 막내 누이가 숙환으로 어제 미시에 세상을 떠났다고 하니 서로의 거리가 멀지 않은데도 자신의 운명이 기구하여 남매가 만나 보지 못한 지가 벌써 4~5년이니 바야흐로 같은 면에 살면서 갑자기 지하의 사람이 되었으니 배는 더 애통하다. 황 천총 입대가 안장을 꾸미기 위해 등자 한 쌍을 가지고 갔다.

3월 24일. 구름 끼고 흐림.

볍씨를 모판에 뿌리었다. 용안이 일했다. 삼인의 초상 장소에 5전을 부조하였다. 영천에게 남긴 돈, 또 신값 2푼, 장지 1장. 오후에 콩을 심었다. 막내 아이가 직동에 가서 생포 11척을 사고 그 공임이 8전 2푼이라 하는데 점이 생겨 쓸 수 없다. 석록이 밤 종자를 청하기 때문에 1되를 주어서 보냈다.

---

10. 3월 19일과 23일 사이에 원문의 결락이 있는 것으로 추정된다.

3월 25일. 어제 초저녁부터 비가 쏟아부어 시냇물이 넘침.

갑철을 불러서 농작물을 살피고 황관을 꾸미게 하였다. 성복 …… 복장이 미비하여 정사가 몹시 망극하다. 우용 녀석이 손동의 김일국이란 놈이 무덤을 침범한 일로 소지를 지었다.

3월 26일. 맑음.

식전에 직동 임가의 아낙이 베를 찾아갔다. 논둑을 막았다. 영천·류전이 일을 도왔다. 만생종 벼 4말을 담갔다. 정휴가 율리에서 집에 오니 봉산서원 추심하는 일이 22일이었다. 이문·경탁·여석과 함께 그 면의 사람에게 가서 그 잘못된 일을 따지니 모든 허물을 인정하고 반으로 나누고 전지 창고지기가 문부를 가지고 와서 검암을 지나면서 단지 말하기를, 빈집에 주는 외에 다시 변통하여 처리할 것이 없고 노자 비용이 4냥 5전이라 한다. 경숙이 와서 하는 말이, 용궁·안동 등지 산천을 두루 관람했다 하고 동막에 와서 봤다고 한다.

3월 27일. 구름 끼고 흐림.

영천이 읍내 시장에 가서 소를 끌고 갑철을 데리고 가서 1냥을 더 주었다. 농립 2전, 미역 반조·북어 4마리 1전 8푼, 요기 1전 4푼, 상포 5척 3전 7푼, 사용한 합계가 9전 3푼이니 잔돈 1냥 7푼이다. 석립 담배밭에 어떤 한 손님이 경숙을 방문하니 바로 유동 조씨 손님이다. 적도 1말을 식송 아래에 파종하고, 밤이 깊은 후에 막내 아이와 갑철이가 돌아오고 취침한 지 얼마 되지 않아 개가 몹시 급하게 짖기 때문에 옷을 입고 이웃을 깨웠다. 어제 죽림 문현의 상고를 들었다.

3월 28일. 맑음.

새벽이 되자 편안히 자고 늦게 일어났다. 멀리 보니 도적이 동쪽 울타리를 너무 넓게 뚫었고 담배밭을 난잡하게 밟아 놓았다. 또 마구간 뒤 빗장을 뽑아 놓았다. 갑철을 시켜 올벼 7되와 늦벼 4말을 옛터 앞 논에 파종하게 했다. 유동 조씨 손님이 와서 보고 잠깐 인사하고서 바로 떠났다. 함창이 목화밭을 가는 데 영천·도평이 일하였다. 두건과 허리띠를 만들고 이미 성복하는 날을 지난 지 지금 이틀째인데 이제야 상복을 지으니 심사가 더욱 편안하지 못하다. 방촌에 가서 금동댁의 원상을 문상하고 반송을 지나면서 몽노와 함께 시목동에 가니 조문객은 모두 돌아가고 진여 노인이 홀로 앉아 노끈을 꼬면서 이르기를, "제례 때문에 와서 문상하는가?"하면서 기색이 몹시 수작이 없었다. 앉아서 말하고 한참 뒤에 돌아오다가 새랄을 경유하여 목화 경작을 살피니 사경을 잘 가꾸어 밭을 가꾼 것이 긴요한 듯했다. 집 뒤의 치송 4그루를 베어 훔친 아이가 뚫은 것을 막았다.

3월 29일. 맑음.

갑철을 시켜 콩을 심고 삼밭을 매었다. 오후에 한기가 골수에 사무치고 치통이 도져 누웠는데 너무 아팠다. 저녁이 되자 소나기와 우박이 내렸다.

3월 30일. 맑음.

영천이 소를 끌며 갑철을 데리고 오천 시장에 갔다. 오한으로 베개에 기대었고 음식 맛이 완전히 변하였다. 본면 풍헌 황곡방이 와서 보았다. 임금 말씀의 큰 뜻은 농사를 권면함이니 유무가 서로 의지하여 갈고 파종하는 시기를 잃지 말게 하며 또 별도로 양식 반을 더 내기 때문에 전날 한 사람의 천거를 거두고 다시 한 사람의 천거를 내었다. 변 복여가 아내 제사를 지내어 고통이 이와 같다. 막내 아이가 외출하여 부자가 함께 듣지 못했으니, 정감과 일에 몹시 어긋났다. 만생종 벼 8말을 담그고 북어 2마리를 경숙이 가지고 왔다.

4월 1일.

막내 아이가 갑철이를 데리고 양지 쾌영 집에 묵었다. 소는 팔지 못하고 돌아왔으며 백지 1속 1전 4푼, 간청어 2마리·물고기 2마리 1전 3푼, 미사리 3푼, 노자 8푼을 사서 쓴 합이 3전 8푼이고 5푼은 도평이 가지고 갔다. 맹선이 공주에서 돌아와 집을 옮긴 지 거의 25일이라 한다. 길이 막히어 불안한 곳이 많았다 한다. 막내 아이가 전하기를 안동 길안 땅에 큰 도적이 있어 진장이 장차 형을 집행해 죽이려 했는데 장판을 한 뒤에 어떤 아이가 반복해서 진장에게 그 연유를 물으니 하인이 말하는 것은 바로 형벌을 당하는 사람의 아들로 그 아비가 죽임을 당함에 연일 머리를 조아리고 대성통곡하여 목이 쉬어 소리를 낼 수 없으니 진장이 그 정성과 효성을 가상히 여겨 정청에 불러 그 효행을 장려하고 다시 후일에 응징한다고 하니 죄인의 아들이 고한바 전날의 습성을 고치지 않으면 자세히 다시 심문하고 자신을 먼저 죽여도 진실로 마음에 달게 여기겠다고 하였다. 그러므로 방면하여 보내고 뒷일을 살핀다고 했다. 정휴가 전하길, 어제 당회에서 당우를 샀는데 금당실 정우석 집값 135냥이고 다시 큰 당회를 오는 10일에 정했다 한다. 봉산서원 문부 수정은 저곡 사람이 왕래하지 않아서 작성하지 못했다고 한다. 야당 권암수의 소상이 그저께 있었는데 가까운 이웃에 전염병 기운이 있다고 한다.

4월 2일. 맑음.

소가 쑥을 이미 다 먹어 풀을 먹였다. 경숙이 유동에 가고 맹선은 읍내에 갔다. 갑철은 벼 풀을 베었다. 저녁이 되자 미호의 두 손님이 왔다. 하나는 생질 딸의 남편이고 하나는 서녀 사위다. 그곳이 대개 편안하고 백동은 전염병이 나라에 번지어 잠시 살기 위해 4~5일을 머물렀는데 하촌에도 불안한 단서가 있어서 돌아가 동쪽으로 향했다 한다. 떠돌이 남녀가 와서 소식하였다. 사동 변 의원이 왔다.

4월 3일. 맑음.

도평이 자기 어미 복제를 변제하였다. 큰집 제사가 허망한 듯하여 서로의 정사가 더욱 망극하다. 미호의 두 손님이 돌아갔다. 그곳 부조는 5전이라고 한다. 류전이 벼를 개사 논 앞에 모를 붙인 것이 2년인데 이 벼로 인하여 한 알도 거두지 못하더니 이제 또 마음이 생기어 자못 무리하다. 여러 가지에 구애되어 그 하는 바를 맡기니 자못 몹시 온당하지 않다. 오후에 소낙비가 한 호미만큼 내리고 혼백을 묻었다.

4월 4일. 맑음.

갑철이 풀을 채취하여 모았다. 영천이 사용한 것 2냥 4전 6푼, 저번에 가지고 간 것 6냥 9전을 총괄한 가운데 쓰고 남은 7전을 영신이 받고 지난달 26일에 월 이자로 가지고 간 돈 2냥 1전 가운데 1냥 1전을 가지고 갑철이 고용세 1냥을 주고 도가가 빌려 간 돈 2전 4푼을 가져왔다. 초저녁에 맹선을 부르니 와서 말하길, 소 결정 값이 54냥인데 40냥을 바로 주고 14냥은 나누어서 오는 20일 사이로 기약하였다.

4월 5일. 맑음.

맹선이 소를 몰아 시장에 가고 막내 아이는 볍씨를 담갔다고 한다. 변 군이 와서 보고 맹성의 얼굴 종기 치료를 물었는데 약값이 5전 5푼이라고 한다. 마을 사내 춘옥이 놀

란 채 와서 소금값 9냥 5전에 35되라 한다. 오후에 구름 끼고 흐렸다. 정휴 3부자가 용
문산에 가서 소나무 껍질을 벗긴다고 한다. 도평이 송아지를 먹이려고 들어와 먹였다.

4월 6일. 입하. 맑음.

아침에 정휴 집에 가서 그 소나무 껍질을 살피니 하루에 벗긴 것이 족히 3일 양식이 되
고 그 즙을 빨면 기갈을 면할 수 있다고 한다. 말자는 간장을 담갔다. 막내 아이가 저의
모판을 가꾸었다. 맹선이 가지고 온 숯값 30냥, 경숙이에게서 온 잔돈 24냥은 20일 후
에 맹선이 준비해 온다고 한다. 방촌 사현이가 뒷집에 왔다 하고 어제부터 도평이 먹이
는 소가 들어와 먹이는데 떨어진 지 125일로부터 총계가 도평이 5달 10일을 먹였다.

4월 7일. 맑음.

모판을 설치하였다. 류전 저의 돈 3냥을 고영신이 월 이자로 가지고 가고 2전은 영천
이 우곡 돈을 갚기 위해 빌려 갔다. 막내 아이가 읍내 시장에 가서 해가 지고 나서 와서
전하기를, "동면에 어떤 아우가 형을 때리고 남면에는 아내를 팔았다가 다시 찾은 자
가 있어서 관에서 엄한 형벌로 형틀을 채워 감옥에 가두었다."하니, 세상의 도리가 놀
라워 이미 말할 수 없다.

4월 8일. 맑음.

이른 새벽에 바람이 불어 나뭇잎에 나부끼고 각 가정에선 장을 담그기 위해 막내 아이
가 용안·갑철을 데리고 갔는데 소를 끌고서 돈 22냥을 가지고 태진에 가니 바람이 여
전하며 또 노고에 쫓겨 초췌한 나머지에 또 소도 피로가 자못 심해 90리 길 돌아오는
데 행여 곤란한 일이 없겠는가? 마음 씀이 적지 않다. 떠날 때 어제 빌려 간 2전을 내어

돈 1냥을 우인이 빌려 갔다.

4월 9일. 맑음.

막내 아이가 낮이 되자 돌아왔다. 소금 두 바리 22말 5되 사고 아울러 노자 21냥 4전 2 푼 가운데 큰집 5말 5되에 4냥 3전, 영천 5말에 3냥 9전, 도평이 3말에 2냥 5전 4푼, 류 전이 1말에 7전 8푼, 이상 마땅히 수급해야 할 것이 11냥 3전 2푼이고 가용에 십삼천 값 10냥 1전 4푼에 남겨 온 것이 5전 6푼이다. 소가 간신히 도착했는데 갑철이 발이 부 르터져 중도에 사람을 보내 저녁에 왔다. 류전이 밭둑을 일궜다.

4월 10일. 맑음.

서당 모임에 가기 위해 돌아서 반송을 향했다. 몽로와 함께 방촌을 들러 앉아서 잠깐 말했다. 박치홍과 매형 김긴언이 함께 오시어 기쁜 나머지 이야기하다가 헤어질 때 그 길로 요기를 하고 또 술집을 향하는데 구름 기운이 하늘을 덮더니 바야흐로 크게 쏟아 질 기상이라 재촉해서 사서 마셨다. 나와 김형이 연달아 3잔을 마시고 치홍이 2잔, 진 여·몽로 두 노인이 한잔 외에는 다시 술잔을 잡지 않고 물리었다. 또 도촌 박 씨 2인 이 참석하여 마시기 때문에 합계 술값 2전 4푼이고 진여 씨와 치홍이 1전 2푼을 분담 했다. 김형이 내일을 기약하고 바삐 생광동에 들어가 각각 그 집에서 투숙하였다. 반송 에 오니 자못 빗방울이 내리기 때문에 몽로에게 관모를 빌려서 왔다.

4월 11일. 아침에 구름 끼었다가 갬.

담금질하기 위해 호미 3자루, 괭이·칼을 돈 1전 4푼에 주고 용안이 은행정에 갔다. 갑 철이는 도평 논둑에서 일하였다. 오후에 들에서 반송에 가서 몽로와 함께 생광동에 가니 고평 정 연수가 좌석에 있고 주인은 술을 사서 각각 주량에 따라 마시었으며 김형도 함께하니 봄날이 이미 저물었다. 죽을 차려 손님을 모시고 담금질 공임값이 1전 8푼 가운데 가지고 간 돈이 1전 4푼 가운데 소전 3푼 쓴 것을 빼면 1전 4푼이니 부족한 7푼은 우곡이 빌려주었다고 하기 때문에 바로 갚았다. 중평 노가란 놈이 도둑을 죽였다 한다. 반송에 관모를 전했다.

4월 12일. 구름 끼고 흐리다가 늦게 갬.

박치홍이 와서 이야기하고 오후에 돌아갔다. 김 매형은 머물렀다. 갑철이 밭둑과 고내동 논을 일궜다.

4월 13일. 맑음.

논둑을 막는 데 영천·도평이 일을 도왔다. 김 매형은 다시 과상동으로 향하고 돈 7전은 우곡이 빌려 갔다. 쌀 산 값을 갚는다 한다. 되마다 3전 9푼이고 집에 돌아가기 때문에 헤아려 보니 5되 5홉이라 한다. 오후에 박상동 콩밭을 매고 류전은 솔 껍질을 사협에서 벗겼다.

4월 14일. 맑음.

집 뒤 치송을 자르고 참나무를 길러서 파이고 무너지는 것을 막고자 한다. 영신이 가지고 간 돈 3냥 가운데 1냥을 내고 우용이 빌려 간 돈 1냥을 와서 냈다. 발과 장안에 지독한 종기가 생겨 경숙을 시켜 침을 놓아 농혈을 빼게 하고 우곡은 솔 껍질을 벗기기 위해 산협에 가서 해 질 무렵 돌아왔으며 저녁 후에 아이들과 함께 영신에게 산 섶나무 5짐을 옮기고 그 값 1냥은 지난달 가져간 돈 1냥으로 대체하였다.

4월 15일. 구름 끼고 흐림.

식전에 류전이 갑철과 함께 집 뒤 소나무 12짐과 저번 것 2짐을 쪼개어 운반하고 영천이 돈 1냥을 가지고 용궁 시장에 가서 여름옷을 구매하고자 했다. 박상동 콩밭을 맸다. 막내 아이가 성당동과 함께 날이 저물지 않았을 적에 돌아왔다. 베끈창옷값 6전, 요기 5푼, 더덕 2푼에 사고 나머지 3전 3푼은 소근·옥춘이 봄옷을 사기 위해 영천이 쓰고 맹선이 허락한 솟값 2냥을 영천이 받아왔다.

4월 16일. 맑음.

밭을 매는 데 류전이 일을 도왔다. 돈 2냥을 10에 3 이자로 고춘옥이 11달을 기한으로 가져갔다. 사동 변 생이 와서 찾으니 익성 얼굴 종기 약값 5전 5푼을 저의 집에서 마련하여 내어 주었다.

4월 17일.

이른 새벽이 되자 큰 천둥과 소나기로 황토물이 흐르고 아침이 되어서야 개었다. 류전이 갑철이를 데리고 뒷산에서 풀을 베고 만득이 명의로 수결 3전을 경숙이 받았다. 봉산서원에서 본소에서 온 류전 손부가 뜰을 지나는데 그 얼굴을 보니 부기가 있어 그 연유를 물으니 증세가 작년과 같은 듯하여 안타까워 말할 수 없었다. 바야흐로 변 의원을 모시고 왔다.

4월 18일. 맑고 바람 불며 추움.

류전이 갑철이를 데리고 나무를 베고 담배밭을 막았다. 막내 아이가 유천 시장에 가고 류전 손부는 어제보다 조금의 차도가 있으니 혹 이로 인해서 말끔히 나은 것인가?

4월 19일. 맑음.

더덕 4관을 6전 6푼에 사고 집 앞 벼를 물에 담가 뒤집어 말렸으며 경숙과 맹선이 빙성에 가서 1혈을 얻었다 한다. 저녁에 국수 2그릇을 경숙과 맹선에게 먹이었다. 류전이 갑철과 함께 풀을 베었다.

4월 20일. 맑음.

갑철이 풀베기를 마치고 담배밭을 매었다. 류전이 2월 12일 후에 일한 총계가 13일이고 또 섶 5속 값 1전이 있다. 저녁이 되자 들에서 돌아오니 주성이 이보다 앞서 말하길 맹선이 돈 22냥을 가지고 와서 줬다고 하고 조금 있다가 맹선이 또 와서 말하길, 솟값 잔돈 22냥을 주성에게 주었다고 말하니 이 아이가 사물의 수를 분명히 모르고 가지고 온 사람의 신실함을 전적으로 믿고 다시 수를 헤아리지 않은 듯하다. 두를 시켜 보관해 두도록 하였다.

4월 21일. 맑음.

갑철이 남산에서 풀을 베었다. 식전에 마희천 한씨 소년이 왔다.

4월 22일. 맑음.

밭을 김맸다. 류전 · 갑철 · 용안 · 명득의 아낙. 3냥을 공납하고 아울러 3푼을 꿰었다. 4냥은 흥정하기 위해 막내 아이가 읍내 시장에 가서 저녁이 되도록 성사하지 못하고 돌아왔다. 요기가 3푼이고 전세 3냥을 내라는 자문을 가지고 왔다.

4월 23일. 구름 끼고 흐림.

밭을 매는 데 류전이 일을 도왔다. 영천이 품팔이를 바꿨다. 13일에 우곡이 빌려 간 7

전 위에 3전을 더해 별도 1냥을 대체하였다. 류전이 월 이자로 쓴다고 한다. 지난 정월 26일에 품삯으로 류전에게 7전을 준 이후 모두 지금 15일을 일했다. 마희천 한 생이 심은 소나무 주변 감 가지를 자르니 인심이 통탄할 만하다. 석식은 큰집에서 채소를 먹었으니 이처럼 흉년이고 또한 80이 되는 노인을 봉양하는 데도 마음을 쓰는 것이 이와 같으니 도리어 몹시 남은 삶이 가련하다. 아침은 도평 집에서 먹었다. 각 가정에서 조석을 마련해 주었다. 내 생일이 19일에 있었기 때문이다. 저들의 정은 나의 회포를 괴이쩍지 않게 했다. 나쁜 짓을 한 중평 마을에서 도적을 죽여서 매장하고 그 시신을 파간 후 4~5일에 그 아비와 그 자식 3인이 와서 난동을 피웠다고 한다.

4월 24일. 맑음.

갑철이 영천댁 밭을 매었다. 어제 품을 갚았다. 면 책임자인 황 외방이 와서 전지 결세 사례를 보여주었다. 어떤 한 과객이 곧장 들어왔다. 그가 사는 곳을 물으니 와동 남생이고 아직 아침을 먹지 못했다 했기 때문에 기운이 다하여 다닐 수 없다고 하니 돈 2푼을 주어서 보냈다. 오후에 경숙이 말하길, 지도실 삼강댁이 지난밤에 불이나 (회록) 물로 껐다. 어떻게 모면했으나, 집의 장식 의복은 헤아릴 수 없이 다 탔다 하니 흉년에 화재로 설상가상이라 이를 들으니 참담하다.

4월 25일. 맑음.

갑철이 옛터 앞 논을 갈고 막내 아이는 돈 4냥을 가지고 오천 시장에 갔다. 도둑이 막내 집 벽을 뚫고 춘옥이 집 장독 3개를 가져갔다 한다. 정휴가 지도실 집에 갔는데 아이들은 전부 가서 보지 못하고 간절히 몸소 가고자 해도 왼발에 통증이 있어 마침내 뜻을 이루지 못했으니 몹시 감수할 수 없다. 오후에 우곡이 가서 보니 4집이 함께 타서 다만 재만 남았다 한다. 해가 질 무렵 막내 아이가 돌아와 머리 장식 10자루 값 3냥 6전, 간 청어 1전, 요기 9푼을 사고 나머지 2전 가운데 1푼은 두성이 받았다.

4월 26일. 맑음.

갑철이 뒷골 풀을 베었다. 두웅과 장성이 글을 지어 주기를 청하여 조목을 채집하여 이를 주었다.

4월 27일. 맑음.

목화밭을 김매고 막내 아이가 류전·갑철을 데리고 하였다. 콩·조밭을 가꿨다. 역 11인, 목화밭이 3인, 총계가 14인이니 처음 김맨 것이다. 변성첨의 대상이 내일이라 우곡이 가서 조문했다 한다.

4월 28일. 구름 끼고 바람이 붐.

갑철이 옛터 앞 논을 써레질하고 아침 전에 장풍리 함가가 물건을 잃어 여기에 와서 찾았다고 한다. 오후에 비가 먼지 씻을 정도로 오고 저녁에 낙서가 와서 보았다. 저녁 일을 물으니 해가 지기 전에 정휴 집에 가서 곡죽을 마셨다 한다. 상경의 대략을 물으니 북곡 이삼가의 맏아들을 따라서 가 보니 본 고을 사또 맏아들 정 진사가 고림 산송에 낙과한 지극한 억울함을 진정하니 답한 것은, 세상에 어찌 그 조상이 아니면서 제 조상을 일컫는 자가 있느냐? 그러나 묻기를, 인리에 가깝지 않은 사람이 있다 한다면 당연히 굽은 것을 펴는 도가 있다고 말하고 문서를 쓰니 그 아버지인 사또가 굳게 봉하여 주면서 이르기를, "문서가 이른 후에 당연히 초대가 있고 만약 초대하지 않았다면 내가 어버이를 뵙는 때를 살펴어 곧장 책실로 와서 관례를 벗어나 주선하면 흔쾌히 잘못을 바로잡는 데 이를 수 있기 때문에 언제든지 내려오면 본군 사또가 이미 감영에 행차했으면 우선 돌아오기를 기다렸다가 저가 때에 내려올 것"이라고 여러 번 부탁하니 삼가윤이 답한바, "만약 뜻과 같지 않다면 당연히 최 판서의 간찰을 찾아 원한을 씻기를 기약하라."하였다. 최 판서는 바로 인재 선생[11] 둘째 아들 완산군의 후손이고 이 삼가의 인척이다. 당시에 예조와 충훈부 당상관이고 또 거동 시 군직이니 본 사또가 아직 출사하지 않았을 때 전적으로 이 집에 의뢰했다고 한다.

4월 29일. 맑음.

갑철이 뒷골 풀을 베었다. 낙서를 불러 아침을 먹이었다. 돈 1냥을 도가 13의 이자로 11달을 기한으로 가져가고 막내 아이가 돈 9전 9푼을 가지고 산양 시영에 갔다. 소창옷을 사고자 해서이다. 큰집이 식량이 부족하다. 우곡이 빚을 내기 위해 반송리에 가서 회언을 만나지 못하고 돌아왔다.

5월 1일. 병인.

아침에 남산에 올라가 보니 빛이 자주색으로 수놓은 것 같았다. 갑철이가 고내동 논을 갈아엎고 막내 아이가 오후에 돌아왔는데 어제 경영한 것을 이루지 못했기 때문에 가지고 간 돈 9전 9푼을 두성에게 주었다 한다. 삼인은 큰일 후 다른 일이 없기 때문에 장례는 마땅히 가을걷이를 기다린 후에 하고 발이 부르터 늦게 돌아왔기 때문에 저녁 무렵이 되어 돌아오는 길에 심천복 뽕을 3전에 사고 우곡이 율리에 가는데 콩물 재료를

---

11. 인재 선생: 최현(崔晛, 1563~1640)의 호이다. 본관은 전주(全州), 자는 계승(季昇), 시호는 정간(定簡)이다. 정구(鄭逑)의 문하에서 수학하였다. 1606년(선조39) 문과에 급제하여 수찬, 형조 참의, 부제학, 강원도 관찰사 등을 역임하였다. 예조 판서에 추증되었다. 문집으로 『인재집(訒齋集)』이 있다.

구하는 것과 뽕을 사고자 한 것이다. 덕성집이 한 되 쌀로 책임을 지려 하였는데 끝내 말이 온당치 못하기 때문에 버려두고 돌아왔다 한다.

5월 2일. 맑음.

아침 전에 막내 아이가 갑철이를 데리고 마희천에 가서 뽕값 3전을 전하고 뽕을 따서 해 질 무렵 왔으며 도평은 읍내 시장에 가고 갑철이는 거듭 석립 논을 갈았다.

5월 3일. 맑음.

직동 임경술이 『고문진보』 1책을 돌려주고 막내는 갑철이를 데리고 뽕을 사기 위해 돈 1냥 8전 5푼을 가지고 유천 시장을 향했는데 한낮이 안되어 갑철이가 뽕을 지고 오니 값은 2전 9푼이며 막내 아이가 돌아오는 길에 윤귀동 뽕을 1전 5푼, 술값을 6푼에 사서 쓴 합이 5전이고 갑철이가 당 아래 회화나무 잎을 꺾었으며 남은 쌀 돈이 1냥 5전 5푼이고 오후에 송정 뽕 한 짐을 채취하고 5푼어치를 더 샀다.

5월 4일. 맑음.

갑철이가 풀 1짐을 베었고 막내 아이가 뽕을 사러 가기 위해 사동에 갔으나 헛걸음하였으며 오후에 다시 수심을 향해 류전을 데리고 1짐을 값 2전 8푼에 사서 저녁 무렵 섶잠(고치 치는 도구) 반 칸을 가지고 어렵게 돌아왔으며 갑철이 저의 집에 가서 누에를 쳤다.

5월 5일. 맑고 우기가 있음.

아침밥을 일찍 먹고 도평을 송전리에 보내 뽕 한 짐을 값 2전 5푼에 사고 섶 두 칸, 도실 신전댁 15푼, 뽕값을 아울러 1냥 3전 2푼, 영천 뽕 값 1냥을 합해 2냥 3전 2푼이다.

5월 6일. 맑음.

목화밭을 2차 김매는 데 류전 · 갑철이가 일했다. 돈 2냥을 13 이자로 윤 10월을 기한하고 나부들 윤 부녀가 갖고 간 것을 경숙이가 책임지고 또 5냥은 경숙이 실을 사려고 빌려 갔다.

5월 7일. 맑음.

막내 아이가 돈 4냥을 가지고 읍내 시장에 가고 류전 · 용안은 조밭을 2차 매었는데 용안은 갑철이를 대신한 것이다. 북어 10마리를 2전 4푼, 여러 값 1전 3푼, 영신이 2냥을 가지고 왔는데 이잣돈 1전은 받지 못하고 뽕값 1냥을 영천이 가지고 갔다.

5월 8일. 맑음.

도평이 전에 준 것 7냥을 가지고 왔다. 2냥은 우곡이 10에 3 이자로 가져갔다. 옛터 앞 논을 갈아엎었고 오후에 영천이 둑 막기를 도왔으며 돈 1냥, 또 전에 1냥, 소금값 7전 8푼에 2전 2푼을 더 주어 합하고 3냥은 류전이 13 이자로 가지고 가고 나뭇값 1전은 류전을 주었다.

5월 9일. 구름 끼고 흐림.

옛터 앞 논 모심기에 다만 1냥 2전으로 영천 · 도평 · 류전 · 용안의 일을 방비하였다. 어제 2냥, 오늘 3냥 하여 합 5냥을 우곡이 10에 3 이자로 가지고 갔다.

5월 10일. 맑음.

옛터 앞 논 1두락에 모심기를 영천·용안·갑철이가 일하고 고치를 5말 5되를 땄으며 벼 심는 세 1냥 5전, 어제 1냥 2전, 오늘 3전이다. 모레는 바로 니전 사부인 소상이다. 막내 아이가 오후에 문상을 위해 출행하는데 딸아이와 사위 이름을 써서 북어 10마리를 부의하고 이렇게 늦게 출발하여 행여나 어려움 없이 잘 갔는지 몹시 마음에 걸린다.

5월 11일. 비가 먼지 적실 만큼 내리고 낮이 되자 갬.

낫 3자루를 담금질하는 공전이 5푼이다. 제곡댁이 실 1말 고치실을 뽑았다. 막내 집 모판이 말랐다가 이제야 겨우 뿌리를 적셨다.

5월 12일. 맑음.

제곡댁이 고치실을 풀었다. 도평이 모심기 일꾼이 7명이라 한다. 아침에 막내 집 모판을 보니 물이 고였다가 날이 개어 이처럼 물길이 이미 끊어졌으니 하루를 지탱하기가 어렵다. 두 과객이 하나는 금동 박 노인인데 점심 후에 떠났고 하나는 수원사는 김 생인데 하룻밤 묵었다.

5월 13일. 맑음.

아이들이 전하기를 초간 선생 신위 사당 부제 고유가 그저께였다고 한다. 당연히 일에 나아가 참배했어야 했는데 늙어 갈수록 정신이 해이해져 듣고 바로 잊어버려서 이미 참석하지 못하게 되었으니 보고 듣는 것이 어긋난 듯하다. 수원 객이 갔다. 한낮이 되자 막내 아이가 박 서방과 함께 오니 음식과 속옷, 딸아이 편지를 함께 받았다. 자리에 앉은 지 얼마 지나지 않아 고치를 사고자 유천 시장으로 향하였다. 돈 2전 5푼을 막내에게 주면서 고치실을 내린 것을 함께 보내고 오후에 박 서방·막내 아이가 시장에 늦게 갔기 때문에 빈손으로 왔다. 짚신 5푼, 점심 6푼, 1전 4푼을 가지고 왔다. 월 이자 1전을 영신에게 받았다.

5월 14일. 구름 기가 있는 듯함.

박 서방이 돌아갔다. 고치 3말을 짜기 위해 짐으로 보내고 갑철이 실을 내린 3일 고용세 3전과 목화씨 값 2전 5푼 내에 2전 2푼과 제고곡댁 좌대 복결값을 뺀 나머지 3푼에 합 3전 3푼을 제고곡댁을 주었다.

5월 15일. 맑고 바람이 붐.

류전이 논을 갈아엎었다. 저울에 단 실의 중량이 12냥, 손녀의 실이 8냥이다. 충복이 소를 잃어버렸는데 박치용이 저지른 일이다. 풍산 읍내에 있다 생각된다. 오후에 갑철이가 밤사이에 와서 까닭 없이 술 한 병과 물고기 1마리를 보냈다.

5월 16일. 맑음.

목화밭을 3차례 매는 데 류전·갑철이 일하고 유동 조사길이 함께 동막으로 왔다고 한다.

5월 17일. 맑음.

찹쌀 6되를 갈보리로 교환하기 위해 모심기 고용세 4전 5푼을 보내 영천을 주고 경숙이 빌려 간 돈 5냥 내에 3냥을 가져왔으며 베를 사기 위해 1냥을 보내고 찹쌀값 2냥 3전 7푼을 받았으며 겉보리 20되를 값 3냥, 백분을 3푼, 점심을 7푼에 하고 가지고 간 쌀값과 1냥을 합한 3냥 3전 8푼 내에 쓴 합이 3냥 1전이니 잔돈이 2전 8푼이다. 밤에 이르러 가랑비가 내렸다.

5월 18일. 흐리고 비 내림.

아침에 일어나 시내의 황류를 보았다. 마을 백성이 전하기를 사곡 국사에 이르기를, 이 날 먼지가 젖을 만큼 비가 내리면 23일을 시작으로 24일에는 크게 쏟아질 징조라 한 다. 다 옮겨 심고 오늘 먼지가 젖을 만큼 비가 내리면 앞일을 알 수 없어 적어서 경계한 다. 아래 논에 조금쯤 이식하는 데 류전이 갑철과 함께 일하고 윗목 우곡이 소금값 4냥 3전을 받은 다음 4전 5푼을 용안이 벼 심기 2일 품으로 쓴 것을 빼주고 잔돈 3냥 8전 5 푼이 남았으며 마련한 것을 거두어 세금으로 낸다고 말한 뒤에 6월 20일에 용안이 일 한 1전 5푼을 뺐다.

5월 19일. 구름 기운이 있음.

갑철이가 영천이 품을 갚고 논을 갈아엎었으며 윗목이 17일에 나머지 2전 8푼을 영천 에게 받았고 윤재의 수결 2전 5푼은 명득이 가져왔으며 전당으로 맡긴 작은 도끼는 명 득이 가지고 갔다.

5월 20일. 구름 끼고 흐림.

류전 · 갑철이 산골 논에 조금 파종하고 풍산 사돈 남은중의 소상이 내일이기 때문에 손자 아이를 보내었으며 방촌 맹휴 일가가 와서 지도실 양자 삼는 일을 말하였다.

5월 21일. 맑음.

막내 아이가 미호에 가서 돈을 구하고자 하였다. 아래 터의 조숙한 보리를 류전 · 일억·갑철이 오전에 다 베고 조밭을 매고 돌아왔으며 방촌 진여·몽노·맹휴 족친이 함께 오셔서 말하길, 나와 같이 지도실 가서 대대댁 양자를 들일지 말지 결정하자 하니 나는 막내 아이가 외출하여 집에 아무도 없다고 사양하였다. 정휴와 맹휴가 도실에 가고 진여·몽노는 각자 완골 자리가 따뜻하지 않아 바로 돌아갔다. 저녁이 되자 정휴가 회보하길, 이미 6일로 기한을 결정하여 성당동의 방촌파에서 보내기로 하였다 한다.

5월 22일. 구름 기가 있고 바람이 붊.

조밭을 3차 매는 데 갑철·일억 2명·명득의 아낙 합 4인이다. 야당 인척인 권경진이 와서 보고 요기 후 갔으며 정휴 집에서 산 가을보리를 19일부터 먹기 시작했다 한다. 막내 아이와 손자 아이가 돌아와 각처의 대강을 듣고 풍산 딸 손녀 얼굴에 종기가 있다 하며 새랄 박노홍 벗이 어제 세상을 떠났다고 한다.

5월 23일.

새벽에 논가에 가서 물의 유무를 살피는데 달빛이 희미하였다. 이윽고 먼지를 적실 정도로 비가 내리고 식후에 크게 쏟아져 시냇물이 소리를 냈으며 오후에 갑철이가 막내의 논둑을 막았다.

5월 24일. 하지.

막내 아이가 논에 일꾼 5인으로 모심기를 하고 갑철은 소를 끌고 일을 도왔다. 자리 재료를 조금쯤 심고 담배를 몇 이랑 심었다. 방촌 남쪽 족인이 와서 보니 그저께 보답 때문에 초청하려고 온 것이다. 옛터 앞 보리를 거두어 12속을 잘라서 조석을 전했다.

5월 25일. 구름 기가 있고 조금 맑음.

갑철이 도평의 논에 모를 심었다. 두 아이는 처음 글쓰기를 마치지 못하였다. 거두어 놓은 이른 보리가 마르지 않아 겨우 두 바리다.

5월 26일. 아침에 먼지 적실 만큼 비가 내리고 한낮에 갬.

방촌에 가서 입양하는 곳에 이끌려가니 일가 노소가 모두 모여 그 선조에게 고유를 행하는 것과 뒤에 성당곡댁을 보고 돌아오니 식송 밑 논과 집 앞 논에 모를 조금 심는 데 도평·영천이 일을 도왔다.

5월 27일. 맑다가 때때로 비바람이 내림.

뒷골 집 앞 당수암에 조금 파종하는데 영천·도평·갑철이 함께 일했다.

5월 28일. 맑음.

월답을 파종하는 도평·갑철이가 일하였다. 우용 딸을 사서 1전을 주었다. 심는 대로 마르니 이와 같은데 묘가 자랄 길이 있겠는가?

5월 29일.

아침에 일어나 보니 비가 내리는데 먹구름이 사방을 막아 종일 가랑비가 오락가락하고 오후에 옛터에 가니 보리를 다 거두지 못했다. 논을 가는 데 장애가 될 듯하여 막 서서 주저할 즈음에 주손 형제가 낫을 가지고 베니 보기가 몹시 힘들고 고생스러우나 금방 착수하여 골몰하였으며 일 복이 지나가는 형상을 보고 뒤를 따르는데 마음속으로 몹시 의아하여 상이에게 물으니 금동의 한 군이다. 늙은이의 천한 일은 사람들이 손가

락질하고 사람들에게 보이지 않고자 할 듯하여 안부도 하지 않고 이 객을 보내니 돌아
와 마음에 미련을 느꼈다.

5월 30일. 아침에는 구름이고, 한낮에 갬.

월답에 전날 모심기를 다 하지 못한 것을 영천·류전·갑철·명득의 아낙이 일하고
고용 품삯 1전을 갑철에게 주었으며 집 앞 모심기에 뒷골에 터놓은 물을 타인이 물을
대어 가서 심는 대로 마르니 보기가 몹시 민망하다.

6월 1일. 구름 기가 하늘에 가득하더니 비가 내림.

어제 다 심지 못한 벼를 심고 식후에 먹구름이 서쪽에서 와서 큰비가 크게 쏟아부어
시내가 모두 넘쳐 논둑에 물이 가득하다. 18일부터 오늘까지 벼 심는 일꾼이 13인이
다. 저녁이 되자 천둥이 치고 크게 쏟아부어 황류가 흐른다.

6월 2일. 새벽부터 비가 쏟아붓듯 내림.

류전이 저 논에 모를 심었다. 갑철이 품을 갚았으며 비를 무릅쓰고 농작물을 살피니 아
직은 심한 손상이 없으며 물빛이 땅에 가득하였다. 주손이 어제저녁부터 아파 누웠다
가 이제 머리를 드니 다행이다.

6월 3일. 갬.

갑철이 영천 품을 갚고 아침 전에 집 앞에 물 대는 용로를 쌓았으며 한낮에 1냥 5전을
가지고 모심기 일꾼을 사기 위해 직동에 가려고 비들목을 넘어 경숙을 만나니 이미 경
술에게 일꾼을 부탁했다 한다. 그러나 이미 험한 재를 넘었으니 학룡이 집에 가서 경술
을 불러 언급하길 보리 수확에 한 사람도 보낼 수 없다고 거듭 언급하고 돌아오는 길

에 명주로 짜는 북을 황입대 집에서 빌려 돌아오니 보리를 걷어 조금 널었다. 초저녁에 지난달 9일 볍씨 조를 주어 1전 5푼을 류전에게 주었다.

6월 4일. 비가 쏟아붓듯 내리고 동풍이 크게 붊.

석립 논에 모를 심었는데 일꾼 15인, 직동 일꾼이 13인이니 품값 돈 2냥 2전 1푼에 1냥 5전은 어제 주고 7전 1푼은 갈 때 임호범에게 모두 주었다. 도평·갑철의 일이 겨우 5마지기를 심은 가운데 옛터 앞 논에 전날 심은 것 나머지를 심었으니 온갖 고생에 사람 모두가 허리통증이나 혹은 일을 멈추는 자도 있었다. 막내 아이가 일억의 아낙을 데리고 저의 논 1마지기 남짓을 심었다.

안쪽

『맹자』 제4권과 언해를 함께 가져오고, 진심권을 언해와 같이 개포댁이 가져갔다.

6월 5일. 갬.

아침에 각처 논의 창고를 살피곤 물을 대었으며 갑철이는 아래 터 논에 모심기하고 한낮에 들에서 왔는데 연기가 하늘에 솟구치어 놀라 나가보니 황우용 집에서 화재가 나서 고영신 집은 반쯤 타고 우용의 집은 다 탔다.

6월 6일. 맑음.

모를 심었는데 일억의 고용 품삯은 전날 2전을 갑철이를 시켜 주었고 춘옥 집 1명 고용 품삯 1전 7푼은 갑철을 시켜 내일 주고자 하였다. 저녁이 되자 품을 사기 위해 5전 8푼과 전날 쓰고 남은 1전을 합한 6전 8푼 내에 3전 7푼은 쓰고 3전 1푼은 갑철에게 있다.

6월 7일. 맑음.

경숙이 지난달 6일 빌려 간 2냥을 받고 아울러 3냥을 주니 합이 5냥이며 5푼은 대동전[12]
을 내기 위해 부탁하고 담배값 5푼은 명득·갑철이를 주었으며 나머지 2전 6푼에 2전
5푼을 더 주니 합이 5전 1푼이고 모심기 일꾼 3명 우용·우인의 아낙·도생을 샀다.

6월 8일. 맑음.

모를 심었는데 영천이 일을 도와 모두 5인이다. 어제 경숙에게 부탁한 돈 5냥 5푼을 이
제 전결세로 납부하고 방역·대동 자문을 내어 왔으며 조사길이 왔다 한다.

6월 9일. 맑음.

류전·갑철이 아침 전에 고내동 보리를 조금쯤 거두고 식후에 모를 심었는데 오늘 품
삯 2전을 어제저녁 갑철이를 시켜 주었다. 조사길이 와서 보고 전하기를, '대내 태후의
탄신달이 8월이다.' 한다. 모심기를 마치니 지난달 9일부터 오늘까지 총계 모심기 일꾼
49명이고 품삯이 대략 계산해 보니 4냥 4전 5푼이다. 석립 논이 다 말라서 영천이 갑
철을 데리고 물을 대어서 뿌리를 적셨다.

6월 10일. 맑음.

보리 수확에 영천이 일을 돕고 조사길이 돌아갈 때 바야흐로 돈을 보내려 하였는데 자
리에 나아가 잠깐 즐거움을 느끼니 이미 돌아가서 마음이 몹시 틀어졌다.

6월 11일. 구름 끼고 흐리며 가랑비가 오락가락함.

영천이 박상동 보리를 수확하고 갑철이는 춘옥을 고용하여 금당실 시장에 가서 담배

---

12. 대동전: 대동법(大同法)에 의거하여 징수하는 돈을 말한다.

30속을 1전 4푼, 공치 6마리 1전 3푼에 사서 합 2전 7푼을 썼다.

6월 12일. 가랑비가 온다.

옛터 앞 논을 5인이 매는 데 도평·용안·동촌·춘석·갑철 등이다. 논매기 때를 이미 놓쳤으나 행여 손실은 없을 것이다. 오후에 가랑비가 먼지를 적실 만큼 내리고 갈보리를 수확하지 못해 두 일이 예전과 같아 부패하고 손상될까 두려워 마음 쓰기가 절로 배가 된다. 일억은 아침 먹은 후에 또 지붕을 덮는 일에 썼기 때문에 고용 품삯 1전을 받았으니 곱절 통탄할 만하다.

6월 13일. 흐리고 비.

갑철이가 동촌의 품앗이를 갚고 거의 낮에야 쾌청하게 개었다. 일꾼이 없어 보리 수확에 마음이 심히 조급하고 답답할 뿐이다. 객이 이르러 밥을 찾으니 곧 길씨 성이다. 거절할 수 없어 찬밥 한 그릇을 먹여 보내고 들에 가서 갈보리를 거두어 두를 시켜서 바리를 갖고 오게 하였다.

6월 14일. 흐리고 비.

아침 전에 논두렁 사이에 올라 사방을 바라보니 보리는 없고 오직 우리 집 서너 가구만 각각 모두 수확하지 못하고 간간이 갈아 일손을 놓치게 하였다. 마음을 써도 되지 않아 방동 ■■■을 갈게 하니 이와 같은데도 형편이 행여 해롭지 않겠는가? 전날 빌려 간 1장 백지를 고영신이 아이를 시켜 와서 바치게 하고 둑 양 언덕에 앉았으니 그다지 응수할 생각이 없었다. 두아(斗兒)가 내일은 바로 풍산 사가의 홍 사부인의 소상에 가니 늦게 되자 모든 일이 갈수록 덕이 없어서 글로도 안부를 묻지 못하니 어찌 사돈

간의 정리라 할 수 있겠는가? 빗속에 고내동 조밭을 경작하고 겸하여 막내 아이 집 전지도 일궜다.

6월 15일. 초복. 구름 끼고 흐리며 가랑비가 오락가락함.

갈보리를 수확하고자 물기가 마르지 않았는데 먼저 벤 밭을 갈고 도평은 제논을 호미질하였으며 갑철이가 일억의 일을 대신하니 이내 전날 고용세 1전을 주었기 때문이다. 옛 곡식이 이미 떨어져서 천진에서 밀가루를 만들지 못하여 전지에 풍년을 비었다. 막내 아이가 보리 거두는 일을 도왔다.

6월 16일. 맑음.

갈보리 거두었는데 명득의 아낙이 일하였다. 이날까지 합쳐 3일이다. 장차 밭을 일구기 위해 조석을 먹이지 않았기 때문에 3전을 갑철을 시켜 주고 또 2명을 하루 품삯에 썼다. 일억의 아낙에게 앞서 준 1전은 아직 일하지 않았고 짚신값 6푼을 주었으며 상이 돈 1냥을 영천이 가지고 간 가운데 앞의 3일에 보리 거둔 품삯 3전을 빼니 7전이 있다.

6월 17일. 흐려서 해를 볼 수 없음.

콩밭 경작에 영천과 일억 2명, 우용 집에 2명, 모두 5인의 품값이 6전 5푼이고 영천은 상항 나머지 돈을 빼어 오늘 고용세는 5전 5푼이며 직동에 가서 양오 노인을 찾아 경술을 보니 농사일이 바야흐로 극심하여 고용할 사람이 없다 한다. 소나기가 동쪽에서 저곡·금당실에 내리니 먼지 적실 정도이다. 도가의 내일 품삯을 주는 것을 갑철을 시켜 주었다.

6월 18일. 맑음.

갑철이 도가와 함께 목화밭을 4차로 매었다. 갑철을 시켜 용안이 논맨 1전 5푼을 주게 하였다.

6월 19일. 맑음.

어제 다 매지 못한 목화밭을 일억이 내외가 매었다. 갑철을 시켜 2전 품삯을 주게 하고 영천이 가지고 간 돈 1냥 가운데 보리 수확 품삯 3전과 콩밭 묻은 품삯 1전 5푼을 빼니 5전 5푼이 있다.

6월 20일. 가랑비가 휘날리고 동풍이 쌀쌀함.

조밭을 매는 일꾼이 10인인데 도가·용안·일억 남녀·갑철·춘옥 집 4명·영중의 아낙 아울러 품값 1냥 2전 5푼 가운데 용안이 품삯 1전 5푼은 주지 못했고 담배는 2푼이다. 오후에 비가 쏟아져 밤이 되도록 이어지니 시내가 넘쳤다. 일꾼 4인을 나눠 뒷골 월답 조금을 매었다.

6월 21일. 아침에 일어나 보니 습한 구름이 사방을 에워싸 쾌청하게 갤지 모름.

류전 아이가 일한 총계가 2월부터 6월까지 22번이다. 풀베기·모심기 6일은 1전, 밭매기·잡일은 하루에 7푼으로 풀베기·모심기 6일에 6전이고 다른 일 16일은 1냥 1전 2푼이니 합이 1냥 7전 2푼에 복결값 1냥 4전 8푼을 뺀 잔돈 2전 4푼이고 또 주회 모심기 값 3전 가운데 1전 5푼을 삼종자 값으로 빼고 1전 5푼은 전날 주었기 때문에 2전 4푼은 지금 변통하여 처리하였으며 막내 아이가 주회로 제논 9마지기를 김맨 값이 1냥 6전이라 하였다. 갑철이가 도가의 논을 매는 품을 사기 위해서이다.

6월 22일. 맑음.

모심기 2일 품삯 2전을 도평·갑철이에게 주었다. 우용의 논을 김맬 품꾼을 사기 위해
서이다. 류전에게 밭매기와 보리타작 품으로 1전을 주었다.

6월 23일. 맑음.

목화밭 5차 김매기에 일억의 아낙·우용의 아낙·우인의 아낙 모두 3명이고 갑철은
춘석을 품팔이로 사서 밭을 매었으며 3명의 고용 품값 3전을 갑철을 시켜 각각 어제저녁
에 주었고 일억의 아낙이 조석을 먹지 않았기 때문에 5푼을 갑철을 시켜 더 주게 했다.

6월 24일. 구름이고 흐림.

갑철이가 영신을 고용하여 사서 들에 나가 황외방을 보니 전결세 독촉이 매우 급하다고
말하고 또한 변 사또가 무주로 옮겨 배수되었고 서울에서 발령된 자가 벌써 부임했다 한
다. 김정숙 군이 찾아왔고 오후에 직동에 가서 경술을 만나 내일 밭매기 일꾼을 부탁하였
으며 지난달 준 돈 1냥 2푼 가운데 2전은 이후 밭매는 품값에서 제하기로 하였다.

6월 25일. 중복. 구름 기운 조금 있고 높은 산봉우리에 안개가 에워쌈.

직동 고용인이 오지 않아 도평을 시켜 조밭을 경작하게 하고 아침 후에 갑철이가 뒷집
일억·춘옥 두 여인을 품팔이 일로 샀다. 품삯 2전을 어제저녁에 갑철이를 주었고 영
천이 일을 도왔다. 오후에 쾌청하고 맑았다.

6월 26일. 맑음.

논매기에 일꾼 10인 가운데 비택의 고용 품삯 1전을 주고 콩밭·류전을 갈고 묻은 것

을 춘옥의 아낙·춘석의 아낙에게 품삯 2전을 주었다. 제사 좌반과 농사 때 먹일 좌반에 북어·참외를 아울러 3전 6푼인데 영천이 가져간 것은 4전 2푼이고 사용한 것은 3전 6푼이며 남겨 온 것은 6푼이다. 갑철이 돈 4푼을 빌려서 1전을 채워 비택을 주었다. 별차 풍헌이 와서 대동전을 재촉하였다.

6월 27일. 맑음.

차례를 지내고 외방이 별차를 거느리고 와서 결세 일을 재촉하였으며 갑철이가 명득의 품삯을 갚고 어제 콩밭을 경작한 품삯 1전을 주었으며 류전이 4엽전을 빌려서 갑철을 주고 저녁에 소나기가 먼지를 적실 정도였으며 본군에 거주하는 김 아전이 와서 묵었다.

6월 28일. 흐리고 우기가 있음.

갑철이가 메밀밭을 다시 갈고 식후에 용안이 품삯을 갚았으며 갓바치가 왔는데 꾸미지 않았다.

6월 29일. 아침에 노을 지고 맑음.

일성 명의로 복결값 1냥을 받고 집돈 2냥을 아울러 합 3냥과 세 값이 3푼이며 오후에 직접 제집에 가니 들에 가서 외방에 없었다. 그 자식 상범을 주고 증표는 받지 못하였으며 바로 큰집에 가서 가죽 안장을 보고 오니 류전이 제논 김매는 데 갑철이가 일했다.

7월 1일. 을묘. 맑고 이른 새벽에 비가 올 듯하면서 오지 않음.

진주 동강파에 대·소과 및 과거 보는 유생 25인이 함께 한강 물에 빠졌다는 이야기를 상이가 와서 전했다. 그 내용을 전하는 사람을 물으니 내앞 일가 사람이 직접 봤다고 했는데 이치에 마땅한 말은 아닌 듯하나 몹시 놀라워서 이를 기록한다. 갑철이 풀을 베고 메밀을 갈았으며 오후에 월답에 논매기하였다. 무이실 인척인 이석보 형이 방촌에서 와서 머물러 잤는데 전하기를 "상주 옛성에 돌 하나를 파냈는데 돌 외면에 석각이 있으니 모월 모일에 목사 모가 그 안을 보고 전서로 썼는데 글 뜻이 신미년에 좋지 못한 상황이 있을 것이라"하니 듣고 괴이쩍고 의아해서 우선 적어서 경계한다. 석보 재종손이 시환으로 3월에 세상을 마쳤다고 한다.

7월 2일. 구름이 사방에 떠다니고 더운 기운이 매우 왕성한데 비는 내리지 않음.

갑철이가 복통으로 먹지를 못하고 누웠다. 나무와 양식이 이미 떨어졌고 또 농사일을 마치지 못하였는데 한 농부가 병으로 누워서 일이 몹시 옹색하다. 오후에 석보 인척이 방촌을 향해 떠났다.

7월 3일. 구름 기운이 조금 있고 비는 오지 않음.

갑철이가 일어나 보리타작을 하고 류전이 타작을 도왔으며 전날 논맨 품삯을 받았다.

7월 4일. 맑음.

갑철이가 월답에 논매기하고 메밀 재를 운반하여 씨앗 몇 되를 파종했다.

7월 5일. 맑음.

심한 더위에 한낮 …… 우리 집에 심은 것은 오직 말할 수도 없다. 삼 8속을 쪘다. 드문드문 청색이어서 겨우 껍질을 다 벗겼다. 큰집 삼은 더욱 미숙하다 한다. 땔나무는 집 앞 대추나무인데 값이 결정되지 않았다.

7월 6일. 이른 새벽부터 비가 겨우 먼지 적실 정도로 내리고 저녁이 되자 갬.

일억의 아낙이 와서 삼을 벗기고 말하는 것이 직동 임경술이 2전을 저에게 전했다 하기 때문에 봄 사이에 일억에게 4일 고용 품삯을 주게 되었는데 찾지 않았다. 용안이 담금질을 위해 낫 두 자루에 돈 4푼을 가지고 중평에 갔다 한다.

7월 7일. 햇살이 타는 듯하다.

갑철은 도평이 일을 갚고 태동은 막 관청 순행을 찾기 위해 읍내에 갔는데 양식이 떨어졌고 아침 전에 그 자당이 와서 밥을 찾으니 손녀가 조금 주었다 한다. 이런 한더위에 딱한 사정이 가여웠다. 저녁에 소나기가 먼지 적실 만큼 내리고 …… 뒷골 물을 터놓아 석립 논에 물을 대니 물 끝이 겨우 닿았다. 해가 뜨자 각자 자기 논에 물을 대니 그저 수고롭기만 하고 공은 없었다. 손녀 두가 먹지 못하고 아프며 며느리는 다리 부분이 담기로 몹시 아파한다.

7월 8일. 맑음.

갑철이 삼밭을 갈았다. 밭보리 26말 11되를 말린 것은 종자이다. 손녀 두아(斗兒)가 일어나지 못하였다. 말린 보리 양이 20에 축난 것 외에 깨끗한 것을 취하면 다시 몇 말이 축날지 모르겠다. 삼 껍질 총계가 45극이다.

7월 9일. 구름이나 비는 없음.

만생종을 김매었다. 일꾼은 일억 · 우용 · 갑철이다.

7월 10일. 아침 비가 내리니 먼지를 적실 정도다.

갑철이 새랄 마을에 가서 장알금에게 이엉을 사려 했는데 정가를 알지 못해 종일 기다렀다.

7월 11일. 맑음.

아침 전에 무를 갈고 식후에 목화밭 6차 김매는 데 영천·류전이 일을 도왔으며 돈 14
엽을 도평이 채소 종자를 사려고 빌려 갔다.

7월 12일. 입추. 흐리고 비를 뿌림.

농사 이야기에 입추 날 비가 오면 모든 곡식이 결실에 해롭다고 한다. 조밭 경작에 영
천·류전·명득이 일을 돕고 채소밭을 막는 발을 엮었다. 선동 박군이 와서 보고 며느
리 다리 부분의 통증을 물으니 모과를 찧어서 모주와 섞어서 와파 그릇에 삶고 소금에
싸 먹어야 하며 초 찌꺼기는 더욱 좋다고 한다. 익성이 얼굴 종기는 초를 바르고 효험
이 없으면 진묵을 바르고 또 서구새를 펴 비벼서 분말을 만들어 먼저 참기름을 바르고
또 생꿀을 서구새 분말에 얹으면 낫는데 만일 만 년 된 갓풀을 녹여 부치면 좋다 한다.
또 이르기를 본 군 사또가 떠날 때 사나운 정사를 해서 자못 탐관오리가 제일 많았다
하고 안동 사또는 선정이 자못 많았는데 서리들이 전관을 비방하여 거듭 통렬히 다스
리니 흉년의 징후는 크게 똑같으나 성채 수리는 모두가 방비하여 사는 백성들을 안도
하게 하니 금세의 훌륭한 분이라 이를 만하다고 하였다. 담배를 3푼에 샀는데 값은 주
지 않았다. 빈대가 있는 방에 잇으매를 따고, 잇송을 지져서 벽을 말아서 벽을 하면 없
다 하더라. 새랄 황점석이 화재를 당했다 한다.

7월 13일. 맑음.

보리타작하는 데 류전이 일을 도왔다. 알금이 와서 이엉 덮개를 찾았는데 후시를 기약

하였다. 고용 일을 시작하였다.

7월 14일. 맑음.

진주 붓 장수 하씨가 이곳을 지나면서 집 뒤 소나무 쓸모없는 2그루를 가려 베어 관솔가지를 만들고자 하였다. 소가 암송아지를 낳았다. 저녁이 되자 들에서 정휴 집을 지나는데 아파하는 소리가 크게 나서 아이를 불러서 누구냐고 물으니 그의 부인이었다. 이 연일 굶주림을 알아 각 가정에서 죽을 보내어 마시게 하니 밤이 깊어 아픈 소리가 멈추었다.

7월 15일. 맑음.

새벽이 되어 살펴보니 적막하여 사람 소리 없고 물러나 밝기를 기다렸다가 물으니 조금 나았다 한다. 아침을 먹을 적에 상이가 전하기를 지도실은 우선 다른 일은 없으나 지난 12일 초저녁에 호랑이가 이 씨 집 6세 아이를 물었으니 아이는 바로 이 병목 손자라 한다. 듣고 참혹하고 애통하였다. 막내 아이가 일억과 장정 2명의 3명을 데리고 저의 조밭을 경작하고 갑철은 풀 1짐을 베어 소를 먹이고 관솔가지를 주었다.

7월 16일. 맑음. 말복.

아침 후에 사지 관절이 크게 아파 종일 피곤하여 누웠다. 동막이 와서 이르기를 유동권 진사 대규 아버지인 주곡 어른이 세상을 마치어 진사가 음식을 물리치고 곡소리가 상중에 끊어지지 않으니 나이 약 70인데도 이내 이같이 상례를 지키니 행여 평소에 지조가 있는 것이 아니면 쇠약한 노인이 어찌 행할 수 있겠는가? 가상하다.

7월 17일. 맑음.

복결값 2냥과 함께 호적 2푼을 풍헌 황 외방을 주고 삼을 찌는 것과 대추나무값 3전을 받았으며 경숙이 ■값 6전 3푼을 가져오고 사동 단사가 말하길 오늘 비가 내린다고 하더니 날씨가 이와 같으니 거짓임을 알 수 있다. 영남 17고을이 옮겨 심지 못하고 경기도 또한 한재를 당했다고 한다.

7월 18일. 맑고 바람 붐.

서늘해지는 듯하며 메마른 날씨가 더욱 기승을 부려 모든 사물이 다 말랐다. 무밭을 막았다. 마을 사내가 전하기를, 단사가 말하길 오늘을 시작으로 20일까지 단비가 쏟아질 것이라 한다. 담배값 3푼을 갑철을 시켜 명득에게 주었다.

7월 19일. 맑고 조금도 비 올 기미가 없으며 가을 날씨가 되는 듯하다.

맹선이 저의 선산 이장 때문에 빙성에 가서 묘표를 설치하고 류전도 갔는데 몹시 긴요하지 않다.

7월 20일. 맑음.

가을보리를 씻고 아침 전에 들에 갔는데 눈으로 차마 곡식의 싹이 마르는 것을 볼 수 없고 석립 논이 더욱 말랐으니 손해가 가을에 수확이 없을 듯하다. 쑥값 2전 5푼을 주고 …… 사이 배추씨값 1전을 위일을 시켜 상인에게 주게 하였다. 오늘은 바로 며느리 생일이라 두가 물고기를 준비했다 하면서 올렸다. 문암 김 생질이 와서 안부를 알았다. 되로 헤아려 보니 보리 31말 반을 씻었고 짚신을 사려는데 6푼값이라 한다.

7월 21일. 거의 반나절 동안 구름 끼고 흐리다가 오후에 쾌청하니 전혀 비 올 뜻이 없음.

생질 아이는 생광동을 향하고 사동 변 군은 방문하여 요기하고 갔다.

7월 22일. 맑음.

갑철이가 읍내 시장에 갔으니 저희 초연[13] 때문이라 하고 작은 물고기를 사서 올라왔다.

7월 23일. 맑음.

갑철이가 유천 시장에 가서 배추를 7전에 사고 태동 손님은 진주로 갔다.

7월 24일. 비가 한 보삽 내려서 시냇물이 겨우 집 앞에 미침.

7월 25일. 비가 오다가 오후에 소나기가 서남쪽에서 오니 황류가 시내에 가득함.

7월 26일. 흐리고 비가 오락가락하며 모래가 연이어 내려와 마른 벼싹 중에 푸른색도 있으니 혹 결실을 이룰 길이 있을까?

7월 27일. 처서. 흐리고 비 내림.

농사 이야기에 처서에 비가 오면 결실을 맺는 데 해롭다고 한다. 맹선이 그저께 니전에서 돌아와서 평안하다는 소식을 전하고 또 가을 농사가 자못 잘 익을 희망이 있다고 한다. 맹선 아버지 이장이 8월 9일 미시나 혹 진시에 있고 파묘는 3일이라 한다.

7월 28일. 쾌청하고 시원한 바람이 솔솔 불며 들 색은 아주 그윽한 색으로 익어감.

갑철 초연값 7전을 주었다.

---

13. 초연: 매년 음력 7월경에 농가에서 논매기 일을 끝내고 날을 받아 하루를 쉬면서 풀밭에서 잔치를 벌이는 민속놀이이다. 풀밭에서 한바탕 굿 행사 같이 놀기 때문에 풋굿이라고도 한다.

7월 29일. 맑음.

온돌방 안팎을 고치고 우곡이 먹이던 소를 끌고 왔다.

7월 30일. 비가 내려 황류에 잠기었다.

8월 1일. 갑오. 맑음.

갈보리를 찧고 지도실 산지기가 보내온 말에 월봉암 선조 산소 뒤에 투장의 변고가 있다 하니 우곡이 황급히 갔다. 정휴가 근옥을 데리고 도평에 갔다 한다. 저녁때 우곡이 와서 전하기를 청룡 허리 바로 보이는 땅에서 걸음이 불과 50보라 하니 듣고 분통을 이길 수 없었다. 맹선이 금당실에 갔다 하니 지도실 4종 아우 삼강 손님이 처음 우곡에게 가서 말을 전했다.

8월 2일. 맑음.

물이 적어 방아를 돌리기 어려워 찧기를 정지하였다. 찧은 것은 겨우 13말이라 한다. 초저녁에 경숙이 와서 이야기하길, 본 군 사또 소행이 많이 잘못되어 신임 사또가 어떨지 모르겠다 했다. 맹선이 이장하기 위해 그 아버지 분묘를 무너뜨렸다 한다.

8월 3일. 맑음.

월전에서 배추를 갈고 담뱃대를 1전 7푼에 샀다.

8월 4일. 흐리고 비.

빗 2개, 흰 갓끈을 1전 7푼에 샀다. 맹선이 고인의 관판을 두천에서 사서 저녁 후에 지고 왔다 한다.

8월 5일. 아침에 비 오다가 낮에 갬.

초간 이생이 약값을 찾으러 왔다가 요기를 하고 가니 도평이 약값 6전 3푼을 준비하여 주었다 하는데 제 어린 젖먹이 종기를 치료하는 약 빚이다. 가오실 벗 이경실이 말을 타고 와서 잤는데 한밤중이 되도록 이야기하였다. 70세 노인의 행색이 참으로 급급하지 않기 때문에 닭을 잡아 아침을 대접했다.

8월 6일. 맑음.

가을 기운이 점점 생긴다. 이 형이 공암을 향해 가고 각 묘소의 풀을 제거하였으며 맹선은 이장하는 관을 다듬었다.

8월 7일. 맑음.

골짜기 안 묘소의 풀을 다 벌초하고 막내 아이는 읍내 시장에 가서 8승포 48척을 값 4냥 3전에, 배추씨를 1전에 요기를 7푼에 샀는데 가지고 간 돈이 1전 7푼이 부족하여 춘옥에게 돈을 빌려서 썼다 한다.

8월 8일. 맑음.

도둑이 도평 집 사립문을 열고 된장 및 식량을 침투하여 훔쳐 가고 또 맹선 집 빈방 뒷벽을 뚫고 제수를 다 훔쳐 갔다고 한다. 식후에 갑철을 보내 맹선이가 묘역 헐기를 돕도록 하였다. 광중을 여니 안온하면서 시신의 부패가 조금 있다 한다. 막내 아이를 시켜 어제 빌린 돈 1전 7푼을 춘옥에게 갚게 했다.

8월 9일. 맑음.

동쪽 가장자리를 열고 맹선이 2명을 시켜 시신을 위로 올려서 떠나갔으며 막내 아이 · 우곡 · 도평은 따라가고 며느리는 함께 온 아이와 배추 · 무를 밭에 심었으며 빈터에 소를 먹이었다. 동 입구에 올라가 5대 조부 산소 계절 위 동쪽 언저리에 곤히 누워 잠깐 자다가 깨니 짚었던 지팡이가 없어져서 아이들을 불러 자세히 찾아도 없으니 몹시 괴이쩍은 일이다. 오후에 류전이 찾아오고 해 질 무렵에 맹선이 일하던 일꾼과 아이들이 돌아와서 전하기를 도국의 주안산과 지중이 아주 좋아 명산 묘지라 이를만하고 또 와서 말하는이가 없어 일이 순조롭게 이루어졌다 하였다. 경숙과 정휴가 이 지방 만찬의 집에서 묵었고 풍헌 황광중이 와서 대동세를 독촉하였다.

8월 10일. 맑음.

막내 아이가 미호에 갔으니 저의 새장가 일 때문이다.

8월 11일. 아침 비가 먼지 적실 만큼 내렸다.

돈 8전 8푼을 도평이 보리를 사려고 빌려 갔다. 방촌 사현이 경숙에게 왔기 때문에 가서 보고 두의 혼인 이야기가 나왔으니 뒤에 마땅히 향배를 결정하겠다고 한다. 도평이 보리 2되를 사는 값이 4전 8푼이고 쌀 1되에 3전 1푼이다.

8월 12일.

아침에 일어나 보니 비가 와서 물이 마당에 가득하다. 처음 이삭을 내밀 듯하니 저번의 말라가는 손해가 가망이 있겠는가?

8월 13일. 맑음.

김씨 성의 손님이 왔다가 요기를 하고 사동으로 갔다. 백로에 서늘한 기운이 벌써 왔다.

8월 14일. 반은 흐렸다가 반은 빛이 나다.

용산 이 진사 맏아들이 찾아왔다가 경숙이 처소로 갔다. 갑철은 저희 아재 집으로 추석을 지내기 위해 갔다. 종가 며느리 딸이 세상을 떠난 날이라 밥과 국을 간신히 준비하여 지냈다 한다.

8월 15일. 맑음. 추석.

삼강 정 사돈이 찾아오시어 안부를 들을 수 있었고 또 손녀 혼설을 목재 후손 인섭 집에서 말하길 신랑의 재주가 당시에 훌륭하니 이미 취할 만하다고 한다. 일억이 내기성가의 조생종 홍시를 거두니 겨우 6접 남짓하다고 한다. 자리 재료 추리기를 마치고 초저녁에 정휴가 와서 보았는데 손님이 인하여 전하길, 내앞 장로의 상고가 연달아 이어졌다고 한다.

8월 16일. 맑음.

삼강 손님이 머물렀고 경숙은 음주를 꺼렸으나 식전에 청주를 좋아하였다. 도평은 방을 고쳤다.

8월 17일. 맑음.

삼강 손님이 가고 혼인 이야기는 25일 전으로 다시 오기로 기약하였다. 도평이 읍내 시장에 가서 누룩을 팔아 대동전 2냥 2푼을 풍헌 황 광신에게 주고 증표를 받았는데 증표에 몹시 분명치 않았다. 막내 아이가 돌아왔다. 대개 똑같이 처음 경영이 허망함에 돌아갔다. 다시 들어보니 임천서원[14]에 사액을 청하는 도회가 내일로 정해져 군내의 각 문중이 모두 모임에 간다고 한다. 갑자기 들어서 떠날 수 있는 사람이 없으니 거처가 있는 방손은 도리에 몹시 어긋났다. 한 유사는 김광일이고, 재임은 권경하다.

8월 18일. 맑음.

차례를 지내고 정산서원 하인이 회문을 가지고 와서 요기를 하고 갔다. 일억이 청■값 1냥 가운데 8전을 가져오고 2전이 있다. 목화 서너 개를 땄다.

8월 19일. 맑음.

용안이 갑철을 대신하여 흙재를 옮겼다.

8월 20일. 맑음.

이른 새벽부터 설사병을 앓아 해가 지도록 6~7차례 뒷간에 가서 숨기운이 소진되어 현기증이 도지어 꿀 1 종지 값 1전을 주고 갈보리를 타서 줬다. 반 종지도 삼키지 못했 지만 설사는 멈추고 배가 끓는 증세는 가라앉았는데 머리를 들 수 없었다. 막내(주진) 가 이내 정산서원에 가서 병세가 이와 같아 중지하고 용안이 흙과 재를 파내었으며 저 녁이 되자 벼를 베기 위해 하평에 보내 2묶음을 가지고 왔고 갑철이가 돌아왔다.

---

14. 임천서원: 안동시(安東市) 송현동(松峴洞)에 있는 서원이다. 1607년(선조40)에 지방 유림의 공의로 김성일(金誠一)의 학문 과 덕행을 추모하기 위해 창건하여 위패를 모셨다. 1620년 여강서원(廬江書院)으로 위패를 옮겨 가서 주원(主院)이 폐지되 었다. 그 뒤 1847년(헌종13) 다시 주원을 복설했다가 1868년(고종5) 서원철폐령으로 훼철되었고, 1908년에 복원되었다.

8월 21일. 맑음.

막내 아이가 정산서원에 가고 마희천 한 생이 개값을 1냥 7전에 결정하여 23일 아침 전에 값을 전하고 잡아가기로 기약했다.

8월 22일. 맑고 바람이 불며 새벽 사이 소나기가 먼지 적실 만큼 내림.

돈 1냥과 생감 값 7전을 도평이 목화를 사기 위해 빌려 가고 물 대는 다리를 수선하였다. 오후에 비가 내렸다.

8월 23일. 맑음.

막내 아이가 오후에 정산서원에서 돌아오는데 금당실 변가운의 상사를 지내고 지나오며 야당 성강을 보고 고유문에 필요한 것을 언급하고 와서 말하길, 정산서원 몫을 나누어 정한 것이 공정하지 못했다 한다. 임천서원 상소 도회는 9월 18일에 행하기로 하고 장소는 문경으로 정했다. 신당동 이 종손이 와서 전하길 저의 어미가 좋아하니 다시 물고기 1마리와 쌀 1되를 가지고 와서 이내 내일 제수에 부조라 하였다.

8월 24일. 맑음.

재를 뒤집고 이 씨 손자가 집안 일이 바빠서 돌아간다고 말하며 사곡 혼담을 언급하였으며 담금질값 9푼은 주지 못했다.

8월 25일. 맑음.

원 뒷골을 가려고 중평에 이르러 갓이 뜬 것을 붙이고 유류당을 지나서 벗 김덕호를 만났으며 다시 고림 주점을 향하다가 임군을 만났으니 바로 임덕승의 아우이다. 술과 안주로 나와 김 벗을 대접하니 그 값이 1전 8푼이다. 침정 김국빈을 방문하고 가오실에 이르러 이종 누이를 방문하니 복천이 보이지 않아 그 손자 셋째 아이를 데리고 원 뒷골에 가니 주인 형제가 함께 있었다. 덕호가 전한 것은 병호 논쟁[15]을 보합하는 도회가 금월 26일에 열리니 글 내용이 만약 그렇지 못하면 그 뒤에는 응당 엄한 형벌을 적용한다고 한다. 주인 형제와 함께 이야기하다가 시간이 지나 평온히 자고 또 술을 마셨다. 올벼 2짐을 베어 타작하고 이보다 앞서 2차례 베어왔다.

8월 26일. 구름 끼고 바람 불며 우기가 있음.

급히 출발하여 이종 누이를 보고 지나면서 율현 임경유 형을 찾아 요기 후에 집에 돌아왔는데 비가 내리어 밤이 되자 억수로 쏟아졌다.

8월 27일. 아침에 일어나 보니 쾌청하다.

막내 아이(김주진, 1836~1912)가 저의 아내 대상이 얼마 안 남아 읍내 시장에 갔으니 4일 고유를 흥정하기 위해서이다. 1냥 돈을 주었으며 마당을 바르고 담장을 쌓았다. 초저녁이 되어서야 막내 아이가 돌아왔는데 대구 1마리, 북어 1마리를 값 4전 8푼, 삼신을 1전 8푼에 샀다.

8월 28일. 맑고 더위가 엄습함.

가을날에 심기가 평온하지 못해 남산에 올랐다가 돌아왔다. 방촌 맹휴 족인이 오셨는데 만나지 못하고 막내를 대하여 사곡 혼설을 전하길 사현 씨가 아내를 대동하여 가니

---

15. 병호 논쟁: 퇴계(退溪) 이황(李滉)을 제향하기 위해 1573년(선조6) 여강서원(廬江書院)을 창건했는데, 1620년(광해군12) 퇴계의 제자 학봉(鶴峯) 김성일(金誠一)과 서애(西厓) 유성룡(柳成龍)을 배향하는 과정에서 김성일 계열의 호파와 유성룡 계열의 병파가 위차의 서열 문제로 갈등을 일으킨 것을 말한다.

일을 주관한 사람은 외출하고 주변에서는 모두가 좋아했다고 한다. 미호의 젊은이들이 마땅히 물으러 올 길이 있을 터인데 끝내 아무 소식이 없으니 몹시 괴이쩍은 일이다. 소고기를 사서 제물을 부조하였다.

8월 29일. 맑음.
상사를 지낼 즈음에 방촌 성당동 손님이 그 조카를 데리고 왔다. 오후에 손자 아이 사종 형제가 가서 혼백을 묻었다.

9월 1일. 갑자. 흐리고 구름이 낌.
일억 처소에서 짚신 한 켤레를 가지고 오고 용안을 시켜 자리 짜는 틀을 만들게 하였다. 갑철이는 아파서 일을 못 했다.

9월 2일. 아침부터 가랑비가 옴.
용안이 자리 짜는 틀을 다 만들고 호두를 땄다.

9월 3일. 아침부터 큰비가 종일 내려 황류가 콸콸 흐름.
두가 자리를 짰다.

9월 4일. 가랑비가 내림.
해 질 무렵 위판 고유에 우리 부자는 아파서 참석 못 하고 정휴가 류전을 데리고 거행하였으며 어제 날씨는 가을 같아 녹포를 마련할 수 없었으니 정사가 더욱 절박하다.

9월 5일. 맑고 따뜻함.

올벼를 수확할 때 용안·류전이 일하고 지도실 신전댁이 개방에서 와서 머물러 잤다.

9월 6일. 볕이 나고 바람.

남산 솔을 베는 데 류전이 갑철이와 함께 일하고 노은 정 서방 아내가 와서 신전 댁으로 갔으며 노은 정 사위 동생은 돌아갔다.

9월 7일. 맑음.

막내 아이가 읍내 시장에 가서 이지후를 보는 것을 인연으로 사곡 혼담을 살핀다고 한다. 하평 올벼 6바리 1짐 반을 수확하고 경숙이 산곡에서 돌아왔다 하며 풍기읍을 빙 둘러 니전을 지나 안부를 듣고 도평에 가서 유숙하는데 치선이 그 일가와 함께 오니 10일 11일 사이에 일 손의 혼설은 확실한데 외모는 비상하지만 집 내력이 한미하다고 한다. 남산 어린 솔을 베는 데 갑철·용안이 일하고 저녁 뒤에 용안 고용 품삯 3전을 준 것 가운데 2전은 앞서 일로 받았으며 일하기 위해 둘째 며느리가 제곡댁을 데리고 팥잎을 땄다.

9월 8일. 맑음.

어제 수확한 벼 타작에 일억이 일하고 종자 3말을 부치었는데 소출이 부실하다.

9월 9일. 맑음.

가정마다 절사를 행하고 정문을 짓는데 정휴가 고치는 것을 도왔다. 오후에 소나기가 먼지 적실 만큼 내리다가 개었다. 저녁 후에 마을 사내에게 술을 먹였다.

9월 10일. 맑음.

용안이 흙과 재를 파고 식후에 한복이 와서 보니 각처가 크게 잘 익었다고 하였으며 내년에 보기를 기약하였다. 오후에 소를 먹이고 돌아오니 집의 아우가 박 서방과 함께 왔다고 하고 봄 여름에 평안하게 지냈으며 또 가을 농사가 자못 익었으니 실로 좋은 소식이고 오는 길에 백동을 지나니 역시 평안하다고 한다. 박 서방이 반찬을 돕고자 돈 20엽을 주었다. 막내 아이가 방촌에 가서 맹후를 보니 일이 늦어지고 사현의 아들은 사곡을 말하면서 또한 일이 성사될 듯 하다고 한다.

9월 11일. 맑음.

갑철이가 먼 산에 가서 감곶이를 가지고 오고 돈 1전을 빌린 가운데 4푼을 찾았다. 오후에 도평의 사돈 형님 김치선이 방문했다.

9월 12일. 맑음.

결역이 1냥 1푼이고 영천을 시켜 황광신에게 정문을 전하였으며 노자 1전을 빌려 읍내 행차에 보내고 박 서방은 돌아가 읍내를 거치었으며 저녁이 되자 우곡이 돌아왔다. 영천이 니전에 가서 올린 소장의 뎨김에 무덤을 파내고 울타리를 치는 것은 법 밖의 일이므로 무덤 주인을 아무쪼록 찾아내서 독촉해 파내도록 함이 마땅하다고 하였다.

9월 13일. 볕이 나도 상쾌한 볕이 아니다.

박문원이 지나면서 방문하였다. 오후에 사곡으로 향하는데 그의 둘째 아들 병을 의원에게 보인다고 한다. 운현궁에서 안동부사를 시켜 병호시비를 보합하게 하는 글을 보았다. 갑철이가 고내동 밭에 재를 운반하였다.

9월 14일. 한로. 구름이고 흐림.

아침에 사동 원당에 사는 개를 사는 가격이 1냥 7전인데 6엽이 모자라서 금당실 시장 인편으로 1냥 6전 5푼을 내간에 부치기로 기약하였다. 한낮에 이르러 미호 사하생 장방이 찾아 와서 소식을 알 수 있었다. 또 손녀 혼담을 말하길, 닭실 권씨에 좋은 낭군이 있는데 재주와 기예가 뛰어나고 가정 소양은 어머니를 모시는 가정에 생장하여서 집을 모시는 성품이 자못 좋고 산업은 나무하고 물을 긷는다고 하며 또 그 향촌에 연안 김씨 집이 있는데 낭군의 범절이 자못 넉넉함이 있어 두 곳 중에 그 합당한 곳을 택함이 가할 듯하다고 한다. 오후에 생광동을 향하여 가고 도평 김형은 식후에 돌아갔으며 아우는 지도실에서 화장으로 가서 3~4일 후에 돌아온다고 한다.

9월 15일. 맑고 바람.

아침 전부터 닥나무 1속을 거두었다. 마희천 양 사내는 오지 않았다.

9월 16일. 맑음.

막내 아이가 돌아왔다. 경영하는 일이 모두 주의할 곳이라서 성공이 보장되지 않는다.

9월 17일. 맑음.

뒷골 올벼를 베는 데 도평의 품을 받았다. 오후에 고내동 콩을 거두었다.

9월 18일. 맑음.

오전에 고내동 콩을 수확하고 오후에는 밭두둑에서 했다. 읍내 시장에서 영신 편으로 신당 외종손 이성로 서찰이 사곡을 이르는 것을 보고 사돈이 없기 때문에 일이 해결되지 않을 것이라고 말했다. 아우가 화장에서 왔다.

9월 19일. 맑음.

고내동 밭을 경작하고 조를 베었다. 아우가 갓을 옻칠하기 위해 화령에 갔다.

9월 20일. 맑음.

아침 전에 고내동의 보리 4되를 갈고 식후에 하평 벼를 베는 데 류전·용안이 일했다.

9월 21일. 구름 끼고 흐림.

찬 기운이 들이닥쳐 몸을 움직일 수 없었다. 갑철이는 하평 조를 베고 아우는 야당 저 곡을 향해 갔다.

9월 22일. 맑음.

찬 기운이 그치지 않아 한나절 누워 있었다. 조사길이 찾아왔는데 아파서 상대하지 못 하는데도 왼쪽에 서서 말하니 더욱 미안함을 느꼈다. 갈산 운운하는 일은 혼주는 이병 악의 범절이 과연 좋다고 하였다. 갑철은 팥을 거두고 소는 품을 바꾸어 우용이 끌고 갔다.

9월 23일. 맑음.

내터 앞 벼 6바리, 조 7바리를 거두는 데 류전이 일하였고 어떤 사내가 맹선 아버지 산 소에 울타리를 치라고 하였다.

9월 24일. 맑음.

도가가 수확한 콩과 조를 팔려는데 초간 신원의 이약국이 와서 조값을 찾았다. 류전이 고용 조로 6전, 이실이 해산 때 쓴 약값 5전 가운데 3전은 내간에게 빌려서 주고, 개값은 전후 1냥이다.

9월 25일. 맑음.

박상동 밭의 띠를 베는 데 일꾼이 5인이니 명득 · 갑철 · 용안 · 우인 · 류전이다. 막내 아이는 저의 오로지 갈산 혼인 부탁으로 방촌에 갔는데 문내의 세를 거두는 일로 모두 수심 재궁에 가서 한 사람도 만나지 못하고 돌아왔다.

9월 26일. 맑음.

사수[16]에 차송한다는 종이가 왔고 정휴 집에 박상동 콩밭을 경작하였으며 집 앞 찰감이 10접이라 한다. 내일은 바로 삼인 누이 장사 지내는 날인데 몸이 건강치 못해 직접 갈 수 없는 형편이다. 아이들이 각각 걱정하기 때문에 가을 농사가 방극에 처해 남산 아래에 한 힘도 마련하지 못해 하나도 이루지 못하니 정리의 애통함과 절박함이 곱절이다. 씨아[17] 그 씨값 1전 7푼, 몇 마리 물고기 5푼이다. 저녁 후에 정휴가 와서 왕태골에서 근암등 서너 곳을 들렀다가 돌아왔다고 한다. 운현궁과 류 판부사의 서찰과 최 판서의 서찰 큰 요지는 민씨 집에 보합되지 못한 관계를 꾸짖은 것인데 복이에게 맡겨서 전후 글을 베껴 쓰게 했다.

9월 27일. 맑고 따뜻함.

멀리서 생각하니 누이동생의 장사가 순조롭게 이루어졌을 것이다.

---

16. 사수: 고종(高宗) 때 각면(各面)의 사창(社倉)을 관리하는 일을 맡았던 직임 또는 그 직임에 있는 사람을 가리킨다. 고종 4년(1867)에 시작되었다.

17. 씨아: 목화의 씨를 빼는 기구이다.

9월 28일. 맑음.

갑철이가 류전의 벼를 베었다.

9월 29일. 맑음.

아래 터 늦벼를 베는 데 일꾼 4인과 일억의 아낙이 일했다.

10월. 1일.

야당을 가면서 방촌을 들려 진여 씨를 보고 돌아왔다. 하평 논벼를 베는 데 영천 · 일억
외에 우인이 일을 도왔다.

10월 2일. 구름 끼고 흐림.

제고곡댁 무명 1필을 사는데 가격을 결정하지 못했고 춘옥을 시켜 읍내 관부에 보냈다.

10월 3일. 맑고 바람이 붐.

벼를 거두는 데 영천과 일억의 아낙이 일했고 서리 감 34접을 땄다.

10월 4일. 구름이고 흐림.

일억이 감을 딴 2일 품값 3전을 주고 별차 풍헌이 와서 대동세 주기를 촉구하였으며
감 곶이 값 3전을 명득에게 전했다.

10월 5일. 한낮에 먼지 적실 만큼 비가 내렸다.

류전의 벗 권성필이 찾아와서 정산서원 배당금 5전을 전하니 이 벗은 도청을 담당하기

때문이고 모두 월 분배금이다. 고영신이 이르기를, 아재 복결세 수로 9전 8푼을 더 정했다고 한다.

10월 6일. 흐리고 비가 올 듯함.

저녁이 되자 도평을 시켜 대동전 3냥을 풍헌 황광신에게 전하게 하고 류전은 담당하는 복결가를 2전 6푼으로 더 정하였는데 이전에 감 딸 때 1전 5푼을 빌렸고 벼를 수확할 때 1전을 빌렸으니 1푼이 부족하다.

10월 7일. 구름 끼고 흐림.

도평이 감을 땄다. 대동전 1냥은 경숙이 낸 것 8전 3푼과 맹선이 담당한 2전을 합해 1냥 3푼에 1냥을 마련해 준 것은 풍헌의 뜻이 언급된 것이다.

10월 8일. 구름이고 흐림.

감 곶이 100개를 영천집에 가지고 왔고 일억의 아낙 품값 2전을 주었으며 서리감 75접 1곶이, 잡감 7접 5곶이, 찰감 9접 1곶이, 큰 잡감 2접 9곶이, 이상 105접 곶이다.

10월 9일. 음산하고 비.

미호 김 사돈이 와서 하회 혼설을 말씀하고 갑철은 아파 종일 누웠다.

10월 10일. 흐리고 어두움.

미호의 손님이 돌아간다고 하고 류전은 보리를 갈았으며 갑철은 오후에 일어나 일하고 서릿감 3접을 걸었다.

10월 11일. 맑음.

갑철은 엿을 치고, 갈보리 1되를 갈았다.

10월 12일. 맑음. 맑고 바람.

갑철이 짚으로 2입을 짜고 막내 아이가 읍내 시장에 누룩 5개, 돈 5전을 가지고 가서 누룩값 1냥 7전을 받았다. 아울러 가지고 간 5전에 2냥 1전 2푼, 소금 2되를 4전 8푼에 사고 잔돈 1냥 6전 4푼은 도평에게 아직 받지 못했다.

10월 13일. 음산하고 추움.

찰벼 타작에 류전이 일하고 용안은 아침 전에 일했다. 저녁 후에 도평·류전을 불러 도평에게 찾은 누룩값 6전 3푼에서 5전은 류전을 주고 3전은 전에 일한 품값이며 2전은 온 후에 받기 위해 상아가 저희 형이 가지고 왔고 초간에서 이씨 약장수가 대구를 통해 왔다. 신상은 자못 좋으나 배 뒤집듯 거짓말이다.

10월 14일. 맑음.

갑철은 성묘 때문에 제집에 가고 본 면의 서기가 와서 잤다 한다.

10월 15일. 맑음.

고복 서리가 왔다가 돌아갔기 때문에 심단 명의로 고복할 수 없었다. 걸승이 와서 잤으며 저녁이 되자 노은 정 사돈이 와서 잤다고 한다.

10월 16일. 맑음.

정 사돈이 식후에 와서 보고하며 말하길 내행은 이번 달 20일로 정했다고 한다. 막내 아이가 금당실 시영에 가서 북어를 사서 풍산에 보내었다. 오후에 북어 15마리 사는 값은 4전 3푼이라 한다. 저녁이 되자 제고곡댁 대동 무명값 5전을 주고 정휴를 시켜 서 찰과 위장을 쓰게 했다.

10월 17일. 맑고 바람 기운이 있음.

막내 아이가 용안을 데리고 풍산에 가니 19일은 사부인의 상사 날이기 때문이다. 노자 1전을 주었다. 류전이 솔가지를 잘랐는데 고용 품삯은 앞서 주었다.

10월 18일. 맑음.

류전·갑철이는 울타리를 막고 손자 아이와 당호를 엮었으며 낮이 되어 성아가 편지 하나를 전했는데 펼쳐보니 바로 내앞 사상 족숙의 계장이었다. 산지는 약산에 정했는 데 집의 거리가 30리니 하루 앞서 발인하고 제전 날은 10월 21일 사시에 하관이다.

10월 19일. 맑음.

갑철이 품을 바꾸어서 뒷집■■에 가고 저녁이 되자 막내 아이는 풍산에서 돌아와 상 사는 잘 마쳤고 또 율리를 지나 사돈댁 소식도 전했다.

10월 20일. 맑고 바람 붐.

갑철이가 동촌과 함께 마른 곡식을 타작하고 박직철이 와서 술과 물고기를 바친다.

10월 21일. 맑음.

방촌 맹휴가 묘소에 잔을 올리는 행차에 방문하여 갈산 혼설을 말했다.

10월 22일. 맑음.

돈 2전 1푼을 신을 사기 위해 류전을 읍내 시장에 보내 값 3전 2푼을 주었는데 상수리 가지 3개에 1엽이니 류전 돈 2푼을 더 썼다고 한다.

10월 23일. 맑음.

벼 타작에 류전 · 도평이 일을 돕고 우곡은 얼굴이 부어 아파서 누웠으며 덕홍을 보았다.

10월 24일. 맑음.

조를 자르는 데 도평과 류전이 일을 돕고 우곡은 조금 나아서 문밖을 나간다고 하며 저곡 권 경의 · 성재 · 천경과 복천 정덕오가 와서 자고 밤새도록 평온히 토론하였다.

10월 25일. 맑음.

권씨 형들은 사곡을 갈 적에 손동[18]을 거쳐 간다고 한다. 조 타작을 마치고 며느리가 추위에 떨며 누웠으니 걱정이다.

10월 26일. 맑음.

중평 김주언의 서자 문이가 찾아왔는데, 저고곡 댁의 후사를 잇는 데 대해 말이 나오자 따를 뜻이 있다고 하였다. 오후에 돌아갔다. 중평 며느리는 일어나지 못했다.

10월 27일. 맑음.

영천과 도평을 읍내 시장에 보낸 것은 제물을 사기 때문이다. 소고기 7전, 북어 6전에

---

18. 손동: 예천군(醴泉郡) 유천면(柳川面)에 있는 지명이다.

사고 북어는 외상이며 소고기값 7전은 도평이 내어서 사고 2냥을 갚기 위해 1냥 3전을 가지고 왔다.

10월 28일. 맑고 바람이 붐.
곡내에서 전작을 드리고 주언의 아들 문이가 왔다.

10월 29일. 맑음.
지도실 부석산록 고조와 선고위에 전작을 드렸다.

10월 30일. 맑음. 소설.
저녁이 되자 정휴가 와서 문웅 집 혼설을 말했다.

윤10월 1일. 신해.
막내 아이가 도평이 가지고 온 돈 1냥 3전으로 제물을 사기 위해 보거리에 가서 고기를 1냥 4전 5푼에 샀는데 1전 5푼은 외상을 하였다. 진여 씨가 몽노와 같이 와서 금당실 혼설을 말하였다.

윤10월 2일. 맑음.
이곳 방재동(못골)에서 전작을 드리고 류전과 도평이 마련한 찹쌀 15되를 영천이 빌리는 조건으로 낸 값이 3냥이고 가운의 초상집에 가서 보았다.

윤10월 3일. 구름이고 음산하다.
지도실 묘소에 전작을 드리고 새목댁이 빌리는 조건 5냥 값으로 작은 서리감 29접 묶음을 마련하였다.

윤10월 4일. 맑음.

금당실 혼설 때문에 방촌에 가서 곶감 1접을 주고 진여를 볼 적에는 이내 오지 않았다.

윤10월 5일. 맑음.

콩 타작할 적에 바람이 세찼다.

윤10월 6일. 맑음.

노은 정 서방이 돌아가는 데 갑철이가 가마를 들었다.

윤10월 7일. 맑음.

김룡사[19] 스님 백조가 와서 묵으며 말하기를, 한성에 아주 상세히 응답하고 노은은 무사하다고 한다.

윤10월 8일.

지붕을 덮는 데 류전이 일을 도왔다.

윤10월 9일. 맑음.

류전이 내동에 간 것은 원후동 혼인을 정했는가를 살피는 것이다.

---

19. 김룡사: 문경시(聞慶市) 산북면(山北面) 김룡리(金龍里) 운달산(雲達山)에 있는 절이다. 588년(진평왕10) 조사(祖師) 운달 (雲達)이 창건하여 운봉사(雲峰寺)라고 하였으며, 그 뒤 조선 중기까지의 사적은 전래되지 않고 있다. 1624년(인조2) 혜총 (惠聰) 등이 중창했으나, 1642년에 소실되어 1649년 다시 의윤(義允) 등이 중수하였다.

윤10월 10일.

금당실 박문원이 학봉집을 빌리기 위해서 왔으니 임천서원 청액의 소를 지으려는 연유 때문이다. 하회 류 진사 집 혼인 감이 아주 준수하다 하는데 류전이 돌아와서 아직 정하지 않았다 한다. 갑철은 밖에 나가서 기름을 짰다.

윤10월 11일. 바람 불고 맑음.

갑철이 돌아와서 콩 타작을 하고 큰집에서 물한리 전소를 우곡 · 용안과 함께 갔다가 다시 니전으로 향했다 한다.

윤10월 12일. 맑고 바람 불며 추움.

우곡이 돌아올 때 딸이 언문을 써서 평안하다는 소식을 알았고 제곡이 매당계에 모였다.

윤10월 13일. 맑음.

갑철이가 마구간 일을 하였다.

윤10월 14일. 밤에 비가 오고.

갑철이는 갔다.

윤10월 15일. 맑음.

윤10월 16일. 맑음.

사창 환곡 18말을 내고 윗목 북엇값 6전을 갚았으며 영천이 주었다.

윤10월 17일. 볕이 나고 바람.

막내 아이가 읍내 시영에 가니 추위를 막기 위해서이다. 갑철이가 와서 고용세 잔돈을 독촉하고 반송의 한생이 와서 『통감』 8권을 빌려달라고 말했다.

윤10월 18일. 맑음.

오천 도회에 가려고 초천에 왔는데 요통과 다리 부분이 좋지 않아 돌아왔으며 떠날 때 방촌 사현 집을 들려 손님을 맞이했기 때문에 술과 안주가 있었고 초천을 지나니 막내 아이가 돌아왔다.

윤10월 19일. 맑음.

춘옥이 가져간 돈 이자를 갖추어 2냥 6전을 가지고 왔다. 류전이 솔잎을 거두고 반송 한 생이 『통감』 8권을 아침 전에 와서 빌려 갔으며 20일 밤에 소가 새끼를 낳았다.

윤10월 20일. 맑음.

류전이 나무를 쪼개고 재를 뒤집었다. 영천이 가진 돈 2냥으로 산양 장터에 가서 베 19자를 값 2냥 5전 5푼에, 요기를 5푼에 산 가운데 5전 8푼을 기숙에게 빌렸다 한다.

윤10월 21일. 맑음.

류전이 흙과 재 뒤집기를 마치고 막내 아이가 밤고개로 갔다. 재혼을 알아보고자 하였으나 끝내 흔쾌히 결정하지 못하였으며 그곳 노인이 말하길 양길 집 규절이 비상하다고 했다. 우곡이 율리에서 와서 전하길, 풍산 소식과 하회 운운하였다. 문응이 먼저 발설했기 때문에 성사되지 못했고 또 말하기를 그저께 오천 도회 날에 참석하러 온다고 한다.

윤10월 22일. 맑음.

누룩 10개를 일억이 지고 읍내 시장에 갔는데 막내도 함께 가서 3냥 6전을 받고 지세
8푼, 두 신 1전 4푼, 거둔 결세가 2냥 3전 7푼이고 막내 아이 신이 1전 4푼, 요기가 5푼,
소금 2전 4에 쓴 합이 3냥 2푼이고 나머지 5전 8푼은 영천에게 있다.

윤10월 23일. 맑음.

류전을 시켜 작은 근옥을 데리고 돌목에서 제전과 성묘를 지내게 하고 천연두 의원 반
생원이 와서 천연두 앓는 아이를 보여주었다.

윤10월 24일. 맑음.

니전 박 서방이 와서 안부를 전하고 또 솜을 사기 위해 돈 12냥과 과일·적을 가져오고
류전은 탈 없이 돌아왔으며 임천서원 상소 올리는 출행은 다음 달 3일에 있다고 한다.

윤10월 25일. 맑고 새벽 사이에 비를 뿌림.

다시 저울을 재보니 실을 놓아두어도 줄어듦이 없고 20냥을 꽉 채워서 일찍이 양마다
7전이니 12냥 6전에 6전이 차지 않아 동짓달 7일로 기약하였다. 막내 아이가 12냥을
가지고 용궁 시장에 가서 저의 위 솜옷을 1냥 9전에 사고 10냥 7푼은 가지고 왔으며
박 서방이 돌아갈 때 작은 곶감 1접을 보내고 윗목 기숙에게 빌린 돈 5전 8푼을 가서
갚았다.

윤10월 26일. 맑고 추움.

영천이 방촌에 갔다.

윤10월 27일. 구름이고 흐림.

일억을 시켜 참나무를 베어서 섶나무를 준비하게 하고 세 끼니를 먹였으며 1전을 주었다. 막내 아이는 읍내 시장에 가서 무명 42척을 사는 값이 6냥 3전이고 척마다 1전 5푼이며 아울러 시장에 가서 산 베가 19척이니 61척의 값이 8냥 8전 5푼이고 요기가 2에 1전 1푼이며 돈 4전 9푼은 영천이 담당하는 결복세에 냈다고 한다. 주손 신이 1전 4푼이고 장두 2아이 목신이 1전 1푼이며 사창 환곡 부족분 6전 5푼을 콩 5되로 대신하여 우금댁이 갚았다 한다. 용문사 스님이 권선문[20]을 가지고 왔다.

윤10월 28일. 맑고 따뜻하다.

돈 1전 5푼을 도평이 빌려 갔다.

윤10월 29일. 아침부터 큰비가 종일 내림.

11월 1일. 임진. 동지. 맑은 날씨가 따스함.

간혹 밭을 가는 자가 있고 남산 밭에 올라가 풀을 베는 1인을 잡았다.

11월 2일. 맑고 바람 기운이 조금 있으며 흰 구름이 왔다 갔다 함.

용문사 스님 2명이 권선문을 가지고 와서 보았다.

---

20. 권선문: 불교에서 사찰(寺刹)을 세우거나 불사(佛事)를 베풀기 위해 뜻 있는 사람에게 보시(布施)할 것을 권하는 글을 가리킨다.

11월 3일. 맑고 추움.

막내 아이가 유천 시장에 가서 좌반을 1전에 가지고 간 돈 내에서 사고 류전을 안 마을에 보내 원후동의 일을 알아보게 하였으며 지후의 손님이 율현을 경유해서 오셨다. 마희천의 양이라는 사내가 고용이 있는가 하니 내일 아침에 오기로 기약했다고 한다.

11월 4일.

문을 열고 보니 눈이 1촌이나 내려서 새벽에 개고 따뜻했다. 큰집에 천연두 아이 부기의 약제 조제를 위해 중평에 갔으나 빈손으로 와서 초간에 가서 지어 복용하게 하였다. 못뒤 손님은 머무르고 양이라는 사내는 왔다.

11월 5일.

지방으로 밥 제사를 지내고 막내 아이는 일이 솜옷을 사기 위해 용궁 시장에 가고 지후 손님은 돌아갔으며 눈이 내려 뜰을 채웠다. 틀림없이 원후의 혼설을 다시 보는 것으로 열흘 사이로 기약하고 맹선은 서울 행차를 했으며 혼설은 대략이 다르다.

11월 6일. 맑음.

눈을 쓰는 데 도평을 불러서 앞을 맡도록 하고 저번 가을에 일한 2일이 2전 5푼, 올가을 일한 것이 3전 5푼, 여름 일이 1전, 봄 사이 2전, 삼 파종에 영천과 류전이 담당한 것이 3전, 이상 1냥 2전을 빼니 배당되는 조건은 3냥 2전 2푼을 가진다.

11월 7일. 맑고 따뜻하다.

저녁이 되자 정휴가 와서 말하기를 어제 금동[21]에서 오다가 눈을 만나 손동에 들어갔고

---

21. 금동: 예천군(醴泉郡) 개포면(開浦面) 금리(琴里)이다.

또 하루를 유숙하였다. 이어서 반송으로 향하다가 다시 지후의 생질을 손동 마을 앞에서 만나고 눈을 헤치고 왔다고 한다. 어려운 고초를 생각하니 마음이 쓰인다.

11월 8일. 눈이 내림.

동틀 무렵부터 나무가 이미 떨어졌고 눈이 이와 같으니 군색한 추위를 견줄 수가 없다.

11월 9일. 맑고 추움.

용안을 시켜 나무를 베게 하였다.

11월 10일. 맑고 추움.

막내 아이가 2냥 7전 5푼을 가지고 산양 시장에 갔다. ■■아이 추위를 막기 위해서이다. 도평은 천연두 귀신을 전송하였다.

11월 11일. 맑고 추움.

상주 공성면에 13세의 효자가 있으니 관청에서 베 1필과 돈 3꾸러미를 주고 그 아비 죄를 용서했다 한다. 그 아비는 성이 이가란 자로 평소 넉넉한 사람인데 도박에 빠져 가산을 망가뜨리고 여러 번 형벌과 옥살이하여 목숨을 살릴 길이 없었다. 그 아들은 나이 겨우 13세에 풀 옷과 떨어진 바지로 밤낮 밥을 빌어서 아비의 허기를 돕고 마을 저자에서 아비의 선처를 호소하고 아비가 곤장 맞는 데 곤장판 곁에 굳게 서 있다가 읍내로 옮기니, 사또가 사유를 묻고서 그 정성과 효도를 가상히 여겨 베를 주어서 보냈다 한다.

11월 12일. 맑고 추움.

저녁이 되자 정휴가 와서 전하길 임천 상소를 6일에 출행하여 경진을 지나 수곡·소호·해저·유곡·하회 유생이 스스로 노자 비용을 준비한다고 한다. 죽림 종손은 4일에 출행하는데, 선조 일이기 때문에 또한 스스로 노자를 준비한다고 한다.

11월 13일. 맑고 추움.

춘옥이 와서 말하길, 고용 추입 성취를 저희도 또한 권하고 또 결정값은 10꿰미라고 한다. 정휴를 야당에 보내었다. 봉산서원에서 별도로 추심한 것을 알아보기 위해서이다.

11월 14일. 맑고 추움.

도평이 빌려 간 1전 5푼을 가져오고 땔감이 궁핍하여 도평을 시켜 소나무를 쪼개었다.

11월 15일. 맑음. 소한 절기.

막내 아이가 방촌에 간 것은 혼사를 구하고자 해서이다.

11월 16일. 맑음.

야당에 가서 머물러 잤다. 장경근이 간계를 만든 것과 봉산 전장 일을 통해 금당실 죽림 여러 노인과 함께 저곡 사람을 고대했으나 오지 않았다. 저녁 후에 경청 집에 가서 자고 신을 2전 1푼에 샀으며 맹선이 좌대 복결세 값을 2전 9푼에 제정하여 받았다.

11월 17일. 맑음.

저곡 사람을 한나절 기다렸다가 돌아가는데 진흙 길이 난관이었다. 이틀 소비가 1냥 9전 1푼이라 한다. 막내 아이가 읍내 시장에 가서 여종에게 제물을 사게 하고 섶나무가 떨어져 류전이 땔감을 채취하였는데 제물값은 1전 3푼이다.

11월 18일. 맑음.

고성원이 와서 섶나무 일을 하고 삼강 정씨 사돈이 오셨으며, 지도실 새목 손님이 오셨다.

11월 19일. 구름이고 음산하다.

삼강 손님이 머물러 참례를 지낸 후에 새목 사랑을 비질하고 마을 사내에게 제물 음식을 먹이었으며 저녁이 되자 문암 김 생질이 와서 안부를 알 수 있었다.

11월 20일. 따뜻하고 맑음.

막내는 검암에 가고 삼강·문암 손님이 모두 돌아간 뒤에 지후의 이 손자가 원후 혼설 때문에 와서 묵었다.

11월 21일. 반은 흐렸다가 반은 볕이 남.

혼사를 허락하여 지후를 원후골에 보내고 갑철이가 와서 호세 처리 잔돈 2냥 6전을 촉구하였다. 저녁 무렵 막내 아이가 검암에서 읍 가운데를 지나 복결을 조사하고 저녁 무렵에서야 비로소 집에 돌아왔으며 환곡미를 연기하여 후시를 기약하였다. 쓴 뇌물이 2냥이라 하니 관리의 폐습이 갈수록 통탄할 만하니 유가의 포고문을 이미 반포하였다 한다. 상고에 혹 이 같은 것이 있었는가?

11월 22일.

도평을 시켜 누룩 10개를 가지고 읍내 시장에 갔는데 눈을 만나 노음 주점에 두고 돌아왔다.

11월 23일. 맑고 따뜻함.

신당동 지후의 손님이 원후 허혼서[22] 및 사성[23]을 받아왔는데 며느리가 불평한 기색이 있으니 의아스럽다. 낮 담금질이 2푼이고 또 1푼은 도평이 담당하는 것이다.

11월 24일. 맑음.

관리가 향교에 와서 결세 거두기를 촉구하고 지후로 돌아갔다. 8~9일 사이 연길 납자를 보내기로 기약하고 성진을 시켜 소시랑과 큰 칼 담금질을 값 1전에 하고 수심 재사 유계 모임에 가는데 길은 질고 바람 추워서 몹시 어려우며 추위가 두려워 머물러 잤다.

11월 25일. 맑음.

저녁 무렵 돌아오니 노은의 정 사위가 24일 축시에 세상을 떠났다고 한다. 청년의 고운 자질인 자가 이 지경이 되었으니 애통하고 참혹함을 어찌 말하겠는가? 류전이 가서 돌아오지 않고 또 3일 내로 장사 지낸다고 전하니 절박함에 통곡한다.

11월 26일. 맑음.

도평이 금당실 시장에 가서 결세를 덧붙여 거두기 때문에 황광신에게 욕을 당했다고 한다. 영천이 직동에 가서 혼례 날짜를 가리는데 오는 정월 10일이고 서당 세찬[24]으로 3전 5푼을 도평에 두고 갑철이가 왔다.

---

22. 허혼서: 혼인을 청하는 남자 집안에서 보내 온 납채서(納采書)를 받은 뒤에 여자 집안에서 이를 사당에 고한 다음 남자 집안에 보내는 답서를 말한다.
23. 사성: 태어난 연월일시를 말한다. 사주(四柱)라고도 한다.
24. 세찬: 세배를 하러 온 사람에게 대접하는 음식을 말한다.

11월 27일.

아침에 일어나 보니 눈이 흔적을 가렸다. 영천·도평을 읍내 시장에 보내어 누룩 20개를 가지고 소를 끌고 갔다. 갑철은 10개를 졌으며 일억도 10개를 지고 가니 누룩값이 3냥 8전 2푼이고 솟값이 28냥 2전 5푼, 능천 서당 세의가 3전 5푼, 이상 32냥 4전 2푼 가운데 5전 6푼은 결염세이고 소금 2전 7푼, 갈퀴 6푼, 몇 마리 물고기 4푼, 노자 2전, 쓴 합이 1냥 1전 3푼이며 2냥 6전은 갑철이 고용세, 쓴 합이 3냥 7전 3푼이고 또 연득이 조목이 6전이며 맡아 처리하였다. 채 갓쟁이가 와서 자고 또 김씨 성의 과객 2인이 죽을 마시고 갔다.

11월 28일. 맑고 추움.

막내 아이가 원곡에 가서 연객을 통하는 날이다. 된장 콩 3말 5되를 삶았다.

11월 29일. 맑고 추움.

막내 아이가 원곡에 가서 초례를 통하는 날이다. 된장 콩 4말 5되를 삶았고 우인이 대지 복결세 1전을 가지고 왔다.

11월 30일. 맑고 추움. 대한.

고성진에게 품삯 10냥을 주었다. 막내는 원곡에서 낮이 되자 돌아와 전하기를, 신랑의 범절이 아주 좋았다고 한다.

12월 1일. 맑고 따뜻함.

마을 사내와 심호문이 와서 말하기를, 송계를 결성하자 하고 반 씨 천연두 의원이 와서 보았다.

12월 2일. 아침 전부터 눈이 종일 내림.

12월 3일. 구름 끼고 바람 불며 추움.

도생이 1냥 9푼을 가지고 왔고 정휴가 왕태동에서 찾아와 임천서원 상소의 근심되는 부분은 고쳐서 되돌렸다 하며 소수[25] 이문직의 행방은 모른다고 한다.

12월 4일. 볕이 나고 추움.

도평이 천연두 의원에게 갚기 위해 1냥을 빌려 갔다. 정휴는 봉산서원 일로 야당에 함께 갔다.

12월 5일. 맑음.

큰집에 우환 때문에 조모 제사를 치르지 못해 심사가 망극하다. 중평 문지가 와서 말하길, 저고곡 댁 후사 일은 이루어지지 못했다고 한다. 막내 아이가 1전을 가지고 야당에 가 매실을 구하고 또 봉산서원 일의 조짐과 집안일을 알아보았다.

12월 6일. 맑고 따뜻하다.

막내 아이가 저곡에서 와서 춘추에서 고유 조목을 찾았고 이자와 함께 2냥 4전 5푼을 갖고 왔으며 정휴가 2전 9푼을 빌렸다.

---

25. 소수: 연명(連名)으로 상소를 올릴 때 제일 먼저 이름을 적는 우두머리를 말한다. 소두(疏頭)라고도 한다.

12월 7일. 맑음.

막내 아이를 보내 가진 돈 2냥과 누룩 10개를 판 4냥, 합 6냥 가운데 2냥은 홑옷을 위해 비단 장수를 주었다 하고 또 사기그릇값 4푼, 성진이 신값 1전 4푼, 요기 9푼을 썼다. 금당실에 가 회산 창고지기 집에서 자고 야당에 넘어가 정휴를 읍내에 보내어 봉산서원 전지를 함께하는 일의 뜻을 발명하는 소를 올린 다음 정휴에게 2전 4푼을 빌려 류전이 가져가고 5월 6일 돈 3냥을 10에 3이자와 함께 3냥 9전 가운데 3전은 완성하지 못했기 때문에 이전 품값 6전 가운데 3전을 더 주었으니 아울러 6전을 구분했다.

12월 8일.

야당에서 산을 넘고 물을 건너서 집에 돌아왔고 정휴를 읍내 관부에 보내어 봉산서원 전답 일에 대하여 소를 올리어 설욕하고 끊어서 갔았기 때문에 1되 쌀을 구해서 준 값이 2전 5푼이고 이보다 앞서 3.

12월 9일. 맑음.

밤에 눈이 흔적을 가리었다. 성진이 담금질한 값이 7푼이다.

12월 10일. 맑음.

납일[26]에 개방에 가서 진여 씨를 만나지 못하고 이어서 사현을 방문하고 왔다. 저녁이 되자 눈이 내리고 막내 아이가 지도실에 가서 돌아오지 않았다.

---

26. 납일: 동지(冬至) 뒤에 오는 셋째 술일(戌日)인데, 이날 선조와 온갖 신에게 제사, 곧 납향(臘享)을 지낸다. 조선 시대에는 동지 뒤 셋째 미일(未日)을 납일로 정하였다.

12월 11일. 맑고 조금 바람이 붊.

12월 12일. 흐리고 해를 볼 수 없다.

막내는 율현에 가고 마희천 양만태가 와서 결렴세 6전을 찾아가고 도끼를 찾아왔다. 저녁이 되자 막내 아이가 율현에서 연이어 개방리를 향해 혼처를 의논하고 와서 전하기를 죽림 종손이 임천서원의 상소한 유생이었기 때문에 전라도 고성에 유배되어 형을 받고 본 읍에 왔다고 한다.

12월 13일. 흐려서 해를 볼 수 없다.

반송 한생이 와서 『통감』 9권을 전하고 또 10권을 빌려 갔으며 곶감을 당 안에 옮겨 두고 …… 작은 잡감 12접 …… 신당에서 돌아와 홑옷 물건 17척을 가지고 …… 값 ■4냥 2전 5푼 가운데 1냥은 저번 시장에서 주고 값 2냥 …… 죽림 종손은 전라도 ■■■로 배소를 정하여 ……….

12월 14일. 맑고 아침 전에 바람이 붊.

…… 이기 때문에 4전을 주고 …….

12월 15일. 맑음.

막내 · 도평이 오천 ■■ 상사에 갔다가 뜻대로 되지 않아 돌아오며 청어 10마리만 샀다.

『경운재일기』

원문

1826年

丙戌年

居憂雜錄. 丙戌年自五月爲始.

五月小初一日. 壬午. 芒種陽.

日昨種下坪大畬及項甘畬一斗家前畬三斗落只. 軍丁二十一人, 故欲種大宅所作
殘畬一斗落只, 無水故未果, 可歎可歎.

嫂氏與室人及白洞妹往水深齋宮者, 盖柳川白洞黃夫人, 曾與妹阿期會故也, 白洞
黃夫人, 妹阿舅姑故也, 終日談話, 而因往芳村趙查家, 爲療飢云.

二日朝陽夕雨.

爲桑皮少許, 筆商南生員來迫而談話, 移時而旋給筆價四戈六分, 一戈三分, 白洞
妹, 受柳川夫人錢也. 買墨一丈.

三日朝雨午陽.

福川丁丈來弔, 因與談話, 移時別後, 向新塞而旋, 種南草小許. 崔玉珂牽馬去, 盖
云赤城市也, 馬鐵價二錢持來.

裏面上段

治天下多几, 歲荒爲上黑赤 菁種死七八日, 得辛字, 黃龍治天下, 泰平歲, 麥大吉,
九十日, 須辛字黑龍治水, 天下高下爲上吉.

四日陽.

甚燠炁難堪, 芳村族祖君益甫枉臨, 盖省山之行也. 鋤福床洞大田, 介男雌雄入役,

野堂季哀來叩.

五日半陰半陽.

芳村族祖華彦甫來弔, 給成兩時所貸錢五分, 野堂, ■…■, 族大父枉臨, 季哀旋
分還穀, 妻弟翼壽來叩.

六日陰雨.

大宅賣木價, 零錢二戔內四分, 以無主折錢, 給道谷加里李生一戔六分, 自乭家便受
來. 種大宅越畓少許. 大宅買박아지時, 所貸錢三分, 給億女, 又使億女報成大傭.

七日陰雨.

種大宅越畓少許, 鋤石立粟田, 遇盤松月灘李生.

八日陰雨.

使仁伊買備, 貴先許而似有未穩底色矣. 葬事所用沙器貰六分, 匙貰五分, 給新塞崔
相烈. 芳村族祖君益甫枉顧, 盖省山之行而營作河回之行, 故言及借馬, 窮家凡節,
觸事生受, 故累累言難 而未知末梢之如何耳, 初昏召入仁伊漢, 付之事更無此意.

裏面上段

朔朝四面, 有黃氣四方普熟, 靑氣蝗, 赤氣旱, 黑氣水, 無風陰, 而溫歲豊十倍. 每
年二月初七日雨到, 天下皆吉農云.

裏面

辛巳二月初六日, 尚國錢二兩, 貴三持去, 限來秋至月晦. 庚辰十二月初六日, 尚國錢五戔, 大元母持去.

九日陰雨.

朝使仁伊等, 防越畓陌, 午後開霽, 聞白洞龜湖兄主訃音, 不覺痛悼, 自巨創之後, 家内掃如未辦一錢, 而無路賻儀, 傷哉之恨到此而益新矣. 自野堂送足巾一矣. 盡種書堂畓, 慶侄自再昨不省人事而苦痛, 疑是草痁而嫂氏疢懷之中, 煎憫之狀, 實以秉彝肝腸難可對矣. 奈何奈何. 給白瓮價七分于砂器商. 翼兒旋向新田.

十日.

朝起開戶視之, 雨却如麻, 獨坐窮廬, 心事尤無所定矣. 此何命數也. 只自歎而已也. 億女雌雄, 償介男傭. 種南草少許. 龍門洞賭地價一兩二戔持來.

裏面

舊卜價, 八戔五分, 傳于邊白洞宅.

十一日陽.

妹阿繭三斗受一兩五戔而賣, 三戔八分貸用, 買太七刀二戔八分. 大宅白米十一刀, 七戔七分, 太四刀, 二戔, 此乃龍門洞賭地錢也. 白紙一戔二分, 草履二分, 佐飯二分, 北魚一戔一分, 今日所用, 一兩五戔二分也. 龍山權友相弼甫, 來叩留宿, 此君乃伯氏同婿也.

十二日朝陽.

權友旋, 仁伊鋤槐木下田, 逢雨而止, 權君旋發未久風雨大作, 想必中路逢雨矣, 掛念不已也. 至夕乃霽, 故出野而見之, 則木花及牟麥, 皆靡可惜也. 順福與海允, 始作書. 溪水漲溢可占豐歲而時搔甚怪矣.

十三日陽.

仁伊等, 耘田, 耘南草田, 結網馱.

裏面上段

朔日雨, 稻惡穀貴, 朔驚蟄蝗, 朔春分歲凶. 春分陰, 不見日爲上, 日出時正東, 有靑雲氣, 宜麥歲大稔.

裏面中

正價二兩, 鹽價一兩, 梅湖宅錢貸用.
梅湖宅錢五兩, 高乞多持去捧.

十四日陽.

之野堂, 逢渚谷權花庄丈, 又拜竹林宗家主人孰如甫談話, 離時而旋, 中路遇振汝甫, 耘福床洞木花田. 野堂卯君來到.

十五日陽.

又耘福床洞木花田, 渚谷權丈來叩, 買沙器商布一疋價一兩六戔五分.

十六日雲陰或細雨.

使仁伊送白洞, 盖傳夏服也. 所謂俗節, 但明太六尾·燒酒一壺而已, 傷哉之歎, 去而益甚矣. 修舅主書, 送賻儀錢五戔, 買南草五十束, 價則一戔一分, 給白洞行資四分, 新捕皮牟, 使介男打云.

十七日. 夏至. 陽.

之知道谷省墓後, 除墳上雜草, 入知道谷村, 饒飢于同村宅, 遇平昌金生, 言及參奉公墳上陳田起墾事, 而厥與同村族大母讚議而言, 難甚可怛也. 之龍門逢太惣僧, 而言造桑皮紙事, 則豁快許矣. 路逢柴谷作者馹奴漢, 賣出家材價, 則待秋之外, 無路云. 仁伊還日, 昏後旋家, 則仁伊已還矣, 聞白洞消息, 則大槪平安云. 見舅主俯疏及妹夫疏黃楨漢柱漢 ■…■.

[裏面]

梅湖宅, 錢一兩, 龍周持去.

十八日陰或細雨.

仁伊以路憊不起云, 當此農節甚可憫也. 利項甘麥, 至夕雨霽,

十九日陽.

又利項甘畓麥, 順龍與分丹果城金入役, 將營翼日揷秧, 未知如何耳. 金谷邊持平丈枉臨矣. 午後陰霈.

二十日陽.

揷項甘畓稻四斗落只, 及越路下畓二斗落只. 軍丁七名, 故未就盡種. 買薇二分.

二十一日陽.

早盡種越畓, 仁伊耕大宅石立畓, 儈女報介男傭. 買孔雉魚三尾價三分, 又石魚三分, 明太三分, 藿三分五里, 合一戔三分五里也.

二十二日陽.

種大宅秧事, 多不如意, 是可憫也. 軍丁十五名, 而拘於粮乏, 未能飼朝夕, 自爾晚會, 且水渴, 終日纔歇. 仁伊漢, 朝耕大宅畓, 自轉便聞, 福川渠上典, 以揷秧未盡, 未食朝飯, 不實當秋農隙事甚擁塞奈何? 收畓麥項甘麥, 未盡三馱, 福床三馱云. 使貴先畜圃. 翌日乃岳母乃諱日也, 使順龍, 择白米數升佐飯脯而送新用.

裏面上段

朔風雨, 民多疾病, 朔穀雨, 多震雷或旱. 三日天陰或雨蚕善.

裏面中

梅湖宅錢二兩貴三持去.

卜價二兩, 使貴三傳風憲. 林世談二兩貸去.

梅湖宅卜價二兩, 貴三持去.

梅湖宅錢一兩, 林厚邑氏持去, 未捧一戔.

梅湖宅錢二兩, 黃二彩持去.

二十三日陽.

朝出野見之, 則田疇坼裂, 木穀盡枯矣. 信母以渠之刈麥事下去, 福川自昨屬以感暑起症, 叫苦■…■ 而大小家卒又以此尤作苦, 甚憫甚憫. 馬戲川金生員來叩, 因說山談, 看家後木花田, 則恰好生居云. 野塘季哀來叩.

二十四日陽朝陰午陽.

仁伊還來, 野堂季哀旋之, 室人與龍門之新塞, 欲裁直領也. 收下田麥口着, 新塞邊士進丈, 身握直領, 而與室人惠枉多感, 而衰暮旋旆, 尤極不安矣.

裏面中

卜價二戔七分給, 貴三卜價三戔二分捧. 梅湖宅卜價五戔七分, 貴三持去西.
面卜價一兩一戔二分, 使貴男傳于堂洞面風憲, 一兩二戔貸用.

二十五日陽.

朝後之芳村, 欲弔族人喪, 而之項甘, 遇行喪, 因弔而還, 義仲甫 朴聖寬, 及觀象李生員來弔而還. 明汝甫來叩. 因與情話而饒飢後旋. 午後風勢大作. 旱餘日氣又如是甚可怖也. 仁伊買龍菊備.

明汝甫傳言四月望日月食, 則天下大豊云, 今年此日月蝕云, 聞甚怪訝, 故記此云欲餘來頭云云.

二十六日陰雨.

買孔雉魚二枝價二戔六分, 一枝將營鋤畓, 一枝欲送高山之意也. 曲子二丈, 使億女欲賣, 而每丈一戔二分之外, 吏刑所給, 故未賣云云. 買土盆一分. 仁伊買順得傭.

二十七日半陰半陽.

溪水滋潤, 足救急枯禾, 而未移處想不是矣. 億女自昨夕痛腹苦臥云. 素時弱質, 又過半朔, 不無念慮, 昨夜夢乘馹馬侍衛, 凡節恰似官行矣. 忽地下馬, 則此馹過齕我手, 驚怯入室, 閉戶觀之, 而已乃覺乃一場夢中也. 覺來思念, 雖是夢中人事, 衰麻之人乘馹好思不覺駭故記此, 而以視來日之頭矣. 仁伊買花叱孫傭.

裏面上段

朔風從東來宜豆, 從南來宜黍, 終朝至夜半五穀大熟, 晦朔大雨大蝗. 庚辰辛巳大雨大蟲, 小雨大旱, 三日雨小旱, 八日微雨可也. 若大雨斑瀾則高低盡.

裏面中

卜價一兩六戔, 使貴三傳風憲處.

二十八日陽.

鋤早秧畓. 軍丁八人, 終日盡耘, 酒價三戔, 曲子二丈, 以交反式給之.

274

二十九日陽後陰雨.

六月大初一日陽.

朝順福之高山, 訪新塘李兄而不遇, 爲饒飢而旋發, 未踰齋宮峴, 雨注溪澗實漲, 而已雨未霽, 故冒雨而入, 則主人具衣冠以待矣. 姊氏出見而握手號泣, 心事尤復罔涯也.

初二日自夜半雨.

注溪澗漲溢也. 朝後快晴, 而登高望水, 則不可渡矣. 故其後旋發, 娚妹候分自爾悲擾, 勢所固宜, 而孤露之餘, 不免痛歎也. 乘暮而入室, 雖姑置它憂, 家事見甚荒涼, 不覺抆淚也. 季哀日前朔朝 合有來糸之路, 而乘由所聞, 心自愧訝也. 仁漢之福川云.

裏面

梅湖宅錢一兩, 介男貸去捧.

初三日初有雨意矣. 自午後至初昏, 大注灘聲大出, 仁伊承暮還矣.

初四日. 小暑. 陰雨.

仁伊報成大備.

五日陽.

耘大宅越畓, 貴三漢朝耘, 而食後耘龍三畓, 而不來, 心甚未穩耳. 妻與翼兒來到.

六日陽.

使仁伊之市, 賣曲子三介價四戔二分內, 買北魚十尾一戔二分, 升二分, 南草一戔二分, 頃日孔雉價一戔三分, 餘者二分矣. 翼兒旋路, 午後雨霏.

七日陽.

打麥以還納之意也. 見金谷邊友重魯, 狀問未得候答.

裏面上段

朔日風春半日歲稔上辰上巳雨, 蝗蟲隨雨道食禾, 其居神.

裏面

錢五兩黃秉得捧以月持去, 三兩梅湖宅錢.

八日陽.

分丹日昨逃走, 故兄嫂氏, 朝前私與月金發去. 故隨後之西面, 拜林査丈, 饒飢後, 之薪田, 拜岳翁, 野塘族兄來到. 卯君又來.

九日陽.

卯君橫去.

十日. 初伏. 陽.

耘畓軍丁十二名, 并大宅畓盡耘, 岳翁與翼也, 并息.

十一日陽.

岳翁旋旆, 烝麻, 麻只四束, 故主奴平均而分, 億婢之福川, 高命孫賭地牟四斗來納.

十二日陽.

仁奴又之福川. 麥還二斗, 使判上聖大輸送. 牟還受食一斗加潤, 甚可怪也. 牟還本是十斗二升三合 而餘村漢成玉分納, 故八斗三合所當, 而纔辨二斗, 而送之, 其餘則附托於直洞林栢孫, 欲爲代錢, 未知如何矣. 送來.

十三日陽.

仁奴衰暮而還矣. 還穀成大終不見形, 未知何以區處矣. 曉頭地震, 午後又震, 甚怪事.

十四日陰陽.

林栢孫以還穀事來, 且問其事機, 則每斗一戔六分式, 八斗三合, 出尺以來, 極爲生光, 而成大處, 所給二斗牟, 當收奉, 而似甚遲然苦事, 右牟價, 合一兩三戔矣. 銅亦不給, 而渠自貸爲云. 固不易事也.

裏面上段

六月風雨占四月風, 六月勿起土, 是月月蝕旱.

裏面

錢二兩黃二采, 以月利持去. 八月初六日捧.

梅湖宅錢一兩, 介男持去.

十五日陽.

早朝季哀來叩, 之道谷省山之後, 入村過同村, 饒飢之後, 之上村, 則嚴聞慶爲靜, 爲引坎於護軍公墓下, 使山直後邑氏, 灌水而破之, 歸路之野塘, 路拜竹林權仲益丈, 門中錢一兩以給, 麥還價事持來, 奉還上加納價三戔六分於成大處. 午後天動, 農談午後天動則退霜云.

十六日陽.

仁奴報城大傭. 午後之直洞, 給麥還作錢八戔六分於栢孫處, 在四戔四分, 心甚難安, 而右人快然曰, 遲速無關云, 而未知其中如何耳, 給金丹處, 所貸錢五戔於月金.

十七日陽.

打麥, 季哀旋之.

十八日陽.

下田秋牟八斗, 項甘畓牟乾取卅斗, 下田牟六斗而己也.

278

十九日陽大暑.

芳村族祖君益甫來叩. 仁奴買順得傭.

二十日. 中伏. 陰雨.

旱餘雨注, 百物生色可喜也. 仁奴報成玉漢傭.

二十一日.

朝陽, 故送順龍於高山矣. 午後雨注, 不無念慮也. 若仁奴於市賣曲子二丈 受二戔
八分, 買苦朴一戔南草四分佐飯五分餘九分.

二十二日.

耘畓. 軍丁四人, 與大宅畓并耘.

二十三日陽.

耘豆田. 野堂花庄族妹, 以審切事枉臨, 而昏召入仁得, 以前後事, 構百般比喻, 而
終不擧行是可從也.

二十四日陽.

早朝林栢孫, 月利錢十兩持來, 將欲買犇, 而未知末梢奈何耳. 全沙器商, 市價一
兩六戔五分給. 野堂花庄叔母及季哀旋之, 還穀價零錢四戔四分, 給林栢孫.

裏面上段

七月立秋日風從坤來豐, 兌來秋雨, 离來旱, 乾來大成暴寒傷穀.

立秋在六月, 則節後三日, 在七月, 則節前還.

二十五日陽.

使仁奴, 之山陽市, 將營買粦 而價直太高, 故未買而歸. 買石魚一戔內於五分, 沙器一分, 太四升一戔八分, 水朴四分, 饒飢四分, 蘿葍種三戔二分, 弛엿二分, 合七戔五分用. 貸大宅買市錢, 而用大宅幣二十尺, 受一兩二分而賣.

二十六日陽.

龍門洞順奉賭地牟十斗, 來納于大宅, 使仁奴, 之金谷市, 買粦八十二斤價三兩二戔一分, 又買蘿葍種一種子價八分, 又後市以受次, 一戔二分給福川丁丈云: 分大宅春粦五斗五升, 及石立田麥四斗貴三處, 又分朴床洞畓麥於四斗於後邑氏處, 已上幷半分風一, 分買龍三云.

二十七日陽.

乃王父諱日也. 追感無已. 花叱孫賭地牟四斗來納, 命孫以秋牟二刀納上, 順龍持去, 又一分成乃次持去, 則以秋放限十月二戔五分買得.

二十八日陽.

耕菁. 順得牟四斗賭地來納, 又耕木麥, 買種於一升於順得處.

二十九日陽.

龍三秋牟四斗八升賭地來納, 食後之道谷, 省山之後, 入內村, 則同村與柴谷幷存,
故得蒿草溢還分介男四斗云.

三十日陰雨.

旱餘日, 需忽注, 百物生色, 人心合然矣, 季兒來叩.

七月小初一日陽.

耘朴床洞木花田, 使仁奴之金谷市, 買秋矮百七十刀, 價四兩四戔五分內, 仁奴錢
一戔入, 未給三戔四分云, 而酒價一分云, 而打作斗致量, 則二十二斗矣. 初昏雨
注溪澗實漲.

二日陽.

風日氣下凉, 知道谷同村丈來叩, 福川丁丈又來, 大宅賭地矮四斗持來, 馬戲川金
生, 以借馬事來叩矣, 初昏雨來.

三日陽.

借馬於麻屹牙金生員至耕槐木下田及石立田.

四日陽.

凉風下發乍有生秋意矣. 之芳村, 與諸集丈, 遊半餉而旋, 則知道谷李
棘人孝術來叩矣. 仁奴載草二馱.

五日陽.

野堂季哀來叩. 載大宅賭地牟而來矣. 使順卜之開芳, 易麥種六升而 木石昏地震自南而向北矣, 甚是怪事, 而此日乃立秋日也.

初六日.

使仁奴, 之金谷市, 賣曲子十二介一兩八戔二分內三戔, 以夏服價拾一戔二分, 市所貸錢拾一兩四戔三分內, 前市未給牟價三戔四分, 拾六戔七分, 買牟在四戔二分, 而仁奴處未捧本來錢六戔九分, 買牟都合一兩三戔六分, 而牟三十四升, 前初昏雨注.

裏面上段

朔日陰風雨年大熟, 朔與晦大風, 春旱夏雨, 此月以下可占來歲.

初七日陽.

重烝, 始役水砧.

八日.

雨注溪澗大漲. 木手來役水砧, 而天雨戲, 未能大池差如意云. 億俾在昨以渠母之泄症之故, 之龍山矣, 始還見.

九日大雨.

朝前, 與仁奴等, 之南山, 斫木桶及坐砧之意, 斫一株松, 心甚可惜伐木, 而亦是料理強意, 伐木未知如何耳. 朝後及午, 大注車龍, 而溢四望青色, 殊甚可駭, 而負洞

溪上流, 潰入殯廳, 蒼黃罔措, 不知攸措魂魄位及床卓, 私侍上房, 而私情切迫, 無
誠舉論, 而殊極, 監於家廟, 勢所無奈當
不覺當吉矣. 午後雨霽淸, 舊基前畓. ■…■.

裏面上段

秋分日風從乾巽來, 來歲大風, 坎來冬酷寒.

初十日. 末伏.

陽雨餘, 出見之, 則無非戀色, 芳村君益甫惠叩, 仁奴防舊基長阡, 季哀來到矣.
經變之後, 兄弟相逢, 其爲欣豁, 不覺無窮矣. 芳村尙州棘人, 偶逢於下畓阡上矣.

十一日陽.

臼洞新基叔, 自新基來叩, 直洞栢孫來, 審渠麥五斗而去, 買淸牟二乘一合於貴三
雌價八分矣. 受曲子價一戔五分於龍菊處.

十二日風凉.

風憲林己正, 以摘奸阡防事來見矣, 審其草錄文書而觀之, 則以卜名, 則一不見錄
矣. 乃陳其潰沙則只入一斗落只而去, 給順得木麥價三分, 又給龍三處, 豆價四分
及所貸錢一分, 水砧卒役, 給木手工錢七戔.

十三日陰凉.

朝前買眞瓜二分. 室人以相面叔侄次, 之薪田, 當此長霖之餘, 殊甚難關, 而人情

似固然矣. 防之而不得, 心甚未穩也. 之知道谷省山而歸, 則芳村子遷族祖來叩矣.

分丹與其母未見矣. 買石魚二分. 翼兒之.

朔日風雨夏水.

十四日雨.

以水砧適事, 斫越坪采木, 而未定價, 大聲貰一兩, 使順卜傳于黃二采處, 而窮家

凡節, 轉益生受, 至今延遷不勝汗惡也. 季哀聚有來到, 昨之芳村, 金谷權醫催促

藥價云. 心事尤爲罔涯, 雖粉身, 膳親之藥價, 安可遷延也? 罔極之中, 因忽忘, 却

未能他歷之故也.

十五日雨.

貸順得南草六毛束. 午後雨霽. 季哀旋. 水砧加收錢三分, 拾修道路, 大麥一升, 及

錢文二分乙與順龍別給.

十六日陽.

買松菜種一戔, 刈香附. 室人與翼兒還來. 後邑氏處曲子價一戔受次 而只受八分

云. 翼兒去後詢于右漢, 則盡納云, 而辭氣未穩, 酷甚悔訝也. 右錢八分, 給翼兒將

以明日自場觀光之資也. 爲只惟不多耳.

十七日陽.

盡春買斄, 故給貰四刀於所任龍三.

284

十八日陽.

命砂漢牽馬, 而去赤城市, 買山麻骨七標而納.

十九日陽.

修道路, 芳村君益甫枉顧, 而饒飢後旋之, 而高山姨兄惠枉, 初昏送曲子二同.

二十日陽.

望亭祖主枉歸, 修稧之故, 芳村甫村族丈兄弟稦寓, 及芳地朴丈來叩, 以十三利, 出三兩限來正月二十日, 送藥價九戔, 去金谷權敦閭家.

二十一日陽. 處暑. 雷燻而不雨.

買佐飯一尾三分, 白五丈三分, 成俩五分. 至夕陽, 東風引雨大注, 溪澗大潤, 農談云: 此日雨來, 則百穀未就能實云. 尤甚可駭也.

二十二日雨.

東風細吹, 酷甚生涼也. 買貴三黃肉一戔二分.

二十三日朝陰午陽.

高山妹兄旋之柳田妻弟來叩.

裏面上段

朔風雨夏水, 晦日雨麥善. 立冬風西北來, 五穀熟, 東南來, 夏旱.

二十四日朝陰午陽.

刈南草六把餘. 買貴三太二刀未給價.

二十五日.

自鷄鳴初, 雨注溪澗實漲浮, 失陶曾可惜也. 午後造曲子十七介. 自初昏終夜雨來,
前後所刈南草纔八把也.

二十六日陰雨.

乏薪, 而更無代新之木, 無路朝炊奈何奈何也. 朝前造曲子六介, 仁奴造介男曲八
云也. 朝前入見時分付於結鷄栖也. 不行而造麯云. 頑習漸生, 心甚可尚也. 室人
自昨夕以不立嚴令於奴婢事, 辭氣未程, 似不異事, 而夫人之所見, 未能弘思所致,
故聽善不聞, 則愒氣愈甚也.

二十七日陰雨.

使順卜捉鷄, 盖爲妻弟也. 朝後陽, 驪兒以鼇病呼藥.

二十八日陽.

柳田妻弟旋之故, 買草鞋及筆一柄. 季哀來叩. ■…■ 來迫給水價五戔, 仲妹裳又
持去.

晦日朝雲陰.

君益甫來到. 買沙器六坐七分.

286

八月小初一日. 庚戌. 陰雨.

朝奠. 自野堂辦備以來, 尤極罔厓也. 買石魚三尾價五分. 翼兒來叩, 季哀旋之.

初二日陰.

不見日殊雖堪耐也.

初三日陰不見日午陽夕陰雨.

後邑氏女, 曲子零錢二分來納, 大宅麻布二十尺價, 大麥二十五升, 受仁奴處.

初四日.

自朝前雨大注, 連置霾雨桂玉, 殊甚艱憫, 是可恨也. 夕後大注, 又西風大發.

初五日陰雨.

少無開霽之意, 令人欲老也. 柴木谷日孫, 今秋牟五斗, 及春麥三斗, 而納上, 而又納松枝一駄也. 買貴三分十刀價四戔, 市直, 則似乎三分五里, 而如此, 而給下甚寬印庸也.

裏面上段

朔日有風麥善, 晦日風雨春旱, 月內虹見大豆善. 冬至夜半天氣清, 物不成多風, 寒風從子來歲稔, 西北間來傷禾稼, 西來秋多雨, 西南間來夏多旱.

初六日陰雲.

使仁奴伐草先壟, 而自爾感保也. 買明太一尾價二分也.

初七日陽.

行知道谷省山之後, 買葛皮屨二分, 山直告以杜川居尹順得稱名漢, 斫邱木十八柱, 心甚可痛也. 季哀又來矣. 療飢於聞村宅, 而上山審察, 則果如所告也. 與卯君哀墓旋廬, 則姑無它憂, 而福川丁友謙善兄, 與族祖振汝甫來迫云也.

初八日陽.

午登山, 而周覽. 用菊買草用三, 斫木一柱下, 甚可痛也. 下枝用三, 於十介分付用菊漢.

初九日陽.

之野堂談話, 餉半拜渚谷查丈以還.

初十日陽.

之柴到谷, 而轉向知道谷而還來.

裏面上段

昔共工氏有不可子, 冬至死爲疫鬼, 畏赤豆, 故是口赤豆厠.

十一日朝陰午陽.

仁奴之安東, 買石魚六尾一戔三分, 明太九分, 白米二刀一戔五分. 白米, 及石魚三尾, 明太四尾, 大宅興成也. 以夏服價零錢事, 五戔給仁奴處. 明日也, 迺五代祖母諱日也. 季哀來叩.

十二日陽.

分年還一斗五刀. 季哀旋之, 刈南草七把.

十三日陰陽.

芳村君益甫枉顧, 盤松申丈來叩. 翼兒來叩.

十四日陽.

季哀來到.

十五日.

秋上月若雨. 芳村尙甲棘人來到.

十六日雨.

使介奴買北魚一尾價二分也. 仁奴衰暮還來也.

十七日陰雨.

持雜柿五帖, 買四戔. 季哀旋之.

裏面上段

朔風雨春旱.

十八日.

曾王考諱日也. 貸米一升五勺, 而行修祀, 傷哉苦悶甚也. 可悶可歎. 亦可呵怒. 風乍起而除, 可見月也. 金谷邊友來叩.

十九日朝陽.

剝南草二把餘, 使仁奴斫木二馱. 成九松也. 風勢有作.

二十日陽大風.

芳村諸丈來叩. 薪田姻姊惠枉, 饒飢後旋向. 納香附一粒, 直只溫突內外房, 及大宅內房.

二十一日陽.

仁奴之市, 使介奴, 之柴木谷, 催促早稻麥絶所致, 可笑亦可憫也. 使仁奴, 買石魚一尾四分, 明太二尾三分, 又給二戔於億婢, 以助渠之産次也.

二十二日陽.

築墻附丈判未畢. 白洞舅主惠枉, 洞別之餘, 舅甥相會, 不勝感愴, 而且孤露之餘, 尤極罔涯也. 聞白洞斗谷諸處消息, 則大蓋平安也. 以致莫行故. 買酒三分.

裏面

相國錢五戔, 大院母持去.

卜價一兩四戔使, 介男傳于林己正處.

梅湖宅錢五兩, 乞分持傳.

二十三日陽.

季哀早來, 軍威族叔惠枉, 饒飢旋發, 明朝乃伯氏逝諱之辰也. 殘命卽自爾層生, 殊難堪抑也. 分柴谷早稻二十斗.

二十四日陽.

舅主於向花谷, 臨別悵缺, 益果何如也. 望亭祖主枉臨接大宅胡桃牛乳.

二十五日陽.

收麻種摘栗. 知道谷同村祖母來叩, 受馬貰鹽一斗於玉孫處.

二十六日陽.

使介奴買石魚一尾三分明太二分草匣三分合八分用. 摘大棗, 殊甚未熟也

二十七日.

朝後, 驟雨忽來, 浥塵而卽晴, 分木花於介奴, 而又轉福床田.

二十八日陽.

億婢生雛朝前, 收救益.

二十九日.

之道谷, 省山之後, 入內村, 買生蜜一食器價八戔也. 未給.

291

裏面

晦日梅湖宅錢五兩, 宗必持去.

辛巳正月初八日錢四兩, 明孫持去.

九月大初一日. 己卯.

億婢生雛未滿三日故, 未能朝奠, 尤極罔涯也. 季哀朝前來叩. 備奠餅而來矣. 午後旋之. 翼兒旋向薪田. 踽踽益甚也.

初二日陰不見日.

剝南草三把. 分租一石於後邑氏漢. 至夜今雨來.

初三日雨霽.

踏驗松盆里, 而拜栗里查丈及薪田姻姊, 而與翼卽旋歸.

初四日陽.

之高山問候, 則大槪平安, 而娚妹相逢, 自爾倦生虞懷尤倍也.

初五日陽.

食後, 之渭谷, 拜岳翁, 而又過高山饒飢, 而窮日而旋夢.

初六日陽.

使仁奴, 刈越沓早秋稻, 龍門洞順年賭地租五石來納于大宅, 而一斗未盈, 故當索納上之時盡納云意到時, 以踏驗次, 之水深之間, 主潤金生員, 三再從兄弟枉叩, 而未拜, 不勝哀感也. 使命漢, 買北魚十二尾價二錢, 而一戔給, 一戔零在, 又買石魚一尾價二分. 午後東風大作, 使仁奴, 以初頭捕食次, 始刈家前稻, 殊甚未熟也.

初七日陽.

使仁奴, 之邑市, 欲賣大宅疋木. 買木花次也. 室人與兒輩摘朴床洞木花, 以鍛鍊次, 給三分錢於仁奴, 大宅疋木, 受一兩七戔, 買木花十九斤云, 而故度則十二斤半也.

初八日陽.

仁奴乘暮還見也.

初九日陽風凉.

兄嫂與室人及諸妹, 行兩家節祀之後, 以省山次, 之知道谷, 季哀來不咫尺千里, 未知何故, 而鬱寂自倍也.

初十日陽.

收稻. 軍丁七人, 未能盡刈, 聘君自新塘偶值河魚艱關到達云不勝惶惘也.

十一日陽陰風如下細雨.

十二日陽.

聘君旋斾, 臨別悵缺難可續續. 明朝乃曾王考諱也. 季哀來叩.

十三日陽.

收稻. 軍丁七人. 項甘畓早秧稻七駄, 舊基前畓稻十九駄也.

十四日陽.

仁奴報介男傭. 季哀旋之.

十五日陽.

芳村尙州棘人, 以山役事, 朝前來叩, 請貸二株松, 許之, 近巖兄主亦惠枉也. 拜華謙權丈及張碩老於山上, 奴輩刈糯稻.

十六日陽.

賣白米五升價二戔, 買箕一戔一分, 鹽三分, 在七分, 賣大宅米一升, 買鹽四分, 給木花十四斤一兩於億婢, 報北魚價零錢一戔於命孫處.

十七日陽.

仁奴, 與順龍及億婢, 刈大宅越稻, 收石立粟三駄也. 松曲再從兄弟來枉.

十八日陽.

與順得漢, 刈項甘畓麥種稻, 金谷權以文兄來叩.

294

十九日陽.

仁奴與貴三漢, 刈大宅石立畓稻, 夕收大宅越稻, 介男自邑府乘暮還, 見呈訴題音黃哥捉納事也. 食後知道谷山直林哥漢來見云, 親山白虎內, 二百步內, 不知何漢, 偸葬云. 心甚惶悃, 不知攸措, 而秋務汨沒, 未得入見, 尤極罔涯所爲也.

二十日陰雲.

奴輩(刈越畓稻晚後之道谷省山後審)收項甘畓稻脫, 七馱也. 收槐木下粟四馱. 季哀自道谷來叩云, 偸葬處, 大害於親山, 而切置渚谷朴生員之山也云也, 而以秋收事旋之.

二十一日風雨.

奴輩收越畓, 晚後入道谷省山, 而審偸葬處, 則果如近新所傳也.

二十二日雲陽.

仁奴以大宅買布事, 之邑市, 賣布受一兩七戔五分, 買木花十八斤價一兩五戔, 鹽三分. 自本宅辦出也. 買季妹加落八分, 玉色一分.

裏面上段

每年元風初旬前甲子入則大豐, 丙子入則旱, 戊子入則蝗, 庚子入則亂, 壬子入則多水.

二十三日陽.

朝前, 玉孫以永■去事, 馬鐵二袱來納也. 收大宅石立畓七馱也. 又收越路下畓畢秋收.

二十四日. 霜降. 陽.

打糯租二石十斗也. 十斗上于大宅, 摘柿纏一貼也.

二十五日陽.

打家前畓餘租, 松田元太, 荳租七斗來納, 打稻五石五斗也.

二十六日陽.

買鹽四分, 白紙五分, 大宅鹽三分, 貸大宅, 賣布錢一戔一分, 用烝楮, 新基邊士進丈惠臨.

二十七日陽.

蓋馬廐, 打豆四斗也. 收木花, 木未能盡收.

二十八日陽.

送仁奴於白洞矣, 中道遇黃郞而歸也, 而黃郞, 則入於羅谷云也. 打豆七斗也. 初頭所種二刀五分, 而所出如此. 可免農利也. 仁奴中路遇黃郞而旋也.

二十九日陽.

仁奴編飛盖, 盖砧室, 白紙五丈, 貸于近巖宅, 修白洞書, 黃郞衰暮來近洞, 別之餘, 不覺壹倒也.

伊卜價二戔一分, 中大持去.

藥價一兩, 鄭奴李孟大持去.

三十日陽.

送白洞孥, 行資三分也. 送仁奴於浯川市, 欲賣曲子而空還, 而得聞高山消息, 則姊氏以眩昏云, 症委困云. 不覺憫然也. 佐飯六分, 明太二分.

十月初一日陽.

日氣太溫, 可喜其冬日之暖也. 仁奴使買曲子八丈價一兩四分, 買鹽六升四戔三分, 草屨三分白紙一戔一分.

初二日陽.

之龍門, 以造紙事, 給桑皮還, 紙 …■…, 午後之野堂, 與黃郎再來, 命孫賭地太七斗納, 持令里作衣木花十三斤, 及眞荏一斗來納矣.

初三日陽.

分後邑氏粟十二斗及豆七刀, 買菁一駄價四戔八分, 措數一殆於十二介也.

初四日朝陽午陰.

盡三賭地租五石納上, 黃郎朝後, 以含滯之症, 委困, 殊可憫也.

初五日陰雨.

龍任糯租五斗來納.

裏面

卜價五戔, 使貴三傳于申丘潭宅.

初六日陰不見日.

打大宅租, 軍丁四人, 而斗量十五石, 而賭地租二石持來, 編飛盖, 知道谷月峯崹,
無事價四戔四分, 給于白雲堂鄭百元漢. 季哀旋之, 白洞金乭姊來叩也.

初七日陽寒.

之野堂遊, 餉午而旋. 斗谷季姑夫惠臨. 黃郎得知各處皆平安慰幸耳. 黃郎則以今
來而未還, 怪事也. 以編大宅飛盖十介.

初八日陽.

使介奴, 傳白洞書期于十日. 仁奴造空石, 貴三編大宅飛盖五介, 與仁奴盖大宅,
屋花叱孫賭地太七斗持來.

初九日. 立冬. 陽.

斗谷季姑夫旋斾, 盤松李月灘宅賭地租四石捧, 後邑氏賭地租一石捧.

初十日陽.

打稻軍丁十一人, 斗量二十二石也. 庭編飛盖於二十七介.

初十一日陽.

新院畓賭地一石八斗受. 登次租二石持來, 十斗以堤洞祭次, 納于大宅, 二十斗以
知道祭次受置. 盖屋.

卜價五戔, 使貴三傳于張卜孫處.

卜價二兩, 傳于邊白洞宅.

舊卜價五戔, 退洞林溝宅持去.

卜價五戔, 栗峴薪田宅持去.

卜價二戔一分, 給于梅湖宅.

十二日. 陽陰雲, 午後細雨, 乃注.

十三日雲陰.

知道谷金生大宅稻一石四斗來納, 高山姊氏, 租四斗五刀受置, 乃後邑妻之所納也.

十四日陽陰.

本面書員出來考卜. 高山李郞來臨, 以借馬之意也. 分任生租二石十二斗.

十五日陽.

之野堂, 餉半而旋來, 李兄旋之.

十六日.

朝陰雨, 故黃郎欲歸未歸. 修禊次, 芳村明汝甫來臨也.

十七日陽.

黃郎衰曉旋發. 與仁奴之邑市, 買角十一兩, 牛北魚一兩三戔五分, 海合一戔一分, 연一戔一分, 饒飢一戔八分也, 而賣大宅疋木於二疋三兩, 而盡爲引用 心不自安也. 又■■三戔八分也. 而明太價則不給.

十八日陽.

署牛盡爲分去也. 受龍菊賭地租六石, 順奴來未可給也.

十九日朝陰.

今將行龍門洞墓祀, 而日氣甚憫甚憫, 旧洞新基奴來叩.

裏面

債錢六戔, 使乭夢傳于林己正處.

二十日陽凄風大作, 殊甚寒冷也.

自大宅辦行堤洞墓祀, ■■■■, 行藍田洞墓祀而來, 則知道谷曺生, 分大宅稻二石六斗而來待矣. 福川丁生員, 大宅賭地三石, 及田賭地糯三斗, 粟四斗持來. 柳田南棘人來叩請貸. 家故素無面分知, 殊甚生受也.

二十一日陽.

行知道谷墓祀. 野堂近先兄主, 以私祀事未擧也.

二十二日陽.

行虎洞墓祀, 與白石晨星奴, 及舊洞叔承天, 而省山, 則山所後十餘步之地, 不起, ■…■, 下知道谷村, 則聞村到偶逢回祿之災也. 下墓, 卽逢近先兄主, 則軍威致事, 自基村旋施云. 雨谷處, 皆平安, 水谷姑候近又添劇云. 坐外所聞, 貢憫無已, 而恭 ■…■ 未克如意, 抽身晉候無計, 尤極憫然也. 以司成先祖墓碣事, 言及間, 四派諸族, 則四十貫送云. 加意就值以爲成体也云也.

裏面

門中錢一兩, 致便處捧傳于軍威宅.

卜價三戔二分, 傳于邊白洞宅.

梅湖宅錢利本合七兩, 高亘夢(入+夕)持去, 門中錢一兩, 致明處捧.

門中錢一兩, 傳軍威宅, 卜價九戔, 傳邊白洞宅.

二十三日陰雲.

新沙黃德三傳牛牽還上價給一兩三戔, 餘金一戔六分也. 舊洞叔族之還, 晨星奴行高林墓祀, 余獨行至峰, 及伯氏墓祀, 孤露之感尤倍可高也. 直洞林謹分來, 大宅粟八斗■ 採高占孫分主峰稻租二石三斗也. 夕後雨餘, 快浥旱塵山, 今介奴分九斗, 三斗落只田 九斗太是爲農利耶. 可呵可呵.

301

二十四日陽風雲.

行谷洞墓祀, 使仁奴防籬.

二十五日陽風.

與晨星奴, 之勿寒里, 至暮乃至山直室, 關覲於捧祀, 分大宅稻二十四斗, 作錢一兩四戔五分.

二十六日風寒.

下雪路過故暫入饒飢. 當驗未便, 奴輩, 作米六斗, 白米十九升也. 所料太不實矣兮. 可歎也.

二十七日陽.

使仁奴, 之邑市, 持白米三十二刀去矣. 之市以市升之, 則纔二十九刀五勺云, 而五勺, 則給地賞, 一刀, 則買四分, 故米一兩三戔, 而又去時, 所給錢九戔九分, 幷合二兩二戔九分, 而大宅木花二十二斤一兩七戔入給, 明太價四戔, 而餘來錢一戔七分, 而饒飢二分也云. 米斤自太不實兮. 允可歎也. 送順奴於高山, 盖借馬於高山新行也. 修妹兄伯氏書.

> 裏面

卜價三戔一分, 傳栗峴黃田宅.
梅湖宅卜價五戔八分, 給申丘潭宅.

二十八日陽寒.

使仁奴修廁, 塗大宅門, 順奴來還, 聞高山消息, 則姊氏所恙, 尚今未快云, 可憫,
而諸般平安云也.

二十九日陽.

以朔奠事, 使介奴, 買佐飯明太及石油黃炊, 給五分錢, 仁奴, 以渠上無籬薪造役
次, 之山云也. 翼兒欲旋之不覺薪薪也.

十一月初一日. 戊寅.

見高山李兄書姑母, 使仁奴, 買白米二十一刀價九戔四分, 任大棗五戔五分內, 白
紙四丈二分, 鹽六分, 北魚三分, 石魚一戔三分, 玉色一分, 一名油眞一分, 九戔五
分, 給菁價馬費, 零錢二戔受玉奴處, 黃肉價一兩, 受祖烈處, 金谷權友以文以傳
取事來叩, 黃肉價一戔, 白米價九戔四分, 大棗價五戔五分, 合二兩四戔九分內,
二兩二戔一分用, 在二戔八分內, 一戔五分 給蓮■■給介奴錢三分, 傳山麻價七分
於陽川宅.

裏面

梅湖宅卜價四戔, 使介男傳于張福孫處.

初二日陽.

使仁奴始收南山松葉, 大宅順奴與後邑氏及春奴收之也云. 而偶逢毒感頭痛及眩
氣大作, 故委困而臥, 芳村宗人稴實, 以借馬事來叩矣. 始食所畜租一石內, 四斗

曝之也. 收南山松葉五負.

初三日陽風寒.

閉戶窮廬, 百感歸中, 實所難堪, 內自恨何托也. 仁奴以福川醮行事去, 朝前與食後, 又奴二員云云也. 介奴祭次零租五斗來納.

初四日陽.

給引價二戔五分, 而七分未盈, 故貸陽川宅錢七分給之也.
借馬於芳村穉實, 而馬似衰是可慮也.

初五日陽.

仁奴與順龍奴率龍菊而收南山松葉四負, 使介奴, 分帶孫稻二石封置.

初六日陽.

龍洞劉萬孫大宅賭地太八斗粟八斗, 而二斗零, 故則以後次, 餘者租一斗納之, 午後風雪大作, 是可怖也. 季哀來叩. 暴稻一石十斗. 使仁奴, 作還米十斗.

裏面

梅湖宅正價一兩在吾家.
門中錢一兩, 致明處捧傳于軍威宅.

初七日風雪大作.

季哀旋之, 以寒戰之症, 終夜苦痛甚, 是苦事也. 大宅福川所來稻一石, 貸給仁奴,報新沙長利租一石.

初八日風陽.

初九日陽而不雨陰冷矣.

率順奴, 而之栗峴之柳書堂, 前見翼兒, 而入薪田, 則柳田權友來到也. 之栗峴過審亭村林丈, 而之查家, 則姑安矣. 俄而武夷林丈來到, 言及於堂洞稧畓犇放賣, 則從近周旋以給云. ■■ 欲見其畓云, 故偕去而觀之, 歸路又入姻叔家, 則於令里子楚林丈來到矣. 又言賣田事則觀勢圖之云云. 乘暮旋巢. 朝前還米及太與大同, 盡辨送, 而大同, 則以代錢手賣租七斗五刀, 兩祀三兩給之, 沮潤武漢, 罷稻事一兩二戔三分持來云. 馬蹇故未送, 手送苦, 乃歎乃歎, 今日乃大雪.

初十日陽寒.

午後之野堂, 情話移時而旋.

十一日陽.

之知道谷省山之後, 入內村饒飢, 而旋來, 買鹽一戔二分.

裏面

二兩介男持去.

十二日陽.

打項甘畓稻及越畓, 軍丁五人, 介奴入役. 大同代錢五戔五分給貴三. 龍寺宇定債去錢十三兩來納. 打稻, 越畓及項甘總九石也, 而以斗量, 似十一石斗數矣.

十三日陽.

之野堂, 而未向半, 順奴來告客來, 故則旋來, 則栗峴林兄以賣畓事來到矣. 拜九溪申士亨丈. 仁奴與順奴絶粟半日.

十四日陽.

仁奴, 與順奴任生員, 惟粟打之, 則出七十斗也. 林兄旋之. 龍門寺太摠僧還紙一卷浮送也, 而楮價則未送, 甚是怪事也. 知道谷柴木谷以奠殯之意, 持餅一柳器而來, 具誠可嘉也. 季哀來到.

十五日陽.

與柴木谷, 之龍寺省山, 而之寺, 則正益僧不在, 而見是榮, 則初甚踞竍, 而末乃以數三日間納上之意告課也. 乘暮旋來, 仁奴自龍山又還也. 之龍寺, 招見正仁僧, 峻責其欺罔, 因以窓戶紙一丈納上也分付, 則快許也, 而日氣甚急, 使柴木谷受來之, 而旋來.

十六日朝陰午陽.

朝前楮價來納也. 奴輩打眞粟, 乃七斗也. 臼洞新基叔來見而旋之. 午後之芳村買明紬十六尺價十兩五戔, 而欲染赤紫紬之意也, 故三尺, 則明汝甫托漆色之意也. 未給價.

十七日陽風.

送介奴於白洞, 而給行資三分, 錢四兩貸宗心, 曝稻二石.

十八日陽.

曝稻, 給木花八斤於億婢. 九溪申尙兄來叩, 盤松李生亦來, 金谷魯瞻棘人從兄弟來叩, 季哀夕來, 欲掛馬鐵之意也. 龍門是永僧錢二十六兩來納, 而又持去二十兩, 門中貸錢三兩而去.

十九日朝雨午陽.

薪田翼兒來叩至, 午介奴始還, 得白洞立谷消息, 大槪平安耳. 使仁奴, 春稻二石, 翼兒與命兒來叩.

二十日陽.

曝稻以斗量, 二石四斗也.

二十一日陽.

曝稻以斗量二石五斗也. 送籬薪一駄於薪田. 翼兒旋之.

二十二日陽.

使仁奴, 送邑市, 以買大宅疋木次也. 給太糧價五戔於陽川宅, 順得賭地太八斗來納. 大宅疋木受二兩九戔, 買鹽三戔, 木履四分, 本家鹽三戔, 明太二戔一分, 白紙五分, 가락八分, 玉色一分, 北魚七尾, 納大宅價一戔. 之新基遊終日而歸, 曝稻設

量二石三斗五刀也.

二十三日陽.

朝前盤松月灘李, 似賣畓呼窩也. 食後送明紬價一兩五戔, 使順福, 傳于芳村魯村宅. 之薪田終日而來, 明日乃冬至, 宜來卯君來叩, 而不來. 甚怪事.

二十四日. 冬至.

季哀朝來. 奴未參朝奠行而家節祀. 給春乭木花價二兩六戔五分, 朝雪午晴. 季哀旋之. 野堂宗人弼良, 以借馬之意來叩, 而馬蹇故未借.

二十五日陽.

給傭稻三斗於順卜, 錢十四兩貸而來.

二十六日陰而不雨.

季哀來叩, 午後, 之野堂留宿, 夜下細雪.

二十七日陽風雪.

之知道谷留宿.

二十八日陽風.

食後, 召李順孫, 以買得山下田次分付, 則渠之言內欲受二十八金云. 人心極可切痛, 故不買以散下, 之柴木谷金生員, 之柴目谷, 路遇芳村栗峴丈, 而之木谷留宿, 見一奴漢, 而賣田之意, 則觀勢圖之云也.

二十九日陽風.

旋來, 路遇士焉丈, 而旋來.

三十日陽.

黃宗百, 貸去錢八兩持來, 十兩, 則似十四去削. 以給天柱乞控僧來乞, 故給租一斗.

十二月小初一日. 戊申.

使任丈周臣, 傳億奴價零錢十兩于魯佐里金生家潤宅. 沙村金丈孟玉來叩. 使介奴, 買靑魚三尾三分, 北魚二尾五分, 大宅祭需.

初二日陽寒.

春稻米四斗五升, 曝租一石.

初三日陽風寒.

又布稻.

初四日陽.

給錢五兩於高命孫, 買筆二柄價三分也. 明日, 乃本生大母還誕之日. 野堂季哀未參, 哀慕之心尤極無添也.

裏面

虎坪李生錢一兩, 以月利持去, 十二月初四日捧.

初五日陽溫.

行祀後, 之野堂, 初及賦峴, 季兒亦來矣, 中途叙懷, 而之野堂, 則二從兄主, ■…
■, 餘悲到甚云. 以南岳先祖墓碣之意, 付囑門內與四派. ■如■■也. 拜丁丈武
貴, 又拜權戚仁煥兄, 到暮旋■, 則季哀■■■.

初六日陽.

給門中錢十五兩於林栢孫, 福川李兄士睦來叩. 龍山李丈李兄來弔.

初七日陽風寒.

芳村宗人子天丈來叩. 推債錢七兩也. 使順福, 傳生淸價八戔知道谷 · 柴木谷許,
午後, 之高山路過還市, 買연一戔, 北魚二戔, 十二尾內, 七尾傳高山, 五尾傳渭谷
岳丈寓, 所持家材價三兩, 傳高山, 日奴■來持, 事甚遲然, 自爾已, 何故傳之. 日
暮達高山, 則妹夫伯氏華叔, 以聞感之症委困, 而查丈出外未村, 而媤妹各別後逢
着, 均受悲懷難耳. 堪抑而人情之固然也. 奈何.

裏面

崔奉先錢四兩持去.
馬乭夢錢一兩持去.

八日陽溫.

食後捨馬, 而之渭谷, 而坐松亭, 送順卜, 請岳丈而拜之, 則姑平安也. 而閣別後逢
着, 自深難嚜底懷緒, 翁婿同情誼, 果不慮路也. 見朴老人得飮濁醪一盒, 曳衰者,

素昧生來之人, 忽得此計慮之外, 須私覺赧出也. 情談幾時後, 還其處, 則查丈已旋旆也. 適孫還來, 而非但查丈之强捲也. 百難扼拂, 故留宿, 順卜, 以康厄苦痛, 客中玆甚憫然也. 村內諸友, 皆來遊談古, 至夜半乃罷.

九日. 小寒.

朝起, 視黑雲四塞, 念慮自倍也. 食後雪作, 而冒雪旋來, 則主人挽之也. 歸發言及查丈於妹婚, 則閑松及石浦有婚處, 而未知如何云. 以從近發語以觀云. 歸路入陽川, 則主人, 以安家恰穆以輔之意, 言之也, 而打義利不敢不敢, 辭之. 素舊謂苦事也. 艱困故遠嘆矣. 痛者也, 而仁奴以渠之上典家材事, 入赤城云. 去時, 使初去不及, 仁奴買■■以二十四兩決價以文, …■■…, 而未知如何.

十日陽風寒.

翼兒來叩, 得聞薪田安否.

十一日陽風寒.

季旋之. 給白紙價六戔, 及奴價代手書債十二兩六戔, 貸門中而給之. 翼兒孫金谷而之.

十二日陽.

給水深畓卜價錢於貴先三戔. 翼兒旋之. 薪田織祭席一立, 知道山直後邑氏, 以貸錢之意來見, 而以無錢故, 未就, 可歎可歎.

十三日陽.

買門中畓六斗落只於知道谷價七十五兩, 而自吾家貸錢十一兩於林栢孫許, 又推楔錢五兩六戔六分於介男許, 二十兩則已野堂而持來也. 望亭祖主臨枉, 而今還, 近巖兄主又叩, 而旋之. 仁奴還來也.

十四日陽.

朝前, 往拜穉奎丈及鄭成禧甫. 使仁奴, 買大宅畓■■, 之福川, 給錢二戔於仁奴, 以興成次, 又與一戔二分, 食後, 之新基拜邊日成魯瞻, 而水谷柳欽九甫來弔, 而去者, 故未見, 此丈又來新基見之, 不覺愧赧也. 仁奴買石魚三尾, 價云八分, 四分餘來也. 夕後雪作掩地.

> 裏面

介男錢一兩, 以月利持去捧.

十五日風雪大作.

修水砧楔, 季哀卽寒旋之, 極可慮也. 修水谷報語柬, 附送欽夫甫, 能無浮沈之患, 而所傳耶. 可慮也.

十六日風雪.

使仁奴, 之金谷市, 以興次, 給錢二戔一分, 又給仁奴於一戔矣. 以興成錢二戔一分內, 北魚四分, 石魚三分, 鹽五分, 石油黃一分用, 合一戔三分, 在七分, 以買木履, 給仁奴而未捧.

十七日陽寒.

使成大, 之堂洞, 受稧畓十四兩, 而在十兩也.

十八日陽.

使順卜, 傳方笠于知道谷, 而柴木谷來叩. 本洞權稻之來叩. 使介奴, 之堂洞, 受畓價七兩而來. 介男又五兩三戔四分未納. 錢二兩命孫貸去.

十九日朝陽午陰.

柴木谷旋之, 余之野堂, 錢十兩持去. 五兩報望亭宅, 債錢五兩給門中, 見朴景木及孰汝甫, 夜雪.

二十日雪寒.

仁奴, 之呆床洞, 受債錢五兩六戔於貴三處. 雪裏四山家間凡節, 去益艱楚, 自歎奈何, 也只自歎恨而已也. 報順得錢十三兩八戔. 偶生項腫, 故附날거무쥴애귀볼디올씨버붓치드, 숨눈애눈돌연을두엇씻부면낫두ᄒ더라.

二十一日陽寒.

使小斤只, 買鹽三分. 翼兒來叩也. 以項腫及頭痛, 終日委臥而困.

二十二日陽.

之知道谷, 省山而來. 萬村族祖栗峴木未給, 去後持去錢八兩, 故以學稧移錄.

二十三日陽.

學稧錢一兩, 命孫持去, 儉浦宅錢七兩報, 而三兩貸之, 報甫村宅卜價三兩五戔,
在四戔二分. 日暮還來, 則龍切以■■舌忽生. 故仁奴帶去龍山俱云. 夜興翼兒讀
談, 聞權梁山都使講時經句詩云. 嶺南寒士惚威風, 問漢答周講不通. 今日從軍由
我罪, 平生遺恨在楊雄. 人聞風驅落葉戰, 秋山月將衆星陣. 北極詩不覺奇絶, 故
記此.

二十四日陽. 大寒日也.

日氣甚溫, 不覺冬日之煖也. 又聞翼兒烈女詩, 威如霜雪節如山. 不去爲難去亦難,
回首錦江江水碧, 此身晏處是心安, 此烈女乃平安道人也. 善誦七月篇於移秧時,
故觀察使兒客過去, 忽聞其音至琅琅, 其見其貌之窈窕, 忽欲爲卜妾, 故烈女作此
詩, 而沒于錦江云. 又聞, 溪頭石洗千年骨, 發口花爭二月顏, 栗峴林友及臼洞新
塘叔來叩. 買冠旂價三戔也.

二十五日陽.

林友旋之. 新塘叔之盤松, 馬戲川金生以促債錢事來叩, 饒飢後旋之.

二十六日陽.

臼洞新塘叔旋之, 翼兒又旋之. 買四葉草屨, 而給之室人, 又縫玉色敝衣, 而給之.
使介男, 買鹽四分玉色四分. 報儉浦宅貸錢三兩, 月衿來, 則告, ■…■, 午後西面
林生來到留宿. 以買於令里田挑買次也.

二十七日雲陰.

朝前, 成文書, 而買之價六兩也. 使仁奴, 之邑市, 持二兩六分錢而去, 且給渠之雇
貰錢二兩四戔, 送本洞號溪權生卜價二兩, 食後, 之福川, 拜聖應甫, 言及於債錢
事, 則不備云云. 歸路, 見邊魯瞻心製人子路邊, 歸家, 野堂族叔思然, 而未見極可
恨可恨也, 而且季哀來叩, 言權同村宅債錢事, 而未酬, 未覺傷哉之恨也. 且未饒
飢, 而旋之. 尤不免薪薪也.

二十八日陽寒.

仁奴朝還. 北魚三戔五分, 靑魚五戔二分, 鹽六戔五分, 海衣一戔一分, 生薑二分,
梳八分, 藿一戔, 草屨七分, 素紬一戔一分, 玉色二分用, 合二兩三分內, 大宅鹽
三戔海衣六分, 北魚九尾一戔九分, 生薑一分, 梳四分, 福川丁丈以買畓來宿.

二十九日陽風寒.

丁丈旋之. 使仁奴, 之新基, 賣大宅福川畓價四十兩, 受來其價, 使介奴, 傳甫村宅
卜價零錢四戔二分, 買黃肉一戔三分. 門中錢二十兩, 林栢以十四之例持去. 芳村
君益來叩.

裏面

梅湖宅錢貳兩, 介男持去.

1827年

丁亥年

丁亥正月初一日. 丁丑. 風寒.

行祀後, 之道谷省山, 而至暮還來.

初二日陽.

行大宅忌祀, 野堂近巖兄枉顧, 弔客四五人來到, 季嫂來, 至午後, 與白洞妹阿旋之.

初三日陽溫.

食後, 望亭祖主枉顧, 芳村宗人來弔. 贐助酒一盆, 給龍三. 午後大風起也. 至白洞新基姊來叩.

初四日陽風寒.

柳田權友三從兄弟來叩. 午岳丈又枉顧.

初五日陽.

白洞新基叔兄弟旋之, 新田姻叔枉顧. 使仁奴, 送福川, 以明市興成次, 給銅二錢七葉.

初六日陽.

岳翁偕翼壽旋旆, 芳村孟休甫惠顧, 一自歲改之後, 心自凄感, 而翁又言: 歸塊守苫次, 涕淚自下也. 嗟歎奈何. 人家倚伏無常, 日後或有繁衍時節耶? 白洞妹阿, 自野堂而旋來. 季哀又來叩. 午後金谷邊日成甫來叩. 乙亥逃奴福伊見來.

初七日.

自昨初昏雪注, 朝起視之. 雪掩四山, 又起大風, 甚酷寒也. 季哀留之. 金谷權友
來弔.

初八日陽風寒午後陰冷.

芳村宗人來叩. 道谷柴谷又來留宿.

初九日. 立春.

與柴木谷, 之柴谷, 見稗悟及汝益而旋來. 日氣甚獰寒也.

十日陽寒.

給仁奴雇貰錢二兩, 見還穀都草記. 金谷邊友從兄弟來弔.

十一日朝陰午雪.

送奴於白洞矣. 日氣如此, 未知無撓得達耳. 以白洞歲儀次, 錢一錢五分給, 行資
次, 四葉給, 以買靑魚次, 二戔一分給 重魯魯瞻甫旋之. 芳村振汝甫來弔, 午後雪
大注, 尙州咸寧人金堪輿爲名者來宿.

> **裏面**

卜價五戔, 使介男傳于申丘潭宅.

卜價五戔, 下給于張之孫.

卜價四戔, 下給于栗峴莊田宅.

十二日陽風寒.

堪輿客留宿, 而看此基址, 乃謂今居之地可謂吉地, 而所欠者, 門也. 而若出坤門, 則子孫與家業大昌云, 而外廳則家後爲吉云.

十三日陽寒.

與堪輿客卜舊墳, 則朴床洞親山, 南山祖考必有灾禍云, 而南山曾王考墳塋, 則可謂今世之名山云, 而子孫綿遠, 必出大小科云耳. 家後祖母山. 及越六代祖墳亦且安穩云耳. 咸昌聞慶叔主來叩.

十四日陽.

聞慶叔主留宿, 堪輿客則旋去. 午後季哀來叩. 自水谷柳生員欽夫便, 得見水谷姑氏之書, 得安否可喜也.

十五日陽.

乃從祖考諱辰也. 行祀之後, 偕宗文叔, 之道谷轉野堂.

玉龍子問答篇.

玉龍子問於弄波亭曰: 山有三規, 水有二矩, 先規乎先矩乎, 答曰: 規者体也, 矩者用也. 有体然後, 有用. 未聞無體, 而有用也. 玉龍子聞言而退, 姐媼進曰: 規者矩者何也? 曰: 規者成体局三也, 矩者得破二也. 星失其星体, 失其體, 局失其局, 是乃破體, 得失其得, 破失其破, 是乃破用也. 何也, 水星下水體水局, 是爲上格木星下木體木局, 是爲得格, 餘皆倣此. 然其中亦有造化木星, 下火体偶得土穴, 則此所謂木克土. 然火体顯出, 則是爲貪生忘克, 而返爲吉地. 倘匪火體, 則失格, 故不

可用也. 且木星下

土穴又得金克是爲製化而凶反爲吉其於得破則剛得其剛柔得其柔爲

得水之上格剛得其柔柔得其剛爲得水之中格剛配其柔柔配其剛爲水破之上格

不然則是爲破格不可取用而剛柔之理亦有規矩陽中剛配陽中之柔陰中之

剛配陰中之柔然後卽有生成之理也姐媼又問曰其於山也有龍脉朝山其

於水也有越見潮水此等不入於規矩乎曰其於龍也天干地支不相同也天干龍

地支坐向爲駁雜故陽穴則取其陰龍陰穴則取其陽龍然後龍向通氣

然若非先後天地龍則爲死析故不可取用其於地支陽取陽龍陰取陰

龍爲能吉不然則取其先後天及貪臣武三節取用矣其於脉則龍下有

腦腦下爲脉而脉中有穴龍氣到穴而自上自下而無止於脉故別無取論脉

氣而其至朝峰則陽山陽峰陰山陰峯最吉然近秀不如遠朝其於朝

水則分陽分陰相配上合而生旺方亦爲最吉然遠潮不如近潮是以陽山陽規陰

山陰規奴婢繁成貴人扶身陽山陰規陰山陽規亂臣賊子敗家傷倫山精曜

照於百里之外水精難過於十里之外故峯巒廉正百里遠射殺水廉正十里

難射矣曰然則十里外照不論吉凶乎曰然雖是十里之內潮水大海大澤大江長

流在於凶方長潮不息故不作廉精況十里外潮乎姐媼更問曰山水若此則其於風

也亦有凶吉在遠近乎曰然風者山水之精陰陽之氣交合者也故其爲殺風勝於山水之廉

精然風氣過於十里則自解自散故雖曰凹陷過於十里之外則不爲廉精矣曰然則千

里散風其無害乎曰無傷也旺相之位配合之方則千里通氣然後有出萬里之才矣

況雖不吉方千里散風其有何害哉姐媼更問曰大抵占山之法不同或穴落於山角或穴薄

於山腰山枝山足各有杖足而無異乎曰夫穴落之法不相同也取其龍節取其得破

取其留氣而留氣者爲穴則移龍作生移臣作合移破作配然後論其生向豈曰角

腰枝足乎姐嫗又問曰龍沙宜逆而不宜順虎砂宜順而不宜逆也獨土山案砂宜

順水而不宜逆水者何也曰龍沙順水子孫離流虎砂逆水子孫子孫剕戮其於土山案砂逆

水則流運不能巡聞故子孫腰打疢矣曰然則艮坤辰戌丑未之山當逆沙於案

則不能用也曰然豈獨土山其於大山案有逆砂則大起官災又多水死子孫矣姐嫗

問於玉龍子曰理氣篇云山水同歸子孫離流果然乎曰然曰然則山左旋水旋

爲山水同歸乎曰中原之地野潤山低三尺之高爲丘三尺之深爲溝故長於

廣野獨龍頗多則溝塹稀遠左右攝流者小故一邊無水則是爲

同歸也曰然則兩水攝流而合於穴前者不爲同歸乎曰然盖此東那

山高谷深左右有谷有谷則有水其於東那豈有山水同歸乎後之學者

只以中原之文論山水同歸不察左右挾流而曰同歸則是膠柱鼓瑟也姐嫗

更問曰不見三丈者何以論之乎其於得破俱以三丈論之乎曰噫是何言

也是亦中原之文中原山低野闊有龍無虎有虎無龍者頗多故水多則

水隱於千里之外水小則水隱於十里之內故是則不可以不見三丈論也至於

東那則山高谷深水路不變隱見分明則三丈之論誠是理外也姐

嫗更問曰其爲占山者論水之法紛紜不同得有源見而頗有內外先

後未可知也其於得水先源乎波見乎曰得水者有源然後有水應出者源

也曰其於階也先察內堂乎先察外堂乎曰水破者細論則深不

見乎流運轉水不出十里之外則何不察骨肉之將憑審於外堂與潮

水破乎龍虎之內爲內堂局外爲外堂則其何故捨骨肉取局外之

破乎然外堂不出於十里之外則不可不取其兩流矣曰取其兩流則何

先先外乎先內乎曰流運自穴乘降輪回四方則既曰先外乎外

堂食水雖是顯出直見十里之外則運不能出於十里之外故其於吉

凶無所應也姐媼又問曰龍虎低頭水門野色如有不同則取其水

門乎取其野色剛柔經不曰應出於水門不出於局外乎吉凶之應徒

出於內堂水門外堂如有澗澗若爲人作則雖是長流應不出此矣曰然

則局外外堂若有作堂同渠則雖是凶方有水不爲廉精乎曰然人作

行流是乃死水局外野潮不爲廉精況死水乎是以沙峰巖石則

人力遮掩能爲制殺風水兩廉精遮掩不避矣姐媼更問曰運

有大小而行亦有方大小之運運轉之方可得聞歟曰大小之運在於河圖

篇流運行年在於穴運穴運篇其不見乎一三二四五山之小運也六八七九五山

之大運其於運轉則未有吉凶之應也其於流方則金水兩山之陽穴運

起於穴中自上達下而左旋陰坐右旋火木兩山之陽穴運起於穴中自下

達上右旋陰坐右旋土山則運起於穴中莫上莫下倘盡年限

則陽山左旋則陰山右旋次次轉會矣曰四山自上達下自下達上之理

其於土莫上莫下其理可得聞歟曰金水太陽之精也故其性自上就下

木火太陰之精也故其氣自下就上其於土王則中央之精也故元無升

降之理而至四季寄土王焉故輪回四方矣曰流運行年限可得聞歟

曰四正四維則以八卦之數爲年限至於十六位以先天之數爲年限八卦則一乾二兌之

類也先天甲乙子午九之類也曰自上達下自下達上則其有限堺乎

曰然木三八則上三下八故上取節而計之下則取尺而計之是以木山深察於

後三節下八尺水山後一節下六尺大山後二節下七尺金山後四節下九尺

土山不出於穴一節曰節限尺數之外如極害死絕其無應乎曰無傷也

姐媼更問曰節有長短運有年限不計長短只取節乎曰不然年運

轉於三尺則禍福長短與否在於節長遠得水多少矣流運轉回於

後節得破不回於峯巒砂隔照耀而挾起不集於流運行年矣

曰古書云三凶四吉是可用也果然乎曰體得其極則可也體失其体則

雖純吉不可用也曰體得其體則可得聞歟曰體者穴也格者局也

子水穴得水體得金局是爲格也

餘皆倣此, 則族叔主, 行金谷, 而四從兄主, 偶以寒感之症, 委困也. 仁奴至暮旋

來, 聞

白洞豆谷消息, 皆平安也.

十六日陽.

分還租四斗五刀牟四斗, 道谷柴谷來到. 賣柴木谷田畓七斗落只價二十五兩內, 五

兩不受, 季哀來叩. 貸錢二兩, 白石晨星叔來叩.

十七日陽.

晨星叔旋之, 食後, 之高山以來, 則芳村明汝甫來到云.

十八日陰不見日.

新堂洞李兄龍行來弔, 夕後雨來.

十九日半風半雪.

與李兄, 之新田, 與李兄收錢二兩, 合四兩附于姻叔宅, 盖保妻家計也. 歸路之芳

村談話, 而來.

二十日陽.

使貴三, 送稧錢三兩九戔, 及文書, 而貸錢一兩於貴三許, 夕後來獻.

二十一日陽風.

使命漢買北魚六尾, 靑魚八尾價二錢也. 之福川受銅八兩四戔而來, 則栗峴林友世
鉉來到, 而又聞九溪申士亨來叩云, 而未逢.

二十二日風寒.

給賻助於朴成玉北魚四尾也. 送順奴於斗谷, 將欲尋仲妹紫紬計也. 送白米一斗云
也.

二十三日陽風.

使仁奴及福伊, 開家前畓覆沙石. 芳村族祖君益甫與春陽權載容來弔. 午後順奴還
來, 得聞斗谷消息及白洞消息, 則大槪平安耳. 季哀來叩.

二十四日陽.

乃曾王妣諱日也. 行飯祀, 季哀持門中畓價零錢五兩而去. 近巖兄主又來叩. 金谷
邊友重魯, 以妹阿婚事事來叩矣.

二十五日陽.

芳村明汝及會之來叩, 持去稧錢四兩二戔四分, 又學稧錢四兩給崔喪人次, 持去.

二十六日陽.

錢文一兩介奴持去, 之知道谷省山後, 弔李孝述喪人之來.

二十七日陽.

賻助酒一盆於乞夢. 使仁奴, 持錢文三兩一戔, 及白米十六升而之邑市, (又錢一戔
五葉) 買木花三兩四戔五分, 靑魚一級一戔四分, 鹽三戔, 北魚一戔三分, 菁七分,
白紙一戔, 藿五分, 海衣五分, 玉色二分, 饒飢二分用, 合四兩三戔五分內, 大宅祈
禱時興成二戔, 食後, 之野堂寒喧後, 之金谷邊持平宅得束紙二丈, 而且問蘇山議
婚處, 則新郎凡節洽好云耳. 歸路入野堂拜華仲甫.

二十八日陽.

朝前, 致擇婚日, 則四月初四日洽好云, 故以此日爲用耳. 給仁奴昨市所貸錢五戔
三分. 自馬戲川還來. 則順福以受學之, 故赤衫來獻, 而右漢亦學於先考, 而自巨
創之後, 來學於我矣. 渠修此等人事, 而不勝感泣耳. 午後高山妹氏來到, 李命相
來弔, 季哀又來叩. 至夕白洞妹兄伯氏惠弔, 見妹夫書, 得知安否大槪平安耳.

裏面

梅湖宅錢五兩, 以月便利, 乞夢持去.

梅湖宅錢四兩, 以十四利, 二彩持去內, 利錢一兩六戔捧.

二采持去錢四兩, 利本金五兩六戔內五兩, 己卯十二月初三日捧在六戔.

二十九日陽午陰風.

朝後, 白洞弔客旋之, 送介奴於蘇山, 盖仲妹禮使也. 至午, 福川李大應喪人來弔.

三十日陽.

大小家爲祈禱云耳, 使成大, 掛馬鐵.

二月小初一日. 丁未. 陰不見日.

無客, 因朝奠行朔奠後, 季哀旋之.

初二日陽午後雨雪交下.

仁奴以渠之上典家村事, 之龍門云耳. 磨鍊還賣其祥(詳)在簿, 仁奴還來.

初三日霽雪.

朝起, 開戶視之雪下, 丈餘松桑摧折也. 盤松孫洞李生馬鐵一袱買來, 而未給價. 仁奴以無何之症依苦云, 大事當前而所使一力又委困云, 憫然也. 剡上高夢漢致雁還戶成冊云. 介奴貸去一兩戔納也.

裏面

卜價一兩, 林中太持去.

初四日陽.

福川李翊周甫, 以借家村來叩, 故給南山松三柱邱木, 窃非輕溂, 且王考精切所在松, 敢自借人, 極是不敏, 拘於仁奴等不得已許給, 心內可惜也. 午後, 之新基弔邊魯瞻心製人, 而見栗里■人而歸家, 則仁奴耕下坪田二斗落也. 明日乃從祖妣諱辰也. 使福奴, 買北魚二尾, 靑魚三尾價一戔也. 朝前盤松月灘李生員, 借馬去. 使介奴, 受還米三斗而來. 租十一斗受置主人云也.

初五日乍陰乍陽.

使奴輩, 開沙於家前畓, 灌水而浮沙. 使順福, 買知道谷同村宅八升, 布木一疋價一兩八戔, 又昨年錢利合二兩, 并合四兩六戔, 請以就值云耳. 金同村白豆一斗爲賻助, 多感多感, 爲賻助於■■渭谷邊喪人白米四升云.

[裏面]

梅湖宅卜價一兩林中太持去.

西函卜價六戔送云, 姑卜價七戔四分, 梅湖宅卜價七戔三分, 合一兩四戔, 七日林中太持去.

初六日陽.

仁奴以渠上典家役事, 附役云. 朝前, 戶首來追, 故卜價一兩給之, 大宅去姉名卜價一兩, 傳戶首林己正, 乃中太卜也. 使命漢, 買靑魚一枝次七分給, 買眞荏沃一戔二分給之, 乃大宅興成也. 薪田姻主惠枉, 以忌故云. 故未入奠云, 季兒來叩.

初七日陽.

季哀以脚部腫氣. 塗狗膾. 而委困見, 甚憫然也. 送松枝一駄於野堂. 使介奴, 取葛梅. 仁奴耕田. 西面查家眞荏三升, 及赤豆八升, 綠豆一刀, 賻助云. 午後雨雪交下, 農談云: 此不雨來, 則六豐云. 故記之以驗云耳.

初八日陽.

朝前分還米二斗內, 一斗給輔人朴成玉, 翼兒來叩. 仁奴耕田.

初九日陽. 驚蟄. 三月節.

仁奴馱灰. 季哀旋之, 翼兒旋歸, 砧杵二及弊盤四立, 柳市送于薪田.

初十日陽.

送仁奴於浯川市, 買苧布及小麥種之意, 錢文六兩四戔七分, 又白洞妹阿, 買柳器次, 三戔持去. 使福奴, 輸灰. 芳村慶汝甫來叩. 學稧錢四兩持去. 以給裹於仁老味次也云矣. 仁奴買苧布云. 價四兩云. 買牟種一刀五合, 價九戔七分. 仁奴爲用云耳. 聞羅洞墓直家有痘氣云. 常(祥)事不遠, 而有此等之端, 貢念耳.

十一日陽.

使介奴, 以買牟種次, 七戔八分給之. 耕麥, 福奴入役, 又後邑氏助事. 季哀來到. 朴床洞及下田下種十五升.

十二日朝陰半陰半陽.

使仁奴, 之邑市, 以買祭物次, 錢文三兩五戔三分持去. 祭物三兩二戔九分內, 鹽一斗二戔四分, 大宅興成箕一戔二分, 小麥種十二升七戔二分, 用合四兩一分, 而仁奴七分貸用云耳. 餘來錢一戔一分也. 頭足則期而十五日持來, 而未來也.

十三日陽.

朝前, 使仁奴, 牽犢. 以腹生次, 給新院居已者, 同生爲名漢, 五戔上益而給之. 耕朴床洞畓小麥九升, 季哀以省覲次, 本所獨守苫廬, 心事靡定, 故徘徊田巷, 春氣方和, 而物色異前, 無非落淚之資, 故與高山姉氏敍情而罷, 罔極這懷尤倍也. 季哀來.

十四日陽午後風起.

季嫂來哭, 造果自野堂季哀家辦, 殊甚生色, 而顧這窮竇殊深可矜也. 生須洞朴老人來弔.

十五日陰不見日.

羅扶坪億旵爲名者, 正肉及頭足買來, 當此農隙固不易事也. 使奴輩, 三人, 駄知道谷松枝而來.

十六日陰不見日夕後細雨降.

使介奴, 買佐飯二尾價一戔四分, 造砲五分, 白紙一戔, 菁三分, 鹽六分.

十七日陰而不陽.

弔客盡旋之.

裏面

卜價七戔, 使允三傳于林中太處.

卜價一兩, 林中太持去.

主峯稧錢二兩, 乭夢持去.

十八日陽

春上甲, 午後雨雪交作. 此日雨則赤地千里云. 巳時東宮卽位云. 白洞妹兄留在野
堂習室宅, 兒夢告通鑑五卷次借去.

十九日陽.

山陽表從兄, 自豊基又來.

二十日陽.

山陽表從兄叔姪旋之, 食後, 之知道谷省山之後, 入同村宅, 持錢十兩四戔而來,
前後所干十五兩也.

二十一日.

同村金, 錢五兩, 給銀夾亭梁億乭漢, 買青魚及海衣素金價一戔, 持給水價未給錢
一戔, 又給漆色布三十九尺, 而自野堂而還來. 借芳村趙查家孼子馬而來. 爲余月
初一日新行計也.

二十二日陽.

使奴輩, 耕項甘畓麥. 秋種六刀內數刀許餘, 又買介奴麥種四升之介, 白洞黃郎旋

之, 給行資一戔, 送福奴. 爲持轎子之意也. 仲哀, 之九溪, 拜李正言, 而借籠糝正, 拜申士亨甫, 又言造衣事許云也. 黃郞借選賦文選一卷而去.

二十三日風陽.

使仁奴及貴三漢, 耕大宅畓, 受順得處牟種二升五合價一戔五分, 及卜價五戔. 又給水砧稧曲子價一戔於介奴.

二十四日陽. 春分. 二月中.

朝前, 栢孫來迫, 馬戱川田價十三兩卜價八戔置. 又渠者卜價一兩七戔六分下, 十一兩四戔四分內五兩, 又貸用五兩持去. 附南草種.

二十五日陰風.

附茄菜種. 滿朝陳賀云.

二十六日陽. 午後大風吹.

北魚五尾爲賻助於黃宗心許. 以興成次, 錢文一兩四戔, 使仁奴, 送市, 靑魚七分, 北魚九分, 연一戔, 蟹九分, 鹽一戔, 栗六分, 梳與尺粉三戔五分.

二十七日陽. 午後大風起.

道谷金同村來叩, 水砧稧利錢四戔持來, 張喪人亦同來, 饒飢後旋之, 福婢來見渠雛根福經痘而米, 故錢文三葉給之, 正租一斗, 自內給之云耳. 送順奴於薪田, 尋弊盤二粒而來. 曲子二十介, 直洞林栢孫決價五兩四戔持去, 而四戔未捧, 栢孫處再昨所貸錢五兩以曲子價下.

二十八日午後陰雨一犁.

以借馬事, 往柳川而空遝, 則季哀與奴輩, 買鹽九斗五升價二兩九戔二分云. 至夕野堂季哀所後母親, 冒雨而來, 多感也.

二十九日陽半陰風. 日甚乖.

昨日所貸錢一兩, 給命孫. 一兩九戔給介奴. 又買鹽次, 一兩給命孫.

三月大初一日. 丙子. 陽溫.

白洞妹阿于歸, 下人七人, 故行資一兩二戔給之. 上客野堂三從兄主之.

初二日陽.

行先妣祀奉, 季哀與所后慈親旋之. 塊坐苫盧, 無以定情耳. 奴輩至暮還來, 得知無稅抵近慰幸耳.

初三日陽.

買大宅沈醬鹽四斗價一兩二戔八分也. 仁奴耕畓, 道谷李喪人孝述金生喪人來弔. 福川李心制人聖應甫來弔.

初四日陽.

使奴及貴三, 耕大宅麥畓. 翼兒自金谷來到. 後集初卷尋來於邊仲魯云耳.

初五日陽大風起.

耕麥及大宅畓麥. 買牟種十一升於介奴, 得價用於小斤伊.

初六日陽午風.

使仁奴, 耕木花田. 順奴以受還次之邑. 以買佐飯及脯次, 防川時佐飯次三爰三分給之, 卜價一兩五爰給, 而首村己正給之. 季哀來叩.

初七日陽午風.

以痘氣行盤祀, 巳時室人解胎生男可喜也. 朝前, 使仁奴, 買産藿七條價四爰九分, 金谷邊魯瞻甫新基宗人來弔.

初八日陽.

買傭二人爲薪, 使仁奴, 修傭於黃昌云.

初九日陽午後風.

使傭人耕畓, 仁奴及傭人爲薪.

裏面

牟還二十還納時, 以一十五刀四合納次貴三持去.

十日陰不見日.

爲川防, 軍丁二十人. 防舊基前畓. 午饒白米二斗, 麥五升, 酒米二十五刀.

十一日陰不見日朝後快陽.

使介漢, 買靑魚一級二戔二分. 藿一戔四分. 芳村族人兜榮甫來叩. 使仁奴及傭者二人, 防下坪畓阡. 命奴馬鐵一袱買來.

十二日陽.

朝前, 耕麻. 使乬蒙, 買靑魚乃一戔一分, 白粉一分, 石硫黃一分, 給之. 使傭人, 報蕋孫傭.

十三日陰不見日至夕雨注一犂.

開越畓沙.

十四日陰而不雨.

使介奴, 買靑魚一枝. 行給一戔一分.

【裏面】

還牟七刀受來.

十五日陽.

開家前畓沙. 軍丁二十二人也. 朝前, 買南大樂木花十二斤價一兩五分, 只給價.

十六日陽.

行野堂饒飢而來. 買■■■種三分, 大宅興成玉色二分, 歸路之直洞, 則栢孫言就錢事, 給價傭租二十斗於億乞漢.

十七日陰不見日.

耕大宅未盡耕麻. 朝前, 仁奴等三同生, 錢三兩持來. 可喜也. 買毛穎二柄價二戔.
使采元, 耕大宅畓.

十九日陰白霧四塞.

使傭人, 報傭於仲靜. 給木花價一兩五分於開岳只. 仁奴耕畓. 掛馬鐵.

裏面

開方竹巖宅錢一兩, 月便利出用給.

二十日朝陰至夕雨.

使介奴, 朝前, 報大宅福川腦卜價一兩, 傳于丁渚谷宅. 直洞林栢孫十四利錢十兩
持來. 報陽川宅貸錢四戔, 給沙器價一戔三分. 食後, 之道谷省山, 而入內村, 饒飢
以來到. 翼兒自金谷來到也.

二十一日陰.

朝前, 黃立孫來到, 故卜價二兩傳渠兄黃宗心處. 仁奴一文錢貸去. 使順福, 買石
碣黃一分, 白粉一分, ■北魚四分, 靑魚三分, 大宅興成■, 又給水價一兩於染色
母, 至暮季哀來未到.

二十二日陽.

曾王姚諱日, 行盤祀. 使仁奴, 之邑市, 以買木花次, 三兩給之. 馬戲川梁龍菊, 朝前來迫, 故給之六戔, 餘在二戔七分云也. 食後市之, 仁奴買疋木一疋價一兩七戔五分, 十七尺五寸七戔, 餘五戔五分內, 八分渠用云耳. 之仁山尋染布以來.

二十三日陽至夕雨下.

使介奴, 防家前畓阡.

二十四日陰而不陽.

下秧十一斗. 福奴入役

二十五日半陰半陽.

奴子八歲者菌化, 殊其切痛也

二十六日陽. 穀雨. 三月中.

與仁奴, 之金谷市, 賣大宅曲子四丈價一兩一戔六分也, 而給卜價七分於會溪權生員, 又買비ᄎ種五分, 草屨三分, 藿七分, 眞荏一戔二分, 鎌鍊二分, 用合二戔九分. 見卯君之芳村而來, 則孤山李兄來叩矣.

二十七日陽.

卯君之白洞. 修書於妹兄及査丈. 晨基弔來遊終日.

二十八日陽.

竹林權丈來遊.

二十九日陽.

之道谷省山, 而入內村, 以買眞米, 托柴木谷而旋來. 過直洞, 見林栢孫, 以月利錢
四兩持來. 野堂卯君所後家慈闈惠枉. 盖造婚是也. 多感多感.

三十日陰不見日.

與仁奴, 之山陽市, 買乾靑魚八級價一兩一戔, 北魚四戔桴價一兩四戔二分, 大口
一尾三戔, 五草席六戔, 粉一錢, 玉色二分, 生薑一分, 枕傍一戔, 文魚一條一戔三
分, 海衣一戔四分, 藿五分. 拜姑從兄主市邊.

四月初一日大. 丙午.

使仁奴, 白米二十七升, 送市, 賣布八戔九分內, 生雉一戔八分, 鹽靑魚一戔, 石魚
七尾二戔七分, 太三戔三分, 玉色二分, 介奴錢二兩爲用云耳.

初二日陽午後雨下浥塵.

使福奴, 買眞米三斗價七戔五分云也. 使仁奴, 買牛頭價一兩四戔, 연五戔二分,
柳器一戔八分, 柿一戔, 芋二束五分, 壺二坐一戔五分.

初三日陽.

黃宗心北魚五尾, 軍威宅北魚六尾, 介奴鹽靑魚十尾, 命孫北魚五尾, 崔祖烈北魚

五尾, 林中太酒一盆, 高乞蒙酒一盆, 朴成王酒一盆, 韓億乞北魚六尾, 陽川宅北魚六尾.

初四日陽至夕陰而不雨.

午後, 大賓入門, 芳村諸宗四五人來會, 野堂以痘警未能相通是可恨.

初五日陽.

大賓旋旆, 新基邊魯瞻來叩. 卯君大夫人, 以無何之症, 委臥叫苦, 多憫.

初六日陽.

送客, 與新塘叔登乎南山, 而眺望, 則無非感傷也已, 之新列, 拜邊河上丈, 而請以種柿. 至夕卯君來傳, 水谷妹氏喜憂以交. 昨今年厄數極欠, 其苦矣, 奈何奈何.

初七日陽.

新烈邊丈及金谷實老丈來叩. 附柿十柱. 野堂季兒與其慈闈還之. 孤山李天相甫來弔, 而以痘氣之, 故未得入哭.

初八日陽.

耕木綿花六斗落只.

九日陽.

芳村栗峴丈來叩. 受馬貰一斗鹽於芳村宗人.

十日陽午後風起.

仁奴耕舊基前畓.

十一日陽. 立夏. 四月節.

買北魚二尾, 藿一條, 草屨一價一戔四分也. 使福奴, 爲大宅秧.

十二日陽.

仁奴耕畓.

十三日陽朝前少雨午後雨雹.

十四日雨霽.

至夕, 芳村宗人侑賢甫來宿, 盖借馬之意也. 借之. 栢孫價零錢四戔來納也.

十五日陽.

仁奴買備於介奴, 金谷權汝寬甫, 以借馬之意來叩也. 望亭李丈二人來到, 以豆忌故未入哭.

十六日陽.

報馬戲川卜價二戔七分. 白米七升, 及錢文三戔, 送市. 南草一把一戔一分, 北魚一戔, 藿八分, 乾靑魚一戔四分, 笠一戔二分.

十七日陰雨終日.

十八日陰雨.

十九日朝陰午晴.

季兒來叩. 龍門今始發瘄.

二十日陽.

防下畓阡, 順得入役. 沙器價一戔一分報, 而餘在一戔也. 用三錢三兩, 出用仁奴

一兩持去.

二十一日陽.

仁奴之市, 買石魚二尾價三分, 而錢三分見失云也. 道谷眞米價七戔五分, 自野堂

報, 之岳翁與姻叔弄盃, 而卽旋之.

二十二日陽.

折草, 自月初, 虛氣■■■■, 芳村宗人穆安甫來叩後, 聖大埋表處爲偸葬故云也.

二十三日陽.

招問偸葬事, 則渠考埋據云矣.

二十四日陽.

耕畓及沙乙味. 之新基見魯瞻而來

二十五日陽.

爲晚稻秧三斗行.

二十六日朝陰.

使仁奴, 之市, 買海藿五分, 鹽靑魚三分, 鹽三分, 用合一戔一分內, 四分仁錢也.

二十七日陽.

奴等, 耘田之中, 幸擇淸慶日.

二十八日陽.

二十九日陽.

驥兒, 自午後委困, 似中痘症也. 季兒午後來到, 旋歸.

三十日陽.

驥兒, 終日叫痛, 乳孩困困如也. 順得卜價一戔來納.

五月小一日. 丙子.

使仁奴, 之市, 買北魚十尾一戔八分, 海藿五條二戔, 海衣一帖四分, 鹽靑魚五分, 陶層五分, 用合五戔二分.

初二日陽. 曉頭小雨.

初三日陽.

季君來叩. 奴等耘田

裏面

卜價八戔, 使貴三傳于中太處.

卜價二戔, 使龍三傳于中太處.

二私持去錢, 利本合五兩六戔內一兩六戔捧, 本錢在.

初四日陽.

奴輩出掃寂土於畓云.

五日陽

六日曉頭雨來.

種南草於後田. 金谷邊孝先丈以得桑次, 來迫也.

七日陽.

使仁奴, 出十三利錢十兩於新基眉湖宅. 報唐鞋價九戔於邊魯村宅.

八日陽.

季兒來到.

九日陽.

十日陽.

季兒來拜.

十一日陽.

仁奴之市, 買北六尾一戔, 海衣二帖七分, 水價一兩五戔給之云. 之芳村擇請第之日, 乃十九日也.

十二日陽.

十三日陽.

十四日陽.

十五日陽午後雨扡色.

十六日陽.

之金谷市, 傳權芳村宅馬鐵價二戔.

十七日陽.

賣大宅繭六斗三兩五分內, 北魚三戔五分, 海衣與藿一戔五分, 白紙一戔, 靑魚一戔. 之福川卜價二戔二分, 賣孤山姊氏布一兩九戔四分, 買紬麻布二十五尺二兩五戔, 二十七尺二兩三戔四分, 苧布八尺一兩八分, 饒飢六分.

十八日陽.

十九日朝陽午後陰雨.

自大宅, 送痘神. 追感爲日事不覺甚感也. 給巫貰一兩三戔六分, 野堂族大父及季兒來叩.

二十日朝陰午陽.

種南草於後田. 日晴故未盡種. 午後季兒倍其大母而旋之. 午後聞順奴菌化云不覺痛惜也.

二十一日陽.

種項甘畓, 舊基前畓. 軍丁十五名也.

二十二日陽.

億婢報順得傭. 仁奴種家前畓. 夜雨一介耳. 季兒持來價三戔五分云. 使介奴, 問藥于野堂痘醫托龍■.

二十三日快晴.

種家前畓.

二十四日陽.

二十五日陽.

二十六日陽.

二十七日陽.

朝前, 使仁奴, 之金谷市, 買北魚十尾, 海藿三條價三戔六分也.

二十八日朝陰午雨.

溪澗實漲也. 種南草少許.

1830年

庚寅年

庚寅正月初一日. 辛卯.

日氣和暖, 知春和氣. 儕行祀, 之道谷省山而歸.

二日陽和.

之野堂, 歷芳村.

三日風雪.

四日陽風夕後下雪.

五日陽大風寒.

六日陽溫.

之金谷, 修歲初人事, 而迫暮歸家.

七日陰雪尺餘.

於里權棘人華謙甫來叩卽旋.

八日陽風寒.

送仁奴, 之沙谷擇婚日, 在來二十九日也.

九日陰雪霏.

見官奴三龍子, 未見.

十日陽溫.

夕見竹林傍周, 季君繼病云. 不勝驚慮.

十一日陽. 立春.

前朝野堂少童來, 傳季君症情頃例未見, 則日益服藥云.

十二日雲陰.

買筆墨.

十三日陽寒.

十四日陽寒.

之道谷而轉野堂而還.

十五日陽寒.

去新基. 午後來叩, 始役內堂, 送仁奴於金谷, 送醮日故也.

十六日陽.

自道谷轉野堂而飯盖.

十七日.

送奴之邑市, 買婚具木花一兩五戔.

十八日陽.

新基回去. 野堂族兄及聘翁來叩.

十九日陰至夜半雨雪交下.

二十日陰雪終日.

二十一日陽寒.

夕後, 禱家神.

二十二日陽.

仁奴回來, 聞蘇山消息.

二十三日陽溫.

至夕邊丈日成甫來叩.

1834年

甲午年

甲午正月初一日. 丁卯. 陽.

行正朝祀, 以魚果, 之野堂終日而旋.

初二日陽.

承門洞查大人訃告.

三日陽.

之山陽, 知從嫂氏違世.

四日陽.

豆谷姑夫乘暮枉臨云.

五日陽.

乘暮旋家. 豆谷姑夫及新院權棘人, 以受債住家矣.

六日陽.

之新院, 至暮乃還.

七日陽.

八日陽.

行盤祀. 朝前, 林栢孫, 以債錢來見故饋飯, 過客來宿, 歸米山.

九日陽.

心甚盃抑, 自歸來谷轉新例, 而旋家. 使仁奴招祖烈.

1868年

戊辰年

戊辰年(**1868**)

閏三月初五日.

埋權松堂位版草澗, ■…■.

十日.

埋精簡公位版高坪云. ■…■.

十五日.

埋仁山書院諸先生位版於本院廟後.

二月二十四日.

埋泗濱六先生先祖位版. 痛哭痛哭. 陶淵·臨湖兩院位版送去埋置云云. 栗峴甥君
胤子棘人來而盖邀風水次也.

四月初一日.

注秧六斗落. 島坪少年叔姪來叩, 盖別室當故也. 又用換傭. 季兒往文岩, 緣渠續
絃故也. 孫兒始製文字. 使季兒, 送營埋版錢十兩於野堂■.

初二日晴.

耕畓彌屹金郎來, 季兒自文岩泉宅來, 得大槪平安, 而傳書於豊山宅. 午後捲石後
谷. 榮川女兒修諺書. 至夕播稻種六斗.

初三日陽.

行常事後, 島坪二客及榮川客旋之. 防南山下畬阡, 柳田兒與一伐伴. 午捲後谷石. 澗例邊棘人復汝來叩, 給分還米升行. 野堂權棘人巖叟福川釋安至, 不枚聞, 甚驚愕.

初四日陽.

拔後谷石. 午後防南山下畬陌. 忠卜來見, 待文巖甥君, 而竟不來可怪. 東村援役.

初五日陰雨.

往開芳, 聞柳田婚說. 文岩甥君來叩, 聞豐山消息. 見李查書及李郎答書.

初六日陽.

乾羍味南山頭畬, 往中坪里, 訪金君仲, 饋酒一戔, 說及茅山婚說以起送. 午後耕古來洞畬.

初七日陽.

始折草, 草坪金君, 午後自邑中來宿. 失周峰草三負.

初八日陰雨.

午前, 中坪客饒飢後旋之. 飲白酒價零錢四分及加給三分, 合七分. ■川兒犢給扶杖而往前山, 則春氣滿眼早四色, 果豐兆也. 中坪客十一日復來之意申申, 未知如何.

初九日陽.

初十日. 小滿. 自朝前陰雲.

報下億前日傭二戔. 午後有雷聲東方. 耕舊基前畓.

十一日陽.

耕舊基前畓一站. 午後中坪金客以婚說事來, 言尚未決斷云. 事若不偕矣. 夕後旋之, 期數日間復來.

十二日陽.

折草.

十三日雲細雨或播.

野塘權景進來叩.

十四日陽.

鋤太田. 柳田及將得安成役. 角乃以耕畓次. 島坪驅去, 換小犁價一兩一戔五分貿, 則琴洞朴生員云.

十五日陽.

朝前, 送文生, 鍛鍊鋤三柄, 價六分云. 食後一寢後, 往馬戲川, 訪韓某人, 見金谷邊生, 午点于族人家, 而見崔萬凡, 畧說韓家娘子當事, 綿爐言可憫. 午後歸家, 則季兒之琴洞云. 文生折草, 夕後文生之渠家.

十六日陽.

鋤粟田. 軍丁五人. 柳田兒明得爲及. 一億如又用如與, 又用則換牛云. 金谷權老
人以文自佛游奄歷訪, 數語而旋之. 梧麓金兄釋休 · 李兄慶會 · 申兄養吾 · 朴兄
弘石歷訪. 盖弔慰沙谷行也.

十七日陽.

季兒往官府, 給卜價二兩四戔, 考出都數, 即三十負加出, 可痛, 文生報用安備.

十八日夜雨一鋤.

十九日陽.

文生落下坪柳木, 不食朝夕, 可憫.

二十日陽.

七言前集, 直洞林景述借去, 馬戲川金友沈生來訪.

二十一日雲陰.

給明得女二日傭, 一億女一日傭, 并三戔五分. 換傭次, 一億驅牛去.

二十二日夜雨朝晴.

溪澗盡漲, 田疇多潰. 貸三戔文生.

二十三日晴.

一億畊畓, 受牛備貸一兩錢. 牛谷薪, 柳田折草.

二十四日陽.

鋤木花田. 都生女, 明得女, 一億女, 又用女, 榮川攝行, 一億折草. 晚後, 直洞見
林宗錫言及債事, 盖爲季兒續絃事, 而厥漢自落云. 元不干涉財上事云, 而乞諸隣
酒而獻也. 轉往賣家, 貿窟鹽一戔而來見會彦家雇, 而探文生梗槪漠漠, 曉首, 沙
洞邊君, 下針柳田婦云. 爲交違可恨.

二十五日雲.

聞柳田孫婦, 連夜發汗溫氣快回, 似是有效, 而調攝不實, 是可憫也. 晚後, 文生成
給窟鹽價一戔. 黃之大一億食後來役.

二十六日陽.

柳田半日役. 斗兒弟兄行壯元禮. 一戔五分一兩貸孟善, 八分貸牛衿宅, 柳田似有
針效, 果邀邊君又下針. 柳田權借網巾次來見.

二十七日陽至驟雨.

榮川兒及柳田兒往邑, 呈卜數加出. 以還從次, 呈官得題, 付戶備金成中云. 使
一億買曲子一丈四戔八分, 買南草一戔五分. 午前往新例回, 邊喪人乃見朴洪來.

二十八日陽.

鋤木花田. 一億柳田兒役. 島坪金友來叩, 得聞查家安否. 夕後文生往渠家, 盖妻

由其患也.

二十九日陽.

朝前, 文生來言其妻病狀, 似是病癉氣深可慮也. 婚經■島坪客旋行. 內間佺傯,
未一朝來, 朝而送薪悵悵. 文生役春玉挿秧, 換傭也. 邊君約, 而午後來探病婦症
勢, 而至暮不來, 倘加朝前所給——思, 而然耶. 可怪可怪. 宗兒自二十六日, 微有
頭痛及腹痛眩氣, 而不起云. 如此險歲, 關念不少也. 昨日因島坪客曰. 傳聞金谷
鄭文碩禹碩兄弟, 幷命四五日間云. 聞甚惻憐. 雷而雨黃流下, 鋤南草爲下巷. 雨
後種南草小許.

五月初一日.

季兒率明得女, 種海鴨早稻. 邑人稱本面書員而來見. 蓋以卜數加生故, 呈官矣.
右漢來作因設而去, 錢六戔文生貸去. 前後所貸去合一兩也. 買甘藿一條價八分,
本去錢一戔, 則二分餘. 柳田查處人旋行.

初二日陰雨.

午後風起大注溪間, 聞畓陌多潰.

初三日晴西風起.

飜耕下坪畓, 柳田折草. 報前日購新例東面宅北魚價一戔二分, 於牛衿宅八分, 頃
日所貸錢移款四分, 給薪蚕南草五分.

初四日陽.

移秧下畓. 軍丁十二人. 日億二·明得二·又用二. 龍安·島坪·柳田三人傭, 都哥受春玉傭, 榮川助役, 文生傷足, 午饋米二斗云.

初五日. 端午. 陽.

初六日陽.

往莫谷市, 買履一戔八分, 冠纓一戔五分. 入野塘哭權巖叟發靷而歸.

初七日雲陰.

受貸大宅錢一兩, 往魯隱問■■丈大祥. 雨下浥塵.

初八日晴.

午後, 與朴稺弘, 衰暮抵家至新例後, 各分去. 受牛谷錢一兩, 榮川貸去.

初九日陽.

胸背卒引, 終日委臥, 文生種秧基, 日昨所買履見失, 丁郞奪履與我, 雖湯喝寒心甚不安, 受前日貸去南草十一, 未受島坪.

初十日陽.

文生報龍安傭. 鋤南草田, ■…■ 十五束, 自島坪家來價七分.

十一日陽.

鋤田. 都哥一億二名, 明得女, 柳田受孟先所貸錢一兩, 貿白紙一束價一戔一分.

十二日陽至夕細雨.

錢四分以興成次, 給一億. 未買而來, 則四分在. 一億鋤南草田, 文生飜耕畓.

十三日陰.

文生耕畓, 往直洞, 貿草屨三件價八分. 至夕驟雨浥塵.

十四日陽.

往開芳, 會奠魯隱宅, 盡日而歸. 季兒種秋, 文生往役, (橫記)而歸, 卽魯村査丈棄世於染氣十二日云, 而來購, 而(逆記)送伻云. 間極若悵且喪之出避云. 痛哭痛哭.

十五日陽.

鋤粟田. 一億二名. 榮川助鉏, 往社倉, 面會見■■與■…■.

十六日陽.

刈草坪畓麥. 往金谷溪邊遇探汝甫, 聞書堂區處, 而經於昨日轉向九溪, 見李景元老人, 在座分禮, 上客及金君南也. 饒飢後還來, 布下坪畓麥, 沽三葉酒島坪便.

十七日細雨.

耕下坪麥畓.

十八日陰.

朝前, 直洞林好凡以下數名, 持草屨十雙而來, 價則二戔云, 而未給. 刈家前麥耕.

十九日陽東風終日.

種越畓少許. 島坪役, 榮川就役. 初昏, 家前水砧■■未見, 則高漢所爲可痛可痛.

二十日陰雨.

收下坪畓麥, 冒雨移秧家前畓, 至夜初黃水下.

二十一日午後晴.

種柳田宅畓.

二十二日陽.

防畓. 柳田牛傭來, 又仁一戔以傭給, 貸一兩於孟善, 以買傭次, 一兩五戔送林好凡.

二十三日陽.

軍丁十名, 直洞島坪助役, 種四斗落畓.

二十四日雲陰.

種秧. 一億女, 又用女合三名, 洞中收斂五分內, 四分奉化史庫修理條, 一分社倉經費云. 豐山栗里村南查殷重氏別世二十二日云, 而訃使來到云, 而未見, 慟惜不勝, 且此家事勢, 極是不穩, 而變出不意, 送終想無頭緒, 尤切痛憐痛憐.

二十五日自夜半雨下東風大來.

黃流下. 畊畓.

二十六日陽.

種秧. 軍丁十八名. 都哥二, 朝前二戔五分, 春玉三, 四戔五分, 又用三, 四戔五分,
八億二, 三戔, 永信二, 三戔, 島坪·柳田·龍安·榮川助役, 文生·一億女, 明得
女, 一戔五分, 大小家并種, 故一億女·用安·島坪·柳田四人榮川, 重使役, 則
本家所使十三名也.

二十七日.

一億·柳田·文生·榮川, 合種秧判.

二十八日雲陰.

斗兒兄弟, 往鄕校白日場, 資浮四戔二分也. 一戔五分, 壯紙半折, 給泰洞賓, 榮川
貸去一兩, 島坪貸去錢六戔二分受, 朝前種榮川宅秧板, 給種秧傭, 都哥·八億·
又用合一兩.

二十九日陽.

刈麥. 島坪代文生, 明得一億女. 孫兒過午不旋, 衆者退行白場, 打■取五分, 一億
買來, 文生不來, 使役明得, 前後七日, 貰七戔五分, 以渠所居處.

六月大初一日陽.

收朴床洞秋牟. 柳田兒代文生, 率明得又仁役. 午後, 斗兒兄弟自邑部無事而歸,

多幸. 見豐山李郎, 聞於兒出, 則其大人宿患叫苦, 故未將來然云. 古風題, 重修夫子廟詩, 冠者五六人童子七八人風乎舞雩詠而歸, 賦武城聞絃歌之聲, 他邑許多儒云. 期成會用費倍勝, 且以漏題之故, 困境頗多, 物色淨舛悖, 是間有非但■■者之不敏, 儒者氣像呆如是耶. 間極躬愼. 至夕驟雨洇塵.

初二日雲陰頗有雨氣.

貸島坪錢六戔一分, 給春玉三名移秧貰四戔五分, 於春碩永申二名貰三戔, 則一戔四分不足, 傾斗兒農, 備數, 而給之, 文生食前還來, 畊古來洞田, 及朴床洞, 日出太一升, 以使役次給. 都哥女眼疾自七八日前, 大瘳矣. 浮氣生眼抱相合, 而刺症昏瞳, 則似愈, 而觸風, 則刺痛矣. 孫兒困頓, 未作書, 幷休書來云.

初三日朝雲而陰晡而快晴.

文生鉏春玉畓, 換傭也. 角者, 耕榮川宅栗田, 精米二升未決價, 而孟善持去, 打皮牟落種一升, 其給於一兩也. 且以錢八分, 則有餘錢也. 出前者, 太五升, 孟善持去, 雖未定價, 精米二升太五升直給.

初四日雲陰.

諸畓盡乾, 見甚切迫, 耕太田. 柳田一億二名助役. 午後大雨, 未能畊田. 至夕溪水大漲. 頭痛大作, 困臥終日.

初五日.

開戶視之, 濕雲四飛, 未知晴否, 鉏後谷畓, 種水荏秧小許. 午後似晴陰晴.

初六日細雨連下.

鉏島坪所畊畓. 軍丁五人云. 貸牛谷錢一兩五戔, 給筆價一兩一戔四分. 河筆商乃前三月所買也. 筆商留宿.

初七日雨.

文生報後家春間傭.

初八日晴.

鋤畓. 軍丁九人. 島坪‧同村前傭, 明得‧春錫前傭, 都哥給太, 又仁‧一億‧龍安‧文生, 南草五分佐飯一戔六分, 合二戔一分.

初九日陽.

文生報又仁傭, 德峰都生來見云. 村居都生伯也. 乾南草, 一網席半乾, 幽洞景叔趙壻君來尋.

初十日陽. 初伏. 日氣和暢.

頃者, 白日場資浮, 而至三戔六分, 促督甚急, 故貸島坪錢二戔四分, 備三戔六分, 而給泰洞賓. 文生畊栗田.

十一日雲陰.

治粟田. 軍丁五人. 柳田‧文生‧一億女‧又龍女二名. 午後驟雨雷聲出, 黃流洞洞, 停治田未鋤一站.

十二日雲陰.

治粟田人七, 柳田明得二名, 一億二名, 文生都哥女. 午前, 盡治古來洞. 雨霏霏終日.

十三日朝雲午晴.

文生種豆, 木花田疎處. 喂牛冶洞, 見小畬早稻, 色靑似有故, ??鼎山書院差使持告目來見, 盖本院東榜荒棄于官. 定本鄕會日子十四日, 而井休當都廳, 此漢誤來我家, 故措送當任家.

十四日細雨去來東風射人.

文生報龍安傭. 井休本鄕會事, 往鼎山云.

十五日雲陰濡. (流)頭.

文生鉏家前畓.

十六日晴.

文生報後家春間傭.

十七日雨.

文生換傭. 春玉夕後之渠家. 泰洞賓自竹林歸, 傳喪嗟愕川前, 聽■…■.

十八日.

自朝前雨下如注, 溪前悉漲. 文生晚後旋來, 榮川宅鋤畓. 軍丁六, 價一兩三戔云.

井休昨日歸來云, 而來見不聞鄉會消息.

十九日.

山暗雲濕, 似有晴氣. 豊山訃使來, 南陽洪氏夫人産後別世, 今十五日亥時, 訃使爲潦水所阻, 留於渚谷而來云. 禍於水路留者. 大宅鉏畓. 軍丁四人. 文生換傭, 往馬戲川, 言及月利錢事, 且貿南草未成而歸.

二十日朝陰午晴.

文生播糞於石立畓, 半日後, 訃使移家日久, 故躁■還去云. 透向浯川乘船而去云. 貸孟善錢五分給訃使回資. 欲鋤畓拘於粮饌之乏未行, 農務日急, 拘於氣勢, 次第延遷可怪.

二十一日晴.

鋤畓. 軍丁十二人. 永申 · 都生 · 又龍 · 又仁 · 春玉 · 春碩 · 島坪 · 龍安 · 八玉子 · 明得 · 一億 · 文生. 山谷家後一斗落只餘, 幽洞趙君旋行.

二十二日雨風.

午大注, 溪水大漲矣. 季兒食前, 往馬戲川沈有信家, 月利錢二兩持來, 給一億傭六戔 · 明得傭四戔.

二十三日晴.

蒸麻, 只是三束善熟.

366

二十四日陽.

文生晚起, 故起端則閼氣, 乃生可昨許曰. 隣而生愧來如何. 東幕來云. 刈南草前然二把三十一束, 合五把三束.

二十五日陽.

耕粟田. 柳田助役. 文生以妻急病, 午後去家.

二十六日雲陰.

耕粟田. 柳田·又仁役. 石魚二尾一戔二分, 北魚六分, 藿三分, 買精米五升一兩二戔五分, 鹽二戔五分, 酒價一分, 文生不來. 三戔榮川貸去.

二十七日陰而風.

四戔榮川貸去, 鉏木花田, 軍丁四人. 一億女·明得女·又龍女·都哥·文生不來, 初昏因泰村實所傳聞金谷朴護軍來寓水深齋宮.

二十八日自鷄鳴雨至午晴.

晚後, 文生始來, 治廐, 運灰木麥田, 少畊菁根.

二十九日北暗雲汽浮空.

鉏木花田. 柳田·文生二人. 午後之馬戲川得月利三兩持來, 合廿二日持來二兩八分, 合五兩, 以每朔五分分給條, 而成給. 又用傭五戔·都哥傭三戔.

三十日. 立秋. 晴.

鉏木花田三人, 柳田‧明得女‧文生. 永申傭一戔五分‧春玉一戔五分‧八玉一戔五分. 使永申給春玉八玉春間, 大宅太箕七石價, 以後山松價一兩移報, 上項所六日所貸一兩五戔內, 一兩報, 蒸麻時松木價三戔除, 則二戔未報, 又南草價二分, 在上項, 初二日, 貸島坪錢六戔一分, 初十日二戔四分內, 行所貸, 合八戔五分報.

七月初一日陽.

文生畊田.

初二日陽.

文生盡畊太田. 季兒以卜數日事, 往邑部, 未見金聲重, 而乘暮來, 孟善許當支錢, 太價五升價七戔精米三升七戔五分, 七戔還給, 一戔二分, 并一兩五戔七分內, 一兩以貸來錢移報五戔七分, 作冊名下, 卜價一兩, 移旋於戶首金聲重處云. 四戔五分, 當給次, 牛谷許報, 餘二戔二分給, 季兒見尾湖近處人, 未詳查家事機云. 可慮可慮.

初三日陽.

朝前, 直洞林好凡來覓, 卜價三戔六分, 草屨價二戔, 移秧傭小錢換易一戔八分三行, 合七戔四分處給. 文生打麥. 貸後家錢三分.

初四日陽.

打秋牟. 一億來役. 筆商車姓爲名來云, 居長湍, 并休景叔往開芳云. 午後之野, 旱氣乍生, 石畓盡乾, 季兒再鉏畓. 軍丁二人云.

初五日.

鷄鳴, 雨下如注, 黃流下大慰農民, 而老去諸節去益疎迂, 柴樹盡濕, 斯亦悶事. 往蓺秋牟蒿.

初六日雨.

鍛鍊鎌子二柄, 工價三分, 貸諸古谷宅錢, 明日卽初丁, 故將行季婦練事, 心氣作思, 且日事如秋, 一尾魚首未俱, 情地尤極茫然.

初七日. 丁丑. 午明.

行季婦練事, 日氣快晴, 野色益靑, 似有稔氣, 文生食後刈草三負, 沈繩溺缸.

初八日夜雨朝晴.

文生晚來, 刈草二負.

初九日.

夜小雨浥塵, 食後晴, 打畓麥小餘.

初十日雲氣尙有而不雨.

畢打秋麥.

十一日自曉頭大雨溪漲澗.

新基李成根驅牛事來.

十二日自朝前終日雨.

十三日朝雲午晴.

洗牟二綱席, 而未乾, 鉏南草田未盡.

十四日朝晴而午雨終日.

柳田權道村實來叩, 往花庄行也. 雨故留宿.

十五日自曉頭雨下如注.

道村實, 午後向花庄. 給太四升柳田價六戔以傭價移施, 則傭與雨粧價六戔未給.

十六日. 處暑.

鍊鎌二柄價三分未給, 而晚後始晴.

十七日陽.

洗乾秋牟, 三十斗盡乾, 餘未乾, 故未量. 江陵居朱生, 以饒飢次來, 午後去, 榮川
往邑市轉, 聞尾湖消息, 則沴氣傳染, 老人方出避云. 貸榮川錢五分, 買菾葉種.

十八日陽.

盡乾秋牟, 則五十六斗, 置種子七斗, 春牟半, 往盤松歷新例, 新例而旋, 則礪州居
朴生云者來宿, 知堪輿術及觀像云. 季兒打秋牟. 夜下驟雨, 芳村宗黨士賢來見,
說沙谷李石基家郎才.

十九日陽.

武夷碩甫老戚兄來見, 持眼鏡, 品則可用, 價乃一兩五戔, 猝當手窮, 未爲持價, 期以二十一日, 而午後迤向芳村, 朴過客午前回去, 文生夕去渠家, 未刈朝草.

二十日陽.

此漢造水砧家前, 一億促傭錢, 稱貸無路未報, 文生與島坪, 晚畊粟田, 季兒洗牟.

二十一日陽.

以水砧事, 往中坪長豐, 則隨砧積牟, 無可穿春, 惟鉏杏, 高砧有間, 幽明間恨不善春. 召鄭貴積, 言及事一來.

二十二日陽.

太九升, 使一億, 送邑市, 受一兩三戔. 榮川給明得傭二戔, 都哥傭五分, 朝後宅三分太價一兩三戔給一億傭.

二十三日雨.

文生昨往渠家, 朝前來. 幽洞趙士吉始來云.

二十四日.

春牟, 中坪郭哥砧, 結水砧稧未役, 故助一兩三戔, 趙士吉來, 見井休自竹林鄉會事.

二十五日陽.

春水砧給貰三升, 則以市升六升所用, 不過四十七斗, 爲貰如此太過矣.

二十六日陽.

自食後, 春島坪牟十斗, 榮川牟十五斗.

二十七日陽.

朝前, 季兒畢春打牟而來. 金谷朴護軍, 自沙谷, 偕振汝金養吉, 而請午後各歸. 朴護軍年幾八十, 沴氣云, 故出寓水深齋舍或數旬, 沴氣更染, 方向本家齋室迤靡, 蓀洞沙谷不能行步, 各出轎軍云. 使龍安又仁, 到住新例婦也. 東方初開, 與牛衿衿, 諸古谷, 孟善母, 往天德, 沐行云, 而急去撓不得, 斯亦變矣. 措手不得矣. 作惡百無一念, 且此處則距家三十里, 未知末修之如何. 日落西山, 心事茫然, 竚見南山, 白衣人數四列坐山上, 遣兒探之, 乃婦阿之回, 且數得且喜不知爲喩, 文生終日委臥不起. 見社倉改椽回文.

二十八日陽.

以季兒續絃事, 往升間, 見金香進, 則當者, 雖有一面, 更不接談云云. 如有助言之道, 則誠非不足云, 然此是對人僭談也. 事甚狼貝.

二十九日陽.

愚爲往渠聘家, 哭殷重次也. 轉向豐山云, 故借井休修書, 汝章社倉修理事, 面會倉所, 朝前武夷李戚來, 盖俾眼鏡價也.

八月初一日日出時光如紅紬.

午後, 見豐山答書, 槪知平安, 榮川島坪改突渠房, 終日陰不見日, 附豐山書, 霖雨數月, 書阻半年, 雖在愁惱中, 一念常懸仰, 此際貴童, 踵門兼承惠問, 尤極感荷無己. 從伏審秋凉棣履氣體候無添損節, 允查兄侍右清裕, 賢或昆季, 篤得健善, 仰賀區區無任下忱. 查下生服人, 歷極禍酷, 奄遭長婦之慘, 孤露身命, 去益崎嶇, 事愁歎奈何, 況喪送客地, 姑未返柩, 且有乳兒晝宵呱呱, 實望目睹難堪處也. 運柩在旬間左右, 而百里遠程經紀沒策, 又未得一席捲土之地, 財薄人疎, 難以爲計. 餘卽內如霧, 不備伏惟.

初二日陰雨午霽.

初三日陽.

文岩金妹兄, 自山陽歷訪, 得聞老妹支過喜幸. 栗峴林棘人來訪, 景叔往豊邑.

初四日陽.

栗峴林妹兄來訪, 文岩金兄, 午後向生光問托, 以美洞婚妹次, 說及婢子放賣事, 牛谷自內洞還來. 槪聞豊山梗槪.

初五日陽.

林兄留, 德谷來.

初六日細雨.

晚後, 林兄旋. 夕後, 文生去渠家, 諸古谷率養大丘宅云.

初七日陽.

新例邊棘人驅犢去, 武夷李碩甫戚兄來. 賣南山草價三戔云. 文生終日不來. 井休第二日絶自枯柿條, 於諸古谷家落而折齒可矜.

初八日陽.

文生朝前來, 除南山先山草. 貸一兩五戔於黃是大千摠, 報眼鏡價一兩五戔. 李兄歸去, 冬松張友來訪後谷牧牛處.

初九日陽.

兒輩率文生, 除先山草. 直洞林慶述持前借去前集來, 又借去高王考手寫後集一卷. 芳村孟休來見.

初十日陰雨.

使島坪, 欲往浯川市, 饋朝後雨下終日, 未果. 石項朴哥山直來見, 前所未見, 而來見, 其心可愛, 挽而未得, 蓋往馬戲川妻家云. 外處山所, 未有賜賞, 誠心伐草, 感愧自深, 景叔自泥田回. ■■.

十一日陽.

文生自朝前, 蓋突門外房.

十二日陽.

使島坪兒, 往邑市, 欲賣農牛, 雖呼價四十, 而無適當者. 夜深而抵家, 行資九分,而二分, 則去時給五分, 則受景叔貸去錢二分給耳.

十三日陽.

中坪居黃哥漢, 言買早紅枾六株, 決價三兩錢, 一兩直受而送, 言及季兒, 則價甚
太小, 見欺不些, 聞甚憤惋, 旣許之後, 更爲雜說, 決非老者, 故黙然而給, 心切快
然, 近來每事多見敗者, 去凡事自爾虛疎, 觸事見敗可憫.

十四日晚後細雨.

文生鋤菁根田, 而未畢, 受柿價二兩, 仙洞居朴君來尋, 談話半日, 午後冒雨旋去.
文生夕後去渠家. 初昏去榮川兒・室兒・島坪兒, 則文岩妹兄傷鈙背後云, 極
驚慮.

十五日朝雨.

柳田兒備價六戔報, 諸古谷宅錢三分報, 二分給島坪兒, 邑市行資餘錢也. 孟善外
價移施, 餘錢四戔三分, 給五分, 貸來錢合四戔八分報, 鍛鍊四分使文生傳.

十六日陽.

朝霧四塞, 燻氣如春, 至晚西風徐來, 秋氣快生, 造麯五十介, 榮川十八介, 島坪
十五介云. 北魚石魚二戔五分, 麻鞋一戔三分, 取麻子刈南草.

十七日陽凉風自西來.

季兒梱草屨而來, 婦阿自昨午後摘荳葉. 昨夕島坪自新例來傳, 金谷朴氏一員見辱

渚古面習射者十九名云. 民習如此, 乖悖可痛. 季兒自栗峴而來傳, 前日云云事以
月內相通云.

十八日. 秋分. 陽.

行盤祀. 黃立大處貸來錢一兩, 見同月而給, 季兒往泥田一宿後, 轉向探尾湖梗槩
而還云.

十九日陽.

束荳葉三束, 面任頒. 儒生願納太學, 傳令各戶一兩二分戔排定, 而限則二十日促
督星火云.

二十日半陽半陰.

朝前, 束荳葉一束, 大宅孫兒率龍安, 往豐山, 查君殷重入地, 在二十一日未時故
也. 窮居諸節去益隘塞, 數尾魚首未能送去, 薪悵尤倍, 社倉修理, 收合六分, 給林
明得.

二十一日陽.

朝前, 收小雜豆, 新土店一漢, 言饋牛一旬而獻云, 可怪. 午後季兒自泥田歷尾湖
渚谷野堂而來傳, 秋事泥田未發穗直立, 與此處無異, 島坪尾湖黃色蔽野, 雖未登,
昨年免凶則快矣云. 白洞黃妹兄以買粮次, 來泥田處行云. 泥田女阿製白紬道袍
云, 盖爲壽服, 巨創之後未了, 隻手織紝, 殊極艱辛. 聞不勝續憐.

二十二日朝陰而晴.

季兒率文生而往邑市, 欲賣老牛而未賣, 乘暮旋家, 鹽五分, 蒿八分, 饒飢一戔三分, 用合二戔六分, 所去四戔三分內, 一戔七分餘. 泥田朴壻喪人來. 盖邀景叔求英地次也. 牛谷自申■■.

二十三日陽.

文生飜灰, 午後還言, 見豊山李查, ■…■.

二十四日陽.

行盤祀. 錢所入多至七十餘金云. 朴壻喪人回去. 文生柳田一億收南草枝葉, 武夷李老戚兄來尋. 盖同往豊山之意也. 修理社倉. 無軍丁出闕, 午後季兒往中坪尋冠而來, 工價三戔五分, 則二十二日市用餘一戔七分, 貸一億錢一戔八分, 合三戔五分.

二十五日陽.

貸諸古谷宅錢五分, 給馬戲川梁正甲, 給其崧菜種, 文生柳田一億, 伐南山枝葉, 幷休往鼎山云. 意者, 享禮在二十八日故也. 季兒往龍宮市. 婦阿寃逝之日在廿九日, 而祭需無路故也. 行浯川市, 米直三戔八分云也.

二十六日陽.

文生往水坪, 刈柿串一負, 乘暮而來. 道谷聖堂谷來, 午後還去.

二十七日陽.

季兒率文生驅二牛, 而往邑市, 大牛則三十六七兩, 小牛則十六七兩外更不呼價
云. 而乘暮歸, 饒飢六分云耳.

二十八日陽.

尾湖壻也來. 盖季婦常事故也. 麥價至一戔八分云.

二十九日陽.

日晡後, 行季婦常事, 尾湖金郎還去.

九月初一日陽.

行季婦朔奠, 文生昨日往渠家, 晚後斫南山松而來. 景叔往熊谷歸, 臨歷泥田云.
灌水石之畓.

初二日陽.

受松價八兩六戔於黃占石處, 文生刈柿串次峽中, 受牛貰鹽三升於又龍處, 文岩甥
姪來訪.

初三日陽.

文岩甥姪, 驅牛去者, 廐空踏草次, 限十月牽牛去.

初四日陽.

往芳邨歷盤松里, 未遇夢魯周老二老人. 而至芳寒邨, 見振汝及周老, 談話半日,

饒飢後, 進庫基見李相甲露匠, 而歷生光洞, 見朴祥弘而旋家. 文生收葛一負乘暮來.

初五日陽.

始摘後谷早稻(柿)一莖, 所實不過五六介矣. 打胡桃黃栗不盈斗矣. 植柿枷.

初六日雲陰.

給前日邑行時所貸三分牛衿宅, 一戔八分改冠所貸一億處, 故榮川覔去. 社倉修理時出闕一戔給月用. 本面書員踏驗, 全不執災. 季兒往栗里, 乘暮歸家, 前日云云. 尙不落寞, 緖無快意, 起送蘇坪林兄云. 斗兒與渭兒, 摘柿十一帖六串, 文生運灰. 使牛谷傳網巾片子於李匠.

初七日陽.

文生運灰. 幽洞趙士吉乘暮而來云. 明日乃豐山洪夫人奠禮云, 而時值手窮未能送伴, 精理瞻聆俱爲慨然也.

初八日陽.

食前, 見趙士吉歸, 方向大丘而往琴洞, 六錢一分給, 榮川石水砧所入也. 文生折下坪太.

初九日陽.

世皆節祀. 新穀才登, 大宅無着新之道, 無路供需之道云. 神理人情, 極爲薪悵, 感情益深. 文生折太.

初十日陽.

摘家前小雜柿三十帖, 斗兒駉兒摘, 午後斗兒痛腹, 認是受風之致, 驚慮, 見權以文·景躍二老人於家前. 盖沙谷行也. 大宅畊秋牟, 刈古乃洞粟.

十一日陽.

文生夕往渠家, 刈後谷稻畊太田.

十二日陽.

畊太田, 摘家前柿. 島坪率渭 ■…■ 六帖, 聞沙里十一帖給, 明得女柿五十, 一億女十介.

十三日陽.

畊秋牟十二升, 島坪柳田文生, 并役■…■畢.

十四日陽.

畢懸再昨摘柿, 摘前日所摘小眞柿五十六串設懸, 午後, 以聖殿願納愆期事, 出牌各洞. 往冬松里, 見夢魯, 附托納錢衙門, 乘暮抵家, 則金谷朴聞遠, 自新例來訪. 廣州居嚴姓人來, 夕後往新泰凡家.

十五日曉頭雨下盈場鷄鳴後所止.

季兒畊牟, 文生買傭, 又用後家饋朝聞遠, 聞遠袖中, 有安東守, 以權草澗先生請贈謚不祧典三事報營草, 故請覽一番. 聞遠旋之.

十六日雲陰.

刈禾. 舊基前畓. 軍六人. 島坪 · 柳田 · 龍安 · 同畊 · 受尤 · 仁傭. 午後大雨, 冒雨布禾, 使景叔, 傳聞中大學願納四兩八分於冬松宅, 吾家所納, 則一兩二分矣. 井休自開浦旋來. 傳豊山二音.

十七日晴大風.

曉頭, 見失場邊柿, 人心可益無據, 文生刈木麥粟, 柿串一百八十介自大宅來.

十八日半陰半陽.

柳田與文生, 刈朴床洞粟. 風雨颯霏, 寒氣乃生. 季兒往栗峴, 乃前所探知梗槩. 斗兒摘眞十一帖五串, 季兒趁還, 碁以卄三日更知云.

十九日風寒.

柳田摘柿二十五帖七串, 文生刈南山頭畓俱稻.

二十日陽.

長婦, 自再昨, 寒束頭痛腹痛, 全却食飲, 而大痛, 今才出門, 眩氣大作, 未能行步. 惱悶.

二十一日陽.

往金谷市, 貿北魚二尾, 海藿參段 · 草匣四戔, 沙價四分, 市串二戔五分, 細梳五分, 草鞋七分. 聞芳邨士賢族長房, 捷應製初試第十一人, 佳矣. 詩題, 臨太學勉諸生, 崇正學闢異端, 榮川朴禹相季氏出及第云. 此人則泥田壻君族人云.

二十二日陽.

給一億前日傭二戔. 買木花八斤三兩八戔, 餘一戔八分在景叔, 文生報島坪傭.

二十三日陽.

季兒生日. 失偶者氣色益踽踽, 一億摘柿三十七帖四串, 季兒尋網巾補價三戔云. 給摘柿貰一戔五分一億, 受興成餘錢一戔八分. 後家借牛半日, 後家報前日傭. 文生報龍安傭.

二十四日陽.

泥田奴子來傳, 奠日, 今二十八日, 午後回去.

二十五日自昨初昏至曉頭雨一犁.

一億食後, 摘霜柿三十帖, 刈季兒稻. 五人.

二十六日陽溫氣如春日.

季兒往栗峴, 欲探前日云云. 一億又用摘柿. 盤松德明家奠, 文生昨夕往.

二十七日陽.

一億又用, 摘家前柿六十餘帖, 權宗瑞老人來訪, 時往靑松里行, 更探前日家山云,

■■沙洞金

景叔長子, 捷京試云.

二十八日陽.

刈未實禾. 軍丁六人. 一億‧又仁買傭, 斗兒兄弟, 收拾柿串, 已爲周變, 奇愛奇愛, 此日乃泥田查夫人奠日, 代步極難, 未得躬進, 秋務倥傯, 送伻, 不如意, 豈可謂查親間, 道理耶, 薪惧情理空幷言耶.

二十九日陽.

使一億, 刈柿串, 價則三戔.

三十日陽.

使一億, 摘柿. 道谷新項來, 摘柿.

十月初一日雲陰.

收未實稻. 一億, ■⋯■ 傭四日六戔, 柿串價三戔, 收稻一億, ■⋯■. 二分不足, 而給島坪, 行墓前茶禮, 本面考■■.

初二日陽.

較昨摘霜柿三十七帖六串, 柳田與文生摘, 島坪賣犢七兩二戔, 四兩以月利渠用, 五分饒飢.

初三日陽.

文生收木花, 金谷朴聞遠, 送兒求柿, 給五十介.

初四日陽.

補網巾價三戔, 使孟善傳李云只. 文生畔木花田, ■乾柿五十二帖內, 水早紅
三十三帖, ■⋯■.

初五日陽.

畔秋牟. ■⋯■, 木花田柳, ■⋯■, 小眞柿十九帖.

裏面

通鑑八卷高坪鄭喪人德巖宅借去覓來

初六日陽.

柳田與文生, 收晚稻摘柿, ■■, 韓老人來訪.

初七日風雨.

文生打稻, 作帖眞柿二十五帖.

初八日陽.

文生打太, 作帖.

初九日風雪往來.

作帖柿二十帖內, 小雜八帖.

初十日風寒.

作帖十四帖. 洛瑞乘暮而來.

十一日陽.

打糯稻, 作柿帖十九帖. 德洞及趙容來云. 季兒之道谷, 議墓祀事.

十二日陽.

斗兒兄弟, 草屨一戔四分, 傳郁錦. 洛瑞回去.

十三日陽.

編飛盖十介. 摘柿二日費三戔給又用.

十四日陽.

文生掃墳次, 往渠家, 修改砧間, 島坪柳田役. 初昏井休前年所苦又發云.

十五日陽.

分二斗太柳前兒. 作帖眞柿十三帖·雜柿七帖, 合二十帖.

十六日曉頭雨下浥塵.

食前, 季兒往直洞, 乃爲祭需出債事也. 芳村士賢來書求也. 昏說不成也. 作帖雜柿十六帖.

十七日風而寒.

打舊基前畓稻, 柳田島坪文生三人. 晚作午前畢, 作帖眞柿十七帖. 申君來, 移家十二日, 踰升嶺, 歷白洞泥田渚谷, 宿野塘而來云. 秋事則彼此一般, 春間以左手疗瘡, 至秋長痛云.

十八日陽.

社倉回文及折半收奉往來聞, ■…■, 作帖眞柿三十二帖內, 小雜柿■■, 卯君助成. 文生, ■…■.

十九日陽.

文生絶粟, 作帖眞柿三十八帖·霜柿二帖·雜柿一帖, 合四十一帖, 卯君助成.

二十日陽.

卯君往栗峴, 文生打粟, 豊山査夫人柳氏, 別世十九日辰時, 訃使午前到此, 轉往, ■…■.

二十一日陽.

打稻. 柳田文生給一億傭一戔, 又前未盈二分, 合一戔二分給. 買白紙次, 一戔五分給季兒. 作帖雜柿一帖. 島坪牽牛往島坪轉向尾湖云.

二十二日陽.

季兒往邑市, 買魴魚一尾一兩二分, ■…■, 乘暮移邑, 夜深旋家, 驅牛隻也. ■…■.

386

二十三日陽.

道谷新項來, 文生打太, 作帖霜枋十四串.

二十四日陽.

行屯地坊里堤洞奠酌, 胄孫兄弟無故未參, 可慄可慄. 送一億豊山錢一兩眞柿一帖. 自內間眞末朴末乾菜送, 帖霜枋十一帖.

二十五日陽.

行道谷奠酌, 胄孫以齒痛未參, 判供 · 道谷 · 新項宅 · 一億朝前來云. 宿邑內. 夕財食四分云. 帖霜柿六帖. 李成根所喂犢, 島坪喂云.

二十六日陽.

行谷內奠酌, 作帖霜柿十帖.

二十七日陽.

幽洞趙士吉來見, 作霜柿十五帖, 家後雜柿十帖, 送邑市, 受一兩二戔五分, 四分買梳 四戔一億貸去. 卯君自花庄來到.

二十八日自曉頭雨雪交下.

畢帖霜柿十八帖. 春家米, 較柿, 都合三百十八帖. 報送豊山時貸孟善, ■長, ■寒栗而臥, ■…■.

二十九日雲霧終日.

■…■ 日前貸去■■錢四分, ■…■ 貰一戔及夕價四分除, 二戔六分受. 始烝醬太.

十一月初一日陰曀.

納社還米九斗毛六戔六分, 二戔二分島坪代納, 毛一戔八分榮川貸去納, 毛兩家當
受四戔.

初二日陽.

卯君往渚谷, 將言季兒續絃事, 殷豊金本村宅見, 言望亭金海金氏有娘子云. 島坪
往邑市, 持去柿三十帖內, 四帖賣, 受四戔四分內, 石榴二戔一分, 饒飢未給.

初三日陽.

錢二戔六分, 柳田持去. 佐飯北魚二尾, 煙草三件價一戔六分, 卯君自渚谷回來,
所營事未知如何.

初四日陽風寒.

大宅孫兒率用安, 掃藍田洞先山. 往勿寒里編飛盖, 柳田助力.

初五日風寒.

行飯祀高祖位, 大雪.

初六日陽.

防籬, 柳田役. 風寒.

初七日陽.

賣柿一十六帖二兩三戔七分內, 二口饒飢一戔七分, 收春玉處結斂五戔四分.

初八日陽寒.

文生去. 渚古谷宅兒編飛盖. 柳田二戔五分持去, 前者二戔六分幷五戔一分.

初九日陽.

初十日陽.

盖屋. 柳田與渚古谷兒共役.

十一日陽.

柳田編盖, 盖門閣屋, 榮川兒自尾湖還得老人旋而來. 以此而能卒歲耶, 可幸.

十二日陽而溫.

以感氣困臥

十三日陽.

賣水早紅三帖, 受三戔. 買北魚二尾價六分, 榮川查生來, 得知平安. 至夕, 賣小眞柿水早紅雜柿, 合五十帖價六兩.

十四日陽溫.

使牛谷及順成兒, 往石項, 省掃五大祖妣寧越辛氏墓, 及從五代祖山. 送乾柿一帖

山直朴哥處. 尾湖客還去. 送眞柿一帖, 給又仁傭一戔. 卯君晩後言歸, 老者行色
殊甚艱窘, 來給二戔, 尤爲悵缺. 金谷朴老寸訪.

十五日陽.

買麻鞋一戔五分, 五分季兒貸去. 牛谷自魯隱還來, 報貸來零錢一戔八分, 鐵用報
舊傭, 串價幷一戔給都哥.

十六日陽溫.

賣眞柿雜柿合十帖, 於受一兩三戔. 眞柿一帖孟善持去, 見士賢.

十七日陽.

以卜價三兩 · 結斂三兩, 使島坪, 傳金聲仲. 鹽一升二戔七分, 二戔七分買鹽次,
島坪貸去.

十八日陽.

生廣魚一部一戔五分, 北魚三分, 豊山下人來得二音, 且査夫人奠事, 在今二十九
日云, 而無路進問情事, 甚疎.

十九日雲陰.

行仲兒祀事. 送豊山下人. 饒飢次, 五分, 賣眞柿一帖一戔八分, 買箕二戔八分, 昨
日豊山所來鷄一首, 菁■.

二十日陽.

使島坪婦補襪. 買幾魚一戔一億, 而給■■■■ 二日朝前也. 雇張甲哲來.

二十一日陽.

以卜數事, 往邑府, 未遇書員, 見金聲重爲名漢, 而卜價一兩二戔, 托書員處防仍
條一兩與衿記去來, 而衰暮旋家, 至社倉傍, 買餅五分而來, 見申老人, 過之於聲
重門外路邊, 才通寒暄, 苐以再見, 中路見高坪少年二人, 一則蓍叔胤也, 一則啓
述仲子也. 去時見芳邨族人, 乃石門亭宅少年耳.

二十二日陽.

路憊之故, 終倚枕, 使雇, 去廁穢.

二十三日陽.

牛谷往栗里, 卽德升祥日也. 景唯老人傳多仁昏說.

二十四日陽.

往水深齋宮, 叅奉錢, 賣眞柿一同帖, 高春玉一億價十六兩, 買鎌一柄價三戔五分,
馬戲川沈千卜來獻小麻.

二十五日雲陰.

受柿價十六兩. 季兒往金谷云.

二十六日.

貸一戔渚古谷宅, 季兒往泉里, 乃渠續絃事也. 龍頭亭孫氏述模家有娘子云. 未知
如何, 昔以來月初八日前後更通之意相約云. 雇貰六兩, 給張甲哲. 錢一戔, 渚古
谷宅貸去.

二十七日陽風寒.

季兒往尾湖, 歷邑內, 給卜價次, 錢五戔貸去, 心丹名下未給, 故一戔幷給.

二十八日風雪.

不僅豐山發靷在, 則山路行色, 極其艱窘■■■然收■之假, 收領一戔六分云.

二十九日夜雪寒.

一戔一分島坪貸去, 寫戶籍柱■, 還穀錢六分, 給景叔結斂位矣. 來十兩一戔五
分也.

三十日陽溫.

季兒往參尾湖壽宴而還, 得聞別女之解娩, 及白洞二音·泥田大槪, 與朝班消息,
復設嶺南書院, 歷擧安東, 而臨川醴泉之道正·豐基郁陽, 而餘兒未擧, 湖上會客,
至二百人, 留宿百許人云矣.

十二月初一日陽雲陰.

使兒曹, 受結斂次送.

初二日陽.

季君自野塘, 來傳白洞泥田消息.

初三日陽.

景叔出結斂五戔.

初四日風寒.

與卯君往小渚谷, 歷野塘, 饒飢後, 與以文‧景躍‧聖剛, 冒寒抵達, 氷程行色, 頗甚艱窘, 寒氣逼骨矣.

初五日風寒.

食後, 槪考鳳院別所文簿, 則年久, 未捧各家所通際, 畚庫以買時價合之, 則四百九十餘兩, 朝夕所費四兩餘矣. 午後各還家, 所會九員, 各以五戔行歲儀, 新丁告喩費一兩持來.

初六日陽寒.

季兒以收結斂次, 渚古谷各處受, 許奴給網巾補價餘錢一戔, 前後合四戔.

初七日風寒.

季兒往道谷, 借斫刀, 絶蒿喂牛次■…■.

初八日陽溫.

卯君回向本家.

初九日陽.

受柳田結斂二戔八分. 給風憲林昌業二兩受尺文, 往渚古谷, 歷盤松, 遇宋瑞雷仲, 自庫基向互峴福川, 問■■■五緬禮, 至暮歸家, 則柳田道邨賓來, 聞查家梗槩■■.

初十日陽.

季兒栗峴.

十一日風寒.

給戶籍人情一戔六分, 三分不足, 貸景叔, 道邨賓去.

十二日寒風.

往社倉面會, 見社首振汝甫, 及丁井叔, 九潭數人, 饒飢後, 乘暮還家, 納戶籍云. 訪駕雲邊喪人.

十三日陽.

新例邊豊山來話.

十四日陽溫.

馬戲川沈有信處, 去六月二十二日, 二兩, 及二十九日, 三兩, 合五兩出來, 故每月四分利, 則利本合六兩報, 索標文.

十五日雪寒.

夕後. 洛瑞來. 柳田買新例占石家價三兩七戔去.

十六日風寒. 月食云.

十七日陽而雪風.

洛瑞旋之, 盖以銀城婚說及沙室舌畔事來也. 柳田買屋二間於新例, 毀而來, 價二兩五戔也. 近岩途寓杜川客來見, 島坪以幼孩嘔吐云, 故急往草澗求藥而來, 金谷朴采至暮而來. 季兒買烟竹一戔六分, 麻鞋一戔四分, 靑魚七分, 墨二介四分, 饒飢八分, 合四戔九分.

十八日陽.

島坪五分貸去. 黃有統出晚得名下結斂一戔, 籠借去, 養普旋去, 孟善一兩九戔八分貸去, 柳田孫婦解娩, 極忻奇事奇事, 季兒往沙洞, 孟善貸去錢還來, 鹽五分, 結斂一戔二分受, 中坪島坪用.

十九日陽而雪飛.

季兒往泥田, 修女阿諺書, 賻一兩錢一帖柿, 受中坪孩斂一戔二分持而去, 仙洞林客來見, 陳以少兒嘔, 則生梨一箇穿其中, 盛以生乳, 防其孔, 而泥黃炭以食, 則極好云.

二十日陽.

與洞人作統, 洞內卜數六結七十餘負矣. 婦阿傷手於砧間, 又破面不省人事而大痛. 沈於冷水裏, 以柿木虫糞, 蘇愈不論, 而未知碎骨與否. 且窮陰衣薄者, 無以堪遣, 際以爲惟島坪家, 乳孩似少愈矣.

二十一日向夜深雪飄風吹寒氣甚盛.

鷄鳴後, 使女孫造飯, 招島坪, 而行茶祀, 未出主神, 安以謀行祀耶.

二十二日陽寒.

勝於昨日猶寒. 季兒還傳泥田消息, 且傳甲臂榮川宅條二戔, 及戶收斂四分景叔給, 又前貸三分, 給, 雇七戔給甲鐵.

二十三日陽.

二十四日陽溫.

季兒往沙洞, 欲見邊君, 而未遇, 歷路, 受桂飮三戔一分於鄭連得 · 沈大孫處. 直洞林芝凡, 得病七日死云.

二十五日陽.

季兒往沙洞, 又未遇邊君. 芳邨門長振汝氏來叩, 盖考作統故, 井休回宿沙洞而來云. 自家所營, 則以正初洛瑞來云.

二十六日陽溫.

季兒邀邊生次, 往沙洞.

二十七日.

邊生抵暮來宿. 鹽一升二戔九分, 靑魚十五尾二戔四分, 北魚二尾六分, 海衣三分, 正肉一戔五分, 合七戔七分內, 結斂一戔九分, 八分島坪出.

二十八日陽.

下 ■…■ 柿一帖, 使牛谷, 賣眞柿一貼次給之, 不賣而來, 光伊價一兩二戔五分給, 黃立大雇 ■…■ 合四戔五分, 給張甲哲.

二十九日陽而風.

頭曉雪掩■■ 貿明得幾魚一戔未給.

1870年

庚午年

庚午正月初一日. 丁卯. 日食. 陽而和暢清氣四圍.

行朝奠.

初二日陽.

芳村開浦堂叔■■■, 新例邊玉如來叩, 季兒往道谷省山, 則朴涌繫牛墓側, 躪踏
階砌而玷, 峻責而使之掃除之云. 前五侄生來見.

初三日食後雨播.

村漢來傳, 沙洞國師說, 五穀皆稔, 村閭具苗木花爲下云. 三仁南甥, 持佐飯而來,
得知二音可聽.

初四日陽.

行室人忌祀, 新例邊復汝, 及駕雲胤來見. 南甥見襪弊, 自袖出渠襪以賜矣.

初五日. 立春. 辰時雲陰.

南甥回去.

初六日雨浥塵.

豐基東社居金本村來尋留宿. 雇漢終日困臥.

初七日雨雪.

■…■ 以頭痛故, 去新例云.

初八日.

行高祖妣祀事. 雪下幾尺. 祥兒等傳言, 安東有奴令之變, 豐邑有吏胥之變, 果如, 則前所未聞之極變也.

初九日陽.

甲哲不來. 竹林權汝章來見.

初十日陽.

季兒往直洞. 三江鄭查父子, 及其甥李生來訪.

十一日陽.

三江客留, 井休自金谷回傳, 金谷朴老人■■病劇云. 此日則牛日, 而晚間略有風氣, 午後亦風寒, 農談牛日不風爲吉云. 石彔來納靑魚一枝.

十二日雲陰.

三江客三員回去, 貸後家錢三戔, 給■■■, 祈禱一戔二分給, 歲前造砲次, 三分榮川持去.

十三日.

朝起視之雪幾尺, 祀洞神, 加斂二分, 島坪出云.

十四日陽而有雲氣.

十五日半陽半陰.

市商見柿, 霜柿生靑苔矣. 季兒往芳邨見振汝甫 · 士賢而來.

十六日陽寒.

歲前造泡價一戔二分, 使甲鐵, 傳光用, 島坪少年來, 上京歷路云.

十七日陽.

武夷三從李戚兄弟來叩, 沙洞柿商來, 島坪往邑市, 賣白木受四兩四戔云. 新例邊棘人駕雲來.

十八日陽.

武夷老人仲分, 暨柳田而向魯隱, 李則向芳邨.

十九日陽午後雪飛.

市商來, 柳田來傳魯隱二音, 尙州長川居金過客二人來, 素食.

二十日陽溫雨水.

借硏刀麻屹, 往家, 絶蒿纖香附一■, 沙洞李哥漢, 買眞柿六十八帖, 霜柿七十二帖, 定價四十六兩, 而成許一帖而去, 約以二十五日納, 併而持去云, 面人漢來促收結.

二十一日陽.

新堂李池後, 抵暮來云. 乾租二十斗.

二十二日陽.

云叔名下, 收給七戔五分, 受李孫旋去.

二十三日陽.

往野堂饒飢景叔家而來. 文岩金甥來.

二十四日.

省病四日, 往新例夕來, 金甥旋去, 往馬戲川, 抵昏事 ■⋯■.

■⋯■ 四戔四分, 雌鷄一首二戔二分, 鹽一升三戔五分, 錢二兩納, 收給次, 給風憲林昌業, 一兩島坪貸去.

二十八日陽.

報大宅錢三分, 馬戲川韓老客來見.

二十九日雲而寒.

使季兒, 往尋沙洞柿價, 使島坪, 傳光伊借一兩二戔五分, 於黃有通, 而尋雇貰七兩次, 之甲鐵處, 卜價二戔受高初卜, 梅湖外從姪曺秉樞歷訪, 盖梧麓妹家歷路也. 其字致善云也. 夢老宗人來訪. 安東馬坪居李筆商來, 買習字四柄, 草筆五柄, 眞墨十介, 價一兩四戔, 景叔自商邑回來云. 招黃占名, 而付甲鐵錢以移傳.

三十日朝雲午晴.

甲鐵來, 而更仔言, 未知前頭果無前日惡習, 然代送亦甚苦事, 故姑爲留置, 梅湖
戚從侄致, 轉向山陽, 朞以秋間更面.

二月初一日陽.

受小錢, 換二戔二分於高春玉, 給空石價四分春玉, 往金谷市, 買麻鞋二戔一分.
自野堂歷芳村 · 生光 · 沙洞 · 盤松而來, 則飜灰.

初二日陽.

甲哲往遠山, 貸錢五戔於牛谷. 往花峽, 訪林稧仲於院基, 則病臥矣. 饒飢後發行,
則風颷衣冠, 寒氣甚苦矣. 到花庄, 則朴上舍聖章, 亦以宿疾每困云, 而縣村蔡客,
亦來住矣. 寒暄後, 說及蘇野婚說, 則雖傳稧親相從隣洞凡問不相干涉, 從中相通
云云, 事甚疎闊矣. 海藿四分, 海衣二分. 柳田役二日.

初三日陽.

食後, 弔山水亭主人, 而訪金聖則, 老人行色, 甚是果斷爲言矣. 朴上舍及金老人,
送玉溪邊, 期以望間更通, 未知如何, 踰小花嶺, 連沙洞, 遇彌湖金聖鐸, 過見李
漢, 促柿價五兩, 則又朞來六日矣. 休馬戱川沈千奉家, 酒食後, 抵家日已落矣.

初四日陽.

錢二兩, 黃又用貸去, 五兩高春玉限三月以月利持去, 買梳六分, 光伊工錢五分,
斫刀五戔, 鎌子二柄四分, 劒二分, 合七戔一分, 於去一兩外, 餘二戔九分內, 一戔

七分榮川貸去, 工錢光伊五分, 鎌二分, 合二戔四分, 大宅四分, 後家二分.

初五日陽.

從祖妣忌日, 未知行事與否, 自昨日運灰, 前此柳田役二日, 牛谷自豐山回來, 得平安二音.

初六日. 食後雪下, 至夕大風

運灰, 甲鐵往新例云, 掛斫刀云.

初七日陽.

季兒往邑市云, 靑松居權生二人來, 說高林參判公山穉松事, 運灰.

初八日陽.

欲耕田, 而氷未釋, 運灰. 季兒暨柳田孫往柳田, 盖問允長喪人常事, 而轉探姑城婚事也. 松靑權生二人宿後家而來, 說高林定境界松價事.

初九日陽.

畊朴床洞田, 島坪役. 季兒午後來以云. 日軍住仁川, 靑州白童來宿.

初十日陽.

錢一兩, 以用安冬服價, 榮川以債例持去, 又用貸去錢二兩持來, 白童食後去, 小渚谷義興公胄孫云少年, 率一奴, 自尙州井洞來云. 氣乏故者, 向粥二椀饋, 送此客云, 鳳山輟享, 霽村·梅堂兩先生位版, 建祠野翁亭, 爲世德祠, 麥秋後, 當建廟云. 初昏, 季兒傳, 本倅父于惠政. 洛瑞以高林稧松事, 呈官, 則查問權班之意出題, 而送該面主人云.

十一日朝有雲氣.

肴晚麥穗十一升, 季兒覓柿價往沙洞, 而虛還. 榮川島坪用安助役.

十二日陽.

昨夕, 甲哲往新例, 此地訪權石樂來言稧松事, 遣牛谷往審, 而受三兩三戔云. 島坪畊南山田甲哲午後助畊, 有過客活路以對卞往邑.

十三日自曉頭雪下.

招龍安, 造小犁來, 洛瑞昨暮回云. 以今爲圖形云. 此日乃栗峴林甥中祥之日也. 送季兒以哭, 兒輩傳童謠云, 長安無酒, 舊麯奈何, 졍금베나거듯 신도쥬ᄒᆞ여보세 云耳.

十四日陽寒.

錢一兩, 景叔以高林圖尺費貸去, 季兒自栗峴而回, 說端邈色吏圖尺, 而暮回.

十五日陽.

季兒往花庄, 洛瑞往邑府, 與權也, 推卞落科, 往野堂, 未遇聖剛·以文·景躍老人, 見文應·景請, 午話于景請家, 轉見振汝甫談話半日, 至夕將反, 逢丁上舍兼美於芳村峴, 得聞魯隱消息, 見朴弘友病狀, 芳村士賢來宿歸家.

十六日陽.

畊下坪畓. 士賢旋去. 景叔率洛瑞往邑, 盖訴冤次, 落麥種六升, 榮川島坪龍安役. 午後畊島坪麥, 趙客來後家, 至夕景叔回家, 請得呈冤狀題, 則理豈然, 宗孫權奎煥率待之意, 定狀民云者, 訟或循理之道耶, 使洛瑞, 直往鍮店村云, 製狀, 則振汝甫手端也.

十七日.

雞鳴後, 往大宅參茶祀, 拘於年荒, 未愈虛度, 情事尤罔涯, 甲哲畊榮川麥畓, 景叔往邑, 昨日奴子石某小某, 自安東來, 求食次也.

十八日陽寒.

往野堂, 會鳳山創庫直安得家. 竹林渚谷老人會見, 李喪人通柳田書外面儒生來矣. 鳳院之後山, 及睡軒位祭器田畓云. 聞極駭愕, 方擬呈官以決, 且往開浦以定守會漢, 午後各還家. 景叔乘暮回來云, 彼隻故合爲決, 故未爲推下而來.

十九日陽.

使奴丁, 朝前掃廐, 三稅未納, 故出牌主人來云. 相下畓塊, 午後邑吏權哥受收結五戔四分去, 風憲則黃外房.

裏面大字

白松宅東醫寶鑑十三卷借去.

二十日雲陰.

朝前, 榮川往沙洞, 受柿價零錢五兩. 買鹽一升價四戔五分, 又用坐基卜價移施, 受社倉還米九斗, 前日貸來錢一戔, 薪價六束一戔二分, 合二戔二分給柳田.

二十一日陽.

榮川往泥田, 朝前島坪往中坪, 收結二戔三分受次, 連爲愆期之故, 持小斧而來, 島坪往島坪尾湖.

二十二日陽.

使高永甲, 送結錢田貰貫價幷八兩五戔九分于官, 孟善坐垈卜價一兩受, 昨柳田使牛, 洛瑞景叔落科, 而乘暮來, 憤痛.

二十三日陽.

永甲持尺文而來見, 洛瑞還去. 至夕復來云. 夕後如厠落前堦, 臂脚勻痛.

二十四日陽.

石項山直來見, 前日貸去錢一兩, 景叔持來, 季兒向泥田轉向尾湖, 而楡理權氏家有閨節, 故見其翁而全托先遣其長胤發說, 賷以初五日前相通云. 生紬道袍素襪, 女兒送來, 果爲絜用, 渠以身擔百務, 成此兩件, 似甚艱窘, 殊爲戀戀耳. 初昏, 白雲堂居崔云吉爲名漢來宿.

二十五日似有雨氣.

朝前云吉去, 角者同村借去半日, 新例黃主三來見, 芳村族士賢歷見, 島坪午回以
秋償次, 菘菜種一戔以來.

二十六日雲.

錢四兩春玉貸去, 景叔納卜數次, 一兩托而去咸昌. 收南山枝葉, 用安島坪兩役,
買佐飯次, 一戔給柳田, 錢二兩, 永甲以月持去內, 渠坐垈卜五戔受.

二十七日陽.

行茶祀, 景叔卜價條一兩, 又用貸去, 萅以假日, 錢二兩八戔一分以興成次, 送季
兒邑市, 都生卜價三戔六分持來, 用安役, 大錫一兩二戔, 丈夫二戔, 矢朴二戔四
分, 肝一戔八分, 幷一兩七戔二分, 大魚北魚二戔三分, 棗栗六分, 白紙一分, 行資
一戔二分合, 四戔二分, 갈기四分, 榮川私用, 貸大魚用告由.

二十八日陰雨.

頃日貸去錢四兩, 春玉持來, 午晴而細雨, 甲哲畊下坪木花田未盡, 初昏, 視物似
愈於前日.

二十九日雲而凄風吹.

午前, 畊木花田畢, 午後畊舊基畓, 井休再昨, 自安東來言, 去由箕山, 歷龜尾, 至

川前芝村, 大槪平安, 到處饑荒太甚, 剝皮爲食松, 無噤防, 幸入門賑中, 得六七貫銅云, 斯亦幸矣. 其婦往本家云, 揣之救活之由, 爲之何哉, 歸路轉探豊山消息, 則上邨大亂, 査家近處姑安, 春窮滋甚云.

三十日雲雪飛.

行茶祀. 又用貸去一兩來納, 後家納卜條, 晚後, 畊下坪畚少許, 自午至夜雨一犁.

三月初一日丁卯.

朝起視之星色皎潔. 晡時告由權奉祠, 乾魚北魚棗栗二戔九分, 油米幷曲子五戔, 乾柿五分, 幷八戔四分, 又行資一戔二分, 白紙一分. 自鳳山別所次出, 而用, 子孫冠員十七以來, 十一月十五日, 各員備一兩以爲營辦之意, 爲約, 佐飯八分, 去市買丈夫價一戔, 都哥當次買新例有通丈夫一戔五分, 後家所受卜價五戔, 更有通.

初二日雲陰.

行茶祀. 使明得, 送後家結錢一兩, 心丹名下二兩二分, 幷送明得, 大宅所有卜價四兩九分受, 柳田畊石立畚, 以買麻子次, 給八戔四分, 島坪往邑市, 貿七盂價一兩一戔四分, 種次, 甲哲往渠本土.

初三日雨.

量昨日貿來麻子八盂, 各盂定價一戔五分, 則一兩二戔, 幷饒饑價八分, 四戔五分家用. 一戔五分榮川, 一戔五分柳田, 其餘牛谷與島坪分用, 則三戔九分, 審島坪次, 所去錢八戔四分故也.

初四日雲陰.

柳田收植松枝, 色吏李哥覓山城長宅一戔, 召春玉, 貸一戔而送, 午後防場邊籬.

初五日陽.

甲哲朝前來, 使畊家前畓, 往盤松里, 夢老以防阡, 往石峴下口, 將追見歷黃光中酒店, 吸茶, 而喉渴覓酒一盃, 至石峴, 則夢老兄弟俱在, 陳其所懷則他處云云. 皆落漠, 分事不偕矣. 無聊而往野堂, 則武夷碩甫李戚兄父子, 以大東韻玉印出事, 來已數日矣. 竹林權氏老少多集, 振汝甫亦來, 井休先到矣, 觀其動靜, 則未爲呈訴, 前切不乃分射之說, 故午後無辭, 而與振汝幷退, 由直洞而來, 逢雨避雨, 林學龍家, 而涉泥而艱回, 則甲哲所事於不實矣. 井休往島坪.

初六日. 寒食. 昨昏雨歇夜以風日氣清爽而寒.

季兒傳伯嫂氏泄候非輕, 憐然憐然. 昨聞渚谷汝錫家火變苦甚. 大鍤工錢一戔, 給金哥子, 種麻子, 朴漆谷穆歸家, 馬戲川暫訪.

初七日陽.

伯嫂氏泄症愈甚, 香茶之禮行, 情事罔涯, 且以痰痛臥送半, 甲哲畊南山頭畓.

初八日陽.

治畓阡, 榮川島坪助役. 牛谷往魯隱, 求種子事也. 草澗權少年來訪, 其字稦一. 至午雨浥塵, 牛谷旋來云. 老人來福川見丁郎, 以五兩錢附托云.

410

初九日雲陰.

甲哲畊榮川畓, 朴床洞伯嫂, 有加無減, 昨日聖堂洞持늘인지來, 井休自島坪回來, 略傳梗槪.

初十日陽.

甲哲畊城坪畓, 季兒居鰈, 酸苦不可形言, 而最可不堪者, 身無所掩時刻, 切迫買弊家次, 持錢三兩九戔, 而往山陽市. 月前多仁面儒生斥賣睡軒位祭器及院後山麓云矣, 今則又賣諸下人, 貰田及本院所屬田畓盡賣. 各爲分去, 故水山李喪人書來柳田權相寬家, 轉示各家事甚駭愕, 方以呈官次, 定送三門中各員, 故起送, 井休由野塘而去, 製呈文諸谷權老人寅夏甫云. 尾湖奴子來傳二音, 且上金時燁與季兒書, 起手披見, 則向來楡陰云云. 亦攸無實, 到處見敗, 何其支離也. 尤無以爲言, 李友顯文自高林村歷沙洞而來訪, 饒飢後, 向九溪, 馬戲川沈千奉來見, 季兒無一成, 而乘暮而來, 饒飢五分.

十一日雲而洒雨卽霽.

斗兒生日, 未行一尾魚, 情自缺矣. 高春玉二月初四日持去錢五兩俱二戔五分利來納, 蓋季兒家甲哲役, 栗峴林棘人來訪, 爲伯嫂氏問病也. 魯隱丁郎來見, 問二音. 上村許家沴氣大肆有死亡云. ■■老之所殫誠效力者也. 其 ■…■, ■■斯者濫費無節意, 至於莫可收水■…■, ■■院底以爲院中輔用之道者, 不過數年, 則彼兩■…■寧不■愧於心乎, 果有一分尊義之心, 何敢所有也, 土地猶不敢賣之, 況山林乎, 又況祭器乎, 伏乞洞燭戒是後, 將發猛差捉致主事■二人, 嚴治具湯亂, 其嚴是堂及廚舍直漢, 及舊庫直龍春爲名漢, 一併捉致, 詳審嚴處, 是堂院固基址 ·

411

山林·田土·祭盤, 所賣■……, ■慰多士之望, 千萬幸甚, 季兒今亦虛歸, 而并
朴郎喪人而來, 미자반三分饒飢一戔二分云.

十三日陽.

甲哲不起, 使一億, 畊秧板及反畊木花田, 買釜朴五分, 買冠六戔, 冠商則蔡班也.
甲哲起.

十四日雲陰.

朴喪人壻郎回去, 昭日氣如赭挽之不得, 發未久雨下, 至午如注, 未知住迫何處,
所儩(贈)只六葉.

十五日細雨來去午後晴.

欲往水深卽出, 所値雨而回, 則澗谷朴■年來云. 頃日自邑中, 轉向栗峴壽宴所而
來. 歷入, 而前日云云, 見不如意, 落而是之, 至昏, 聞竹林請贈事成.

十六日陽.

往竹林, 賀草澗公贈嘉善大夫吏曹參判兼經筵參贊官春秋館修撰官弘文館修撰官
都摠府副摠官并不祧典, 乃初四日也. 大臣則金岱根良佐洞都承旨李能■. 自竹林
宗家向野堂, 則周老以文, 得見於■…■金谷, 故向金■, 未逢回, 向野塘, 沽酒
一戔■偕■…■來見洪友病狀, 尋駕雲喪人未逢, 抵家■…■面瘇, 洗百沸湯塗藥
云. 當夜癢症乃去云.

十七日雲陰.

朝往問益兒所過, 則別無效驗, 夜啼如初云. 別報■■, 及它役, 三分給明得, 使榮川島坪牢牛, 而送邑市, 角者則故■■十五緡, 故不賣, 鹽一升價四戔五分, 白粉五分, 農笠二戔二分, 用合七戔二分■■, 六戔則價■■合一兩三戔二分, 三度饒飢, 二戔三分幷去, 榮川持去五兩九戔中, 則留單四兩三戔五分.

十八日陰.

治畓阡, 及入土木花田, 龍安 · 同村 · 榮川 · 島坪 · 柳田■■朝夕.

十九日陽.

種太四升. 柳田甲哲役. 午後間間木花種.

變自內間心動伺察則火爭房上急召隣民剗滅云.

二十三日陽.

貸錢一戔四分, 都哥石彔, 池採秧草, 新例張漢來見, 懇懲後日無此等之犯, 故因與鎌子, 孫兒輩自昨日移芹圍井, 前事果整妙見甚可笑, 再昨井休往鳳山次, 早往野堂, 至午往見復汝家, 則只存灰燼蒿殯無人影, 故往其季家, 則兄弟着冠而出見, 只說無往而旋, 午後三仁訃使來, 季妹阿以宿症昨日未時棄世, 相距不賒, 身之所遭奇嶮, 男妹不相面已四五年, 方營一面, 而遽爾作地下之人, 尤倍慟哭慟哭, 黃千摠立大, 飾鞍次등ㅈ一雙持去.

二十四日雲陰.

注秧. 用安役. 購三仁初喪所五戔, 榮川處所留錢, 又屨價二分, 壯紙一丈, 午後種豆, 季兒往直洞, 貿生布十一尺, 其工八戔二分云. 而生黑不可用, 石彔請栗種, 故給一升, 而送之.

二十五日自昨初昏雨而注溪水漲.

招甲哲, 而看坪使飾黃冠■成服. 服具未備情事尤爲罔涯, 又用漢以蓀洞金一菊漢侵塚事製所志.

二十六日陽.

食前, 直洞林哥女覓布去, 防畓阡, 榮川柳田助役. 沈晚稻四斗, 井休自栗里抵家, 鳳山推尋事, 二十二日, 偕以文·景躍·汝錫, 往取其面士類, 詢其誤事, 則端端引咎, 而分半, 田庫持文簿而來, 歷劍巖, 只言空家以給之外, 更無區處, 路費四兩五戔云, 景叔來言, 周覽龍宮安東等地山川, 東幕來見.

二十七日雲陰.

榮川往邑市牽牛, 率甲哲而加給一兩, 貿農笠二戔, 海藿半條, 北魚四尾一戔八分, 饒飢一戔四分, 喪布五尺三戔七分, 用合九戔三分, 則餘一兩七分, 夕立南草田, 有一客訪景叔, 乃幽洞趙客, 播赤稻一斗於植松下, 夜深後, 季兒甲哲還來, 就枕未久, 狗甚急吠, 故着衣覺隣. 昨聞竹林文賢喪.

二十八日陽.

至曉, 穩宿晚起, 廻視賊穿東籬甚廣, 雜踏南草田, 且轉廐後橫木, 使甲哲, 播早稻

414

七升·晚稻四斗於舊基前畓, 幽洞趙客來見, 暫爲寒暄, 卽爲發去, 咸昌畊木花, 榮川島坪役. 造巾帶, 已過成服日, 今二日, 而始製服, 心事尤未穩. 往芳邨, 問琴洞宅寃祥, 歷盤松, 與夢魯至柿木洞, 弔客咸歸, 振汝老人獨坐, 挖繩而謂曰, 以祭故而來問耶云, 而色甚無酬例也. 坐語移時歸來, 由新例覽畊木花, 則善治四畔, 治田似緊, 斫家後穉松四介, 防偸兒之穿.

二十九日陽.

使甲哲, 種豆鉏麻田, 午後, 寒氣入骨, 齒痛調發, 臥而太痛, 至夕, 驟雨下雹.

三十日陽.

榮川牽牛, 率甲哲, 往浯川市, 以惡寒倚枕, 食味一變, 本面風憲黃谷房來見, 綸音大旨勸農, 有無相資, 使畊種無失時, 又別粮半加出, 故收前日單擧, 更出單擧. 邊復汝奠妻, 而所苦如此, 季兒出外, 父子俱未聞, 情事極舛, 沈晚稻種八斗, 北魚二尾, 景叔持來.

四月初一日.

季兒率甲哲, 宿楊枝快永家, 而還, 未賣角者, 貿白紙一束一爻四分, 鹽靑魚二尾水石魚二尾一爻三分, 미슬이三分, 行資八分, 用合三爻八分, 五分島坪持去, 孟善自公州回移家, 幾二十五日云. 隘路多不安處云. 季兒傳, 安東吉安地有大賊, 鎭將行刑將殺, 而■杖板後, 有赤頭反覆詢鎭將其由, 則下人所話, 乃是被刑人之子, 而當其父戮死, 叩頭連日, 而慟哭失音, 口啞未能出聲, 鎭將嘉其誠孝, 招於政廳, 將大其孝行, 更懲後日, 則罪人之子所告未改前習, 則詳爲再問先殺矣

身, 固所甘心云, 故放送而察後云. 井休傳, 昨日當會買堂宇, 金谷鄭禹錫家價一百三十五兩, 而更定大堂會來初十日云. 鳳山文簿修正渚谷人未往來不成云. 野堂權巖叟中祥, 在再明, 切隣有沴氣云.

初二日陽.

牛蒿已絶喂草, 景叔往幽洞, 孟善往邑, 甲哲刈秧草, 至夕, 尾湖二客來, 一則甥女婿, 一則庶女婿也. 其處槪安, 白洞沴熾邦, 則寓接次, 留四五日, 而下邨有不安端, 回向東面云. 流丏男女來素食, 沙洞邊醫來.

初三日陽.

島坪變渠母製, 大宅祀事似虛, 交情事尤爲罔涯. 尾湖二客旋去, 其處賻物五戔云. 柳田附秧開沙畓前者二年, 緣此秧未收一粒, 今又生意, 殊是無理, 拘於盤薄, 任其所爲, 殊甚未穩, 午後驟雨一鉏, 埋魂魄.

初四日陽.

甲哲採草. 摠榮川所用二兩四戔六分, 前者所去六兩九戔內, 則用餘七戔受永申, 去月二十六日以月利持去錢二兩一戔內, 一兩一戔持, 給甲哲雇貰一兩, 都哥貸去錢二戔四分持來, 初昏, 招孟善來言, 角者決價五十四兩, 直給四十兩, 而十四兩分以來念間, 爲約矣.

初五日陽.

孟善驅牛去市, 季兒沈稻種云, 邊君來見, 問治孟星面瘇藥價, 則五戔五分云, 村

416

漢春玉駭來，鹽價九兩五戔三十五升云，午後雲陰，井休三父子往龍門山剝松皮云，島坪喂犢入喂．

初六日. 立夏. 陽.

朝往井休家，考其松皮，則一日所剝，足爲三日粮，且吮其汁，能免飢渴云．曝醬末子，季兒治渠秧板，孟善許所來牛價三十兩，自景叔許來，餘二十四兩念後，孟善備來云，芳村士賢來後家云，自昨日，島坪所喂牛入喂，自去百二十五日總計，島坪喂五朔十日矣．

初七日陽.

治秧板，柳田彼錢三兩，高永申以月利持去．二戔榮川報牛谷錢次，貸去，季兒往邑市，日落而來傳，東面有弟打兄，南面有賣妻，而復尋者，自官嚴形而着枷牢囚云．世道之駭然，已無可言．

初八日陽.

自曉頭風飜木葉，以各家沈醬次，季兒率用安甲哲牽牛，而持錢二十二兩，往兌津風氣如狀，且逐勞瘁之餘，又牛瘁殊甚，九十里回還，幸無擾汩耶．用慮不尟，去時昨日貸去二戔出，錢一兩，又仁貸去．

初九日陽.

季兒至午回，貿鹽二駄二十二斗五升，幷行資二十一兩四戔二分內，大宅五斗五升四兩三戔，榮川五斗三兩九戔，島坪三斗二兩三戔四分，柳田一斗七戔八分，已上當收次，十一兩三戔二分．家用，十三千價十兩一戔四分，餘來五戔六分，角者覵

辛得達, 甲哲足酸, 送人中路, 抵暮而來, 柳田起田畔

初十日陽.

往堂會次, 迤向盤松, 與夢老歷芳村, 坐語一頃, 朴稺弘與金妹兄緊彦偕來, 澗面之餘, 談話離時因爲饒飢, 又向酒店, 雲氣弊天, 方有大注氣像, 促沽而飲, 我與金兄, 連飲三盃, 稺弘二盃, 振汝夢老二老一盃之外, 更不執而退, 又道村朴二人參飲, 故合計酒價二戔四分, 振汝甫稺弘, 分掌一戔二分矣. 金兄期以明日賁然入生光洞, 各投其家, 至盤松雨零頗下, 故借冠冒於夢老而來.

十一日朝雲而霽.

以鍛鍊次, 鉏三柄光伊劒錢一戔四分給, 用安往銀杏亭, 甲哲役島坪畓阡, 午後, 自野往盤松, 與夢老往生光洞, 則高坪鄭然叟在座, 主人沽酒, 各隨量而飲, 與金兄偕, 春日已暮矣, 設粥而待客, 鍛鍊工價一戔八分內, 所去錢一戔四分中, 小錢三分所用除, 一戔四分, 則不足七分, 牛谷貸給云. 故直報, 中坪盧哥漢殺偸兒云, 傳盤松冠冒.

十二日雲陰晚晴.

朴稺弘來話, 午後回去, 金妹兄留, 甲哲起田畔古乃洞畓.

十三日陽.

防畓阡, 榮川島坪助役, 金妹兄轉向果床洞, 錢七錢牛谷貸去, 報貿米價云. 每升三戔九分, 而歸家, 故量則五升五合云, 午後, 鉏朴床洞太田, 柳田剝松皮于槎峽.

十四日陽.

斫家後穉松, 欲養檪以防掘破, 永臣持去錢三兩內, 一兩出, 又用貸去錢一兩來納. 足膓心生毒瘇, 使景叔, 針起出濃血, 牛谷剝松皮次, 往峽迫暮而回, 夕後, 與兒輩運永申處, 買薪五負, 其直一兩, 則去月所去錢一兩移施.

十五日雲陰.

食前, 柳田與甲哲, 運家後斫松十二負 · 前者二負, 榮川持錢一兩, 往龍宮市, 欲求夏服, 鉏朴床洞太田, 季兒與聖堂洞, 日未暮而回, 買布끈창옷價六戔饒飢五分, 沙蔘二分, 餘三戔三分, 以買小斤玉春服次, 榮川用, 孟善許牛價二兩, 榮川受來.

十六日陽.

鉏田, 柳田助役, 錢二兩以十三利, 高春玉, 限十一月持去, 沙洞邊生來尋, 益星面瘇藥價五戔五分, 自渠家辦出給之.

十七日.

至鷄鳴, 大雷驟雨黃水流, 及朝而晴, 柳田率甲哲, 折草後山, 晚得名下, 收結三戔, 景叔受, 鳳山本所來, 柳田孫婦過庭, 見其面有浮氣, 詢其所由症, 似昨年, 憫不可言, 方侍邊醫之來.

十八日陽風而寒.

柳田率甲哲折草, 防南草田, 季兒往柳川市, 柳田孫婦少差於昨日, 或因此快祛耶.

十九日陽.

買沙蔘四串六戔六分, 家前秧䆉潰水而乾, 景叔孟善往氷城, 得一穴云. 夕以麵二器, 饋景叔孟善, 柳田與甲哲折草.

二十日陽.

甲哲折草畢, 鉏南草田, 柳田自二月十二後役總計十三日, 且有柴五束價一戔, 至夕, 自野而回, 則胄星前言, 孟善持錢二十二兩而來賜云. 俄頃, 孟善又來言, 給牛價零錢二十二兩於胄星, 此兒似不瞭然數爻之, 專信持來人之信實, 更不考數, 使斗兒藏置.

二十一日陽.

甲哲折草南山, 食前馬戲川韓少年來.

二十二日陽.

鉏田. 柳田甲哲用安明得女, 公納三兩, 并貫三分, 四兩以興成次, 季兒往邑市, 至夕, 未成事而歸, 饒飢三分, 納田稅三兩尺文持來.

二十三日雲陰.

鉏田, 柳田助役, 榮川換傭. 十三日, 牛谷貸去七戔上加三戔別一兩也. 移施, 柳田以月利用云. 去正月二十六日, 給傭柳田七戔以後, 摠至今日十五役也. 馬戲川韓生斫植松邊柿條, 人心可痛, 夕食, 大宅盤蔬過何, 如此歉歲, 且奉八十篤老, 而用意如此, 還甚憐殘, 朝則食島坪家, 各家供朝夕, 以吾生日在十九故也. 渠情則不怪我懷,作惡中坪里殺賊而埋矣. 堀去其屍後, 四五日, 其父及其子三人來而作亂云.

二十四日陽.

甲哲鉏榮川宅田, 報昨日傭耳. 面任黃外房來, 示田結戔例, 有一過客直入, 問其所居, 則臥洞南生也. 未能食朝云, 故氣乏之不能行云, 故給錢二分而送, 午後景叔言, 道谷三江宅, 去夜求出水, 回家何以身免, 而家庄衣服沒數盡燼云. 歎歲失火, 雪上加霜, 聞此慘然.

二十五日陽.

甲哲耕舊基前畓, 季兒持錢四兩, 往浯川市, 偸兒穿季兒家壁, 持春玉家醬瓮三坐去云. 井休往道谷家, 兒輩全不往見, 切欲躬往, 左足有瘇氣, 竟未遂志, 心甚無酬, 午後牛谷往視, 則四家同燼, 只餘灰土云. 日落際, 季兒還來, 貿首飾十柄價三兩六戔, 鹽靑魚一戔, 饒飢九分, 餘二戔縮一分斗成受.

二十六日陽.

甲哲折後谷草, 斗雄長星, 請著書出採條是以給.

二十七日陽.

鋤木花田, 季兒率柳田甲哲役. 治太粟田, 役十一, 木花田三, 摠計十四初鉏. 邊聖瞻終祥在明日, 牛谷往唁云.

二十八日雲而風.

甲哲乾沙味舊基前畓, 朝前長豊里咸哥, 失物來此而搜覓云. 午後, 雨洒浥塵, 至

昏洛瑞來見, 詢其夕事, 則曰未落, 而抵井休家啜穀粥云. 問其上京梗槪, 則隨北
郭李三嘉胤, 而去見本倅胤鄭上舍, 陳高林山訟落科極冤, 則所答, 世間安有非其
祖先, 而稱渠祖先者耶, 然而問有不近人理之人, 則當有伸屈之道云云. 修書則其
大人城主堅封, 而賜曰, 致書之後, 合有招對, 如有未招待, 則探我覲親之時, 直來
冊室, 拔例周旋, 快至伸屈, 故罔日下來, 則本倅已作監營行, 姑俟回來, 彼時下來
時, 屢屢付囑, 三嘉允則所答, 若不如意, 當得崔判書扞簡, 期於雪冤, 崔判書, 卽
訒齋先生第二子, 完山君之後也, 李三嘉之姻族也. 時帶禮曺兼忠勳府堂上, 又舉
動時軍職, 本倅未仕時, 全賴此家云.

二十九日陽.

甲哲折後谷草, 招洛瑞饋朝, 錢一兩, 都哥以十三利, 限十一月持去, 季兒持錢九
戔九分, 往山陽市營, 貿小氅衣意也. 大宅乏糧, 牛谷以出債次, 往盤松里, 不見會
彥而回.

五月初一日. 丙寅.

朝登南山而見, 則日光如紫繡, 甲哲飜畊古乃洞畓, 季兒午後回來, 昨日所營, 則
未成, 故持去錢九戔九分給斗星云. 三仁則巨創後無他, 故窆禮當俟秋成後, 足繭
晚還, 故至日暮, 歸路, 買沈千卜桑三戔, 牛谷往栗里, 求菽水資及貿桑之意, 德成
家, 以一升米塞責, 其季辭說未穩, 故棄而回云.

初二日陽.

朝前季兒率甲哲, 往馬戲川傳桑價三戔, 採桑而至日晚來, 島坪往邑市, 甲哲再耕

石立畓.

初三日陽.

直洞林慶述還獻古文眞寶一冊, 季兒率甲哲, 貿桑次, 持錢一兩八戔五分, 而向柳川市, 末日中甲哲負桑來, 價則二戔九分. 季兒歸路, 買尹貴童桑一戔五分, 酒價六分, 用合五戔. 甲哲折堂下槐葉, 餘米錢一兩五戔五分. 午後採松亭桑一負, 加買五分.

初四日陽.

甲哲折草一負, 季兒往以買桑次, 往沙洞虛行, 午後, 更向水深, 率柳田, 買一負價二戔八分, 至暮艱回薪蚕半間, 甲哲往渠家鼉.

初五日陽有雨氣.

早食而送島坪松田里, 買桑一負價二戔五分, 薪二間·道谷薪田宅十五分·桑價并一兩三戔二分, 榮川桑價一兩, 合二兩三戔二分.

初六日陽.

鋤木花田二次, 柳田甲哲役. 錢二兩, 以十三利, 限閏十月, 羅浮坪尹婦女持去. 景叔按當, 又五兩景叔貿絲次, 貸去.

初七日陽.

季兒持錢四兩, 往邑市, 柳田用安, 鉏粟田二次, 用安, 則代甲哲也. 北魚十尾二戔四分, 屢價一戔三分, 永申二兩持來, 利錢一戔未受, 桑價一兩榮川持去.

初八日陽.

島坪前所予七兩持來, 二兩牛谷以十三利持去, 飜舊基前畓畊, 午後榮川助防阡,
錢一兩, 又前一兩, 鹽價七戔八分, 加給二戔二分合, 三兩, 柳田以十三利持去, 木
價一戔給柳田.

初九日雲陰.

種舊基前畓, 以防只一兩二戔, 榮川島坪柳田用安役. 昨日二兩今日三兩, 合五兩,
牛谷以十三利持去.

初十日陽.

種秧舊基前畓一斗落, 榮川用安甲哲役. 摘繭五斗五升, 種秧貰一兩五戔, 昨日一
兩二戔, 今日三戔. 再明日乃泥田查夫人中祥日也. 季兒午後往問次, 發行, 附女
兒, 及壻名書購北魚十尾. 晚發如此, 倘無撓抵達耶. 關念關念.

十一日雨下浥塵至午而晴.

鎌子鍛鍊三柄工錢五分, 諸谷宅解絲一斗, 季兒家秧板乾, 今僅濕根.

十二日陽.

渚谷宅解絲, 島坪種秧軍七人云. 朝見季兒家秧板, 則水儲而日霽如此涓流已斷難
支一日矣. 二過客, 一則琴洞朴老饒飢後去, 一則水原居金生留宿.

424

十三日陽.

兒曺傳, 草澗先生神位祔廟告由再昨日, 事當進參, 老去神精旋聞旋忘, 已至未參, 瞻聆似艸水原客去至午季兒偕朴郎來, 兼受餕餘之物, 及中衣女阿書, 坐席未過, 又向柳川市, 將買繭之意也. 錢二戔五分給季兒, 而兼送解絲. 午後朴郎季兒以市晚之故空來, 草屨五分饒飢六分一戔四分持來月利利一戔受永申處.

十四日似有雲氣.

朴郎回歸. 繭三斗以成織次, 負送. 甲哲解絲三日貰三戔, 及木花種價二戔五分內二戔二分諸古谷宅坐垈卜價除餘三分合三戔三分, 給諸古谷宅.

十五日陽而風.

柳田飜畊畓, 衡絲重十二兩, 女孫絲八兩, 忠卜失牛而來, 朴致用所爲也. 圖在豐邑云, 午後甲哲來夜間無故, 一壺酒一尾魚送.

十六日陽.

鋤木花田第三次, 柳田甲哲役, 幽洞趙士吉偕東幕來云.

十七日陽.

糯米六升以換秋牟次, 送種秧貰四戔五分給榮川, 景叔貸去錢五兩內三兩持來, 買布次, 送一兩, 受糯米價二兩三戔七分, 貿皮秋牟二十升價三兩, 白粉三分, 饒飢七分, 所去米價與一兩合三兩三戔八分內, 用合三兩一戔, 則餘二戔八分, 至夜細雨.

十八日陰雨.

朝起視溪流黃, 村氓傳, 沙谷國師云, 此日涒塵廿三日爲始廿四大注擧也. 盡移種, 今涒塵則前頭未知以記以規. 移下畓小許, 柳田偕甲哲役, 上項牛谷鹽價四兩三戔受次, 四戔五分以用安種秧二日備除餘在三兩八戔五分, 收所辦以本色出言及後, 六月二十日, 用安役一戔五分除.

十九日有雲氣.

甲哲報榮川傭, 飜畔畓, 上項十七日餘二戔八分受榮川, 尹才之收結二戔五分明得持來, 典當小斧明得持去.

二十日雲陰.

柳田甲哲種山谷畓少許, 豊山南查殷仲小祥在明, 故送孫兒, 芳村孟休族來說道谷養子事.

二十一日陽.

季兒往尾湖求錢意云, 刈下基早麥, 柳田一億甲哲午前畢刈, 鋤粟回, 芳邨振汝夢老孟休族偕來言, 俱我往道谷, 以決大垈宅率養成否我, 則季兒出外家無留人爲辭, 幷休與孟休之道谷, 振汝夢老各有莞汩坐席未溫, 卽爲旋去, 至夕幷休回報已決期以六日送聖堂洞於芳村派云云.

二十二日有雲氣而風.

鉏粟田三次, 甲哲一億二名明得女合四人. 野堂權戚慶進來見, 饒飢後往, 幷休家

所買秋牟自十九日爲始食云. 季兒孫兒還而聞各處大槪, 豐山女孫面上有瘡氣云,
新例朴老弘友捐世昨日云.

二十三日.

晨往畓上以探水之有無, 月色俙微, 俄已雨下浥塵, 食後大注溪水有聲, 午後甲哲
防季兒畓阡.

二十四日. 夏至.

種季兒畓軍丁五人, 甲哲牽牛而助役. 種席才少許, 種南草數頃. 芳村南面族人來
見, 再昨報答之, 故請來矣. 捲舊基前麥十二束斷以傳朝夕.

二十五日有雲氣而微陽.

甲哲種島坪畓, 斗兒始著書未終, 收下早麥未乾, 而纔二馱.

二十六日朝雨浥塵至午而晴.

往芳村, 率養所, 則族人老少咸集, 告由其先行, 暨後見聖堂谷宅而回, 則種植松
底畓家前小許島坪榮川助役.

二十七日陽時下雨風.

種後谷家前堂水奄少許, 榮川島坪甲哲合役.

二十八日陽.

種越畓, 島坪甲哲役. 買又用女一戔給, 隨種隨乾, 若此而有苗長之道耶.

二十九日.

朝起視之, 雨下, 而黑雲四塞終日細雨去來, 午後之舊基, 則麥未盡收, 畊畓似碍
方立躑躅之際胄孫弟兄持鎌而刈, 見其艱辛, 方着手汨沒, 見一服過去象隨後, 心
甚訝之問祥兒, 則乃琴洞韓君也. 白首賤役似人指点, 不欲見人, 寒暄未爲送此客,
回覺屑屑也.

三十日朝雲而午霽.

種越畓前日未盡, 榮川柳田甲哲明得女役, 傭一戔甲哲給, 種家前決後谷他人灌
漑, 而種隨乾見甚憫然.

六月初一日雲氣滿天而雨下.

種昨日未盡秧, 食後黑雲自西來, 其霈大注, 溪澗悉漲畓疇盈水. 自十八日至今日
種秧軍丁十三人. 至夕雷而大注黃流下.

初二日自曉雨下如注.

柳田種秧渠畓, 甲哲報傭, 冒雨而看坪, 則姑無大傷, 水色滿地, 胄孫自昨暮痛臥
今則擧頭幸矣.

初三日晴.

甲哲報榮川傭, 朝前築家前灌漑涌, 及午持一兩五戔以買種秧軍次往直洞, 踰鳩項
逢景叔, 則已托軍於景述云, 然旣踰險嶺, 往學龍家招景述言及, 則拘於收麥無一
人可遣, 故屢屢言及, 回路借織紬杵於黃立大家歸, 褰麥小設, 初昏給前月初九日

種秧條一戔五分給柳田.

初四日雨下如注東風大來.

種秧石立畓軍丁十五人直洞軍十三人傭錢二兩二戔一分一兩五戔昨日給, 七戔一分盡給去時於林好凡, 島坪甲哲役才種五斗落只內, 種舊基前畓前日種餘, 櫛風沐雨人皆腰痛或有停役者. 季兒率一億女種渠畓一斗落只餘.

裏面

孟子第四卷俱諺持來, 盡心卷俱諺開浦宅持去.

初五日晴.

朝監各處畓庫, 而漑水, 甲哲種下基畓, 至午自野而來, 則煙氣衝天, 驚而出見, 則黃又用家火發, 高永申家半爇, 又用家盡燒.

初六日陽.

種秧. 一億傭前明日二戔甲哲使給, 春玉家一名傭一戔七分使甲哲給明日次, 至夕以買傭次給五戔八分及前日用餘一戔, 合六戔八分內三戔七分用, 三戔一分在甲哲處.

初七日陽.

景叔貸去前月初六日二兩受, 并給三兩, 合五兩五分, 納大同次, 付托, 南草價五分給明得甲哲給之, 則餘在二戔六分加給二戔五分合五戔一分, 買種秧軍三名又用又仁女都生.

初八日陽.

種秧, 榮川助役幷五人. 昨日所托景叔錢五兩五分今納田稅, 防役大同出尺而來,
趙士吉來云.

初九日陽.

柳田甲哲朝前收古乃洞麥小許, 食後種秧今日傭二戔昨夕使甲哲給. 趙士吉來見
傳, 大內有胎候誕月八月云. 種秧畢, 自去月初九日至今日總計種秧軍四十九名,
傭錢槪計四兩四戔五分. 石立畓盡乾榮川率甲哲漑水而濕根.

初十日陽.

收麥, 榮川助役, 趙友士吉回去方擬錢送, 而適位暫酣覺則已旋心甚齟齬.

十一日雲陰細雨去來.

榮川收朴床洞麥, 甲哲買傭春玉往金谷市, 買南草三十束一戔四分, 孔雉六尾一戔
三分, 合二戔七分用.

十二日細雨來.

鉏舊基前畓五人, 島坪用安東村春碩甲哲等也. 鉏時已失, 倘無所損. 午後細雨浥
塵, 秋牟未收, 兩事如狀怖其腐損, 用慮自倍. 一億朝食後, 以用又蓋屋之故受傭
一戔而倍可慟.

十三日陰雨.

甲哲報同村傭, 幾午快霽. 無軍收麥心甚躁盃耳. 至客索飯, 乃吉姓也. 防塞不得以冷飯一器饋送, 之野收秋牟, 使斗兒駄來.

十四日陰雨.

朝前上陌間四望無麥, 惟吾家數三家各爲未盡收, 間耕使失手, 用慮不成, 使畊芳洞■■■, 如此而勢倘不害耶, 前日貸去一丈白紙, 高永申使其雛來獻, 阡兩塊坐, 心甚無酬, 斗兒明日卽豐山査家洪査夫人中祥, 老來凡事去去無德, 書問未得, 安可謂査親間情理耶. 雨中畊古乃洞粟田兼治季兒家田.

十五日. 初伏. 雲陰細雨來去.

欲收秋牟而水氣未乾耕先刈田, 島坪鋤渠畓, 甲哲代一億役, 乃前日給傭一戔故也. 舊穀旣乏, 以川眞末造麵而穰田. 季兒助收牟役.

十六日陽.

收秋牟明得女役幷玆三日也. 以將治田次不饋朝夕, 故三戔使甲哲給, 又用二名一日傭也. 一億女前給一戔, 未爲役, 草屨價六分給, 祥兒錢一兩榮川持去內, 除前三日收麥傭三戔, 在七戔.

十七日陰不見日.

畊太田, 榮川一億二名右用家二名幷五人傭六戔五分, 榮川上項餘錢除, 今日貰在五戔五分, 往直洞尋養吾老人見景述, 則農務方劇無傭人云. 驟雨自東渚谷金谷則

431

浥塵. 給都哥明日傭使甲哲給之.

十八日陽.

甲哲與都哥鉏木花田四次, 使甲哲給用安鉏畓一戔五分.

十九日陽.

鉏昨日未盡木花田一億雌雄, 使甲哲二戔備給傭, 榮川持去錢一兩內, 除收麥傭三戔埋太田傭一戔五分, 在五戔五分.

二十日細雨霏霏東風颯颯.

鉏粟田軍丁十人, 都哥用安一億男女甲哲春玉家四名永中女幷傭一兩二戔五分內用安傭一戔五分未給, 南草二分, 午後注雨, 至夜連續溪澗漲, 分軍四人鉏後谷越畓少許.

二十一日. 朝起視之濕雲四擁未知快霽與否.

總計柳田兒所役自二月至六月二十二番矣. 折草揷秧六日則有以一戔, 鉏田雜事日以七分, 折草種秧六日六戔, 他事十六日一兩一戔二分, 則合一兩七戔二分除卜價一兩四戔八分, 餘二戔四分, 且周回種秧價三戔內一戔五分以麻子價除, 一戔五分前日給, 故以二戔四分今爲區處, 季兒以周回鉏渠畓九斗落只價一兩六戔云, 甲哲鉏都哥畓買傭次.

二十二日陽.

種秧二日備二戔給島坪甲哲鉏又用畓買傭次, 柳田鉏田及打麥傭一戔給.

二十三日陽.

鉏木花田五次一億女又用女又仁女幷三名, 甲哲買備舂石鉏田, 三名備三戔使甲哲給各各於昨夕, 而一億女未食朝夕, 故加給五分使甲哲.

二十四日雲陰.

甲哲買備永申出野, 見黃外房田結催督甚急爲言, 且卞倅移拜茂州京榜者已來云. 金君正叔來訪, 午後之直洞, 見景述托明日畊田軍尋, 前月所給錢一兩二分內二戔以後畊田備除.

二十五日. 中伏. 微有雲氣霧繞高峰.

直洞備人不來, 島坪使畊粟田, 朝後甲哲買備後家一億舂玉二女役, 備二戔昨夕甲哲給, 榮川助役, 午後快陽.

二十六日陽.

鋤畓, 軍丁十人內比澤備一戔給, 太田柳田畊埋者舂玉女舂錫女備二戔給, 祀事佐飯及農饋佐北魚眞瓜幷三戔六分, 榮川持去四戔二分則用處, 三戔六分餘來, 六分貸甲哲錢四分, 充一戔給比澤, 別差風憲來促大同.

二十七日陽.

行茶祀, 外房率別差來促結役, 甲哲報明得備, 昨日畊太田備一戔給, 柳田貸四葉錢, 給甲哲, 至夕驟雨浥塵, 本郡居金吏來宿.

二十八日陰而有雨氣.

甲哲再耕木麥田, 食後報用安傭, 皮匠來而不飾.

二十九日朝霞而陽.

日成名下卜價一兩受, 幷家錢二兩合三兩及貰價三分, 午後躬往渠家, 則之野而無外房矣. 給其子相凡, 而標則不受, 而之立大家見鞍甲來, 柳田鉏渠畓甲哲役.

七月初一日. 乙卯. 陽曉頭欲雨未雨.

晉州東岡派大小科及科儒二十五人咸沒漢水之說, 相兒來傳, 詢其所傳之人, 川前族人目覩云, 則似非當說, 極嗟愕以記之, 甲哲刈草爲木麥畊, 而午後鉏越畓, 武夷李戚碩甫兄自芳村來留宿, 傳尙州舊城一石掘, 而有石刻外面, 則某月某日牧使某, 開見其內書以篆, 而辭意以辛未有不好景色云, 聞爲怪訝姑記以規. 碩甫再從孫逝於時氣三月云.

初二日雲飛四方暑氣甚盛雨則不下.

甲哲以腹病不食而臥, 柴粮已絶, 且農務未畢, 而一農軍病臥事甚擁塞. 午後碩甫戚向芳邨而去.

初三日微有雲氣不雨.

甲哲起打麥, 柳田助打, 受前日鉏畓傭也.

初四日陽.

甲哲鉏越畓, 運木麥灰, 播種幾升.

初五日陽.

冗炎日高■…■吾家所種惟不可言. 拯麻八束也. 間間靑色, 僅盡剝皮. 大宅麻尤爲未熟云. 火木則家前棗木未決價.

初六日自初曉有雨意纔爲浥塵至夕晴.

一億女來剝麻所言直洞林景述傳二戔於渠云, 故以春間一億四日傭爲給, 而不尋用, 安■鍛鍊次持二鎌錢四分往中坪云.

初七日陽燻.

甲哲報島坪役, 泰洞方尋官巡次, 往邑而糧絶, 未朝其慈堂來索飯, 女孫給小許云. 當此盛暑, 情地可矜. 至夕驟雨浥塵■, 決後谷水灌石立畓, 水末纔抵而日出, 各灌其畓, 徒勞無功. 女孫斗兒不食而痛, 婦阿脚部膽氣大痛.

初八日陽.

甲哲畊麻田, 乾田麥二十六斗十一升所種也. 女孫斗兒不起, 乾麥糧二十縮外取精, 未知更縮幾斗也. 麻皮總計四十五極.

初九日雲而不雨.

鉏晚. 軍則一億又用甲哲也.

十日朝雨霏霏浥塵.

甲哲往新例村, 買飛盖於張謁金, 未知定俟日之高下.

十一日陽.

朝前畊菁根, 食後鉬木花田六次, 榮川柳田助役, 錢十四葉島坪買菜種次貸去.

十二日. 立秋. 陰而雨播.

農談立秋日雨來則百穀結害云. 畊粟田榮川柳田明得助役, 編防菜田箔, 仙洞朴君
來見, 詢婦阿脚部之痛, 則木果搗而和母酒, 煮於瓦罷器鹽而裹則當食, 而醋滓尤
好云. 益星面瘇則塗以醋無效, 則塗以眞墨, 且陳서구ㅅㅣ부븨여作末先塗眞油,
又生蜜서구ㅅㅣ末언츠면愈矣. 믄일만년두ㅣ눈갓풀을녹겨ㅅ분치면조타云. 又云
本倅去時虐政頗多貪吏之第一云, 安東倅則善政頗多, 吏胥之謗前官再而痛治, 荒
年之徵大同, 城堞修繕一切防塞, 使居民安堵, 可謂今世之卓然者云. 買南草三分
未給價. 빈두ㅣ이는방의잇설ㅅ다고, 잇송을ㅅ지허셔벽흘말ㅇ서벽ㅎ면업두ㅎ더
라. 新例黃占石遭火灾云.

十三日陽.

打秋牟柳田助役, 謁金來索飛盖俯, 昏以後市, 始作庸役.

十四日陽.

晉州河筆商歷是斫, 家後松擇不用者二株, 欲作松明枝, 角者生雌雛, 至夕自野而
過井休家, 大作痛聲呼兒而詢乎爲誰, 則其內相也. 認是連餓各家送粥飮灌之, 夜
深痛聲息.

十五日陽.

至曉窺之, 寂無人聲, 退而待明問之少愈, 方朝食相兒傳, 道谷姑無他故, 去十二

436

日初昏虎咬李氏家六歲兒, 兒卽李秉穆孫云, 聞慘痛. 季兒率一億二丁三畊渠粟田, 甲哲折一負草喂牛, 需松明枝.

十六日陽. 末伏.

朝後大痛肢節終日困臥. 東幕來云, 幽洞權上舍大奎大人注谷丈捐世, 上舍却食, 哭不絶聲於喪內, 則年將七十, 而乃能守制如此, 倘非素有行操, 則衰老者, 安能作爲耶. 可嘉.

十七日陽.

卜價二兩幷貫二分給風憲黃外房, 烝麻棗木價三戔受, 景叔■價六戔三分持來, 沙洞團師言, 今日雨下日氣如此, 誕妄可知. 嶠南十七邑未移種, 京畿亦被災云.

十八日陽而風.

似生凉旱氣益高, 百物盡枯. 防菁根田, 村漢所傳, 團師之說, 今日爲始至二十日甘雨沛云. 南草價三分使甲哲給明得.

十九日陽少無雨意而秋氣似生.

孟善以渠親山移窆, 往氷城置標, 柳田往焉. 極爲不緊.

二十日陽.

洗秋牟, 朝前往野, 目不忍視穀苗之枯, 而石立畓尤爲枯, 損似無西成. 蒿價二戔五分給, 謁■則未光三戔爲說, ■間菘菜種價一戔使謂馹給商, 今日乃婦阿生日斗兒備魚云以進. 文巖金甥來叩得二音, 斗量洗牟三十一斗半, 買草屨六分爲價云.

二十一日雲陰幾半日午後快晴全無雨意.

甥兒向生光洞, 沙洞邊君來訪饒飢而去.

二十二日陽.

甲哲之邑市, 緣渠草宴云, 買童魚以上.

二十三日陽.

甲哲往柳川市, 買菘菜七戔, 泰洞實往晉州.

二十四日雨一犁, 溪水纔及家前.

二十五日雨午後驟雨自西南來, 黃水盈川.

二十六日陰雨去來, 流沙連下枯乾禾苗中有靑色, 或有成實之道耶.

十二日. 立秋. 陰而雨播.

農談, 處暑雨害於結實云. 孟善再昨自泥田回來, 傳平安二音, 且秋事頗有大稔之
望云. 孟善父遷禮在八月初九日未時或辰時, 破墓則初三日云.

二十八日快晴淸風習習野色大有稔幽色.

給甲哲草宴價七戔.

二十九日陽.

改突外内房, 牛谷所牧牛牽來.

三十日雨黃流汨.

八月初一日. 甲午. 陽.

作末秋牟, 道谷山直送言, 月峰庵先塋腦後有偸葬之變, 牛谷惶忙而去, 井休率斤玉, 而往道坪云. 至夕牛谷來傳靑龍腰直射之地, 步不過五十云, 聞不勝憤痛. 孟善往金谷云, 則道谷四從弟三江實初傳如牛谷言.

初二日陽.

水小難砧停春, 所春纔十三斗云. 初昏景叔來話, 本倅所行之多舛新倅未知如何云. 孟善以移窆差破其父墳云.

初三日陽.

畊菘菜越田, 買煙竹一戔七分.

初四日陰雨.

買梳二介素纓一戔七分. 孟善買故棺板於杜川, 夕後負來云.

初五日朝雨而午晴.

草澗李生來覓藥價饒飢而去, 島坪備藥價六戔三分而給云, 治渠乳孩瘧氣藥債也.

佳五谷李友慶實騎馬而來宿, 至夜深談話, 七十者行色固未數數, 故殺鷄而饋朝.

初六日陽.

秋氣漸生. 李兄向孔巖去, 除各位墓上草, 孟善治所棺.

初七日陽.

盡伐谷內墓上草, 季兒往邑市, 買八升布四十八尺價四兩三戔, 菘菜種一戔, 饒飢七分, 所去錢不足一戔七分貸春玉錢而用云.

初八日陽.

偸兒開島坪家扉鹽醬及資糧侵投盜去, 且穿孟善家空房後壁奠需盡爲竊去云. 食後送甲哲助毀孟善墓役, 開壙, 則安穩而微有火廉云. 使季兒報昨日貸錢一戔七分春玉.

初九日陽.

開東際孟善使二名昇屍而去, 季兒牛谷島坪隨去, 婦阿偕來兒種菘菜菁根田, 空處以牧牛, 上洞口, 五代祖父山堦上東邊困臥暫宿而覺, 則所杖筇已無, 召兒曺細尋而無, 甚是怪事. 午後柳田尋來, 日至將落, 孟善役軍及兒輩還傳, 圖局主案及地中極好, 可謂名墓, 且無來言者, 役事順成云. 景叔曁井休宿此地坊萬贊家, 風憲黃光中來促大同也.

初十日陽.

季兒往尾湖營, 渠續絃故也.

440

十一日朝雨浥塵.

錢八戔八分島坪以買牟貸去, 芳村士賢來景叔許, 故往見發斗兒婚說, 則從當更說以決向背云. 島坪買牟二升價四戔八分, 米一升三戔一分云.

十二日.

朝起視之雨來水盈場, 似初發穗, 向之枯損, 有可望否耶.

十三日陽.

金姓至客饒飢而去沙洞. 白露生凉已到.

十四日半陰半陽.

龍山李上舍胤君來訪, 往景叔所. 甲哲往渠叔家過秋夕次也. 宗家婦阿女見逝之日也. 飯羹艱備而過云.

十五日陽秋夕.

三江鄭查來訪得聞安否, 且說女孫婚說於木齋後孫仁爕家, 郎才時尚已爲可取云. 一億收內基城邊早紅枋, 則纏六貼餘數云. 畢抄席才, 初昏井休來見, 客因傳川前長老喪故連疊.

十六日陽.

三江客留, 景叔有忌飲, 好淸酒於食前, 島坪改房.

十七日陽.

三江客去, 以婚說期以廿五前更來, 島坪往邑市賣曲子給大同錢二兩二分於風憲黃光申, 受標, 於標甚不分明, 季兒回大槪一樣初營歸虛. 轉聞臨川書院請額道會定在明日, 郡內各門皆赴會云. 猝聞無人可去, 居在傍孫, 道理尤乖. 一有司則金光一齋任權經夏.

十八日陽.

行茶事, 鼎山下人持回文以來饒飢而去. 一億靑■價一兩內八戔持來在二戔摘木花數■.

十九日陽.

龍安代甲哲役土灰.

二十日陽.

自曉頭患河魚至日晏六七次如厠, 氣息專燒眩昏闊發來, 蜜一種子價一戔給, 與和秋牟未噍半種子, 泄則止, 腹沸氣涅, 未能擧頭. 季兒乃往鼎院病勢如此中止, 龍安掘土灰, 至夕以刈稻次, 送下坪取二束而來, 甲哲還來.

二十一日陽.

季兒往鼎院, 馬戲川韓生決狗價一兩七戔, 朞以廿三日, 朝前傳價捉去.

二十二日陽而風晨間驟雨浥塵.

錢一兩生柿價七戔, 島坪供貿木花次貸去, 修汲水橋, 午後雨播.

442

二十三日陽.

季兒午後還自鼎院, 歷金谷邊駕雲行祥事, 而見野塘聖剛, 言及告由所需而來言, 鼎院分定不公. 臨川疏行道會九月十八日定所聞慶, 神堂洞李從孫來傳, 渠母好還持一尾魚一升米而來乃明日助祭需.

二十四日陽.

反灰, 李孫以家務之悾憁言歸, 說及沙谷婚說, 鍛鍊價九分未給.

二十五日陽.

將往院後谷至中坪附冠之浮歷幽柳堂, 逢金友德浩, 轉向高林酒店遇林君, 卽林德升弟也. 以酒肴待我及金友, 其直一戔八分也. 訪沈亭金國賓, 至佳五谷訪姨妹, 則福川未見, 率其孫第三兒往院後谷, 則主人兄弟俱存也. 德浩所傳屛虎論普合道會在今二十六日開, 文內若不然, 則從當用嚴刑云. 與主人兄弟談話, 移時穩宿, 且有沽酒矣. 刈早稻二負打之, 前此二次刈來.

二十六日雲風有雨氣.

急發, 見姨妹, 歷尋栗峴林兄景唯, 饒飢後歸家, 則雨下至夜大注.

二十七日朝起視之則快晴.

季兒以渠妻祥之只隔, 往邑市, 以初四日告由興成次, 給一兩錢, 塗場及築墻. 至初昏季兒旋來, 貿大口一北魚一價四戔八分麻屨一戔八分.

二十八日陽而熱奄.

當秋日, 心氣不平, 登南山而歸, 則芳村孟休族來, 而未遇, 對季兒而傳沙谷婚說, 士賢甫帶內行而往, 則主事人出外, 左右咸曰好云, 尾湖諸少年合有來問之路, 而竟寂音聞甚是怪事. 以貿正肉助祭物.

二十九日陽.

行祥事際, 芳村聖堂洞賓, 率其侄兒而來矣. 午後孫兒四從兄弟, 往埋魂魄.

九月初一日. 甲子. 陰雲.

一億處草屨一持來, 使用安造織席機, 甲哲病不役.

初二日自朝細雨.

用安盡造織席機, 摘胡桃.

初三日自朝大雨終日黃流汩汩.

斗兒織席.

初四日細雨.

晚後告由位版, 吾父子病未糸, 并休率柳田擧行, 昨日日氣如秋不得辦鹿脯, 情事尤爲切迫.

初五日陽溫.

收早稻, 用安柳田役, 道谷薪田宅來自開芳留宿.

初六日陽而風.

伐南山松, 柳田役與甲哲, 魯隱丁書房室來薪田宅去, 魯隱丁郎季亦回去.

初七日陽.

季兒往邑市, 緣乎見李池後, 而探沙谷婚說云. 收下坪早稻六馱一負半, 景叔回自山谷云. 透迤豊邑歷泥田聞平安, 而至島坪留宿, 致善與其族人偕來, 十日十一日間, 馱孫婚說則百中, 外樣非常, 家計寒薄云. 伐南山穉松半日, 甲哲龍安役, 夕後給用安備三錢內, 二戔前頭受, 役次, 婦阿率諸谷宅, 而摘豆葉.

初八日陽.

打昨日收稻一億役, 附種三斗, 所出不實.

初九日陽.

各家行節祀, 製呈文, 井休贊改. 午後驟雨浥塵而霽. 夕後饋村漢酒盞.

初十日陽.

用安掘土灰, 食後漢卜來見, 各處大稔云, 昬以來見. 午後牧牛而歸, 則舍季暨朴郎而來云. 春夏平安而過, 且秋事頗稔實是好消息, 來路歷白洞, 亦平安云. 朴郎以助饌, 遺錢二十葉矣. 季兒往芳村, 見孟厚, 則事稽緩, 士賢胤則沙谷云, 亦事似成矣云.

十一日陽.

甲哲之遠山, 取柿串而來, 錢一戔貸內四分尋. 午後島坪金查兄穉善來訪.

十二日陽.

結役一兩一分, 使榮川傳黃光申呈狀, 行資一戔貸送邑行, 朴郎旋去歷邑內, 至夕牛谷旋來, 榮川迆向泥田呈所志題, 開突加棘, 係是法外, 某條搜覓, 以爲督掘宜當.

十三日陽而未快陽.

朴聞遠歷訪. 午後向沙谷, 以其仲允症見医云. 見雲玄宮使安東倅普合屛虎是非書, 甲哲運灰古乃洞田.

十四日. 寒露. 雲陰.

朝沙洞院堂居買狗價一兩七戔, 而六葉未盈, 期以金谷市便一兩六戔五分附內間, 至午尾湖査生長房來叩, 得知二音, 且說女孫婚說, 酉谷權氏有佳郎, 才藝超等, 養庭則慈侍生庭以, 侍家性頗好, 有産業樵汲云, 且其鄕有延安金氏家, 有郎凡節頗饒, 二處中擇其可合云. 午後向生光洞而去, 都坪金兄食後旋去, 卯君自道谷向花庄三四日後回來云.

十五日陽風.

自朝前收楮一束, 馬戲川梁漢不來.

十六日陽.

季兒回來. 所營事不無注意處, 成否未辦.

十七日陽.

刈後谷早稻, 受島坪傭. 午後收古乃洞太.

十八日陽.

午前收古乃洞太, 午後疇半自邑市, 永申便, 見新堂表從孫李成魯書沙谷云云 事以無查之, 故事不諧矣云云. 卯君自花庄來.

十九日陽.

畊古乃洞田及刈粟. 卯君以柴冠次往花嶺.

二十日陽.

朝前畊古乃洞牟四升, 食後刈下坪稻, 柳田用安役.

二十一日雲陰.

寒氣逼嘗不能運身. 甲哲刈下坪粟, 卯君向野堂渚谷而去.

二十二日陽.

寒氣未已, 半日委臥. 趙士吉來訪, 病未相對左立之道益覺未安, 葛山云云事婚主則李秉岳凡節果好云云. 甲哲收豆太, 角者以換傭又用牽去.

二十三日陽.

收川基前稻六馱粟七馱, 柳田役, 何漢關籬於孟善父墳云.

二十四日陽.

賣都哥收太粟, 草澗新院李藥局來覓栗價. 柳田傭條六戔, 李室解娩時所用藥價五戔內, 三戔給貸內間, 狗價前後一兩.

二十五日陽.

朴床洞田茅, 軍丁五人, 明得甲哲用安又仁柳田, 季兒以渠十葛山婚託往芳村, 則以門內收貰事咸往水深齋宮, 未逢一員而來.

二十六日陽.

社首差紙來, 井休家畊朴床洞太田, 摘家前眞柿十帖云. 明日卽三仁妹入地日, 而身上不健, 無躬往之勢, 兒輩各泪憂, 故秋務方處, 南山低難辦一力, 一未遂, 情慟迫尤倍, 刈阿其子價一戔七分, 幾魚五分. 夕後井休來, 自泰洞歷近巖等數三處而回云. 雲玄宮與柳判府書及崔判書書大旨, 憖不普合關於閔家, 倚福謄出前後書.

二十七日陽而溫.

遙想妹阿壤樹利成.

二十八日陽.

甲哲刈柳田稻.

二十九日陽.

刈下基晩稻軍丁四人一億女役.

十月初一日.

往野堂而歷芳村, 見振汝甫而回. 刈下坪畓, 榮川一億外又仁助役.

448

初二日雲陰.

買諸古谷宅木一疋, 未決價, 使春玉送邑府.

初三日陽風.

收稻, 榮川一億女役, 摘霜柿三十四帖.

初四日雲陰.

給一億摘柿二日傭三戔, 別差風憲來促大同給, 柿串價三戔傳明得.

初五日至午雨浥塵.

柳田權友聖弼來訪, 傳鼎山分排五戔, 此友當都廳故也. 都月分. 高永申云, 叔卜數加定九戔八分.

初六日陰而似雨.

至夕使島坪傳大同錢三兩於風憲黃光申, 柳田所當卜加定二戔六分, 以前摘柿貰一戔五分, 收稻貰一戔, 則一分不足.

初七日雲陰.

島坪摘柿, 大同錢一兩以景叔所出八戔三分, 及孟善所當二戔合, 一兩三分一兩辦給, 風憲之意言及.

初八日雲陰.

柿串百介持來榮川家, 給一億女傭二戔, 較霜柿七十五帖一串, 雜柿用七帖五串,眞柿九帖一串, 大雜柿二帖九串, 已上一百五帖串.

初九日陰雨.

尾湖金査來言婚說河回, 甲哲病臥終日.

初十日陰曀.

尾湖客回云, 柳田畊牟, 甲哲午後起而役, 霜枏三帖掛.

十一日陽.

甲哲打糖, 畊秋麥一升.

十二日陽風.

甲哲編蒿二立, 季兒島坪往邑市, 曲子五介, 錢五戔持去, 受曲子價一兩七戔, 并
持去五戔二兩一戔二分, 買鹽二升四戔八分, 餘一兩六戔四分, 未受島坪處.

十三日陰寒.

打糯稻柳田役, 用安朝前役. 夕後召島坪柳田, 尋島坪處曲子價, 六戔三分給五戔
於柳田, 三戔則前役傭價, 二戔來後受次, 相阿持渠兄來, 自草澗李藥商因大丘來
也. 身上頗好, 覆船詤說.

十四日陽.

甲哲以掃墳往渠家, 本面書員來宿云.

十五日陽.

考卜吏來以仍還之, 故心丹名未考, 乞僧來宿, 至夕, 魯隱丁查來宿云.

十六日陽.

丁查食後來見言, 內行以今二十日爲定云. 季兒之金谷市營, 買北魚送豊山也. 午後買北魚十五尾價四戔三分云. 至夕給諸古谷宅大同木價五戔, 使井休修書及慰狀.

十七日陽而有風氣.

季兒率用安往豊山, 十九日查夫人祥日故也. 行資一戔給, 柳田斫松枝, 傭錢則前給也.

十八日陽.

柳田甲哲防籬, 與兒孫編糖蒿, 至午成阿傳一片紙, 披視乃川前沙上族叔啓狀也. 定山于藥山距家三十里前一日發靷, 窆日則十月二十一日巳時下棺.

十九日陽.

甲哲以換傭往後家■■, 至夕季兒自豊山還傳常事利成, 且歷栗里查家消息.

二十日陽風.

甲哲偕同村而打枯穀, 朴直哲來獻酒魚.

二十一日陽.

芳村孟休奠酌之行訪, 言葛山婚說.

二十二日陽.

錢二戔一分以買屨次, 送柳田於邑市, 價給三戔二分, 櫟枝三介一葉則柳田錢二分
加用云.

二十三日陽.

打稻柳田島坪助役, 牛谷以面浮氣痛臥, 見德鴻.

二十四日陽.

斷粟島坪柳田助役, 牛谷小愈而出門外云, 渚谷權景義成載天慶及福川丁德五來
宿, 終夜穩討.

二十五日陽.

權兄等向沙谷迆向蓀洞云. 畢打粟, 婦阿寒栗而臥可憫.

二十六日陽.

中坪金周彥庶子文伊來訪, 說及渚古谷宅繼後, 則有從意, 午後旋去, 中坪婦阿
不起.

二十七日陽.

送榮川島坪於邑市, 貿祭物故也. 貿正肉七戔, 北魚六戔, 而北魚則外上, 正肉價

七戔貿島坪出, 以二兩報次, 一兩三戔持來.

二十八日陽風.

行谷內奠酌, 周彦子文伊來.

二十九日陽.

行知道谷浮石麓高祖, 及先考位奠酌.

三十日陽. 小雪.

至夕井休來言文應家婚說.

閏(十)月初一日. 辛亥.

季兒持島坪所來錢一兩三戔, 貿祭物次, 往甫去里, 貿肉一兩四戔五分, 而一戔五
分外上, 振汝甫偕夢老而來, 說金谷婚說.

初二日陽.

行此地防堤洞奠酌, 柳田島坪辦供糯米十五升, 榮川以債條出價三兩, 駕雲喪家往見.

初三日雲陰.

行知道谷奠酌, 新項宅辦供以債條五兩價, 小霜枾二十九帖束.

初四日陽.

以金谷婚說, 往芳邨遺以乾柿一帖, 及見振汝乃不來.

初五日陽.

打太風凜.

初六日陽.

魯隱丁書房還去, 甲哲舁轎.

初七日陽.

金龍寺僧帛照來宿言, 應漢城甚詳, 魯隱無事得.

初八日.

蓋屋柳田助役.

初九日陽.

柳田往內洞, 探院後洞婚定否.

初十日.

金谷朴聞遠以借鶴峯集次來, 緣臨川請額製疏故也. 言河回柳進士家處婚才極爲
俊秀云, 柳田回來尙未定云. 甲哲出外押油.

十一日風陽.

甲哲回來打太, 大宅奠掃勿寒里牛谷偕用安而去, 轉向泥田云.

十二日陽風寒.

牛谷回來, 女阿修諺得平安二音, 諸谷會梅堂稧.

十三日陽.

甲哲役馬廐.

十四日夜雨.

甲哲去.

十五日陽.

十六日陽.

納社還十八斗, 報上項北魚價六戔榮川給.

十七日陽風.

季兒往邑市營, 御寒次, 甲哲來促雇貰零錢, 盤松韓生來言借通鑑八卷也.

十八日陽.

將往浯川道會至初川, 而返腰痛及脚部不利回來, 去時歷芳村士賢家以延客之, 故有酒肴, 初川過季兒之回.

十九日陽.

春玉所去錢具於利二兩六戔持來. 柳田收松葉, 盤松韓生通鑑八卷朝前來借去,二十日夜牛生雛.

二十日陽.

柳田斫木飜灰. 榮川持錢二兩往山陽市, 買布十九尺價二兩五戔五分, 饒飢五分內
五戔八分貸冀叔云云.

二十一日陽.

柳田畢飜土灰, 季兒往栗峴欲探續絃, 而終未快決, 其處老人言兩吉家閨節非常
云. 牛谷自栗里來傳豊山消息河回云云. 以文應先發之, 故不成, 且言再昨粢浯川
道會日來云.

二十二日陽.

曲子十介日億負去邑市, 季兒偕往受三兩六戔, 地貰八分, 斗兒履一戔四分, 收結
二兩三戔七分, 季兒履一戔四分, 饒飢五分, 鹽二戔四, 用合三兩二分, 餘五戔八
分在榮川.

二十三日陽.

使柳田率小斤玉往石項奠掃行, 痘醫潘生員來示種痘兒.

二十四日陽.

泥田朴郎來傳二音, 且以買綿次, 錢十二兩及果炙而來, 柳田無頃而回, 臨川疏擧
發行, 在來月初三日.

456

二十五日陽曉間洒雨.

更衡留絲無縮, 而滿二十兩曾每兩七戔, 則十二兩六戔六戔未滿, 期以至月初七日, 季兒持十二兩往龍宮市, 買渠上絮衣一兩九戔, 而十兩七分持來, 朴郎旋去小乾柿一帖送, 上項奇叔處貸錢五戔八分報去.

二十六日陽寒.

榮川往芳村.

二十七日雲陰.

使一億斫眞木以備薪, 饋三時給一戔, 季兒往邑市買白木四十二尺價六兩三戔, 每尺一戔五分, 幷去市貿布十九尺, 六十一尺價八兩八戔五分, 饒飢二之一戔一分, 錢四戔九分納榮川所當結斂云. 冑孫履一戔四分, 長斗二兒木履一戔一分, 社還毛條六戔五分代太五升報牛衿宅云. 龍門寺僧持勸善文而來.

二十八日陽溫.

錢一戔五分島坪貸去.

二十九日自朝大雨終日.

十一月初一日. 壬辰. 冬至. 陽氣溫和.

間有耕田者, 登南山田捕刈草者一人.

初二日陽微有風氣白雲往來.

龍門寺僧二名持勸善而來見.

初三日陽寒.

季兒往柳川市, 買佐飯一戔所去內, 送柳田內洞探院後洞之事, 池後實由栗峴而來
矣. 馬戲川梁漢有雇云, 期以明朝來云.

初四日.

開戶視, 雪下一寸曉晴而溫. 大宅痘兒浮氣, 劑藥制次, 往中坪而空來, 往草澗而
製服之, 池後實留, 梁漢而來.

初五日.

以紙牌行飯祀, 季兒貿駔兒絮衣次, 往龍宮市, 池後旋去, 雪下盈庭, 見改丁寧院
後婚說, 期以旬間, 孟善作京行, 婚其旻佗.

初六日陽.

掃雪招島坪堪前所, 于前秋所役二日二戔五分, 今秋所役三戔五分, 夏役一戔, 春
間二戔, 麻種榮川柳田所當三戔, 已上一兩二戔除, 所于條當持三兩二戔二分.

初七日陽溫.

至夕井休來言, 日昨自琴洞來, 遇雪入蕤洞, 又留一日, 迤向盤松里, 而再遇池後
甥於蕤洞村前, 冒雪而行, 艱楚想矣. 關念.

458

初八日雪.

自開東時薪芻已絶, 雪事如此窘寒無比.

初九日陽寒.

使用安斫木.

初十日陽寒.

季兒持二兩七戔五分, 往山陽市. ■■兒禦寒次, 島坪送痘神.

十一日陽寒.

尙州功城面有十三歲孝子, 自官賜布一疋錢三貫, 赦其父罪云, 其父姓李者素以饒
氓溺乎雜技, 倒潰家産, 累被刑獄活命無路, 其子年纔十三草衣弊袴, 晝夜乞飯,
以救父飢, 閭里市井嘖嘖禰善及其父受杖堅立杖板傍, 邑遷, 宰詢之, 嘉其誠孝,
惠此射布而送云.

十二日陽寒.

至夕井休來傳臨川疏行六日, 過京津, 水谷蘇湖海底酉谷河回疏儒自備資費云, 竹
林宗孫發行初四日, 而緣其先事亦自備路資云.

十三日陽寒.

春玉來言, 成追入雇渠爲亦勸, 且決價十貫云. 送井休野塘, 緣探鳳院別所推尋也.

十四日陽寒.

島坪貸去一戔五分持來, 薪乏使島坪剖松木.

十五日陽. 小寒節.

季兒往芳邨, 求婚之故.

十六日陽.

往野堂留宿, 緣張慶近作奸, 鳳山田庄事, 與金竹諸老人, 苦待渚谷人, 而無來矣.
夕後往景淸家而宿, 買履二戔一分, 孟善坐垈卜價制定二戔九分受.

十七日陽.

待渚谷人半日回, 泥路艱關, 二日所費一兩九戔一分云. 季兒往邑市, 買婢于祭物,
薪絶柳田採薪, 祭物價一戔三分.

十八日陽.

高誠原來入役薪, 三江鄭查來叩, 道谷新項賓來.

十九日雲陰.

三江客留行糸禮後, 新項斜廊帚, 饋村漢餕餘, 至夕文巖金甥來叩得聞平安.

二十日溫陽.

季兒往劒巖, 三江文岩客幷回後, 李孫池後以院後婚說而來宿.

460

二十一日半陰半陽.

婚事許以送池後於院後谷, 甲哲來促戶貰處零錢二兩六戔. 至昏季兒自劍岩歷邑中考卜, 至昏始還家, 練還米期以後市, 用賂二兩云. 吏習去益可痛, 儒布已至頒布云. 尙古或有如此否耶.

二十二日.

使島坪持麴十介往邑市, 逢雪留置老音酒店回來.

二十三日陽溫.

神堂洞池後賓受院後許書及四星來, 婦阿有不平氣色可訝. 鍛鍊鎌子二分, 又一分島坪所當.

二十四日陽.

官吏校來促收結池後回去. 期以八九日間送涓吉納字, 使成辰鍛鍊小時郞及大劍價一戔, 往水深齋舍儒稧會, 路泥風寒, 行甚艱畏寒留宿.

二十五日陽.

晚後歸來, 則魯隱丁壻捐世二十四日丑時云, 以靑年麗質者到此境, 慟慘何言. 柳田往而未還, 且傳三日內掩土云, 慟迫.

二十六日陽.

島坪往金谷市, 以結斂, 故見辱於黃光申云. 榮川往直洞擇婚日來正月初十日, 書堂歲饌三戔五分置島坪. 甲哲來.

二十七日.

朝起視之雪掩迹, 送榮川島坪於邑市, 持麴二十介牽牛而去, 甲哲負麴十介, 一億負麴十介去, 曲子價三兩八錢二分, 牛價二十八兩二戔五分, 能川歲儀三戔五分, 已上三十二兩四戔二分內, 五戔六分結斂, 鹽二戔七分, 갈기六分, 幾魚四分, 行資二戔, 用合一兩一戔三分, 二兩六戔, 甲哲雇貰用合三兩七戔三分, 又連得條六戔, 當宰次, 蔡冠匠來宿, 又金姓過客二人啜粥而去.

二十八日陽寒.

季兒原谷通延客日也. 烹醬太三斗五升.

二十九日陽寒.

季兒往原谷通醮日也. 烹醬太四斗五升, 又仁持坐卜結斂一戔而來.

三十日陽寒大寒.

給高成辰雇貰十兩, 季兒自原谷至午回傳, 郎也及凡節叶好云.

十二月初一日陽而溫.

村漢與沈好文來言, 結松稧, 潘痘醫來見.

初二日自朝前雪下終日.

初三日雲而風寒.

都生持一兩九分來, 井休自汪泰洞來訪, 臨川疏患改而還云, 而未知疏首李文稷行止.

初四日陽寒.

島坪以報痘醫貰一兩貸去, 井休以鳳院事偕野堂.

初五日陽.

大宅以憂, 故未行王母祀事情事罔涯. 中坪文只來言, 渚古谷宅倚嗣未成. 季兒持一戔往野堂求梅實, 而又探鳳院事機及宅事.

初六日陽溫.

季兒自渚谷來尋春秋告由條, 俱利二兩四戔五分以來, 貸井休二戔九分.

初七日陽.

送季兒持錢二兩, 賣曲子十介四兩, 合六兩內, 二兩以衫件次, 給錦商云. 饋又用沙價四分, 成辰履價一戔四分, 饒飢九分. 往金谷宿晦山庫直家, 而越野塘, 送井休邑內, 發明鳳山田同事之意呈訴次, 貸井休二戔四分, 柳田持去, 五月初六日錢三兩俱十三利三兩九戔內, 三戔未成, 故以前備價六戔內, 三戔加給, 則并六戔而區畫.

初八日.

自野堂跋涉, 而旋家送井休邑府, 呈鳳山田畓事也, 而雪絕報, 故求一升米而給價二戔五分, 前此三.

初九日陽.

夜雪掩迹, 成辰鍛鍊七分.

初十日陽.

臘日往開芳未見振汝甫, 迤訪士賢而來, 至夕雪下, 季兒往道谷而不回.

十一日陽而微風.

十二日陰不見日.

季栗峴, 馬戲川梁萬太來, 納結斂六戔尋去, 搜來斧, 至夕季兒自栗峴迤向開芳里議婚處而來, 傳竹林宗孫以臨川疏儒, 配全羅道固城, 而受刑本邑而來云.

十三日陰不見日.

盤松韓生來, 傳通鑑九卷, 而又借十卷而去, 移置乾柎堂中, ■…■小雜柿十二帖, ■■■■新塘回, 持衫件十七尺■■■■價■四兩二戔五分內, 一兩前市給直二兩■…■■…■竹林宗孫, 定配全羅■…■禮契■■■且本倅刑■■■威, 而已收官, ■…■移家事言來十■…■溪利名書來到云.

十四日陽朝前風.

■■■■故給四戔■…■.

十五日陽.

季兒島坪往浯川■冊常事, 不如意回, 只買靑魚十尾.

색인

▲ 거우잡록 1

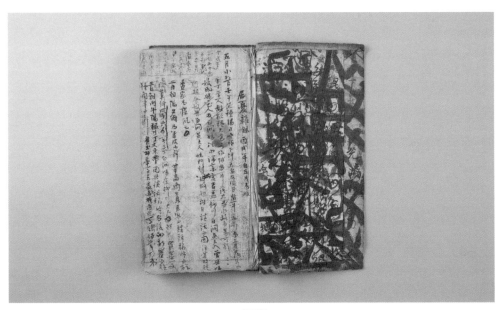

▲ 거우잡록 2

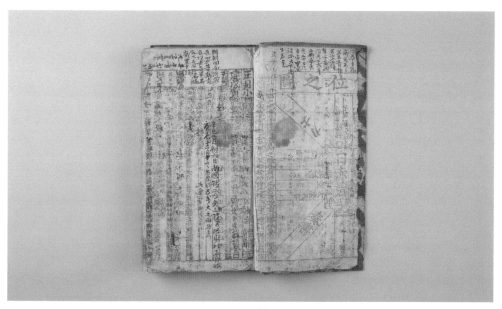

▲ 거우잡록 3

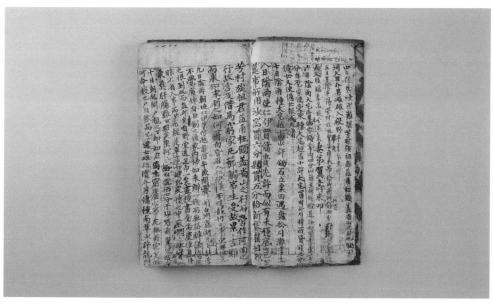

▲ 거우잡록 4

▲ 경운재일기 1

▲ 경운재일기 2

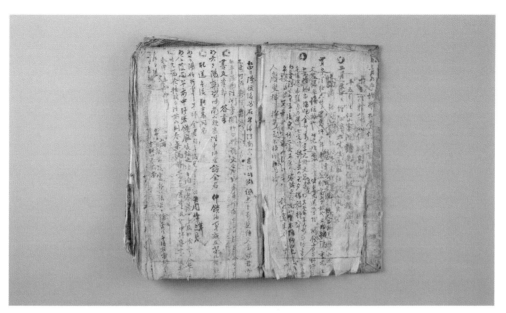

▲ 경운재일기 3

▲ 경운재일기 4

경운재일기
景雲齋日記

초판인쇄 2023년 12월 8일
초판발행 2023년 12월 8일

총괄 이재완 예천박물관장
국역 김종헌
교열 이규필, 정재호
편집 및 교정 임영현, 허선미, 도유정, 이한별
발행인 채종준

주소 경기도 파주시 회동길 230 (문발동)
투고문의 ksibook13@kstudy.com

발행처 한국학술정보(주)
출판신고 2003년 9월 25일 제406-2003-000012호
인쇄 북토리

ISBN 979-11-6983-864-1 93810